임금님의 첫사랑 2

임금님의 첫사랑 2

지은이 • 신봉승
발행인 • 김윤태
발행처 • 도서출판 선
북디자인 • 추정희

등록번호 • 제15-201호
등록일자 • 1995년 3월 27일
초판 1쇄 발행 • 2009년 3월 15일

주소 • 서울시 종로구 낙원동 58-1 종로오피스텔 314호
전화 • 02-762-3335
전송 • 02-762-3371

값 10,000원
ISBN 978-89-6312-002 7 04810
전2권 978-89-6312-000 3 04810

임금님의 첫사랑

2

신봉승 역사소설

철종 1849~1863년

선

차 례

1

강화도령 / 첫사랑 / 첩첩대궐 / 나주 합부인 / 추사 김정희 / 중전 마마는 열다섯 살 / 수렴은 걷히고 / 삶과 죽음의 교차 / 고산자를 만나서 / 방황의 시작 / 영의정 김좌근 / 스승과 제자

큰 별은 지고

1

목이 타는 듯한 갈증에 이하응은 손을 더듬어 자리끼를 찾는다. 한 대접의 물을 단숨에 들이키고 나서야 그는 살았다는 듯 긴 숨을 내쉬며 다시 자리에 벌렁 드러누워 천장을 바라본다.

아직 새벽이다. 방 안은 어둠에 묻힌 채 깊은 고요 속에 잠겨 있다.

'낙마落馬를 했던가…!'

그는 방금 전에 꾼 악몽을 떠올려 본다. 은백색의 눈이 깔린 넓은 설원을 이하응은 말을 타고 달리고 있다. 물론 어디를 향해 가고 있는지는 자신도 모른다. 말은 질풍처럼 달렸고, 이하응은 공연히 마음이 급해 채찍을 휘둘러 댄다. 그때 난데없이 눈앞에 집채만 한 바위가 나타난다. 멈추거나 피해 가기에는 거리가 너무 가깝다. 이하응은 그 바위를 뛰어넘기로 한다. 말은 비명 같은 괴성을 토하며 허공을 날았고, 이하응은 땅에 떨어지며 눈밭을 구른다. 몸을 움직일 수가 없다. 아무리 버둥거려도 아무 소용이 없다.

"사람…, 사람 살려…!"

이하응은 안간힘을 다해 소리치려 했으나 목소리가 나오지 않는다. 마치 무중력 상태에서 허우적거리듯 몸부림만 치다가 꿈에서 깨어났다.

길몽일 수가 없다. 따지고 보면 어제 저녁부터 불운의 연속이다. 투전판에 뛰어든 것까지는 좋았다. 하정일에게서 터득한 속임수가 초저녁까지는 먹혀들어 갔던 탓에 꽤 많이 돈도 땄다. 해가 지면서부터 투전판은 살벌해지기 시작하였으나 이하응은 욕심을 부리고 나섰다. 한 번만 더 속임수를 써서 판을 아주 쓸어버리려고 작정한 것이 잘못이었을까. 아직은 서툰 속임수라 발각되고 만다.

"이런 쳐 죽일 놈을 봤나!"

노름꾼들이 일제히 이하응에게 달려들며 뭇매를 놓는다. 그는 폭죽과 같은 매를 맞으면서 마당으로 내동댕이쳐진다. 노름꾼들은 몽둥이를 들고 그의 주위를 에워싼다. 영락없이 맞아 죽어야 할 판국이다.

"거, 그만들 멈추슈…."

툇마루에서 신들메를 고쳐 매고 있던 건장한 사내가 다가오면서 말한다. 노름꾼들의 험악해진 시선이 일제히 사내에게로 쏠린다.

"뭐야, 넌?"

사내는 태연히 말한다.

"보아하니, 투전이 뭔지도 모르는 파락호破落戶 양반이 아니오. 매질도 그만큼 했으니 꾼들 쪽에서 참는 게 도리일 게요."

"이놈도 같은 패거리가 아닌가…."

"혼찌검이 나야 투전판 무서운 줄 알 놈이군!"

노름꾼들은 사내를 향해 몽둥이를 휘둘러 댄다. 그러나 사내의 몸놀림은 전광석화電光石火와 같다. 맨주먹인 사내는 몽둥이를 든 너댓 장정들을 단숨에 때려뉘고 손을 터는 것이 아닌가. 그제야 이하응은 몸을 일으키며 히죽 웃는다. 사내가 이하응에게로 다가와서 말한다.

"헛, 선무당이 사람 잡는다고 했어요."

"허허허, 그런가 보이…."

이하응은 너스레를 떨며 웃어 보인다. 사내의 관상이 마음에 들어서다.

"투전판이 어디 양반님네들 노는 곳이랍디까. 어서 돌아가서 책이나 보슈…."

사내는 맷돌 같은 손바닥을 털면서 몸을 돌린다. 그의 믿음직한 등판이 적적하게 보인다. 이하응은 사내에게로 다가가며 말을 건다.

"어디에 사는 뉘신가?"

"보면 모르시오, 과객이외다."

"그래도 자네 덕에 목숨을 부지하게 되지를 않았는가. 이름이라도 알아 두고 싶은 게 내 심정일세…."

사내는 몸을 돌리며 어이없다는 웃음을 지으며 대꾸한다.

"헛, 성은 장가요, 이름은 순규요."

"허허허… 이름도 관상만큼이나 좋군…."

"……?"

그제야 사내는 흥선군 이하응의 얼굴을 뚫어지게 살핀다. 이하응은 그가 의지할 곳이 없는 떠돌이임을 쉽사리 알아차린다.

"갈 곳이 없으면 내 집으로 오게나. 구름재로 오면 흥선군 저가 있을 것일세."

"흥선군…?"

"아무려면 산 입에 거미줄이야 치겠는가…."

이번에는 이하응이 먼저 걸음을 내딛는다. 온몸이 욱신거렸어도 그는 흐트러짐을 보이지 않는다. 자신을 지켜보고 있을 장순규張淳奎의 시선을 의식해서다.

흥선군 이하응은 아직 어둠이 걷히지 않은 방 안에 누운 채 장순규의 민첩했던 동작을 그려 보면서 미소 짓고 있다.

'장순규라….'

거느리고 싶은 사내다. 이미 자신의 수하에 천희연이 있고 하정일이 있었으나, 장순규 한 사람쯤 다시 거느린다 하여 무슨 대수이겠는가.

이하응이 새벽잠을 다시 청하려고 할 때다. 문밖으로 다가오는 발소리가 들린다. 청지기 김응원일 것이라는 짐작이 들었으나 문득 불길한 생각이 들어 몸을 일으켜 앉는다.

"나리, 과천에서 급한 전언이 왔사옵니다."

"과천… 무슨 전언이더냐?"

이하응은 다급히 반문한다. 과천이라면 추사 김정희가 남은 여생을 보내기 위해 여막을 마련한 곳이기 때문이다.

"추사 선생께서 운명하셨다 하옵니다."

"……!"

이하응은 숨이 멈추는 듯한 전율에 떤다. 추사 김정희의 타계, 그것은 이하응에게는 천지를 잃는 비보나 다름이 없다.

2

1856년(철종 7) 10월 10일, 추사 김정희는 71세를 일기로 세상을 떠난다.

— 그의 학문과 예술은 연원淵源이 당시의 연경학계燕京學界에 있었으니 소위 북학파北學派의 거벽으로 청조淸朝의 고증학풍考證

學風을 도입 저작詛嚼하여 이 땅에 신문화로 정착시키려 하였다. 그래서 그의 학문은 청조 고증학의 골수인 경학經學, 금석학金石學, 문자학文字學, 사학史學, 지리학地理學, 천문학에까지 박통博通하였으며 서론書論과 화론畵論은 물론 서書·화畵, 금석의 감식에조차 정심精深한 안목을 두루 갖추었다.

그의 예술은 이와 같이 광활하고 철저한 학문적 바탕 위에서 천부의 재질이 찬연한 결실을 맺은 것이었으니, 시·서·화·전각篆刻 등 어느 분야에서나 뛰어나지 않음이 없다. 그러나 특히 서도에서는 추사체秋史體라는 독자일문獨自一門을 열어 서예사상 지고의 경지를 이룩하였다.《추사집秋史集》(玄岩社)을 번역한 최완수崔完秀의 지적이다.

홍선군 이하응은 서둘러 구름재를 나선다. 그는 호종을 거느리지 않고 혼자 걷는다. 이하응에게 있어 추사 김정희의 존재는 하늘이나 다름이 없다. 자신의 난화蘭畵를 극찬했기 때문만은 아니다. 아들과도 같은 자신을 늘 '외씨外氏'라고 부를 만큼 인품을 갖추고 있었고, 학문과 예술의 경지는 바다보다 더 크고 넓지를 않았던가.

'아무리 인명이 재천이기로….'

이하응은 탄식하며 걷는다. 추사 김정희는 시대의 어려움을 알고 있었기에 언제나 자중자애自重自愛하여 일신부터 보전하라고 충언했었다. 이하응은 그런 김정희의 따뜻한 배려를 잊을 수가 없다. 이하응의 두 볼은 흐르는 눈물로 젖어 들고 있다.

추사 김정희의 목소리가 이하응의 귓전을 아련하게 울린다.

'내 자랑은 아니지만, 기인은 기인을 알아보고, 재사才士는 재사를 알아본다는 옛말이 역시 틀린 말은 아니더이다. 내가 처음으로 연경에 갔을 때의 일이었지요….'

김정희는 언제나 겸손했다. 자신을 찾아온 후학들의 마음을 편하게 하고서야 내심을 털어놓곤 했다. 물론 흥선군 이하응에게는 남보다 더한 사랑과 아낌을 쏟아 놓곤 했다. 그러기에 과천으로 달려가는 이하응의 마음은 허허하기 그지없다.

김정희가 과거에 급제하던 해인 1809년(순조 9) 11월에, 그는 동지사冬至使 박종래朴宗來와 함께 생부 김노경이 동지부사冬至副使로 가게 되어 연경으로 떠나는 기회를 얻는다. 이미 스승 박제가朴齊家를 통해서 청조문화와 연경학계의 소식을 듣고 항상 동경해 오던 그는 이 절호의 기회를 놓치지 않고 왕복노정 6천 리에 소요 일수 70여 일이 걸리는 긴 여행의 길을 기꺼이 떠났다. 이윽고 동지사 일행은 무사히 연경에 도착하였다. 대체로 그들은 연경에서 설을 지내고 신년하례에 참석하는 등 근 40~50일간을 그곳에서 머물렀는데, 그동안 수행원들은 조선관朝鮮館에 여장을 풀고 유리창琉璃廠이란 화포貨鋪를 비롯하여 고적 명소와 희대戱臺놀이 등을 구경하며 오랜 여행에 시달린 객고를 푸는 것이 보통이다.

그러나 학구열에 불타는 김정희만은 달랐다. 그는 동료들과 함께 연경의 진기한 구경을 하는 대신, 남몰래 떨어져 평소 흠모해 오던 이곳 명사들을 방문하기에 바빴다. 김정희는 우선 스승 박제가와 친교가 있는 조강曹江을 찾아보았고, 또 이임송李林松을 알게 되어 그의 인도로 당대 최고의 석학으로 이름을 떨치고 있는 담계 옹방강覃溪 翁方綱(1733~1818)을 방문하기도 했다.

담계 노사老師는 그때 77세의 노학자였고 김정희는 겨우 24세의 약관 서생이었으나 담계는 기꺼이 그를 맞아 주었다. 김정희의 감격은 이루 헤아릴 길이 없다. 그날 두 사람은 시간이 가는 줄 모르고 학문과 시문을 논했는데, 담계에 대한 김정희의 감탄도 감탄이려니와 김정희의 유려한 문장과 해박한 지식에 대한 담계 노사의 경탄과 극찬도 컸다. 두 사람의 만남은 그만큼 값졌다.

"해동 조선에 이런 영재가 있었던가."

담계 노사의 찬사는 끝없이 이어질 뿐이다.

아울러 김정희는 다시 경학과 금석학 및 고증학과 서학書學에 방대한 업적을 쌓고 있던, 옹방강의 다음 세대를 이끌어 갈 홍유鴻儒로 손꼽히던 장년학자 완원 대사阮元大師(1764~1849)를 찾아가기도 했다. 그 역시 김정희의 비범함을 첫눈에 알아보고 극진히 맞아 경의經義를 담론하면서 많은 진기한 경서를 보여 주었다. 이때 완원은 김정희에게 승설차勝雪茶라는 차를 대접하면서 그의 총기와 학식에 놀라고 진지한 학구열에 감탄한다. 그래서 어느덧 자신의 경학관이나 예술관, 금석고증의 방법론 등을 소상히 애기하게 되고 추사는 그 해박한 지식과 신예한 관점에 경도되어 바로 사제지의師弟之義를 맺게 된다. 여기에서 김정희의 또 다른 호인 완당阮堂, 승설학인勝雪學人이 유래한다.

이 밖에도 김정희는 연경의 많은 학자들과 인연을 맺었다. 그 중에 가장 정의가 두터웠고 그에게 많은 영향을 끼친 사람이 왕희손汪喜孫이다. 왕희손은 자를 맹자孟慈라 하고 호를 감천甘泉이라 하였는데, 그는 그때 김정희와 맺은 결교를 잊지 못해 그 후에도 조선 사신들이 연경에 올 때마다 조선관으로 찾아와 김정희의 안부를 묻곤 했을 정도다. 김정희 역시 금석학과 서예에 관한 지식을 그로부터 많이 얻었으며 그가 새겨 준 '추사秋史'라는 자인字印을 인수인引首印으로 사용할 만큼 그와의 만남을 잊지 아니하였다. 김정희는 이때의 일을 천진난만한 웃음을 섞어 가며 자랑하곤 했다. 아마도 10여 년간에 걸친 수차례의 귀양살이의 아픔을 과거의 그리움으로 이겨 내고자 했던 게 아닌가 싶다.

난을 즐겨 그렸던 이하응으로선 김정희에 대한 추억으로 뭐니 뭐니 해도 서도書道를 빼놓을 수가 없다. 김정희는 여러 방면에 걸쳐 다재다능했지만, 글씨에서만은 타의 추종을 불허하는 불세출의 명필로 그 이름을 떨쳤다. 이전에도 양녕대군讓寧大君, 낭선군朗善君, 한석봉韓石峯 등이 글씨로써 일가견을 이루었으나, 추사의 힘에 넘치는 서체에 비하면 언필偃筆에 지나지 않는다. 그만큼 그의 필체는 점 하나 획 하나에 이르기까지 재才와 공工이 신비의 경지에까지 이르렀다고 평가된다. 그러나 중요한 것은 그의 이러한 신묘한 글씨가 단순히 천부의 재질이 아니라 뼈를 깎는 노력의 결실이라는 데 있다.

김정희는 이하응과 처음 만난 자리에서 석파란을 평하며 다음과 같이 강론한 적이 있다.

"서도는 비록 작다 하나 가위 큰 것에 비할 수가 있어요. 흉중에 청고淸高하고 고아古雅한 뜻이 없으면 예법隸法을 쓸 수 없고, 또 문자향文字香과 서권기書卷氣가 있지 아니하면 흉중에 청고하고 고아한 뜻을 지닐 수가 없어요."

이는 서書의 조가祖家를 예서로 보았고 또 난법蘭法이 예서에 가깝다고 봄에 따라 난을 그리기 위해선 무엇보다도 먼저 문자향과 서권기를 길러야 한다는 가르침이다.

이제까지 그런 강론을 들어본 적이 없는 흥선군 이하응은 눈에 열기를 띠며 청했다.

"난의 묘미를 좀 더 말씀해 주십시오."

김정희는 잔잔한 미소를 입가에 담으며 장강심해와 같은 어조로 난법의 오묘한 이치를 설명하기 시작한다.

"난법은 화법 중 가장 까다로운 화법이므로 일필에 완성하되, 신기神氣가 서로 화합하여야만 비로소 완전함을 이루었다 할 수 있어요. 즉, 기합氣合은 일반 서화와 같으나 난초를 그림에 있어서는 그 정도가 더욱 심하여 많은 작품을 그려냄으로써만이 그

묘법을 터득하게 된다는 것이지요."

맨손으로는 용을 잡을 수 없듯 난법을 터득하기 위한 지름길은 다작밖에 없다. 특히 서도에 있어서는 최후의 일 분을 가장 중요시하는데, 이 일 분이야말로 인력으로 어찌할 수 없는 것이긴 하지만 그렇다고 인력 밖에 있는 것도 아니다. 꾸준한 노력과 굳은 의지만 있으면 능히 습득할 수 있는 묘체이다. 난법도 마찬가지이니 열심히 노력하기만 하면 난초의 청고하고 고아한 맛을 능히 표출해 낼 수 있다.

김정희의 자상한 가르침을 듣고서야 이하응은 더욱 힘차고 유연한 난을 그릴 수 있었다. 이렇듯 추사 김정희는 이하응에게 있어서 한없이 존경해야 하는 스승이다. 그런 스승을 잃는다는 것, 그런 스승이 유명을 달리하였으니 의지할 곳을 잃은 것이나 다를 바가 없음이 아니겠는가.

이하응이 김정희를 마지막으로 본 것은 지난해 세모 때다.

"항상 우환이 있어도 좋을 것이 없고, 희락만 있어도 좋을 것이 없으니 무의미하게 살아가는 것이 옳다."

이 말과 함께 도성을 떠나 관악산 밑에 있는 과천 여막으로 거처를 옮긴 김정희에게 또 다른 변화가 일고 있다는 소문이 들려왔다. 김정희가 불승이 되어 속세를 떠나리라는 풍문이 돈 때문이다.

"추사 선생께서 그러실 리가…?"

흥선군 이하응은 자신의 귀를 의심했다. 그날로 부랴부랴 과천 여막으로 달려갔다. 소문은 반은 사실이고, 반은 과장이었다.

김정희는 평소에도 늘 불경에 심취했고 또 선禪을 중요시하여 틈이 날 때마다 당대의 학승인 초의草衣, 백파白坡 등을 찾아다니며 도교道交를 돈독히 했으며 경의經義에 전심을 기울이기도 했다. 그러나 말년에 들어서는 거기에서 만족을 구하지 못하고 도를 이루지 못한 자신의 심적 세계와 격렬한 갈등을 벌인 끝에 불교의 정토 세계에 귀의하기로 결심하였다.

3

해가 바뀌고 얼마 지나지 않아 이하응은 김정희가 정말로 봉은사奉恩寺로 들어가 그 뒤편에 가옥假屋을 짓고 그곳에 머무르면서 구계具戒를 받았다는 소식을 듣게 된다. 비록 머리는 깎지 않았으나 승모에 승복을 입고 불탁佛卓을 안치하여 열향이 피어오르는 가운데 속진을 털어 버리고 그곳 불승들과 함께 생활한다는 소식도 들렸다.

이하응은 김정희를 한 번 뵙기를 청하였으나 어느 누구의 면회도 사절한다는 봉은사 주지승의 회답만을 들었을 뿐이다. 며칠 후 이하응은 구름재로 찾아온 봉은사 동자승으로부터 김정희의 짤막한 서신을 전해 받았다.

— 이로써 나의 심안이 환히 열리고 육신을 불로 태우거나 쇠로 찔러도 아무런 고통을 느끼지 않는 참회 속의 자아를 발견하였습니다. 여기서 더 무엇을 바라겠습니까. 나의 앞날엔 불염진不染塵의 길만이 있을 뿐입니다.

이 글을 몇 번이고 읽고 나서야 이하응은 김정희가 겪은 지난날의 고통과 갈등과 회한이 하나의 도로 승화되었음을 비로소 깨닫게 된다.

그 뒤 추사 김정희는 계속 봉은사에 머물면서 자화참회刺火懺悔로 불염진의 길을 걷다가 지난달에야 과천 여막으로 돌아왔다. 이하응은 스승 김정희를 다시 찾아뵙지 못한 것이 못내 한숨으로 남는 아쉬움에 젖는다.

흥선군 이하응이 과천 여막에 당도한 것은 점심나절이 조금 못되어서다. 아직 부음이 전해지지 않은 탓인지 문상객은 그리 많지 않다. 김정희의 가솔들과 육촌형님인 전 좌의정 김도희의 침통한 모습이 보였을 뿐이다. 이하응은 김정희의 동생인 김명희 · 김상희 형제에게 인도되어 시신이 안치되어 있는 빈소로 든다.

"스승님, 이 못난 문제門弟가 왔사옵니다."

이하응의 두 어깨가 크게 일렁거리기 시작한다. 그리고 처절한 흐느낌이 쏟아져 나온다. 그의 오열은 지켜보는 모든 사람의 눈시울을 적시게 하고도 남는다. 얼마의 시간이 지나고서야 이하응은 자신의 귓전에 속삭여지는 목소리를 듣는다.

“그만 고정하오소서.”

김상희다. 이하응은 그제야 몸을 일으키며 울음을 멈춘다. 이하응은 가솔들에게 조문의 예를 올리고서도 빈소를 떠나지 않는다. 시신 앞에는 병풍이 처져 있었으나 이하응은 살아 있는 스승의 앞에 앉아 있다는 착각에서 벗어날 수가 없다.

승석 무렵이 되면서 문상객이 몰려들기 시작한다. 영중추부사 정원용, 판부사 김흥근, 조두순, 우의정 박회수의 모습이 보였고, 뒤이어 영의정 김좌근도 아들 김병기와 더불어 빈소로 들어선다. 그들은 한결같이 추사 김정희의 학문과 인품에 대한 찬사를 아끼지 않는다. 이하응은 구석자리에 앉아 그들이 주고받는 말들을 들으면서 인생의 무상함을 뼈저리게 느낀다.

‘저들이 어찌 스승님의 인품을…!’

모두 추사 김정희에게 고통을 안겨 주었던 사람들이 아니던가. 이제 주검 앞에 이르러 찬사를 아끼지 않은들 무슨 소용이 있겠는가.

해가 뉘엿뉘엿 기울고 있다. 짧은 겨울해가 아니던가. 여막廬幕의 마당에 땅거미가 스며들 무렵이다.

“어디 계시느냐, 추사 선생 어디 계시느냐니까?”

마치 천둥과 같은 목소리가 울린다. 좌중의 시선은 일제히 소리 나는 쪽으로 쏠린다. 방문이 세차게 열리면서 무뢰한과 같은 모습으로 빈소에 들어선 사람은 기인 정수동(정지윤)이다. 그는 빠른 동작으로 방 안에 둘러앉은 면면들을 살피고 병풍 앞에 꿇어 앉는다. 아직 성복成服 전이라 시신 앞에 절을 할 수는 없다.

"스승님, 이렇게 가시다니요, 세상엔 온통 먼지 같은 위인들만 득실거리는데…, 스승님만 홀연히 가시다니요, 수동이 통곡하옵니다."

문상객들은 정수동의 호곡 소리에 눈시울을 적시면서도 잠시 뒤에 있을지도 모르는 그의 폭언을 우려하지 않을 수가 없다. 특히 김좌근과 김병기가 그랬다. 이들은 서둘러 일어서지 못한 것을 후회할 수밖에 없다. 아니나 다를까 이들의 우려는 이내 현실로 드러난다. 통곡을 멈춘 정수동이 몸을 돌린다. 그의 불같은 시선이 좌중의 면면들을 쏘아보더니 거칠게 입을 연다.

"선생께서 가시는 길을 더럽히지들 마슈!"

"……!"

"선생께서는 호랑이 등에 앉은 양반 도둑들에게는 마음을 주시지 않으셨어요. 선생께서 누구 때문에 귀양살이를 하셨소이까!"

김좌근이 헛기침을 뱉으며 정수동의 독설을 제지하려 하자 조두순이 재빨리 정수동에게 다가와 앉는다.

"그만 되었으이. 오늘만이라도…."

"대감, 제가 어디 틀린 말을 했소이까. 선생의 삶은 지고하셨소이다."

"글쎄… 하원의 말이 옳다니까. 자, 자, 그만 되었어."

조두순의 간절한 만류에 정수동은 왈칵 다시 눈물을 쏟는다. 유명을 달리한 추사 김정희와 조두순은 정수동의 문재를 무척도 아낀 사람이 아니던가.

"이보시오, 석파… 어디 가서 투전이나 한판 벌입시다."

무슨 소린가. 흥선군 이하응에게 투전이라니? 좌중은 의아한 시선으로 이하응의 표정을 살핀다. 정수동의 목소리가 다시 울린다.

"아, 뭘 하고 있어요. 잡기는 능한 사람들끼리 어울려야지. 투전이 싫으면 기방으로 가든지…."

점입가경이다. 좌중은 이하응의 반격을 기대하고 있다. 그러나 그것이 착각이다.

"허허허, 투전은 목이나 축이고 생각하는 게 좋을 게요."

흥선군 이하응이 몸을 일으키자 좌중은 잠시 술렁거린다.

'흥선군이 투전을 하다니…!'

'그런 소문이 돌기는 합디다만….'

'종실에 먹칠을 해도 분수가 있지.'

흥선군 이하응은 자신을 향한 비아냥 소리를 등 뒤로 남기고 정수동을 따라 방을 나간다. 문상을 온 고관대작들은 넋을 놓고 두 사람을 지켜본다. 누군가 끌끌 혀를 차는 소리도 들린다.

사위는 이미 어둠 속에 묻혀 있다. 달은 구름에 가려 있으나 마나 했다. 정수동과 이하응은 나란히 걷는다.

"석파, 내 말이 지나쳤다면 용서하시오."

"아니올시다. 모두가 사실인 것을요."

"나는 오직 추사 선생의 유지를 받들었을 뿐이오."

"……?"

흥선군 이하응은 그제야 정수동의 진의를 알아차린다. 추사 김정희가 이하응의 신변을 염려하듯 정수동도 이하응을 투전꾼으로 몰아붙이는 것으로 안전을 도모해 준 셈이다. 김좌근, 김흥근, 김병기 등에게 이하응이 폐인의 길로 들어서고 있음을 시사함으로써 그를 관심의 대상에서 벗어나게 해 주고 있음이 아니겠는가. 이를 두고 정수동은 '추사 선생의 유지를 받든 것'이라고 했다. 이하응으로서는 고맙기 한량없는 노릇이 아닐 수 없다.

정수동과 이하응은 역참 근처의 주막으로 든다. 두 사람은 참한 술상을 사이에 두고 순배를 돌린다.

"석파께서도 조심해야 할 것으로 알아요. 저들은 쓸 만한 종친은 살려 두지는 않을 것이오."

"……!"

"저들이 제거해야 할 종친을 찾는다면, 모르긴 해도 석파가 첫손에 꼽힐 것으로 알아요."

"과찬이시겠지요."

"석파, 추사 선생께서도 심려하셨던 일이 아니오이까."

"늘 자중자애하라고 분부하셨지요."

"자중자애만으로는 못 견딥니다. 다른 방도를 찾으셔야지요."

"다른 방도라 하시면…?"

“허허허… 이미 술청과 투전판을 드나들고 계시질 않소이까. 참으로 잘하시는 일이라고 여겨집니다.”

이하응은 술잔을 비우며 한숨을 놓는다. 자신의 내심이 쉽사리 드러난 것이 조금은 민망스럽기도 했지만 앞으로의 일이 난감할 것이라는 생각이 들어서다.

“화무십일홍花無十日紅이요, 달도 차면 기운다는 속언이 있질 않소이까. 권세란 당세에는 무적인 것 같지만… 지나 놓고 보면 망하게 되어 있어요. 이 나라 왕실을 위해서 석파만이라도 무사하셔야 하질 않소이까.”

“…….”

“더 타락하시오, 석파. 주정뱅이 흥선군이 되시오. 오입쟁이 흥선군이 되시오. 기생첩을 두는 것도 좋겠지요. 상가에 다니면서 공술도 얻어 자시고…, 시정의 잡배들과도 어울려 보시오. 그래서 폐인이 되신다면 목숨을 부지할 수 있을 것이오이다.”

“…….”

“김삿갓이 아주 절묘한 시를 읊었지요. 들어 보시겠소이까?”

月移山影改
通市求利來

한자를 빌려서 세상을 풍자한 노래다. ‘워리’는 개를 부르는 소리요, 산영개山影改는 그대로 ‘사냥개’를 이름이다. ‘구린내’를 찾아 저잣거리를 누빈다고 했으니 이 얼마나 통렬한 비유며 해학이던가.

"허허허, 흥선군에게는 미안한 말씀이나, 석파에게는 미안할 게 없어요. 이 정수동은 석파의 친구지… 흥선군은 모르는 분이니까요."

"하원!"

정수동의 충언이 너무도 고맙다. 누가 있어 이만한 말을 거침없이 해 줄 수가 있다는 말인가.

"추사 선생께서는 사람을 대하여 가리는 안목이 계셨어요. 내게도 말씀하신 일이 계셨지요. '석파가 무사해야 할 텐데…' 라고요."

"고맙소이다, 하원…."

"허허허… 고마울 거 없어요. 석파께서도 이미 시작한 일이 아니오이까. 이심전심이란 말이 이를 두고 하는 소리일 게요."

흥선군 이하응은 정수동의 진면목에 놀라움을 금할 길이 없다. 그는 지금 추사 김정희의 유지를 내세우면서 철저하게 자신을 아껴 주고 있지를 아니한가. 물론 그의 말대로 자신은 이미 시작하고 있는 일이다. 따지고 보면 일말의 회의가 없었던 것은 아니다. 바로 그 회의를 기인 정수동이 말끔히 씻어 주고 있었음에랴.

새벽녘에 이르러 정수동과 이하응은 몸을 일으킨다. 주막을 나서자 정수동이 먼저 작별을 청한다.

"석파께서는 상가로 가시오. 추사 선생께서 기뻐하실 것이오."

"하원은…."

"난 장일葬日에나 다시 들러 볼 참이오. 그럼…."

정수동은 흥선군 이하응의 어깨를 툭 치더니 어둠 속으로 몸을 던진다. 뒤도 돌아보지 않는 빠른 걸음으로 그는 멀어져 가고 있다.

'고마운 사람….'

이하응은 한숨에 섞여 중얼거리며 다시 상가 쪽으로 걸음을 옮겨 놓기 시작한다. 그는 착잡한 심중을 가누지 못한다.

강화섬에 사는 더벅머리 총각을 데려다가 보위에 앉힌 지도 어언 7년, 그동안 조정이 한 일이 무엇인가. 장김의 척족정치가 자리를 잡으면서 백성들은 가난과 고통에서 헤어나지 못하고 있다. 황해도와 함경도에 도둑이 들끓고 있음이 무엇을 뜻하는가. 그것은 살기 위해 발버둥치는 마지막 몸부림이 분명하다. 민란의 조짐이 보인다고들 한다. 그 또한 막바지에 이른 항거가 아니겠는가. 다음은 어찌 되는가.

결국 백성들은 조정을 뒤엎을 궁리를 할 수밖에 없다. 척족의 세도를 구가하고 있는 장김들이 그런 이치를 모를 까닭이 없다. 타개하는 방법도 그렇다. 역모 사실을 조작하여 눈엣가시와 같은 사람들을 연루시켜 제거할 것이고, 그 신빙성을 높이기 위해 역모에 가담 혹은 추대되었다 하여 종친 중의 한 사람을 극형에 처할 것이리라. 이 같은 일을 저질러 놓으면 적어도 1~2년은 백성들을 억눌러 다스릴 수가 있다. 역사를 찬찬히 살펴보면 조작된 역모는 얼마든지 찾을 수가 있다. 모두가 세도나 정권을 연장하는 방법임을 이하응이 모를 까닭이 있을까.

'내 차례인 것을!'

그랬다. 조작된 역모가 아닌, 진실로 역모를 꾀해 보려는 무리가 있다 해도 새 주상으로는 자신이 거명될 것이 분명하다. 또 조작된 역모라 할지라도 종국에 가서는 자신이 주상으로 추대되었다는 누명을 쓰게 된다.

흥선군 이하응은 소름이 끼치고 모골이 송연해지는 전율에 젖는다. 죽음이 눈앞으로 다가와 있음이나 다름이 없다. 이하응의 인품이면 의롭고 뜻있는 죽음이라면 받아들일 수도 있다. 그러나 역모꾼들에게 옹립되는 일도, 조작된 역모에 연루되어 누명을 쓰는 일도 모두가 개죽음일 뿐이다. 남달리 큰 야망과 의지를 불태우고 있는 흥선군 이하응이 이 같은 개죽음을 자초한대서야 말이 되는가. 그는 정수동의 외침과 같은 충언을 되새겨 씹는다.

'더 타락을 하시오. 주정뱅이 흥선군이 되시오. 오입쟁이 흥선군이 되시오. 기생첩을 두는 것도 좋겠지요. 상가에 다니면서 공술도 얻어 자시고…, 시정의 잡배들과도 어울려 보시오. 그래서 폐인이 되신다면 목숨을 부지할 수 있을 것이오이다!'

이하응은 어느 사인가 주먹을 불끈 쥐고 있다. 장김이 척족의 세도를 전횡하고 있는 한 종친이란 아무짝에도 소용이 없는 겉치

레일 뿐이다. 그 겉치레로 인해 오히려 행동의 제약을 받고 있는 형편이다. 종친만 아니라면 얼마든지 자유로울 수가 있다. 지금도 8도를 누비면서 익살과 해학을 부리는 김삿갓 김병연이 있고, 양반들을 희롱하고 다니는 정수동이 있지를 않은가. 설사 그들의 행적이 당세에는 파행으로 보일 것이나 후세에 이른다면 그들이 쓴 시가 남아 인간적인 고뇌를 대변해 줄 것이리라.

이하응은 종친의 굴레에서 벗어나기로 작정을 한다. 물론 처음에는 뭇사람들의 따가운 눈총에 시달릴 것이리라. 그로 인해 형님들과 식솔들에게도 크나큰 고초가 따를지도 모른다. 그러나 분명한 것은 그 눈총을 감내해야만 목숨을 부지할 수 있다는 사실이다.

열흘을 붉게 피어 있는 꽃이 없으며 달도 차면 기운다는 속언이 있다. 척족의 무리들이, 장김의 세력이 영세를 누릴 수가 없다면 그들도 파멸할 때가 올 것이 분명하다. 그 파멸을 자신이 주도할 수 있다면 얼마나 통쾌할 일이던가.

이하응의 가슴에는 자신감에 찬 결기가 치밀어 오른다. 이미 수하에 거느린 천희연, 하정일, 장순규 등을 데리고 다니면 두려울 것도 없다. 때리고, 부수고, 마시고, 맞으면서 천하제일의 파락호로 변신하리라 다짐한 이하응은 발걸음을 빨리한다.

먼동이 조금씩 틔어 오고 있다. 살아남는 자가 반드시 이긴다는 의욕이 이하응의 온몸을 달아오르게 하고 있다. 그는 촉촉이 젖은 대지를 밟으며 힘찬 발걸음을 내딛고 있다.

4

여기는 교동. 조정의 재정을 손아귀에 넣고 있는 호조판서 김병기의 집은 보기만 해도 기가 죽을 만큼 위엄당당하다. 김병기의 집이라기보다는 영의정 김좌근의 집이다. 김좌근이 나주 합부인 양씨의 집에 머무르고 있었던 탓으로 사람들은 아예 김병기를 교동 대감이라 부른 지도 이미 오래되었다. 조정의 대소정무만 해도 그랬다. 김좌근은 능히 자신이 처결할 수 있는 일까지도,

"교동 사영과 의논하시게."

라고 김병기에게 미루었던 탓으로 김병기의 위세는 하늘을 찌르고 있다. 그런 교동 대감 댁에 무술이 능한 장정들이 없을 까닭이 있을까. 이하응의 서찰을 가지고 단걸음에 달려온 천하장안은 대문 앞에 웅크리고 선 채 난감한 지경에 놓여 있다. 흥선군 이하응의 심복과 같은 사람들인 천희연, 하정일, 장순규 여기에 또 한 사람 안필주를 합쳐서 사람들은 '천하장한天下壯漢' 이라고 한다. 이들 네 사람의 성을 따면 '천千, 하河, 장張, 안安' 이 되지만, 사람들은 발음도 비슷하려니와 또한 상전을 향한 충절에 이바지하는 한량들이라 하여 '천하장한' 이라는 애칭을 쓰고 있다.

이들 중에서 낯선 이름이 안필주安弼周다. 투전판을 돌면서 만신창이가 된 흥선군 이하응은 안필주에게 업혀 기생 초월의 집으로 구원된다. 기생 초월은 흥선군 이하응을 알아보고 극진히 보

살펴 준다. 이때 흥선군 이하응의 위급해진 사실을 구름재의 운현궁에 알린 사람이 안필주였고, 딱히 갈 곳이 마땅치 않았던 안필주는 곧 천희연에게 설득되어 천하장안의 일원이 된 터이다.

기생 초월의 집에서 몸을 추스른 흥선군 이하응은 문득 장난기가 발동한다.

"이 편지를 가지고 교동으로 가서 사영 대감에게 드리면 뭔가를 줄 것이니 받아 오도록 하라."

흥선군 이하응이 적어 준 서찰을 들고 교동 김병기의 집으로 달려가 '흥선 대감'의 서찰을 가지고 왔노라는 연통을 넣었으나, 두고 가라는 전언만 있었을 뿐 대문조차도 열리지 않는다.

"담이라도 뛰어넘읍시다."

장순규가 볼멘소리를 토해 냈으나 천희연은 응하지 않는다.

"사영 대감이 안에 계신지… 먼저 그걸 알아야지. 내가 서찰을 내놓지 않은 것도 그 때문이야…."

사실이다. 이하응은 서찰을 주면서 김병기가 주는 물건을 받아 오라고 했다. 그 물건이 무엇인지는 모르나 김병기가 이하응의 서찰을 몸소 읽고서만 해결될 일임이 분명하다. 만일 수하들에게 함부로 서찰을 내주었다면 그것이 김병기의 앞에 이르기도 전에 쓰레기통으로 들어갈 수도 있음이 아니겠는가.

"어찌 되었거나 대감마님의 분부 받자옵지 못한다면, 면목 없는 일이 되고 말 것이니까."

"좌우지간 알아는 봐야지…."

하정일이 비호같이 담장을 넘는다. 그 몸놀림은 바람에 날리는 깃털과 같이 가볍다. 그는 잠시 후 다시 담장을 넘어왔다.

"아직 퇴청을 아니 했다는군…."

"형님, 아예 호조로 가십시다."

장순규의 말이다. 천희연은 고개를 젓는다. 이하응이 교동으로 가라고 했다면 교동에서 결판을 내야 한다는 것이 천희연의 생각이다.

승석이 조금 못 되어서다. 김병기의 퇴청행렬이 보인다. 교군이 아닌 장정들이 김병기가 탄 자비를 에워싸듯 호종하고 있다. 자비가 아직 멀리 있는데도 대문이 활짝 열리며 10여 명의 종복들이 양쪽으로 늘어서며 허리를 꺾는다.

"무슨 일이 있어도 물러나서는 아니 될 것이니라. 따르라!"

천희연의 명이 있자 이들은 김병기의 자비 앞으로 몰려간다.

"무엄하구나, 당장 물러서렷다!"

"패대기를 치기 전에 당장 물러서라는데도!"

어깨가 딱 벌어진 장정 두 사람이 천하장안의 앞으로 나서며 소리친다. 천희연이 당당하게 목청을 높여서 고한다.

"대감마님, 소인 등은 흥선군 이하응 대감의 심부름을 왔사옵니다요."

"흥선군…? 너희는 물러서렷다."

장정이 물러서자 김병기는 자비에서 내려 천하장안의 앞으로 다가왔다. 가까이 범접할 수 없는 위엄이 전신에서 풍겨 나올 만큼 김병기의 모습은 당당하다.

"심부름이라니, 소상히 고하렸다."

김병기는 천하장안의 면면들을 무섭게 쏘아보며 묻는다. 천희연은 품속에 간직했던 서찰을 꺼내 올린다. 김병기는 그 자리에서 개봉하고 서찰을 펼쳐 든다. 천희연은 서찰을 읽는 김병기의 표정을 살핀다. 그의 미간이 일그러지고 있다. 충격을 받은 것으로 보인다. 서찰의 내용이 기가 막혀서다.

— 사영, 지난밤 무전통음無錢痛飮으로 갓과 도포를 빼앗기고 기방에 묶여 있소. 의당 집으로 사람을 보내야 하는 것이 도리겠으나 가장의 체모와 도리를 망친 처지라 사영에게 아이들을 보내는 것이니 제 딱한 처지를 헤아려 주었으면 하오. 의관을 갖추면 슬하에 가서 엎드리겠소.

이하응은 이 같은 서찰을 적으면서 두 가지 효과를 노린다. 하나는 자신이 종친 된 자의 도리를 망각하고 파락호의 길에 들어섰음을 알리자는 것이고, 다른 하나는 김병기가 자신에게 후의를 베풀 수 있는지를 알아볼 속셈이다.

김병기는 서찰을 읽고 나서 혀를 찬다. 이미 오래전에 금호문 앞에서 이하응의 주정을 본 바 있는 김병기가 아니던가.

"대체 네놈들은 무엇 하는 놈들이더냐?"

"아뢰옵기 송구하오나 소인 등은 흥선군 대감의 노름방 개평

꾼이옵니다."

천희연이 재빨리 둘러댄다. 이미 흥선군 이하응의 손발이 된 지가 몇 해째가 되는 그다.

"못된 것들 같으니라구!"

김병기는 소리치듯 말하고 대문으로 들어간다. 다급해진 천희연은 그의 등에 대고 다시 소리친다.

"대감마님, 서찰을 전해 올리면 물건을 주실 것이라는 분부가 계셨습니다요!"

대문 닫히는 소리가 요란하게 들릴 뿐 아무 소득도 없다.

"이런 젠장…!"

천희연은 굳게 닫힌 대문을 바라보며 볼멘 탄식을 뱉어 낸다.

"담장이라도 넘읍시다. 무슨 물건인지 받아 가야 할 게 아닙니까?"

하정일이 사생결단을 내자는 듯 토해 낸다. 과묵한 안필주도 하정일을 거들고 나선다.

"일을 여기서 그르친다면 우린 대감마님을 다시 모실 수 없어요."

"형님, 따라들 오슈!"

장순규는 성큼성큼 대문께로 걸음을 옮겨 놓는다. 세 사람은 그의 뒤를 따른다. 장순규는 맷돌 같은 손바닥으로 굳게 닫힌 대문을 몇 번 후려치는데 그 소리가 어찌나 요란한지 목침으로 판자를 치는 소리와도 같다.

"이리 오너라, 이리 오너라!"

장순규의 얼굴에는 노기가 서려 있다. 그는 일전불사一戰不辭를 다짐하고 있다.

"시끄럽다, 이놈들아!"

벽력같은 소리가 울리더니 대문이 열리고 예순이 넘어 보이는 청지기가 나와 선다.

"어서 흥선군 대감에게 전해 올리시게."

청지기는 비단 보자기 하나를 내민다. 천희연이 그 보자기를 받아 들면서 묻는다.

"모두 이것뿐이랍니까?"

"나는 대감마님의 분부 받자왔을 뿐이라네."

청지기는 말을 마치고 뒤돌아선다. 대문은 다시 닫히고 만다. 천희연은 비단 보자기를 살펴보고서야 너털웃음을 웃는다.

"허허허… 갓 도포일세 그랴…."

"갓 도포…?"

천하장안은 흥선군 이하응의 배짱에 다시 한 번 놀란다. 기방에 누워 있는 처지로 하필이면 김병기의 갓과 도포를 빌린다는 말이던가.

"과시 흥선군 대감이시다…."

"헛, 갓 도포를 내주는 사영 대감도 걸물인걸…."

"그거야 우리 대감마님의 위세가 있을 테니까."

"자 자, 어서들 가자. 대감마님 기다리시겠다."

천희연이 앞장을 선다. 이들은 가슴을 펴고 활개 치듯 걷는다. 김병기를 택하여 승부를 걸어 보는 이하응을 상전으로 모신다는 자부심이 끓어올라서다. 게다가 앞으로 자신들이 해야 할 일이 이 같은 것이라면 시정의 잡배나 다름없는 천하장안에게는 신바람을 일으키고도 남을 일이 아니던가.

"허허허, 수고들 했다."

흥선군 이하응은 비단 보자기를 풀어 본다. 윤기가 흐르는 통영 큰 갓과 엷은 옥색으로 물들여진 명주 도포다. 천하의 세도 김병기의 것이라 보기만 해도 눈이 부실 지경이다.

"대감, 초물인 듯싶사옵니다."

기생 초월이 말한다. 초물이 무엇인가. 지어 놓고 한 번도 입지를 않은 것이라는 뜻이다.

"과시 사영이로세."

그랬다. 김병기의 배포가 아니라면 어림도 없는 일이다. 아무리 흥선군이라도 그렇다. 더구나 술값으로 갓 도포를 빼앗기고 기방에 묶여 있다고 한 이하응의 서찰을 받고, 한 번도 쓰지 않은 통영 큰 갓과 한 번도 입지 않은 도포를 내놓을 수 있다는 것, 흥선군 이하응은 문득 김병기에게 적의를 느낄 수밖에 없다.

'네가 그리한다면… 나 또한 그리하리라!'

김병기의 도전이라는 생각이 들어서다. 이하응은 가슴이 서늘해지는 전율감에 젖으면서도 만만치 않은 상대임을 다시 다짐한다. 김좌근은 이미 나이 들었다. 김좌근의 뒤를 이어 장김의 두령이 될 김병기가 아니던가. 아니 이미 작은 두령의 행세를 하고 있는 김병기다. 그런 김병기를 향해 이하응은 승부수를 던졌고, 그것은 다시 승부수가 되어 날아온 것이나 다름이 없다.

"초월아, 내 집처럼 달려와 머무를 것이니라."

흥선군 이하응은 짧은 한마디를 남기고 초월의 집을 나선다. 그녀의 집에서 3일을 머물고 난 아침이다. 천하장안은 이하응의 뒤를 따르며 키득키득 웃는다. 갓이야 크고 작고가 있을까. 그러나 5척 단구의 이하응에게 김병기의 도포가 맞을 까닭이 없다. 기장이 길어서 마치 땅에 끌리는 듯한 모습이다. 그러나 이하응은 거리낌 없는 걸음을 옮겨 놓고 있다.

'어디로 가시지?'

천하장안은 그의 뒤를 따르면서 궁금해 한다. 이하응의 발걸음은 교동으로 들어서고 있다. 김병기의 집 대문은 활짝 열려 있다. 곧 등청을 하려는 모양이다.

이하응이 대문 앞으로 다가서고 있을 때다. 호종꾼들에게 둘러싸인 김병기의 자비가 나오고 있다. 이하응은 그 자비를 막듯 버티고 선다.

"쯧쯧쯧…."

김병기는 자비에 앉은 채 혀를 찬다. 이하응의 몰골이 가관이기 때문이다. 갓도 도포도 자신의 것이 분명하다. 이하응은 느닷없이 맨바닥에 무릎을 꿇고 앉는다. 초물이라는 명주 도포를 깔고 앉은 형국이다.

"사영, 사영께서 베푸신 후의가 있어 이렇듯 의관을 갖추고 기방에서 풀려났소이다."

"……!"

김병기는 이하응에게로 달려가 뺨이라도 치고 싶은 것을 억눌러 참고 있다.

"의당 집으로 돌아가서 내 의관을 갖추고 사영의 의관을 깨끗이 돌려 드리는 것이 도리일 것이나, 그렇게 되면 내가 사영에게 거짓말을 한 것이 되겠기에 이런 몰골을 보여 드리는 것이니 너무 노여워 마시오."

"……."

"사영, 그래도 사영께서는 이 못난 것을 위해 의관을 내주시는 대은을 베푸셨어요. 기워 쓰고 있었던 것이니 깨끗이 손질해서 해안으로 돌려 드릴 것이오. 고맙소이다. 사영."

이하응은 짐짓 상체를 깊게 굽혀 보인다.

"다시 돌려줄 것은 없어요. 가자…!"

이하응은 몸을 굴리듯 길을 열어 준다.

아침 햇살은 유난히 밝다. 이하응은 땅바닥에 끌릴 것 같은 김병기의 도포를 입은 해괴한 모습으로 그의 새로운 인생의 첫발을 내딛고 있다.

두 방문객

1

1857년(철종哲宗 8) 정월.

흔히 지난해라고 말하는 저문 해나, 새해의 새 아침을 밝힌 해가 다른 것이 무에 있으랴. 지는 해와 솟는 해가 다를 것이 없는데도 사람들은 새해의 첫날을 맞으면 어제의 해가 아닌 다른 해라 믿으며 희망에 부푸는 것이 상례다. 그래서 '다사다난多事多難했던 지난해'가 다시 되풀이되지 않기를 바라는 것이 아니겠는가. 그러나 가문이 기운 사람들에게나 살림이 넉넉지 않은 사람들에게는 정월 초하룻날은 물론이요, 정월 한 달이 시름 많고 고된 한 달이 된다.

대궐이라 하여 다를 바가 없다. 새해의 하루 전인 섣달 그믐날이 되면 지난 한 해 동안 대궐을 어지럽혔던 잡귀를 쫓아내기 위해 가면을 쓴 사람들이 궁궐 안 곳곳을 돌아다니면서 춤을 춘다. 이 행사를 '연종제年終祭' 라고 한다. 또 여러 발의 대포를 쏘아서 악귀를 물리치는데 이때 쏘는 대포를 '연종포年終砲' 라고 한다.

또 내의원內醫院에서는 이날에 맞추어 청심환과 같은 구급약을 만들어서 임금님께 올린다. 임금님은 70세가 넘은 원로대신들을 친히 불러 내의원에서 올린 구급약을 하사한다. 새해에도 건강하게 지내라는 아름다운 배려다.

그믐밤의 마지막 순간이 다가오면 운종雲從거리(지금의 종로)에 있는 종각에서 타종을 한다. 종이란 본시 사찰에서 아침저녁으로 치던 것이지만, 어느 시대부터인가 제야除夜에 치는 종을 '제야의 종' 이라고 하였다. 제야의 종을 울리는 시각에 대해서는 구년舊年 중에 107번을 치고, 새해에 들어서서 마지막 한 번을 친다는 설도 있지만, 원단元旦(설날)의 인시寅時(오전 4시경)부터 치기 시작한다는 주장도 있다.

또 108이라는 숫자만 해도 그렇다. 1년의 12개월과 24절기, 그리고 72후候의 숫자를 합친 것이라는 설이 있기도 하고, 우리가 흔히 말하는 108가지의 번뇌를 상징한다는 설도 있다. 요즘 우리는 섣달 그믐날 자정에 맞추어 서울 종로2가에 있는 보신각普信閣의 종을 33번 쳐서 제야의 종으로 삼고 있다.

철종은 순원왕후, 신정왕후, 효정왕후 등 웃전에 세배를 올리고 나서야 대소 신료들의 신년하례를 받는다. 보위를 이어받은 지도 어언 햇수로 9년, 비록 외척의 세도가 기승을 부리고 있다

해도 이젠 군왕의 모습을 의젓이 갖추고 있다. 조정이 주도하는 의전행사를 모두 마친 철종은 비로소 철인왕후와 숙의 범씨의 세배를 받는다.

철종은 이들 두 사람이 베풀어 준 은혜로움을 잊질 못한다. 그중에서도 미행을 빙자하여 양순을 만날 수 있도록 한 배려는 눈물겨운 일이고도 남는다.

"중전에게는 할 말이 없고, 숙의에게도 고맙다는 말밖에 달리 할 말이 없어요."

"망극하옵니다. 전하…."

두 아낙은 상체를 깊이 숙여서 감읍하지만, 철종에게는 엄청난 시름이 있다. 지난해 그믐께 척족 세도의 중심부에 있는 김영근金泳根을 강화유수로 내보낸 것이 마음에 걸려서다. 그때 끝까지 반대하여 다른 사람을 보내지 못한 것이 지금도 후회로 남아 있다. 새 강화유수 김영근이 임지에 들어서면 무엇보다도 먼저 양순의 일에 관심을 가질 것이기 때문이다. 아니다, 영리한 김병기가 양순의 문제를 처단하기 위해 측근이나 다름없는 김영근을 강화유수로 보냈다면 양순에게 이로울 것이 없다는 생각이 철종의 심기를 뒤흔들고 있다.

"중전에게는 차마 입에 담기 민망하나…."

철종은 머뭇머뭇 양순의 일을 거론하자 하였으나 좀처럼 말이 이어지지 않는다.

"양순의 일이라면 너무 심려치 마오소서."

눈치 빠른 숙의 범씨가 철종의 속내를 읽었다는 듯 한발 앞서 나간다.

"심려치 말라니요?"

"양순이는 새 강화유수보다 한발 앞서 강화섬으로 돌아갔사옵니다."

"……!"

얼마나 놀라운 일인가. 철종은 어이없는 시선을 철인왕후의 얼굴에서 떼지를 못한다. 아직도 애티를 가시지 않은 철인왕후의 모습은 아름답기 그지없었고, 얼굴마저도 부끄러운 듯 홍조를 띠고 있다. 철종은 생각해 본다. 김영근이 임지에 당도하여 양순을 찾았다면 어찌 되는가. 그리하여 숭례문 근처의 술청에서 철종과 만나고 있다는 사실이 알려진다면 조정이 시끄러워지는 것은 고사하고 양순이가 무사할 수도 없다. 그 엄청난 시름을 철인왕후가 말끔히 씻어 내고 있었음을 어찌 짐작이나 했으랴.

"신첩은 강화섬의 일들이 당숙에게 맡겨진다는 것을 대왕대비 전으로부터 전해 듣고 있었사옵니다."

"아니 어떻게요?"

"대왕대비 마마께오서 새 강화유수에게 양순의 일을 당부할 것이라는 말씀이 계셨기 때문이옵니다."

"……!"

철종은 부끄러움과 희열이 교차하는 감회를 맛본다. 자신을 감싸고도는 여인들의 마음 씀이 어찌 이리도 아름다울 수가 있는가. 이번에는 숙의 범씨가 다시 부연한다.

"전하. 양순의 일은 너무 심려치 마오소서. 강화유수의 마음이 한가로워지면 양순이는 다시 도성으로 들어올 것이옵니다. 중전 마마께오서 그리 약속해 주셨사옵니다."

철종은 앳된 철인왕후의 너그러운 마음 씀에 무엇으로 보답해야 할지 마음을 정할 수도 없다. 그는 다만 올 한 해도 앞에 앉아 있는 여인들의 마음처럼 아름다움으로 가득하기를 바랄 뿐이다.

2

흥선군 이하응에게는 이번 설날이 착잡하기 그지없다. 이른 아침 큰집으로 가서 다례茶禮에 임했으나, 어느 누구도 그에게 눈길을 주지 않았고 심지어 형들조차도 아는 체를 하지 않는다. 특히 흥인군 이최응의 냉대는 차갑기만 하다. 장안 사람들은 이하응을 '궁도령'이라 비아냥거렸고 더러는 '상갓집 개'라고까지 비웃고 있지를 않던가. 그런 가운데서도 출계한 맏아들 이재면의 세배를 받을 때는 가슴이 뭉클해지는 감회에 젖을 수밖에 없다. 이재면은 이하응의 둘째 형인 흥완군 이정응에게 양자로 갔다. 이제 열세 살. 생부인 이하응에게 세배를 올리는 그의 어린 가슴인들 편할 까닭이 있을까.

'너만은 애비의 심중을 알아야 하는 것을!'

이하응은 눈시울이 시큰하게 젖어 오는 것을 애써 참는다. 이재면의 모습이 측은해서다. 이하응은 내내 입 한 번 열지 않은 채 구름재의 사저로 돌아온다. 음복을 한 탓인지 온몸에 취기가 돈다. 정월달의 바람은 칼날같이 차고 맵다. 그에게는 새해를 맞는 감회가 없다. 올해도 지난해와 다름없이 투전판으로, 술청으로, 기방으로 드나들어야 하질 않겠는가. 이미 궁도령이나 상갓집 개로 타락해 있는 이하응이다. 누가 시켜서 하는 일이 아니었다면 스스로 택한 길이 아니겠는가.

이하응은 사랑으로 들었어도 마음이 편하지 못하다.

"명복일 부르라."

이하응은 컬컬한 목소리를 토해 낸다. 명복은 그의 둘째 아들이다. 누가 무정세월이라 했던가. 맏이를 양자로 보내고 뒤를 이어 갈 자식이 없어 고심하던 이하응의 가슴을 후련하게 씻어 준 명복도 이젠 여섯 살, 《명심보감》을 거침없이 외는 총명한 유년幼年으로 자라나 있다.

'이 애비는 너를 용상으로 밀어 올리리라!'

흥선군 이하응은 명복이 태어나던 날 내심 그렇게 다짐했었다. 장김이라는 거대한 외척에 의해 왕실은 찌들 대로 찌들어 있다. 몇몇 종친이 있다 해도 언제 무슨 변을 당할지 모르는 험악한 세상이다. 누군가의 지략으로, 누군가의 담력으로 장김의 족척을 밀어내고 왕실의 위엄을 되찾아야 한다. 그 지략과 담력을 구비한 사람은 오직 자신뿐이라고 믿고 있는 흥선군 이하응이다. 그것이 밖으로 드러나는 날이면 쥐도 새도 모르게 죽어야 하든가, 아니면 역모의 괴수로 지목되어 사약을 받게 된다. 이 같은 위험에서 벗어나기 위해 이하응은 스스로 파락호의 길을 걷고 있다. 이젠 아무도 자신의 내심을 의심하는 사람이 없다. 자신이 무사하다는 것은 곧 명복이 무사한 것이오, 자신의 뜻을 이루는 날 명복은 보위에 오를 것이리라. 이 얼마나 용의주도한 성품이며 이 얼마나 무서운 야망인가.

민씨 부인이 명복의 손을 잡고 사랑으로 든다. 명복의 총명한 눈빛을 살피면서 이하응은 흡족한 표정이 된다.

"허허허, 세배를 올려야지…."

어린 명복이 두 손을 포개 잡으며 곱게 절을 하고 앉는다. 여섯 살로 볼 수 없는 조숙한 모습이다.

"아버님, 소원 성취하소서."

아직은 여린 목소리였지만 나무랄 데 없는 품위를 지니고 있다. 이하응의 가슴이 뭉클하게 달아오른다.

"장부로 태어났으면 학업에 열중해야 할 것이야."

"명심하고 있사옵니다."

"허허허, 그래 네 소원은 무엇이냐?"

명복은 허를 찔렸다는 생각이 들었는지 어머님의 표정을 살핀다. 민씨 부인은 웃음이 담긴 얼굴로 고개를 끄덕였다. 그제야 명복은 입을 연다.

"막손이보다 연을 더 높이 날리는 것이옵니다."

"막손이?"

"이웃집에 사는 제 동무입니다. 막손이는 여덟 살이 되지만 소자는 반드시 이길 것이옵니다."

흥선군의 입가에 다시 잔잔한 미소가 흐른다. 그러한 아버지의 모습이 명복의 긴장을 풀게 한 것일까, 한무릎 다가앉으며 굳었던 얼굴을 환하게 편다.

"아버님의 소원은 무엇이옵니까?"

"나…?"

순간 흥선군은 당황해 한다.

"예. 아버님도 소원이 있을 게 아니옵니까?"

"음…, 이 애비의 소원은 말이다…."

그러나 흥선군은 끝까지 말을 잇지 못한다. 그의 가슴속에 맺히고 또 맺힌 응어리진 한을 차마 입 밖으로 뱉어 낼 수가 없기 때문이다. 대신 그는 속으로만 외쳐 보고 있다.

'명복아, 아니 전하. 어찌 이 흥선에게 소원이 없을 수 있겠사옵니까. 이 못난 애비의 간절한 소원은 오직 전하가 하루빨리 보위에 올라 8도 3백주를 호령할 날이 오기만을 기다리는 것뿐이옵니다. 전하, 그날이 올 때까지 무럭무럭 자라나 주오소서!'

흥선군은 어느덧 명복을 무릎 위에 앉혀 놓고 환희와 격정에 싸인 눈길로 그를 내려다보고 있다.

'이 작은 손, 이 작은 몸, 그러나 언제까지 작은 손, 작은 몸이

어서는 안 된다. 어느 누구도 견줄 수 없는, 어느 누구도 범접할 수 없는 커다란 손, 커다란 몸이 되어야 한다. 8도를 호령할 몸, 삼천리강토를 뒤흔들 몸, 이 애비가 무릎 꿇고 부복하여야 할 지존이 되어야 한다. 그러나 그날이, 그 행운이 이 작은 몸 위에 내려질 날이 과연 올 것인지… 온다면 언제 올 것인지.'

홍선군은 명복의 작은 몸을 껴안고 어깨를 떤다. 시간이 흐를수록 그는 점점 더 자신만의 세계로 빠져 들고 있다.

"명복아?"

"예."

"무럭무럭 자라야 할 것이니라."

홍선군은 더 말을 이어 가지 못한다. 정작 하고 싶었던 말은 '왕도를 익혀 가야 할 것이니라'가 아니던가. 설사 그렇기로 여섯 살 어린 명복이가 자신의 내심을 알아들을 까닭이 있을까. 그는 상념을 털어 내듯 입가에 쓴웃음을 담고 있다.

3

홍선군 이하응은 보름이 가까워지도록 사저의 대문을 나서지 않는다. 투전판도 기방도 아직은 흥청거리지 않을 것이라고 믿은 때문이다. 기생 애첩인 초월의 집에 가서 뒹굴고 싶은 생각도 없지는 않았으나 아직은 정초라 세배객이 있을 것도 같았기에 쑤시듯 달아오르는 바람기를 참고 있다.

“대감마님, 도정 어른께서 드셔 계시옵니다.”

“어서 뫼시어라.”

도정都正 이하전李夏銓은 선조宣祖의 아버지 덕흥대원군德興大院君의 후손인 완창군完昌君의 아들이다. 이하전은 어릴 때부터 총명하였고 또 외모도 수려하다. 그런 연유로 철종이 보위에 오를 때 일차 왕재로 물망에 올랐던 인물이기도 하다. 이제 열여섯 살을 갓 넘긴 앳된 모습이었어도 왕족의 기품은 전신에서 풍겨 나고 있다. 이하전은 정중한 예를 올리고 반듯한 자세를 취한다. 흥선군은 그 같은 이하전의 단아한 모습을 보면서 장김의 경계 대상임을 다시 한 번 실감할 수밖에 없다. 임금의 풍모가 감돌고 있었기 때문이다.

‘몸조심해야 하는 것을.’

흥선군은 이 말을 뱉어 내지 못한다. 김병기에게 파락호의 모습을 과시했다면 이하전에게도 그렇게 보여야 할 것이 아니겠는가. 그것이 보신하는 길일 것이지만, 막상 입에 담기가 쉽지 않다.

“화서 선생과 친교가 두텁다구…?”

화서란 물론 이항로를 두고 하는 말이다. 이하전이 이항로와 교유하고 있음을 흥선군은 알고 있다.

“그야 대감께서 추사 선생을 흠모하는 것과 무엇이 다르오리까."

"……!"

흥선군 이하응은 잠시 몸을 움츠린다. 이하전의 대답에서 항변의 의미가 섞여 있었기 때문이다. 세배를 빙자하여 뭔가 따져보려고 온 것이 분명하다. 이하응은 재빨리 말머리를 돌린다.

"술이나 한잔 하겠는가?"

"술보다는 차가 좋겠습니다만…."

"그도 그렇구먼…."

두 사람은 차를 마시면서도 침묵을 계속한다. 흥선군 쪽에서 대화를 기피하고 있는 형국이다. 그 침묵을 참지 못하고 이하전이 먼저 입을 연다.

"지난 세모에 초월이라는 기생과 자리를 같이한 일이 있사온데… 그 아이가 대감의 말씀을 많이 입에 담았습니다."

"허허허, 그야 내 애첩이니까."

"……!"

흥선군의 거침없는 대답에 이하전은 실망하는 표정을 지어 보이다가 곧 전의를 가다듬은 듯 항변한다.

"대감, 언제까지 왕실에 누를 끼치고, 종친들의 얼굴에 먹칠을 하시렵니까!"

"……!"

"다른 모든 사람이 속고 있지만 저는 속질 않습니다."

"아니, 속이다니?"

"대감의 그 해괴한 행적 말씀이오이다. 대감 혼자만 살자는 속셈이 아니십니까? 다른 모든 종친이 해를 입을 때 대감 혼자만 살아남으신다 해서 무슨 득이 있겠습니까!"

"……!"

흥선군 이하응의 등골에 오싹 소름이 끼친다. 자신의 파행을 아직은 나어리달 수밖에 없는 이하전이 꿰뚫어 보고 있으리라고 어찌 짐작이나 했던가.

"대감, 이젠 영명하셨던 옛 모습으로 돌아오셔야 할 줄로 아옵니다. 설사 족척들이 세도를 부리고 있다 해도 종친은 의연한 모습을 갖추고 있어야 마땅하질 않습니까. 대감께서 파행을 멈추지 않는다면 모든 종친이 웃음거리가 된다는 것을 정녕 모르신다는 말씀이십니까!"

"……!"

흥선군 이하응은 소리치고 싶다. 이하전의 젊은 혈기를 나무라고 싶었으나 차마 입이 열리지 않는다.

"대감, 종친이 힘을 모아야 할 때가 아니옵니까. 대감이 앞장을 서서 외척의 전횡을 막아 주셔야만 저와 같은 젊은 종친들도 대감의 뒤를 따르지 않겠습니까? 많은 종친이 힘을 쓰지 못하게 되었을 때 대감만이 살아남아서 무엇을 어쩌자는 것이옵니까!"

'도정의 집에 왕기설이 돈다는 소문이 있어. 그따위 망발을 입에 담고서야 어찌 살기를 바라는가!'

흥선군 이하응은 목구멍까지 치밀어 오른 이 말을 간신히 삼켜 넘긴다. 도정 이하전의 집은 사직 골에 있다. 그 사직 골에 왕기설王氣說이 돈 일이 있다. 왕기설이 무엇이던가. 사직 골에서 임금이 난다는 뜻이다. 더구나 이하전은 철종을 대신하여 보위에 오를 뻔한 일까지 있었음에랴.

"대감, 다시 말씀 드립니다만, 지난날의 과오를 털어 내시고 종친의 의연한 모습을 보여 주셨으면 하옵니다. 그것이 이 나라 종사와 왕실을 지키는 일이라 믿어지옵니다."

"도정, 사직 골에 왕기설이 돌고 있어!"

흥선군 이하응은 더 참지를 못한다. 물론 이하전이 장김의 감시를 받고 있다는 경고의 뜻으로 한 말이다. 그러나 이하전의 대답은 만만치 않다.

"왕기설로 말하면 구름재에도 돌고 있지를 않사옵니까?"

"……!"

"외척들을 쳐부수자는 것이 아니올시다. 외척들에게 해를 입히자는 것이 아니질 않습니까. 종친은 종친 된 도리를 다하자는 것이옵니다."

얼핏 들으면 나무랄 데 없는 말이다. 당연히 그래야 함은 물론이다. 그러나 이하전은 아직 젊다. 지금이 어디 본분과 정도가 통하는 세태이던가. 그 모질고 무서운 세태를 모르는 이하전이 흥선군에게는 안타까울 따름이다.

'도정 또한 나와 같이 미친 짓을 하고서만 살아남을 수 있을 것이야!'

그렇다고 모든 종친이 궁도령이 되고 상갓집 개가 될 수는 없다. 그것은 흥선군 이하응 한 사람으로 족하다. 더구나 흥선군 이하응에게는 발설할 수 없는 야망이 있었음에랴.

"아무튼 오늘은 그리 알고 돌아가겠사옵니다만, 또다시 대감의 파락이 있다면 저로서는 연을 끊을 수밖에 없사옵니다."

"이보시게, 도정!"

"종친의 위엄을 갖추고서만 왕실과 조정이 지켜질 것으로 아옵니다."

도정 이하전은 찌르듯 목소리를 높이고 이하응의 거처를 나간다.

"혈기만으로 왕실과 조정이 지켜지는가!"

이하응은 이하전을 타이르지 못한 것이 못내 아쉬웠으나 그렇다고 자신의 내심을 드러낼 수 없는 것이 안타깝다.

4

그리고 며칠 후, 경평군慶平君 이세보李世輔가 찾아왔다. 흥선군 이하응과 이세보는 육촌 간이었어도 마치 남남처럼 소원한 사이다. 모두가 이하응의 파행에서 기인된 결과다. 그런 판국에 이세보가 찾아왔다면 즐거운 대면일 수가 없다.

"도정에게 얘긴 들었습니다만…, 대체 어찌하실 작정이십니까?"

"그야, 살던 대로 살아야지…, 개꼬리를 묵혀 두면 수달피 꼬리가 된다든가?"

"……!"

이세보의 얼굴이 달아오르는 것을 보면서 이하응은 비열한 웃음을 입가에 담는다.

"이젠 틀렸어. 이 홍선은 폐문이 되고 말았어…."

"김병기의 집에 가서 떡쌀을 구걸하였다는 게 사실이오이까?"

"허허허, 그건 또 어찌 알았어?"

"김병기가 자랑 삼아 떠들고 다니더랍니다."

이하응은 다행이라는 생각이 든다. 김병기가 자신의 계략에 말려들고 있었음에랴. 그러나 이세보의 분노는 그칠 줄 모른다.

"하필이면 왜 김병기의 집이랍니까. 끼닛거리가 없으면 제집에 오실 수도 있지를 않습니까!"

"족제비도 낯짝이 있다고 했어…."

"도정이 땅을 치며 울더랍니다."

"……!"

"대감의 파행으로 종친들이 얼굴을 들고 다닐 수가 없습니다. 주상께서도 연유를 하문하십디다. 그래서 얻는 게 무엇이오이까?"

"딱한 사람이구만…, 세상이 어디 온전한 사람만이 사는 곳인가. 부엌에도 성한 그릇이 있고 찌그러진 그릇도 있는 법일세."

"대감!"

"주정뱅이더러 술을 끊으라고 하면 들을 줄 알았던가. 투전에 미친병은 죽기 전엔 고칠 수가 없어."

이세보의 눈가에 물기가 돈다. 그는 도정 이하전으로부터 흥선군 이하응의 파행은 목숨을 부지하기 위한 방편일 것이라는 얘기를 듣고 왔으나, 면전에 앉아 있는 이하응은 끝내 그런 내색을 아니 하고 있다. 울분과 실망이 범벅이 되어 솟아오를 뿐이다.

"대감, 종친들에게 인물이 없기에 장김의 전횡이 날로 더해지는 것이 아니옵니까. 대감께서 기력을 가다듬어 주신다면 저들의 세도가 오늘과 같지는 않을 것이옵니다."

"……."

"설사 저들로부터 박해를 받는 한이 있다 해도 대감께서 앞장을 서 주셔야 하오이다. 그래 주셔야만 젊은 종친들에게 귀감이 되지를 않겠습니까?"

"글쎄, 난들 그걸 모를 까닭이 있는가. 알고는 있지만 기력이 없어. 마음의 병이 깊다니까."

"……!"

"사람들이 날 궁도령이라 한다면서? 또 상갓집 개라고 한다질 않는가. 이런 나에게 귀감은 무엇이며 기둥은 또 무엇인가. 폐인은 폐인이 가야 할 길이 있을 것이야."

"……."

경평군 이세보도 도정 이하전과 마찬가지로 흥선군 이하응의 내심을 읽지 못한 채 구름재를 떠난다. 그러나 흥선군은 심상치 않은 바람이 일 것이라고 믿는다. 이하전이나 이세보는 너무 젊다. 이들이 젊은 혈기만을 앞세워서 종친들의 위엄을 다시 찾겠다고 목소리를 높인다면 어찌 되는가. 장김은 무슨 구실로든지 두 사람을 해칠 것이 아니겠는가. 그런 세월이 무려 40여 년이나 흘러오고 있음을 왜 모른다는 말이던가.

'안 되겠어!'

흥선군은 어금니를 문다. 더욱더 파락의 길로 들어설 수밖에 없다. 적어도 이하전이나 이세보가 눈치 채지 못하도록 처신할 수밖에 없는 것이 목숨을 구하는 일이며, 명복을 보위에 밀어 올리는 길이 아니겠는가. 수천의 적군을 치는 일은 어렵지 않아도 자신의 마음을 다스리는 것이 어렵다는 명언이 있음에랴. 천만다행으로 김좌근 · 김병기 부자가 속고 있다. 이런 마당에 이하전이나 이세보를 믿고 이하응 본래의 모습으로 돌아간다는 것은 어불성설이다.

"출타할 것이니라. 채비하렷다!"

흥선군 이하응은 장죽으로 놋재떨이를 세차게 내리치며 소리친다. 예서 더 집안에 틀어박혀 있는 것은 꼬리를 밟힐 일이 아니겠는가.

구름재에 있는 흥선군 저의 대문이 세차게 열린다. 5척 단구인 흥선군 이하응이 당차게 걸어 나온다. 천하장안이 그를 에워싸듯 옹위했다.

"이놈들아, 숨통이 막혔느냐, 벽제소릴 울려라!"

"예! 쉬이, 흥선군 대감 행차시다. 물렀거라!"

천희연의 고래 같은 목소리가 하얗게 바래진 겨울 허공을 쩌렁하게 울린다. 흥선군은 함박 같은 웃음을 흘리며 앞장서 걷는다. 38세, 그 학문, 그 담력이라면 무엇인들 못 하랴. 그러나 흥선군 이하응은 도포 자락을 날리면서 길바닥에 나선다.

'투전판도 좋고, 술청도 좋을시고….'

또 얼마의 세월을 그렇게 보내야 하는가. 누구도 기약할 수 없는 세월이다. 흥선군 이하응은 그런 암담한 세월을 탓하지 않는다. 그는 오직 야망의 성취만을 생각하며 진흙탕을 구르고 있을 뿐이다.

순원왕후

1

여름이 막바지로 접어들면서 대궐 안은 시름에 잠기는 날이 잦아진다. 대왕대비 순원왕후의 환우가 도질 기미를 보여서다. 그녀는 담痰을 앓고 있다. 어떤 날은 갑자기 숨이 막혀 거동을 못할 때도 있다. 그런 날이면 내의원의 전의典醫들이 숨 가쁘게 돌아간다. 왕실에서 제일 큰 어른이기도 하였고, 척족 장김을 떠받치는 기둥이었기에 그녀의 건강에 대해 모두들 민감하기 그지없다.

영의정 김좌근은 입궐하였을 때마다 누님인 순원왕후를 찾아 뵙고 조정 돌아가는 일, 혹은 누항의 일까지를 소상히 알려 주고 있다. 순원왕후에게는 김좌근이 드는 날이 그나마 시름을 더는 날이다.

"호호호. 흥선군이 서랑壻郎(사위)을 본다고…?"

대왕대비 순원왕후가 김좌근에게 묻는다.

"그런 줄로 아옵니다."

"쩝, 가장의 행태가 그러하고서야 집안의 경사인들 오죽하겠는가?"

흥선군 이하응의 파행은 궐 안에까지 빠삭하게 알려져 있다. 모두가 안타까워만 할 뿐 이하응의 내심을 아는 사람은 없다. 그렇다고 하더라도 사위를 맞이하는 일이라면 경사임에는 분명하다.

흥선군의 서녀庶女가 출가를 하게 되었다. 사위 되는 사람은 이호준李鎬俊의 서장자 윤용允用, 이 무렵엔 아직 태어나지 않은 이완용李完用의 서형庶兄이기도 하다.

비록 서얼끼리의 혼인이라 해도 양가 모두가 개혼開婚인 처지라 얼마간 들뜰 수밖에 없다. 흥선군 이하응으로서도 투전판과 기방의 출입을 자제할 수밖에 없다. 사돈이 될 이호준에게까지 궁도령임을 과시하고 싶지가 않아서다.

"이 주부, 내 집의 가세를 잘 아시겠고… 내 풍류 또한 지켜보았으리라 생각되오이다마는…, 이젠 종친이랄 수도 없는 처지가 아닌가. 비록 서녀이기는 하나 딸애의 심성은 착합니다. 어여삐 보시고 잘 거두어 주신다면… 내 그 은혜만은 잊지 않으리다."

"은혜라 하오시면…, 장차 영의정의 자리라도 마련해 주시겠습니까?"

"……!"

순간 흥선군 이하응은 이호준의 기묘한 시선을 소상히 살핀다. 그의 대답이 맹랑해서다. 궁도령, 상갓집 개라고 불리는 흥선군에게 영의정의 자리라도 마련해 주겠느냐고 물었다면, 흥선군의 내심을 꿰뚫어 보고 있을지도 모른다는 생각에서다.

'이자가 혹시…!'

흥선군은 섬뜩한 느낌이 들었으나 내친걸음이다 싶어 가가대소呵呵大笑로 얼버무리고 나선다.

"허허허, 내게 그만한 힘이 있다면 무슨 짓인들 못 하겠소이까마는… 판중추부사라면 모를까 영의정은 어렵겠소이다."

"허허허, 바로 보셨습니다, 대감. 인재의 등용에 사심이 적용되는 것은 금물일 테니까요."

"허허허… 그렇던가요."

두 사람은 파안대소를 나누며 의기투합하고 있음을 드러낸다. 그러면서도 서로의 내심을 탐색해 보려고 하지는 않는다.

이호준은 일찍이 흥선군이 사복시司僕寺 제조提調로 있을 때, 그 밑에서 일을 도운 적이 있다. 사복시란 궁중의 말을 관리하는 관청으로 흥선군이 그곳의 책임자였고, 이호준은 주부主簿 직을 행한 바가 있다. 그때의 직함 때문에 지금까지도 이 주부로 통한다. 이호준은 사람됨이 강직하면서도 호방하였고, 의리가 강해 흥선군의 총애를 많이 받았다. 아첨과 간교함이 판을 치는 세상에서 나름대로 자신을 지키며 고집을 꺾지 않는 그의 성품이 불우낙척不遇落拓의 흥선군에게 몹시 신선하게 비친 때문이다. 스스로 조정과 발을 끊은 흥선군이었어도 이호준과는 계속 인연을 유지한 것은 그 때문이었는데, 급기야는 그의 서장자 윤용을 맏사위로까지 맞아들이게 되었다.

이호준은 서출인 윤용 외에는 아들을 두지 못했고 정실부인인 민씨閔氏에게서 딸을 하나 두었을 뿐이다. 따라서 그는 자신의 대를 이을 양자가 필요했다. 그래서 입적시킨 것이 척분 되는 이호석李鎬奭의 아들 완용이다. 구태여 설명하지 않아도 이완용이 500년을 지탱해 온 조선왕조를 일본에 팔아넘긴 매국오적賣國五賊의 한 사람인 것은 독자들이 더 잘 알고 있으리라. 결과적으로 이호준은 양자 하나 잘못 맞아들여 만대에 이르기까지 씻지 못할 오명을 남긴 셈이다. 이완용은 다음 해인 1858년(철종 9)에 태어나게 된다. 어쨌든 이호준을 비롯한 윤용, 완용 등은 이때 흥선군과의 인연을 깊게 한 탓으로 미구에 닥쳐올 역사의 거센 소용돌이 속으로 휘말리게 된다.

흥선군이 비록 가세의 몰락 운운하며 이호준에게 농을 던졌지만, 그래도 마음이 여린 흥선군의 내심은 그렇지가 않다. 정이 들 대로 든 맏딸의 혼례가 아니던가. 예에 벗어나지 않을 만큼의 혼수는 마련해야 한다.

흥선군은 고심 끝에 가형들을 찾아다닌다. 스스로 굴욕적인 구걸행각을 택한 셈이다.

"그 아이가 비록 서녀이긴 하오나…, 제게는 장녀나 다를 바가 없는데, 혼사일이 눈앞으로 다가오고 있는지라 모든 게 난감하기만 합니다."

"벌써 그렇게 되었나…, 자네의 수완이라면 잘 되겠지…."

"……."

흥선군은 형들의 집을 찾아 나선 것을 후회한다. 아무리 자청한 일이라 해도 형들의 집을 맨손으로 나선다는 것은 마음 상하는 일이고도 남는다.

'사영의 집으로나 갈 것을!'

사영思潁은 김병기의 호다. 기왕에 망신을 당할 일이라면 김병기에게 당하는 것이 옳을지도 모른다. 형들이나 척족들에게 당하는 수모는 얻을 게 없다. 그러나 김병기에게 당하는 수모에는 명분이라도 있을 것이 아니던가.

흥선군은 교동으로 발길을 돌린다. 어차피 거기서도 혼수를 마련할 만한 재물이 마련되지는 않겠지만, 흥선군 이하응이 밑바닥 인생을 살고 있다는 것만은 보여 줄 수가 있다. 하늘은 검은 구름을 낮게 깔아 놓고 있더니 마침내 비를 뿌리기 시작한다. 보슬비다. 흥선군의 갓 테에 빗방울이 매달리면서 옷이 젖어 들기 시작한다. 길에서 맞은 비라 우장이 있을 까닭이 없다. 흥선군은 그대로 걷는다. 그는 질펀하게 젖어 드는 교동의 어구에 당도하여 잠시 걸음을 멈춘다.

'이런 행색으로야!'

자존심이 상해 온다. 이미 깡그리 내던진 자존심이 아직도 살아 있었던가. 그는 치밀어 오르는 분노를 애써 짓눌러 삼킨다.

"아니, 석파!"

"이게 뉘시오, 영초潁樵 아니시오?"

목소리의 주인은 다름 아닌 이조참판 김병학이다.

김병학은 안동 김문의 일족으로 김수근의 아들이었으나 백부인 김준근金浚根의 양자로 출계했다. 흥선군보다 한 살 아래인 37세, 1853년(철종 4)에 문과에 급제하여 옥당玉堂에 들어간 후 장령, 사간 등을 지내다가 장김의 세도를 배경으로 지금은 이조참판에 올라 있다. 그러나 다른 장김들과 달리 인품이 온후하고 덕성을 두루 갖추고 있어 한때 흥선군과는 떨어질 수 없을 만큼 의기를 투합하기도 했었다. 흥선군이 궁부宮府에서 손을 뗀 후 만날 일이 적어지면서 차츰 소원해졌으나, 그래도 가슴 한구석에는 지난날의 그리움을 앙금처럼 간직하고 있던 김병학이다. 영초는 바로 그의 호다.

"이게 얼마 만이오?"

끌다시피 흥선군을 전동典洞 자신의 집으로 데려간 김병학이 다시 한 번 반가운 해후의 말을 입에 담는다.

"내 둘째 자식 놈 돌 때 뵈었고…, 그 후에도 한두 번 적선을 해 주셨지요."

거짓말 같지만 사실이다. 흥선군은 그동안 김병기, 김병필金炳弼 등은 찾아다녔지만 김병학만은 찾지 않았다.

"한 성안에 살면서 그럴 수도 있는 게요?"

김병학은 평소와는 달리 말이 많았으나 흥선군의 근황만은 묻지 않는다. 구태여 듣지 않아도 다 알고 있기 때문이다. 아니, 알고 있기 때문이 아니라 흥선군에 대한 죄책감 때문일지도 모른다. 그렇다면 오늘 유난히 말이 많은 것도 안동 김문을 대신하는 죄책감으로 비롯된 것임을 흥선군은 감지하고 있다.

"석파, 생각나시오. 언젠가 석파의 여식하고 내 자식 놈을 짝지워 주자고 약조했던 것 말이오."

"그런 적이 있었던가요?"

흥선군은 억지로 웃음을 지어 보인다. 김병학의 말은 사실이다. 흥선군도 그때의 일을 생생하게 기억하고 있다. 그런데도 그는 '그런 적이 있었던가요?' 하며 웃음으로 얼버무린다. 그럴 수밖에 없는 자신의 처지가, 김병학과의 관계가, 그리고 이 시대가 새삼 원망스러워지는 흥선군이다.

"이젠 혼기에 접어들었을 테지요?"

"허허허…, 며칠 있으면 출가를 합니다."

"허허, 대감이 먼저 파약을 하시다니요."

김병학은 서운함을 노여움에 섞어 토해 냈으나 흥선군은 가볍게 응수한다.

"그 아이가 서얼이니… 장김과 같은 명문으로 출가할 수는 없겠지요. 그건 그렇고… 혼사나 무사히 치렀으면 합니다만…."

돈을 좀 빌리자는 뜻이다. 그러나 김병학은 자신의 의향만을 밀어붙이고 나선다.

"여식아이가 서얼이어서 아니 된다면… 차자次子를 내 서랑으로 주시겠소?"

"……?"

"명복이 말씀이외다. 내게 맞춤한 딸애가 있어서 하는 소립니다."

"명복인 이제 겨우 여섯 살인 것을요."

"약조나 해 두자는 것이지 당장 혼사를 치르자는 것이 아니질 않소이까?"

"……."

흥선군 이하응의 등판에 소름이 끼치고 지나간다. 장김의 일원인 김병학이 무슨 연유로 이 같은 말을 하는 것일까. 그야 흥선군이 온전한 삶을 누리고 있다면야 못 할 것도 없겠지만, 지금의 흥선군 이하응과 사돈을 맺어서 얻는 것이 무엇인가.

'혹시 영초가…?'

흥선군 이하응은 김병학의 얼굴에서 시선을 떼지 못한다. 자신의 내심을 읽고 있을지도 모른다는 불안에서다.

"허허허, 지금 확답을 아니 하셔도 될 일이라고 생각이 됩니다. 다만 이 김병학의 진심이 그렇다는 것만 알아주셨으면 합니다. 혼사를 치르자면 10년이나 남았으니까요."

"……."

"그리 아시고… 술이나 한잔 하십시다."

주안상이 들어온다. 흥선군 이하응은 수많은 잔을 비우면서 허튼소리를 늘어놓기도 했지만, 김병학은 끝까지 진지한 언동으로 이하응을 대한다. 어려운 자리…, 정말로 어려운 자리가 아닐 수 없다. 자칫 잘못하면 본색이 드러날지도 몰라서다.

끝까지 파락호의 언동을 유지하기 위해서는 몇 번의 곤경을 넘겨야 했다.

"여식의 혼사는 너무 걱정 마세요. 내가 힘자라는 데까지 도우리다."

"허허허…, 수백 장의 난초를 또 그려야겠소이다."

"한 장이면 족해요. 압록강 남쪽에서도 으뜸가는 난초가 아니오이까."

"불쏘시개로 쓰자면 한 장으로는 아니 된다니까요."

"이 김병학을 그리도 못 믿소이까."

김병학은 문갑 서랍을 열고 비단으로 표구한 족자를 꺼내 보인다. 언젠가 흥선군이 용채를 받고 내준 난초다. 흥선군 이하응은 가슴이 뭉클해 오는 감동에 젖었으나 끝까지 내색하지는 않는다.

흥선군 이하응은 대취했다. 자신의 난초를 소중히 간직해 주어서가 아니다. 여식의 혼사에 필요한 비용을 김병학이 마련해 주겠다는 확언이 있어서다. 커다란 시름을 덜어 낸 흥선군이다.

"영초의 은혜만은 잊지 않으리다."

"은혜랄 게 무에 있소이까. 사돈을 도왔을 뿐이에요. 우리가 주고받은 얘길 잊지 마셨으면 하오이다."

"……."

홍선군 이하응은 수긍도 거부도 하지 않은 채 김병학의 집을 나선다. 비는 멈추어 있다.

"얼마 되지 않으나 혼사에 쓰일 비용은 구름재로 보냈으니 그리 아세요."

김병학은 대문 밖에까지 배웅을 나와서 그리 말한다. 홍선군은 깊게 허리를 굽히고 어둠 속으로 몸을 던진다. 그는 등 뒤로 김병학이 보내고 있는 따가운 시선을 느끼면서 비척비척 걷는다. 전동 어구에 이르자 기다리고 있는 천하장안의 모습이 보인다.

"희연이는 집으로 가서 영초가 보낸 물목을 적어 가지고 와야겠다."

"대감께서는요?"

"이놈아, 시름을 덜었으니 풍류를 즐겨야지. 초월의 집에서 며칠 쉴 작정이다."

"알겠사옵니다."

천희연이 달려가자 홍선군은 하정일, 장순규, 안필주를 거느리고 초월의 집으로 향한다.

2

"어서 오시어요, 대감."

초월은 언제나 흥선군을 반갑게 맞는다. 취기 때문인지 초월의 얼굴이 달덩이와 같아 보인다. 초월이 비록 애첩이긴 해도 흥선군 이하응에게는 어머님일 수도 있고 누님일 수도 있으며, 때로는 응석받이 동생과 같은 존재다. 그만치 초월은 흥선군을 편하게 할 줄 안다.

"벌써 약주를 하셨네…."

"이것아, 하면 대수더냐. 오늘은 술도 있고 소리도 있어야 할 것이니라."

초월의 거처에는 언제나 향기가 돈다. 향료를 뿌리거나 태워서 나는 향기가 아니다. 초월의 체취인지도 모른다. 그러기에 흥선군은 초월의 거처에 이르면 언제나 평온하다.

주안상이 든다. 초월은 가야금을 가까이에 당겨 놓는다. 그리고 백옥 같은 손으로 흥선군의 잔을 채운다. 술에서는 솔잎 내가 풍긴다. 흥선군은 거푸 서너 잔을 비운다.

"한 잔만 받아라, 노래를 불러야 할 테니까."

흥선군이 따라 준 술잔을 비우는 초월의 모습은 아름답기 그지없다. 절세의 가녀는 아니라 할지라도 초월에게서 풍기는 후덕함이 언제나 그녀를 돋보이게 한다. 초월은 가야금을 당겨서 무릎 위에 놓는다. 그리고 조율을 하듯 몇 번 소리 나게 퉁긴다.

흥선군은 그녀의 백옥 같은 손을 주시하고 있다. 마침내 초월의 손이 물결치듯 움직이기 시작한다. 그 손놀림에 따라 가야금은 우아한 소리를 빚어낸다.

오백 년 도읍지를 필마로 돌아드니
산천은 의구한데 인걸은 간 데 없네.
어즈버 태평연월이 꿈이런가 하노라.

초월의 노래는 절창을 넘어선다. 무슨 뜻으로 이 같은 노래를 부른 것일까. 흥선군은 눈을 감은 채 초월의 목소리를 가슴 한가운데로 몰아넣고 있다. 마치 자신의 처지를 노래해 주고 있는 것 같아서다. 착잡하다 해야 할 심정이었으나 흥선군은 조용히 입을 연다.

"절창이다, 다시 듣고 싶고나…."

순간 초월은 흥선군의 얼굴에서 우수를 읽는다. 그러나 누구의 명이던가. 흥선군은 초월에게 있어 하늘이었고 이미 정인의 단계를 넘어서 있다. 초월은 자신의 선곡이 적중했음이라 여기면서 다시 한 번 노래한다.

오백 년 도읍지를 필마로 돌아드니
산천은 의구한데 인걸은 간 데 없네.

그때 흥선군이 소리치듯 입을 연다.

"아니야, 그게 아니야!"

"……!"

초월은 노래를 멈추면서 흥선군의 표정을 살핀다. 흥선군의 안색은 달아올라 있다. 취기 때문이 아닌 다른 뜻이 담겨 있는 격정과도 같다.

"내가 가르쳐 주마. 가야금을 이리…."

초월은 무엇에 빨려들 듯 가야금을 흥선군의 무릎으로 밀어 옮긴다. 흥선군은 가야금의 줄을 만지작거린다. 그리고 힘차게 줄을 친다. 가야금의 선율이 우람하게 울려 나온다. 초월은 숨을 멈추지 않을 수가 없다. 흥선군이 가야금을 퉁기는 것을 처음 보았기 때문이다. 뿐만이 아니다. 취기가 도는 컹컹한 목소리까지 울려 나와서다. 기막힌 조화가 아닐 수 없다. 능숙하지 않은 대로 가야금과 흥선군의 목소리는 신기하리만큼 조화를 이루고 있다.

오백 년 도읍지를 필마로 돌아드니
산천은 의구한데 왕손은 간 데 없네!
왕손은 간 데 없네.
왕손은 간 데 없네.
어즈버 태평연월이 꿈이런가 하노라.

흥선군은 가사를 바꾸어 부른다. '인걸은 간 데 없네'를 '왕손은 간 데 없네'로 바꾸어 부르고 있다. 이것이 무엇을 뜻하는가. 8도 3백주 군왕의 터전은 변함이 없는데, 그 왕의 터전을 지킬 왕손은 몰락했다는 뜻이 아니겠는가. 아직도 두 눈을 감고 가야금을 퉁기고 있는 흥선군의 회한 서린 얼굴을 초월은 물끄러미 바라볼 뿐이다.

"대감!"

"……."

흥선군이 눈을 뜬다. 취한 듯 몽롱한 시선이다.

"대감!"

초월은 다시 한 번 흥선군을 불러본다.

"말을 해 보아라."

하지만 초월은 입을 열지 못한다.

"사람을 불렀으면 말을 해야 할 게 아니냐?"

"……."

"허어, 싱거운 일도 다 있구나."

초월은 끝내 입을 열지 못한다. 크고 맑은 두 눈이 촉촉이 젖어 들고 있어서다.

"대감, 흐흐흑…."

급기야 초월은 흥선군의 무릎 위에 몸을 던진다. 어깨가 심하게 출렁인다. 사랑을 알게 되면서 먼저 눈물과 슬픔부터 배운 여인, 그 여인이 초월이던가. 흥선군이 이를 모를 리 없다. 그래서 그도 더 이상 입을 열지 못하고 있다.

3

절기는 어느덧 8월로 접어들고 있다.

무더위는 기승이 꺾였지만 얼룩진 여름이다. 충청도에는 물난리가 났었지만 조정은 수해를 입은 백성들을 진휼할 능력이 없다. 민심이 흉흉해지는 것은 당연하다. 이젠 누구도 조정을 비방하는 사람이 없다.

'지게발이를 용상에 앉히더니!'

'장김의 세도가 천 년을 간다던가!'

모두가 장김을 비방한다. 흥선군에게는 듣기 싫은 말일 수가 없다. 그러나 내색할 수는 없다. 이젠 사돈이 된 이호준이 가끔 찾아와 조정의 사정을 귀띔해 줄 뿐이다. 우의정 조두순이 사직상소를 올렸으나 철종이 이를 불윤했고, 김병학의 아우 김병국이 선혜청宣惠廳 당상에서 예조판서로 승차되었다가 곧 병조판서로 옮겼다는 소식이다. 흥선군은 고개만 끄덕였을 뿐 아무 대답도 하지를 않는다.

급기야 8월 4일.

창덕궁昌德宮 대조전大造殿 양심각養心閣에는 김좌근을 비롯해 김흥근, 김영근, 김문근, 김현근, 김원근, 김병기, 김병필, 김병국, 김병학, 김병주 등 안동 김문의 실세들이 모두 모여 숨을 죽인 채 시선을 한곳에 모으고 있다. 한결같이 침통한 표정들이다. 그 아랫목에는 금침이 깔려 있었고, 그 위에 안색이 백지장처럼 흰 대왕대비 순원왕후가 누워 보기에도 고통스럽게 숨을 할딱이고 있다. 머리맡엔 전의가 당혹한 표정으로 앉아 있다.

"차도가 계시느냐?"

침묵을 깨고 김좌근이 전의에게 묻는다.

"아뢰옵기 송구하오나 워낙 담이 한곳으로 쏠려…."

순원왕후가 담증으로 고생하기 시작한 것은 근 1년 전부터다. 백방으로 명약을 구한 덕분으로 병세가 더해지지는 않았으나 쾌차 또한 기대하기가 어려운 사정이다. 몸이 워낙 노쇠했기 때문이다. 그렇다고 위급한 지경은 아니었다.

그런데 이날 아침나절에 갑자기 담체痰滯 증세가 일어나 기도가 막힌 탓으로 혼절하여 쓰러지고 만다. 전의가 달려와 가래를 긁어내 일단 막힌 기도를 뚫긴 하였으나 의식을 회생시키지는 못했다.

"누님!"

김좌근이 신음 같은 목소리를 토해 낸다. 좀처럼 표정을 드러내지 않는 김좌근도 이때만은 안색이 창백하게 바래져 있다. 그가 보기에도 순원왕후의 용태가 심상치 않아서다.

"주상 전하 듭시오."

철종이 들어선다. 이젠 27세. 적어도 외형상으로는 나무랄 데 없는 임금이다. 학문과 경륜이 모자란다 하여 임금으로서의 체모마저 없을 수는 없다. 조정의 대소사를 전횡하고 있는 장김의 훈신들은 일제히 일어나 철종을 맞는다.

"대왕대비 마마…."

철종은 더 이상 아무 말도 하지 않는다. 그가 용상에 오른 이래 순원왕후의 애틋한 보살핌이 있었음을 철종은 큰 은혜로 간직하고 있다. 철종의 눈에서는 굵은 눈물방울이 흘러내리고 있다. 돌이켜 보면 철종의 등극 이후 그나마 철종을 아끼고 가르치고 보살핀 사람은 순원왕후가 으뜸이다. 어느 때는 지나친 엄격함에 원망도 해 보았지만 진정으로 따스한 정을 준 것이 순원왕후가 아니던가.

'주상, 날 어미라 생각하세요. 조금이라도 어려운 일이 있으면 나와 의논해 주세요.'

빈말이 아니다. 실제로 대왕대비 순원왕후는 엄격하면 엄격한 대로 철종의 의지처가 되어 주곤 했다. 운명을 앞에 둔 순원왕후의 모습을 지켜보면서 철종의 뇌리에는 지난 일들이 주마등처럼 흘러간다. 강화 시절의 일에서부터 낯설고 엄격한 대궐 생활, 자포자기와 같은 심정에서 비롯된 무절제한 음주와 향락, 무섭기만 했던 세도 대신들, 자신을 어엿한 군왕으로 만들기 위해 손수 왕도를 가르치던 주름살투성이의 순원왕후. 그 대왕대비 순원왕후가 지금 임종을 눈앞에 두고 있다.

철종은 뼈만 남다시피 한 순원왕후의 손을 찾아 잡는다. 그 순간 변화가 인다. 순원왕후의 손에 힘이 가해지더니 눈을 희미하게 뜬다.

"아, 대왕대비 마마."

"마마!"

전의와 김좌근이 기대에 찬 표정으로 순원왕후를 소리쳐 부른다.

순원왕후는 비로소 의식이 드는지 천천히, 힘겹게 방 안의 사람들을 둘러본다.

"주… 상…."

그녀는 입술을 달싹이며 잡은 철종의 손에 힘을 준다.

"소손 여기 있사옵니다."

철종의 목소리는 이미 울먹임이나 다름이 없다.

"주… 상… 부디… 원자를…, 원자를…."

그러나 그것이 순원왕후의 마지막 말이 되고 만다.

1857년(철종 8) 8월 4일, 술시戌時의 일이다.

순원왕후는 1789년(정조 13) 5월 15일 영안부원군永安府院君 김조순金祖淳의 딸로 태어난다. 14세 때인 1802년(순조 2)에 왕비에 책봉되어 순조와 가례를 치르면서 안동 김씨 시대의 막을 연다. 순조 승하 후 왕대비·대왕대비에 진호되었으며, 순조 27년부터 철종 4년에 이르기까지 명경明敬, 문인文仁, 광성光聖, 융희隆禧, 정렬正烈, 선휘宣徽, 영덕英德 등 수많은 존호를 받기도 했다. 사가의 친동생인 김좌근을 신임하여 대궐과 조정 안팎의 일을 모두 그에게 일임해 김조순·김좌근으로 이어지는 부자간의 세도정치를 낳게 했고, 그녀 자신 또한 철종 즉위 후 수렴청정을 함으로써 막강한 실권을 휘두르기도 했다. 사후를 튼튼히 하기 위해서 김문근의 딸을 거의 지명하다시피 철종 비로 맞아들였으나, 끝내 원자의 탄생을 보지 못하고 창덕궁 대조전 양심각에서 숨을 거두니 이때 그녀의 춘추 69세. 시호는 순원純元이요, 능은 인릉仁陵이다.

순조비 순원왕후의 승하는 장김 일족에게 커다란 충격을 안겨준다. 물론 김좌근이 영의정의 자리에 있고, 조정의 실권이 김병기의 손에 있는데 급격한 변화가 있을 까닭은 없다. 게다가 중전인 철인왕후가 영은부원군 김문근의 여식임에랴.

그러나 흥선군 이하응은 순원왕후 이후의 일을 곰곰이 생각해본다. 순원왕후가 없는 대궐의 주인은 당연히 왕대비 신정왕후가 차지하게 된다. 신정왕후 조씨는 춘추 50세. 풍양 조문을 위해서도 그냥 있지 않을 것이라는 생각이 든다. 풍양 조문이 어디 만만한 가문이던가. 안동 김문만 아니라면 당연히 조정의 대소사를 좌지우지할 막강한 호족이다. 더구나 세자빈으로 입궁을 하였으나 중전의 자리에 오르지 못한 채 왕대비의 자리에 오른 한 서린 신정왕후다.

이제 만에 하나라도 국상이 있게 된다면 다음 대의 임금은 신정왕후에 의해 지명될 것이 분명하다. 헌종이 세상을 떠나면서 순원왕후는 강화섬의 이원범을 후사로 지명하였다. 그와 마찬가지로 다음 대의 임금은 신정왕후에 의해 지명되는 것은 하늘의 이치나 다름이 없다.

홍선군은 신정왕후와의 거래를 궁리해 본다. 철종에게는 아직 후사가 없기에 사속嗣續에 관한 모든 권한은 신정왕후가 행사하게 될 것이기 때문이다.

홍선군은 사돈인 이호준을 불러들인다.

"왕대비 마마께서 발호跋扈하시지나 않을지…."

은밀한 물음이다. 신정왕후가 서둘러 왕실의 웃전으로 부상하려고 움직인다면 다툼을 자초하게 되지를 않겠는가.

"그 점은 심려 마시오소서. 아직은 쓸 만한 사람이 없는 것을요."

"명문에 쓸 만한 사람이 없다?"

"왕대비의 총애를 받고 있대야 성하뿐인데… 아직은 어린아이나 진배가 없지를 않습니까."

"조성하?"

"그렇지요. 지극하게 돌보시고 계시는 것으로 압니다."

조성하趙成夏. 경상감사 조병준趙秉駿의 아들이었으나 조병구趙秉龜에게 출계를 했다. 결국 신정왕후의 조카가 된 셈이다.

"조성하라…."

홍선군은 몇 번이나 조성하라는 소년의 이름을 중얼거린다. 그는 장차 신정왕후와의 거래를 위해 조성하를 써먹을 궁리를 하고 있다.

원자 탄생, 그리고 그 죽음

1

1858년(철종 9) 10월 17일.

철종은 종일 대전을 서성이며 초조해 한다. 철인왕후가 산일을 맞았기 때문이다. 물론 처음 있는 일은 아니다. 하지만 숙의 범씨 소생인 영혜옹주를 제외한 다른 후궁들의 소생인 두 왕자와 네 옹주를 이미 잃어 본 철종이다. 철종이 초조해 하는 것은 자신의 소생들이 단명하였기 때문이다. 자신이 무능한 임금이어서 그런가. 왜 소생들은 태어나면 바로 죽음의 길로 들어서는가. 벌써 여섯 사람의 어린 영혼들이 첫돌도 지나지 않아서 죽어 나갔다.

'무사해야 될 텐데….'

철종은 초조함을 달래면서 온 대전을 서성거리고 있다. 만에 하나라도 아들을 생산한다면 원량元良의 탄생이 된다. 이 왕자가 자라면 세자가 되고, 자신의 뒤를 이어 보위에 오르게 된다. 그렇게 된다면 또다시 자신과 같은 무지렁이 나무꾼이 임금의 자리에 오르는 일은 없게 된다. 철종이 왕자가 탄생하기를 기다리는 소위가 바로 여기에 있다. 그러한 염원은 왕실 누구에게나 다를 바가 없다.

어느새 신시申時가 된다. 그러나 중궁전에서는 아무 전언도 없다. 철종은 대전 문을 박차고 밖으로 나선다. 몇몇 내관들도 초조한 모습으로 서 있을 뿐이다.

"아직 아무 기별이 없더냐!"

"그, 그러하옵니다."

철종은 내정으로 내려선다. 그대로 중궁전으로 달려가고픈 마음이다. 그때 내관 기세석이 헐레벌떡 달려든다.

"전하…!"

"그래 어찌 되었다더냐?"

"전하, 기뻐하소서. 원량 아기씨 탄신이옵니다."

"오, 그래…!"

철종은 전신의 맥이 풀리고 있음을 감지한다. 내시들은 일제히 맨바닥에 무릎을 꿇는다. 그리고 아우성처럼 감축함을 외친다. 더러는 '천천세'를 부르면서 두 손을 치켜들기도 한다. 온 나라가 함께 바라던 소망이 이루어진다. 그야말로 사속지망嗣續之望이 이루어지는 크나큰 경사가 아닐 수 없다.

대조전 문 밖에서 초조하게 기다리던 포물대감 김문근은 마치

기우뚱거리는 오뚝이와 같은 모양으로 빈청을 향해 내달린다. 아니 굴러가고 있다는 표현이 더 어울릴지도 모른다.

"허허허… 허허허…."

김문근은 끊임없이 웃음을 토해 내면서 굴러가고 있다. 그는 자신의 위세가 하늘을 찌를 것이라고 믿고 있다. 원자가 세자의 책봉을 받으면 어찌 되는가. 그때는 영의정 김좌근을 능가하는 세도를 누리게 될 것이 아니겠는가.

"이것들 봐요, 원자 아기씨의 탄신이에요!"

김문근은 빈청을 들어서며 소리친다. 영의정 김좌근, 좌의정 조두순, 그리고 김병기, 김병학, 김병국 등이 몸을 일으키며 반긴다.

"하례 드립니다, 부원군 대감."

"왕실과 종사의 큰 광영이에요."

"이제야 사속지망을 이루지 않았습니까."

모두들 상기된 얼굴로 한마디씩 뱉어 낸다. 김문근은 의자에 걸터앉으면서 가쁜 숨을 몰아쉰다. 그의 얼굴은 여전히 함박 같은 웃음을 담고 있다. 훈신들도 어느 사인가 좌정을 한다. 잠시의 침묵이 있고 나서 김좌근이 입을 연다.

"지난 열 달 동안 오늘과 같은 광영이 있기를 고대하질 않았습니까. 앞으로 더더욱 경건한 마음가짐으로 조정의 대소사를 처결해 가야 할 것으로 압니다. 오늘의 이 광영된 기쁨을 소중히 간직하기 위해서도 더욱 그러합니다."

"……."

"지난날의 비운이 다시 되풀이 되어서는 아니 될 것으로 압니다."

역시 김좌근이다. 그는 지난날의 일과 앞으로의 일까지를 명백하게 살피고 있다. 누구도 김좌근의 말에 꼬리를 달 수가 없다. 그만치 김좌근은 냉정하고 침착한 사람이다.

"대전으로 가서 주상 전하께 하례를 드리는 것이 인신된 도립니다."

좌의정 조두순이 말을 마치고 몸을 일으킨다. 김좌근, 김문근을 비롯한 모든 사람들이 조두순의 뒤를 따라 대전으로 향한다. 이미 철종이 대왕대비 전으로 거둥하였다는 내시의 전언을 듣고도 누구하나 서운해 하는 사림이 없다.

신정왕후 조씨는 몸소 철종의 손을 잡고 다정한 목소리로 치하의 말을 입에 담는다.

"주상, 참으로 대견하십니다. 만백성들의 시름을 덜어 주셨습니다."

"대왕대비 마마께서 하념해 주신 대은인 줄로 아옵니다."

"아닙니다, 그렇지가 않습니다. 오직 주상의 홍복이십니다."

신정왕후 조씨는 해산 소식이 있기 전까지만 해도 착잡한 심정에서 헤어나질 못했다. 안동 김씨 일문으로 인해 자신은 천 길 나락 속으로 허우적거리는 고통을 맛보아 오지를 않았던가. 언젠가는 자신의 손으로 장김 일족의 세도를 끝장내야 한다는 결기를 세워 보기도 했었다. 또 장김 일족은 그녀에게 눈엣가시일 수밖에 없다. 그런데도 원자가 탄생했다는 소식에 접했을 때는 눈시울을 적실 수밖에 없다. 자손이 귀한 왕실이 아니던가. 후사를 정하지 못하고 있던 왕실인데, 중전의 몸에서 원자를 얻는 것이 바로 하늘의 가호가 있었음이며, 그로 인해 사속지망의 시름을 덜게 되었다. 역시 신정왕후는 왕실의 웃전답다. 그러기에 철종의 손등을 다독이며 진실로 기뻐하고 있다.

"주상, 이제야 보위에 오르신 소임을 다하셨음입니다. 만백성들이 천천세를 부를 것으로 압니다. 중궁으로 드시거든 중전을 치하해 주셔야 합니다. 아시겠습니까."

"명심하겠사옵니다."

잠시 후, 헌종의 계비 효정왕후 홍씨가 대왕대비 전으로 든다. 철종이 대왕대비 전에 들어 있다는 소식을 들은 모양이다. 그녀의 기쁨도 신정왕후에 못지않다.

"주상, 왕손이 귀한 때라 더할 수 없는 기쁨입니다."

"심려하신 대은입니다, 마마…."

철종은 보위에 오른 지 실로 9년 만에 군왕으로서의 소임을 다했다는 자부심에 젖는다. 그가 조정의 대소업무를 스스로 판단하여 결행한 일은 아직 없다. 아무리 작은 일도 도승지나 정승들의 조언이 있어야 했다. 그러기에 자신이 허수아비에 불과하다는 것도 잘 알고 있다. 또 신료들로부터 존경을 받은 일도 없다. 철종이 양순의 일을 빌미로 주색에 빠지게 된 것도 따지고 보면 그런 자격지심에서 시작되었다 해도 과언이 아니다. 그러나 지금의 심경은 그것이 아니다. 신정왕후와 효정왕후의 분에 넘치는 찬사를 들으면서 비로소 큰일을 해냈다는 자부심에 젖고 있다.

철종이 중궁전으로 든 것은 다음 날이다. 철인왕후는 해쓱한 모습으로 철종을 맞는다.

"중전, 고초가 크시었소."

"성은이 망극하옵니다."

"오늘에 이르러서야 보위에 오른 보람을 찾았습니다."

"전하…."

철인왕후는 눈물부터 쏟아 낸다. 입궁한 지 어언 7년, 그간에 있었던 마음고생은 이루 헤아릴 길이 없다. 상궁 범씨를 후궁으로 삼아서 철종의 곁에 있게 한 것도, 철종을 위해 강화섬의 양순을 불러들인 일도, 오직 철종의 심기를 편하게 모실 수 있다면 그 뒤의 일은 천지신명의 보살핌이 있을 것이라는 신념이 있었기에 가능했던 일이다.

"중전, 내 모자람이 그토록 한스러울지 몰랐어요."

"……."

"나는…, 나는…."

철종은 말을 이어 가지 못한다. 아니 스스로 단념하고 있는지도 모른다. 철종에게 설사 성군의 자질이 있다 해도 이젠 소용없는 일이 되었다. 타의에 의해 외양만 갖추어진 임금이라는 것을 철종이 모를 까닭이 없어서다. 비록 한때지만 임금의 위엄을 찾아 신료들을 나무라고 싶었던 때도 있었다. 백성들이 굶주리고 있는데도 척족 세도의 위세는 하늘을 찌르지 않던가. 학식은 모자란다 해도 백성들을 편하게 살게 하는 것이 임금의 도리임을 모를 까닭이 없다. 그런 생각을 했을 때마다 자신을 향해 한 발 한 발 밀려오는 위기감을 느끼곤 했었다.

철종은 원자가 태어난 기쁨에 실어서 그런 심회의 일단을 밝히려 했으나, 운만 떼었을 뿐 입이 열리지 않는다. 역시 자신의 무력함이 통한에 사무칠 뿐이다. 그래서 철종의 용안에는 다시 우수의 그림자가 드리워지고 있다. 그런 철종의 모습을 바라보고 있는 철인왕후는 단장斷腸의 설움에 빠져 들 수밖에 없다. 그것이 이들 부부의 숙명일지도 모른다.

2

원량의 탄신은 백성들에게도 환희일 수밖에 없다. 그 어린 핏덩이로 인해서 왕실의 흐름이 바로잡힐지도 모른다는 애매한 기대 때문이기도 하다. 그런 까닭으로 백성들의 얼굴에도 얼핏 생기가 스치고 지나간다.

강화섬이라 하여 다를 바가 없다. 강화유수 김영근은 양순 어미를 관아로 불러 원량 탄신을 알리면서 양순의 행실에 유루가 없기를 은근히 경고한다.

"원량 아기씨가 계실 때와 아니 계실 때는 천양지차로 다르다는 것이야 잘 알고 있을 것이지만…, 양순의 행실을 각별히 유념하게 해야 할 것이야. 알아들었으렷다!"

"저희 같은 무지렁이야 뭐…."

양순 어미는 뒤틀리는 심사를 그대로 드러낸다. 김영근이 못마땅해 하는 것은 당연하다.

"내 분명히 일러둔다만, 너희 모녀의 언동을 각별히 지켜보고 있음을 명심하렷다!"

양순 어미의 얼굴은 곧 울음이라도 터져 나올 것만 같다.

'원범아. 양순이를 잊으면 천벌 받는다!'

그동안 양순에게 불어 닥친 우여곡절을 어찌 말로 다 하랴. 그러나 은근한 기대도 있다. 원량의 탄신이 왕실의 안전으로 이어지고, 그리되면 양순이 하나 대궐로 부르는 일이 무에 그렇게 어려우랴 싶은 게 그녀의 마지막 희망이기도 하다.

원량의 탄신으로 온 나라가 희열에 잠기는데도 그로 인해 좌절의 쓴맛을 보는 사람도 있다. 흥선군 이하응이 바로 그 사람이다. 둘째 아들 명복이 태어나면서부터 그는 나라의 명운을 어린 핏덩이에 걸었었다. 그 명복의 나이 해가 바뀌면 여덟 살이 된다. 원량의 탄생은 흥선군 이하응의 실낱같은 희망을 앗아 내고 만 셈이다.

흥선군 이하응은 벌써 이레째 소식이 없다. 이심전심이라 했던가, 천하장안들도 풀이 죽었다. 사정이 이와 같다면 구름재도 적막강산일 수밖에 없다. 구름재는 관상감觀象監이 있던 곳, 그래서 관상감재라고도 불린다. 그러나 가파른 언덕길이 있는 것은 아니다. 그저 완만한 구릉이 누워 있을 뿐이다.

언제부터인지 구름재는 흥선군 저를 가리키는 말로도 통하고 있다. 아마도 흥선군에게 궁도령이니 상갓집 개니 파락호니 하는 따위의 별호가 붙으면서부터인지도 모른다. 어찌되었든 구름재, 관상감재는 흥선군으로 인해 사람들의 귀에 익숙하게 된 것만은 틀림없다. 그 구름재 초입에 도랑이 하나 흐르고 있다. 제법 깊은 도랑이나 지금은 거의 말라 자갈만 드러내고 있다.

한 무리의 아이들이 그 도랑가로 달려 나온다. 그리고는 삼삼오오 떼를 지어 각자 놀이에 열중하기 시작한다. 추위에도, 먼지이는 바람에도 아랑곳하지 않는다. 다섯 살짜리 코흘리개도 있고, 일곱 살배기 제법 근실한 아이들도 있다.

갓 도포 차림의 젊은 사내 하나가 도랑 옆으로 난 길을 따라 걸어오다가 문득 걸음을 멈춰선다. 도랑에서 놀고 있는 아이들 중에서 눈에 익은 얼굴을 보았기 때문이다.

"명복아."

"외숙부."

젊은 사내가 부른 아이 명복은 흥선군의 둘째 아들이다. 이제 해가 바뀌면 여덟 살이니 제법 도령 티가 난다. 젊은 사내, 그러니까 명복의 외숙부이자 흥선군의 처남인 민승호閔升鎬는 잠시 대견한 눈길로 명복을 굽어보면서 물어 본다.

"춥지 않느냐, 나와 함께 집으로 돌아갈까?"

그러나 어린 명복은 고개를 세차게 저으며 똘망한 눈을 빛낸다.

"싫어요. 여기서 동무들과 놀다가 들어가겠습니다."

"그래, 다치면 아니 된다! 조심해서 놀아라."

민승호는 빙그레 웃으며 다시 발걸음을 떼어 놓는다. 명복은 언제 외숙부를 보았느냐 싶게 제 놀이에 열중하기 시작한다.

흥선군의 집은 개축한 지 10여 년이 지났다. 흥선군이 지금의 구름재 사저로 이사 온 것은 민씨 부인과 혼례를 치르고 나서 얼마 지나지 않은 열아홉 살 때다. 아버지 남연군이 세상을 뜨자 전답을 처분해 위로 세 형들이 모두 나누어 갖고 남은 떨거지 몇 푼으로 낡고 고루한 이 집을 마련해 막내인 흥선군에게 넘겨주었다. 집은 첫눈에 보기에도 황량하였다. 벽이 무너지고 뜰엔 잡초가 무성하다. 도저히 사람 살 집이 아니라는 생각이 들 정도다. 처음으로 살림을 난 흥선군은 집을 개수하고 싶었지만 그럴 만한 재력이 없다. 그때 흥선군은 군君이 아닌 부정副正이었고, 나라에서 주는 국록으로는 하루 세 끼 끼니를 이어 가기도 빠듯한 형편이다. 아버지 남연군의 묘에 쇳물 1만 근을 녹여 붓느라 유산이 남아 있을 까닭이 없다. 구멍이 숭숭 뚫린 지붕으로 별을 쳐다볼 수 있는 행랑채도 딸려 있다. 참담한 생활의 연속이었지만 가장 행복한 시절이기도 하였다.

"집터가 넓은 게 마음에 드는군. 안 그렇소, 부인?"

민씨 부인도 네 살배기 맏아들 재면을 얼러대며 꽃잎처럼 환한 미소로 대답하곤 했다.

15세 때에 흥선부정에 봉해진 그가 흥선정興宣正으로 승차된 것은 22세 때. 그리고 그 2년 뒤인 24세에 비로소 흥선군에 봉군된다. 27세에 종1품 숭록대부崇祿大夫의 자품을 받았고, 궁부에도 진출하여 종친부 유사당상, 5위도총부 도총관 등으로 많은 활약을 하면서 세인의 주목을 받았다. 구름재의 집을 지금의 것으로 개축한 것도 바로 그 무렵의 일이다.

흥선군은 영명英明하면서도 담력이 있다. 왕실의 일이든 조정의 일이든 맡은 일은 언제나 박력 있게 처결해 나가자 칭송이 자자했다.

"종친인 것이 오히려 아깝다."

조정의 관직을 받을 수 없는 흥선군의 처지를 안타까워하는 말들이 나돌 정도다. 그러나 헌종이 승하하고 강화섬의 더벅머리 총각인 철종이 등극하면서부터 흥선군은 서서히 궁부에서 손을 떼기 시작한다. 안동 김문의 지나친 전횡과 임금의 무력함이 그를 실의에 빠지게 하였기 때문이다. 흥선군은 추사 김정희와 가까이 지내며 난의 세계로 몰입한다. 장김의 세력이 점점 더 강성해지면서 급기야는 종친들의 목숨까지 위협받게 된다. 그 무렵에 만난 사람이 기인 정수동. 그로부터 난세의 처세랄까, 살아가는 방법을 배웠다. 가슴속 깊이 자신의 뜨거운 야망을 숨긴 채.

홍선군의 낙척된 생활을 대변해 주는 것이 구름재에 있는 홍선군 저다. 새로 짓다시피 개축한 지 십수 년이 되었을 뿐인데, 집은 어느 틈에 다시 처음의 황량한 모습으로 되돌아가 있다.

"집이란 계집과 같은 것이로고… 치장을 하지 않으면 이렇듯 낡아 버리는 것을…."

홍선군은 허허, 탄식할 수밖에 없다. 대문은 높고 담장은 길었지만 궁기窮氣가 뚝뚝 떨어지고 있는 홍선군 저다. 용마루가 붉은 흙을 드러냈고, 기왓골엔 잡초가 자라나 있다.

그 집 앞에 민승호는 한참 동안을 생각에 잠긴 채 서 있다가 이윽고 대문을 열고 안으로 들어선다.

"날이 추운데 고생했구나. 그래, 삼청동 아저씨는 만나 뵈었느냐?"

언제나와 마찬가지로 민씨 부인은 자애로운 웃음을 입가에 담으며 민승호를 맞는다.

"예, 살림이 말이 아니었습니다."

민승호의 얼굴에 그늘이 드리운다.

"병환은?"

재차 묻는 민씨 부인의 얼굴에도 깊은 시름이 가득하다.

"아무래도 회생하시기가 어렵겠어요."

"그것 참 야단이로구나. 아저씨도 아저씨지만 그 어린 것이 더 큰일이다. 가련한 것….”

“그래서 오늘 양자 얘기를 꺼냈습니다. 괜찮으시다면 제가 대를 잇겠다고요.”

“잘했다. 아저씨께선 뭐라 하시더냐?”

“뭐라 하시긴요. 제 손을 꼭 움켜잡고 눈물만 글썽이셨습니다.”

석 달쯤 전이다. 민치록閔致祿의 딸인 민 소저가 민씨 부인을 찾아왔다. 민치록은 여양부원군驪陽府院君 민유중閔維重의 5대손으로 민씨 부인에게는 가깝지는 않았어도 아저씨뻘이 된다. 간간이 소식만 전해 들었을 뿐이었는데, 갑자기 민치록의 외동딸인 민 소저가 남루한 옷차림으로 민씨 부인을 찾아왔다.

“네가 여길 어쩐 일이냐?”

민씨 부인은 놀라지 않을 수 없다. 이제 민 소저의 나이 겨우 여덟 살, 그 어린 것이 단신으로 구름재까지 찾아왔기 때문이다. 민 소저는 맑은 눈에 눈물을 글썽이며 민씨 부인의 품속으로 달려든다. 아버지 민치록이 갑자기 피를 토하며 쓰러졌다면서 울음을 그치지 못한다. 민씨 부인은 대략 사정을 알 만했다. 민치록은 몇 년 전 상처를 한 후 아직 재취를 맞아들이지 않은 홀아비다. 아내를 잃은 슬픔이던가, 연일 술만 마셔 대다가 급기야는 가슴앓이 병까지 얻었는데 그것이 도진 모양이다. 그날 이후 민씨 부인은 아우인 민승호를 그 집에 보내 형편을 알아오게 한다.

그러나 석 달이 지나도록 민치록의 병세는 차도가 없다. 이야기를 미리 앞당긴다면 민치록의 딸인 민 소저가 바로 후일의 고종 비인 명성황후明成皇后라면 어찌 되는가. 물론 그때 민승호가 민치록의 아들로 입양하게 된다.

"대감께서는 출타하셨겠지요?"

"출타가 다 뭐냐. 벌써 이레째 들어오시지 않는고나…."

"아무 기별도 없이요?"

"어디 계신지나 알면 무슨 걱정이겠느냐…."

민씨 부인의 장탄식을 들으면서 민승호는 가슴에 치밀어 오르는 불덩이를 애써 삼킨다.

"별일은 없을 겝니다. 천하장안이 있질 않습니까…."

"그래나 주었으면…."

민씨 부인은 흐르는 눈물을 훔치면서 다시 한숨을 놓는다. 민승호가 외면하듯 허공으로 시선을 던졌을 때다. 동네 아이가 대문을 박차고 들어섰다.

"마님, 큰일 났어요. 개똥이가 도랑에서 떨어져 머리를 다쳤어요. 피가 많이 나요."

"뭐라고… 명복이가…!"

민씨 부인은 이마를 짚으며 휘청거린다. 민승호는 비호같이 문 밖으로 달려 나간다.

"이 일을… 대체 이 일을…."

민씨 부인은 몸을 가누기조차도 어려워한다. 그녀는 흥선군이 명복을 얼마나 소중히 여기는지를 너무도 잘 알고 있다. 비록 투전판이나 기방을 전전하는 흥선군이지만 집으로 돌아오면 명복에게만은 학문을 가르치질 않았던가. 뿐만이 아니다. 아무리 밤늦게 돌아와도 흥선군은 잠든 명복의 머리맡으로 다가앉아 묵상에 잠기곤 한다. 민씨 부인은 그런 날의 흥선군에게서 아버지의 지극한 자애를 엿보며 안도하곤 했다. 그런 일조차도 없다면 어찌 흥선군을 지아비로 믿고 섬기겠는가.

민승호가 피투성이가 된 명복을 안고 들어선다.

"명복아, 명복아!"

민씨 부인은 울부짖듯 명복을 불렀으나 이미 혼절한 모양으로 미동도 하질 않는다.

"의원을…, 의원을 불러야지…!"

일대 소동이다. 청지기 김응원이 흥선군을 찾아 나서야 했고, 민승호는 약국으로 달려간다. 민씨 부인은 안절부절못하고 있을 수밖에 달리 할 일이 없다.

이때 흥선군 이하응은 기생 초월의 집에 있었다.

"대감마님, 화급한 전갈이옵니다."

천희연의 화통 같은 목소리가 울리자 흥선군은 급하게 몸을 일으키며 쏘아 뱉듯 소리친다.

"대궐에 무슨 변고라도 있었더냐!"

"도련님께서 크게 다치셨다 하옵니다."

"무에야?"

흥선군은 방문을 차고 나선다. 천희연은 가쁜 숨을 몰아쉬며 마당에 서 있다.

"어딜 얼마나 다쳤다는 게야."

"소상히는 모르오나 위급한 지경이라 하옵니다. 속히 환저하오소서."

"못난 것들!"

아무리 원량이 태어났어도 흥선군에게는 명복이 곧 지존이다. 지존이 다쳐서 위급한 지경이면 종사가 위중한 것과 무엇이 다르겠는가. 적어도 흥선군에게는 그렇게 생각될 수밖에 없다. 그는 다시 방으로 들어가 때 묻은 도포를 걸쳐 입는다. 그리고 찌그러진 통영 갓을 머리에 얹으면서 방을 나선다. 분명히 허둥거리고 있다.

흥선군 이하응은 연이틀 동안 명복의 곁을 떠나지 않는다. 명복은 비록 혼절에서는 깨어났으나 통증을 못 견디어 한다.

"어머님… 아버님…."

명복의 신음은 애처롭기 그지없다. 때로는 온몸을 뒤틀면서 괴로워한다. 흥선군은 그때마다 쥐어짜듯 말한다.

"참아야 한다. 참아야 하느니라!"

"아, 아버님…."

"장부니라. 참고서만이 털고 일어날 수가 있을 터 아니더냐."

흥선군 또한 명복의 신음을 들으면서 단장의 아픔을 견디고 있다. 자신의 살점을 뜯어내서라도 명복의 고통을 덜어 주고 싶은 심정인데도 그는 아버지의 위엄으로 참기를 강요하고 있다.

'전하, 이 나라 3백주가, 이 나라의 억조창생億兆蒼生이 모두가 전하의 것이옵니다. 백성을 다스려야 하는 지존인데 어느 한 곳인들 아프지 않은 곳이 있으리까. 입술을 물고서라도 참으셔야 하옵니다. 눈물을 보여서는 아니 되옵니다!'

흥선군은 이렇게 소리 내서 외치고 싶다. 그러나 발설할 수 없는 말이기에 가슴만 저려올 뿐이다. 흥선군은 원자의 탄생으로 인해 지난 며칠 동안 참담할 정도의 실의에 빠져 지냈다. 대궐에서는 웃음이 터져 나오고 있을 것이며, 배불뚝이 김문근의 집에서는 환성이 터지고 있을 것이기에 자신의 모습은 초라함이 더할 뿐이다.

밤이 깊어지면서 신열이 내리는지 명복은 잠이 든다. 흥선군은 잠이 든 명복의 얼굴을 뚫어지듯 응시한다. 나무랄 데 없는 귀골이다.

'지존이로세. 지존의 위엄이 아닌가!'

흥선군은 조용히 몸을 일으켜 밖으로 나간다. 휘영청 달이 밝다. 하늘은 까마득히 높은데도 별들은 쏟아질 듯이 가까이서 반짝이고 있다. 손을 저으면 잡힐 것만 같은 착각이 들기도 한다. 싸늘한 밤바람이 그의 옷자락을 스치고 지나간다.

'천지신명이시여, 이 흥선의 심중을 그리도 모르시오이까.'

흥선군은 중얼거린다. 자신을 외면한 채 흐르는 세월이 야속하기만 해서다. 이제 어찌해야 하는가. 후사가 있는 조정이다.

원자가 자라서 세자가 되고, 세자빈으로는 또다시 안동 김문의 규수가 간택될 것이 분명하다. 그런 세월을 어찌 다시 견디어야 하는가. 홍선군은 태산이 무너질 듯한 한숨을 놓는다.

이 해의 겨울은 무던히도 춥다. 그러나 아무리 추운 겨울도 봄이 되면 물러가야 한다. 누구인들 하늘의 섭리를 막을 수가 있음이던가. 홍선군은 그 지루하고 답답한 겨울을 난초를 그리면서 보낸다. 압록강 남쪽에는 석파란(홍선군이 그린 난초)을 따를 것이 없다고 추사 김정희는 말했다. 그러나 이 해 겨울에 그린 석파란은 난초일 수가 없다.

곧게 뻗어 나가야 할 잎에는 힘이 없었고, 꽃은 시들어 보인다. 홍선군은 자신이 그린 난초를 모아서 불을 지른다.

3

새해를 맞는다. 1859년(철종 10) 기미년이다. 정월달 그믐께가 되자 대궐에서는 원자의 백일잔치가 성대히 치러진다. 대소 신료들은 대전과 중궁전에 하례를 올렸고, 포물대감 김문근이 천하를 얻은 듯이 기고만장하더라는 소문도 돈다. 홍선군의 좌절이 날로 더해지면서 길고 지루했던 겨울도 봄기운에 서서히 밀려나기 시작한다.

봄눈이 녹아 흐르는 한강에 뗏목이 다시 뜨면서 버들가지도 눈망울을 터뜨린다. 집 안에 갇혀 있던 사람들도 기지개를 켜면서 거리로 나온다. 흥선군도 지친 몸을 이끌고 다시 투전판과 기방을 드나들기 시작했으나, 그 언동의 야멸차기는 어쩐지 전과 같지 않다.

"전하, 원자 아기씨에게 신열이 있다 하옵니다."

"뭐라…!"

생기가 돌던 창덕궁의 분위기는 일시에 깊은 늪으로 빠져 들 수 밖에 없다. 어떻게 얻은 원자던가. 그 금지옥엽 같은 원자의 몸에 신열이 있다니. 지난날의 불행이 되살아나면서 모든 사람을 불안과 초조함에 떨게 한다.

"살려야 합니다. 무슨 일이 있어도 살려야 합니다."

철종은 김문근의 손을 잡고 애원을 했고, 신정왕후는 영의정 김좌근을 불러 호통 친다.

"약방은 뭘 하는 곳이며, 내의들은 또 뭘 하고 있답니까. 명의들은 또 어찌 되었구요?"

"대왕대비 마마, 너무 심려치 마시오소서. 8도의 명의들이 모여들고 있사옵니다."

"또다시… 왕손을 잃는 불행이 있어서는 아니 된다니까요!"

철종은 전국의 지방 방백들에게 긴급히 파발을 보낸다. 이름 있는 의원들을 찾아 도성으로 보내라는 어명이다. 약방과 전의들은 천하의 명약을 찾아 이리 뛰고 저리 뛰고 있었어도 원량의 신열은 내리지 않는다. 포물대감 김문근은 몸소 내의원을 드나들며 전의와 의원 들을 채근한다.

"대체 뭘 하는 의원들이더냐. 당장 서둘라, 당장…!"

중궁전은 벌써 며칠째 등촉이 꺼지지 않고 있다. 철인왕후는 불덩이와 같은 원자를 안은 채 눈물을 쏟을 뿐, 속수무책이다.

"원자, 원자야…, 나를 알아보겠느냐…."

태어난 지 이제 겨우 다섯 달, 그 어린 것이 철종의 말소리를 알아들을 수 있으랴. 그러나 철종은 잠시도 원자의 곁을 떠나지 않는다.

"원자야, 대체 이 일을… 이 일을!"

철종 내외뿐만이 아니다. 궐 안의 모든 사람들이 안절부절이다.

명의도 명약도 소용없는 일, 인명은 재천이라 하지 않았던가. 강보에 싸인 원자는 철종과 철인왕후 그리고 신정왕후, 효정왕후가 지켜보는 가운데 숨을 거두고야 만다.

"원자, 원자…, 으흐흐흐."

철인왕후의 몸부림은 처절하기만 하다. 아무도 말릴 수가 없다. 철종도 주먹으로 땅바닥을 치면서 통곡한다.

철종 10년 4월 23일. 원자는 태어난 지 여섯 달 엿새 만에 유명을 달리하고 만다. 엄청난 비극이 아닐 수가 없다. 철종은 일곱 명째의 소생을 모두 이렇게 잃는다.

"그렇게도 주색을 탐하시더니…."

"상감님의 옥체인들 무사 하실고…."

시정에는 철종에게 몹쓸 병이 있다는 어처구니없는 소문까지 나돈다. 연이은 불행이 있었던 까닭으로 소문은 그럴싸하게 번져 나갈 수밖에 없다.

"당치 않다, 이놈들!"

흥선군 이하응은 항간의 소문을 전하는 천하장안을 심하게 나무라면서도 한 가닥 희망에 젖고 있다. 그의 가슴을 가득 채웠던 실의와 좌절이 조금씩 가시기 시작한다.

'왕재란 둘일 수가 없음인 것을!'

그는 밤이 이슥해지자 잠이 든 명복의 곁으로 다가가 앉는다. 이제 여덟 살, 유년이라기보다는 소년의 모습이다. 명복은 《논어》를 읽을 만치 성숙해 있다.

'전하, 천지신명이 전하의 곁에 있음이옵니다. 부디 옥체를 보존하소서.'

흥선군은 다짐한다. 지난날보다 몇 배나 더한 낙척의 길을 걸으리라고. 그래서 자신과 명복의 목숨이 보전된다면 천하를 거머쥘 날이 있을 것이라는 확신이 가슴 가득히 차오르고 있다.

나도 외척이다

1

1860년(철종 11) 새봄.

왕실에 다시 한 번 큰 경사가 난다. 그것이 어디 왕실의 경사뿐이랴. 철인왕후가 다시 회임을 하였기 때문이다.

"무에야, 어김없는 사실이렷다."

포물대감 김문근이 태산과 같은 몸집을 기우뚱거린다. 중궁전의 윤 상궁은 상기된 얼굴로 또렷이 대답한다.

"어의들의 시진視診이 있었사옵니다."

"하면, 주상 전하께서도 아시는 일이고…."

"그러하옵니다."

"허허허, 이런 광영이 있나…."

김문근은 온몸을 흔들며 너털웃음을 웃는다. 큰 잔치라도 벌여야 할 일이다. 철인왕후가 입궁한 지도 어언 9년, 후사를 기다린 사람이 어찌 김문근뿐이겠는가. 왕실에 자손이 귀한 때다. 선왕 헌종은 옹주 한 사람을 얻었으나 일찍 죽었고, 그 앞의 익종(추존)도 슬하에 헌종이 있을 뿐이다. 순조도 익종과 옹주 세 사람을 두고 세상을 떴다.

"대감, 이제야 만 가지 시름을 덜었습니다."

김문근은 나합의 집으로 달려가 김좌근에게 이 기쁜 소식을 전한다.

"그렇다마다요…."

김좌근은 뱉어 내듯 짤막하게 대답한다. 그는 김문근과는 달리 냉정한 사람이다. 철인왕후가 회임을 했다 하여 반드시 원량을 얻는 것이 아니질 않은가. 웬일인지 철종의 소생은 명이 길지 않다. 이미 세 왕자와 네 옹주를 잃지 않았던가. 철종의 후궁으로 귀인貴人이 두 사람이나 있었다(박씨, 조씨). 모두가 왕자를 생산한 여인들이다. 그런데도 살아 있는 소생은 숙의 범씨 소생인 영혜옹주 한 사람뿐이다. 김좌근은 이 점을 우려하고 있다.

"허허허, 한바탕 잔치를 벌였으면 해서요."

"잔치는 원량을 얻은 연후에 벌여도 늦지 않을 것으로 알아요."

"대감은 정녕 기쁘지 않으시오."

"기쁘지요. 오직 마음가짐을 경건히 하고 싶을 따름이올시다."

"……."

김문근은 그제야 김좌근의 우려를 알아차리면서 시무룩한 표정을 지어 보인다.

"허면, 산월은 시월이 되겠구만…."

"그렇지요. 절기 좋은 시월상달이에요."

"모든 것을 삼가면서 지내야 할 것으로 알아요. 경건한 마음으로 원자가 태어나시기를 기다려야 합니다."

김좌근의 이 같은 심중이 알려지면서 장김의 일족들은 모두 언동에 각별히 유념하는 기색을 보인다.

'허어, 이런 낭패가 있나…!'

흥선군 이하응은 철인왕후가 회임했다는 소식을 접하면서 눈앞이 캄캄해오는 좌절감에 젖는다. 그에게는 철종에게 후사가 없을 것이라는 신념 같은 것이 있다. 많은 왕자와 옹주가 단명한 것이 흥선군의 신념을 더욱 굳건히 한 셈이다. 그러기에 둘째 아들 명복이가 보위에 오를 날을 손꼽아 기다리고 있음이 아니던가. 따지고 보면 흥선군이 투전판과 상가에 뛰어든 것도 명복을 보위에 밀어 올리기 위한 방책의 하나다. 자신의 목숨만을 부지하기 위한 일이라면 궁도령이라고 불리는 것으로 족하다. 오직 내색할 수 없는 야심을 기르기 위해 상갓집 개라는 소리까지 듣고 있지를 않던가.

'공주일 수도 있음인 것을….'

흥선군 이하응은 애써 자위해 본다. 중전의 수태가 꼭 원자의 생산으로 이어진다는 법은 없다. 흥선군은 물에 빠진 사람이 지푸라기를 잡는 심정으로 하늘이 자신의 편에 서 주기를 간곡히 기구할 뿐이다.

중전의 회임이라는 큰 경사를 놓고도 조정의 분위기는 침중할 수밖에 없다. 기뻐서 날뛰어야 할 포물대감 김문근이 언동을 자제하고 있는 마당인데 섣불리 나설 사람이 있을 까닭이 없다.

2

호사다마라는 말이 있다. 흥겨운 일이 생길 때 마가 낀다는 말이다. 참으로 어처구니없는 음모가 기도되고 있다. 경기도 파주 근방에 염종수廉宗秀라는 사내가 살고 있다. 그는 시정의 한량이면서 교활하고 허풍스러운 위인이다. 게다가 남다른 과시욕까지 넘쳐 나는 사람이다.

"아버지, 상감마마의 외가도 염씨라는데 사실입니까?"

아들 염의영廉義榮이 밖에서 뛰어들며 느닷없이 묻는다. 염종수는 아무 의미 없이 시정에서 들은 얘기를 아들에게 들려주었다.

"그럴 게다. 주상 전하의 아버님이신 전계군인가 하는 이가 강화도에 귀양을 갔을 때 염씨를 재취再娶하였다고 들었다. 주상 전하께서 어릴 때 나뭇짐을 진 것은 그 때문일 것이니라."

"그렇다면 우리 집과 척분이 되지를 않습니까?"

"척분…, 누가 그런 소리를 하더냐?"

염의영의 대답은 이러하다. 길에서 놀고 있는데 중 한 사람이 성을 묻기에 염가임을 알리자 중은 빙그레 웃으면서 '허허허, 주상전하와는 외척이로구나' 하면서 사라져 가더란다.

"외척…!"

순간 염종수의 뇌리에는 기묘한 느낌이 스쳐 지나간다. 형언할 수 없는 설렘 같기도 하였고, 가슴이 마구 쿵쿵거리는 흥분 같기도 하다. 염의영은 궁금해서 못 견디겠다는 듯이 다시 묻는다.

"그 집은 본이 어디옵니까?"

"글세… 용담龍潭이라고 들었다만…."

"그럼 우리 파평坡平 염가와는 아주 남남인가요?"

"아주 남남일 수는 없겠지…."

이날은 이런 정도로 끝냈으나 염종수의 뇌리에서는 이 일이 좀처럼 지워지지 않는다. 어쩐지 커다란 행운을 잡을 것 같은 예감이 들어서다.

'아무래도 강화도에 다녀와야겠어.'

급기야 염종수는 한 가지 묘안을 짜내면서 강화섬으로 달려간다. 손바닥만 한 강화도에서 철종의 외가를 찾는 것은 어렵지 않다. 우선 멀리서 살펴보기로 한다. 철종의 외가는 손이 끊기고 없다. 염씨 성을 가진 사람이 더러 있었으나 변변한 사람은 눈

닦고 찾아도 없다.

'그럴 테지….'

염종수는 회심의 미소를 지어 본다. 어쩌면 자신의 계책이 이루어질 것도 같아서다. 그는 자신감으로 충만해진다. 염종수는 낙척落拓한 염씨 한 사람을 골라잡는다. 그렇게 선정된 사람이 염보길廉輔吉이다.

"이게 무슨 꼴입니까? 어찌 이럴 수가 있습니까?"

"……?"

"나도 염가올시다만, 주상 전하의 외가에 손이 끊기다니요."

염보길은 아무 말도 하지를 못한다. 철종의 친 외가 쪽과는 촌수도 멀거니와 찌든 삶이 몸에 배어 있어서다.

"산소는 아실 테지요, 주상 전하의 외조부님 산소 말씀이옵니다."

"알고는 있습니다만…."

"인도해 주시오. 기위 예까지 왔으니 봉심奉審은 올리고 가야지요."

염보길은 묵묵히 일어서서 앞장을 선다. 철종의 외조부가 묻힌 무덤은 이미 무너져 허실하기 그지없다. 오랜 세월 동안 아무도 돌보지 않았다면 당연한 노릇이다. 염종수는 그 황폐한 무덤에 절을 하고 나서 염보길에게 묻는다.

"대체 강화유수는 뭘 하고 있었답니까. 이게 어디 말이 되오이까."

"그걸 낸들 어찌 알겠습니까…."

"허어, 천벌을 받을 놈들 같으니!"

염종수는 한량의 본색을 드러내기 시작한다. 그는 강화유수는 물론 장김 일족을 맹렬하게 비난하면서 염보길에게는 돈 몇 냥을 쥐어 주고 강화섬을 떠난다.

"내 다시 들르리다."

도성으로 향하는 염종수는 쾌재를 부르고 있다. 자신의 아들인 염의영을 철종의 외조부의 양손자로 입양케 할 궁리를 하고 있어서다.

'허허허, 그리되면 의영인 주상과는 외사촌이 되고…, 나는 주상의 외숙이 될 터!'

염종수는 도성으로 돌아오자 곧 보학譜學에 밝은 노인들을 찾아다니면서 파평 염씨와 용담 염씨의 관계를 알아보기 시작한다.

파평 염씨는 본래 서원瑞原 염씨에서 나온 것으로 서원은 곧 파주의 옛 이름이다. 파주는 이 밖에도 영봉領逢, 파평坡平, 영평鈴平, 봉성峯城, 원평原平, 곡성曲城이라고도 불렸다. 파주의 이웃 고을인 교하交河에도 염씨가 있었는데 석천향石淺鄕에서 살았다 하여 석천 염씨라는 사실도 알아낸다. 그러나 이 염씨는 석천향이 조선조 초기 원평부로 부속되면서부터 서원 염씨에 합쳐졌고, 세월이 흐르면서 염씨는 거의 파평(서원) 염씨만 남게 되었다는 사실도 알게 된다.

파평 염씨는 고려 문종 때 병부상서를 지낸 염한廉漢이 중시조로 그의 손자 염신약廉信若이 예부상서를 지냈고, 다시 신약의 손 염승익廉承益은 첨의부僉議府 중찬中贊을 지냈으며, 또 승익의 손 염제신廉悌臣도 고려의 명신으로 곡성부원군曲城府院君의 봉작까지 받았다. 이때부터 염씨는 크게 번창하여 제신의 큰아들 염국보廉國寶는 서성군瑞城君에 봉군되고, 둘째 아들 염정수廉廷秀는 대사헌까지 올랐으며, 셋째 아들 염흥방廉興邦은 권신으로 지내는 등 3형제가 모두 득세하는 절정기를 이룬다. 그러나 고려 말기의 훈구와 신진의 싸움에서 이인임李仁任, 염흥방 등 훈구가 패했던 까닭으로 그 3형제가 모두 역적으로 죽게 됨으로써 그때부터 염씨 집안은 몰락 일로를 걷게 된다.

조선 조로 들어와도 염씨는 재기를 하지 못했고, 순창 염씨인 염우혁廉友赫 한 사람만이 인조 때 겨우 등과하여 장령까지 지냈을 뿐, 그 외에는 한 사람도 이름을 떨친 사람이 없다. 즉, 염씨는 곡성부원군 염제신 이후 5백 년이 지나는 동안 보잘것없는 평민으로 낙척해 버린 셈이다.

새롭게 이러한 사실을 알게 된 염종수는 자신도 모르게 울분을 느낀다.

'이 기회에 내가 염씨 가문을 크게 일으키리라!'

이번에는 철종의 외가 쪽인 용담 염씨를 알아본다. 그러나 철종의 외조부의 이름이 염성화廉成化이고, 아울러 그에게는 아들이나 손자도 없이 거의 멸문되었다는 것만을 알아냈을 뿐, 더 이상의 것은 찾아낼 수조차도 없다. 철종의 생모 염씨가 살았던 강화섬에도 다시 몇 차례 들락거렸으나 얻은 것은 아무 것도 없다.

'용담 염씨가 파평 염씨에서 갈라져 나온 것을 확인만 하면 되는데….'

마침내 염종수는 한양에 사는 선비 한 사람으로부터, 조정에서도 용담 염씨가 파평 염씨의 일족으로 알고 있다는 사실을 알아낸다. 철종의 생모의 작호가 영원부대부인鈴原府大夫人인 것이 그 증거가 된다.

철종이 처음 보위에 올랐을 때 조정에서는 전계군을 전계대원군으로 올리고 그 첫째 부인 최씨를 완양부대부인完陽府大夫人에, 후취인 염씨를 영원부대부인으로 봉했다. 당연히 용담 염씨가 파평 염씨에서 갈라져 나온 것인 줄 알고 파주의 고호를 따서 그렇게 붙인 것이 아니겠는가.

염종수는 쾌재를 부른다. 그는 곧 용담 염씨의 족보를 구해 개조에 착수한다. 족보의 개조라는 것도 어렵질 않다. 남의 이름을 지우고 자신의 이름을 끼워 넣으면 된다. 결국 철종의 외조부인 염성화의 가계가 자신의 가계에서 갈라져 나간 것으로 만들면 되는 일이다.

마침내 염종수는 철종에게 상소를 올린다.

— 전하의 외가가 너무 영체零替되어 같은 염씨로 입후시켜 새로이 일가一家를 이루어야 할 것으로 사료되옵니다. 신 염종수가

알아본 바에 따르면 원래 염씨는 단본單本일 뿐만 아니라 증 영의정 염성화의 가계가 신의 13대조에서 갈라져 나왔사옵니다. 이에 신 염종수는 신의 아들 염의영을 증 영의정 염성화의 양손자로 세워 끊어진 대를 잇게 하고 제사를 지낼 수 있도록 하고자 하옵니다. 윤허하여 주오소서.

누가 이를 마다하겠는가. 철종으로서도 기쁘기 한량없는 일이다. 외조부의 후사를 정하고 제사를 지낼 수 있게 된 것이 천만다행이라는 생각이 든다. 그는 곧 김좌근을 부른다.

"이 상소를 읽어 보시오."

김좌근은 철종으로부터 염종수의 상소를 받아 읽으면서 목덜미가 달아오르는 부끄러움에 젖는다. 자신의 잘못으로 금상의 외가가 낙척된 것만 같아서다.

"날씨가 가물어서 기우제를 올리고는 있습니다만…, 과인이 외가를 돌보지 않은 탓도 있을 것으로 압니다."

"망극하옵니다, 전하."

"과인은 그 상소를 가납하려 하오."

"여부가 있겠사옵니까, 전하."

"그리고 과인의 외숙에게 벼슬도 내리고 싶소."

"지당한 분부시옵니다."

"서둘러 주시오."

영의정 김좌근은 철종의 탑전을 물러나와 승지 한 사람을 시켜 염종수를 만나보게 했다. 물론 족보를 확인해 볼 것도 부연한다. 승지는 염종수의 집으로 간다. 염종수는 개조된 족보를 내보인다. 승지는 그 족보가 가짜로 만들어진 것을 눈치 채지 못한다. 게다가 승지는 염종수의 풍채와 달변에 매료 될 지경이다.

마침내 철종은 염종수의 아들인 염의영을 외조부인 염성화의 양손자로 입양시킬 것을 명하고, 염종수 부자를 대궐로 부른다. 느닷없이 외사촌형제가 하나 생긴 셈이다.

"어려운 일이 있으면 의논해 주오. 내가 도울 것이오."

"성은이 망극하옵니다."

"의영은 들으라."

"예."

"자주 입궐하여 내 말벗이 되어 다오."

"명심하겠사옵니다."

철종은 염종수를 외숙이라 부르면서 문반과 무반 중에서 어느 쪽이 좋겠느냐고 묻는다. 염종수는 한량답게 무반 쪽을 택했고 내직보다 외직을 희망한다. 내직에 있다가 족보를 개조한 일이 탄로 난다면 어찌 되는가. 차라리 도성에서 멀리 떨어진 곳에서 행세를 하는 편이 마음 편할 것이라고 믿는다. 철종은 염종수의 소망을 가상히 여긴다.

철종을 배알하고 나온 염종수의 거들먹거림은 대단하다. 속은 세를 따른다는 속설이 있듯 염종수의 주위로는 사람들이 몰리기 시작한다. 이 같은 어처구니없는 음모가 쉽사리 성공할 수 있었던 것도 따지고 보면 철인왕후가 회임을 했기 때문이기도 하다. 김좌근, 김문근 등의 장김들은 철종에게 적선하는 심정이었으므로 세세한 일까지 따지고 들려고 하지 않아서다.

염종수의 집 대문 앞은 성시를 이룰 수밖에 없다. 주상이 그를 외숙이라고 불렀다는 소문이 파다하게 퍼진 때문이다. 염종수는 염성화의 묘역墓域을 수리한다는 명목으로 수많은 뇌물을 거두어들인다. 그리고 묘역의 수리를 청하는 상소를 다시 올린다. 윤허가 있은 것은 당연하다.

염종수는 다시 강화섬으로 간다. 강화유수 이명적李明迪은 이미 어명을 받고 있었던 터라 염종수의 면전에서는 고개도 들지 못한다. 묘역의 역사役事는 거창해질 수밖에 없다. 염종수는 강화유수를 하인처럼 부리고 다스린다. 또 다른 외척의 발호가 시작된 셈이다. 염성화의 묘역은 새롭고 거대한 모습으로 단장되면서 갖가지 석물들이 위용을 자랑한다.

'증대광보국숭록대부의정부영의정贈大匡輔國崇祿大夫議政府領議政'

'파평염공성화지묘坡平廉公成化之墓'

비문을 보고 있던 염보길이 기세등등한 염종수를 한쪽으로 불러내면서 은밀하게 말했다.

"본관이 틀린 것 같습니다만… 우리는 파평이 아니고 용담이

올시다."

"이런 무식한 사람을 보았나, 용담이 아니라 파평일세."

"저희는 지금도 용담이라 한다니까요."

"허어, 파평이라니까!"

"……?"

염보길이 수긍하지 않겠다는 듯 고개를 갸우뚱거리자 염종수는 언성을 높인다.

"염씨가 단본임을 왜 모르는가. 승정원에서 족보를 보았다는데도!"

"아, 예…."

염보길은 승정원이라는 말에 기가 죽었으나 그렇다고 수긍하는 기색은 아니다. 물론 후일에 이르러 용담을 파평이라 한 것이 드러나게 되어 염종수의 사기 행각은 비극적인 종말을 보게 되지만, 이때만 해도 염종수의 기세는 당당할 뿐이다.

염성화의 묘역이 단장되자 조정은 염종수에게 전라우도 수군절도사水軍節度使의 직을 제수한다. 일개 한량이던 염종수에게 내려진 직함으로서는 실로 파격적인 것이 아닐 수 없다.

"허허허, 그럼 그렇지. 이놈들 어디 두고 보자."

수군절도사면 정3품 직이다. 게다가 철종의 외사촌동생이 된 염의영은 대전을 출입하고 있다. 염종수로서는 두려울 것이 없다. 그가 부임을 하기 위해 도성을 떠나던 날은 한량들의 축제일이나 다를 바가 없다. 그와 지면이 있는 한량들이 모두 나타나

행렬의 뒤를 따른다. 관찰사의 부임행렬보다 더하면 더했지 못하지가 않다.

온 장안은 온통 염종수의 바람으로 가득하다. 흥선군 이하응에게도 이 소식이 전해진다.

'왕실에 오죽 사람이 없으면….'

흥선군 이하응은 탄식한다. 염종수가 족보를 뜯어 고쳤다는 사실을 모르고 있었으면서도 흥선군은 이 일이 예사로운 것이 아니라는 점을 직감한다. 왕부가 부실하면 외척이 발호하고, 외척의 발호가 심하면 민란民亂이 일어난다. 역사는 그러한 흐름을 명백히 밝혀 놓고 있지를 않았던가.

"아무리 민초기로…."

민초民草는 백성을 말한다. 백성들을 민초라고 하는 데는 두 가지 뜻이 있다. 첫째는 민초가 바람에 약하다는 뜻이다. 아무리 크고 넓은 갈대밭도 바람이 불면 흔들린다. 오른쪽으로 바람이 불면 갈대는 오른쪽으로 휘어지며 흔들리고 왼쪽으로 바람이 불면 왼쪽으로 흔들린다. 또 바람이 없는 날은 움직이지 않는다. 이를 두고 백성들의 마음을 조석지변朝夕之變이라고 한다.

둘째는 밟아도 밟아도 다시 솟아오른다는 뜻이다. 갈대가 바람에 따라 흔들리는 것이 보기 싫다 하여 밑동을 모두 베어 버린다 해도 얼마 안 있어 갈대밭은 다시 무성해진다. 참으로 기막힌 비유가 아닐 수 없다.

3

"하옥 대감께서 영상의 자리에 다시 올랐다 합니다."

이호준의 말에 흥선군 이하응은 당연하다는 표정을 지어 보인다. 장김 일족의 후광이었던 순원왕후가 세상을 떠나고, 하옥 김좌근은 영의정의 자리에서 물러났었다.

"어차피 60년 세도가 아닌가…."

흥선군 이하응은 탄식처럼 뱉어 낸다. 하옥 김좌근이 물러나고 싶으면 물러나는 것이고, 들어오고 싶으면 들어오는 것을 무슨 수로 나무라겠는가. 또 지금과 같은 사정이라면 사영 김병기가 정승의 자리에 올라도 가타부타 말할 수도 없는 처지가 아닌가. 방 안은 잠시 삭막한 기운이 돌았으나, 흥선군 이하응이 분위기를 바꾼다.

"장기나 한 판 둡시다. 지난번에도 승패를 가리지 못했어요."

"그러시지요."

"이번에는 좀 색다르게 둬 봅시다."

흥선군의 제안이다.

"색다르게라니요?"

"각자 상대의 말 중 하나를 떼어 낸 후 두자는 게요."

"좋습니다. 그것도 재미있겠군요."

이호준은 흔쾌히 응한다. 속으로는 무슨 뜻일까 궁금히 여기면서도.

"그럼 이 주부가 먼저 내 말을 하나 떼시오."

"예, 차를 떼겠습니다. 대감께서는요?"

"나는 궁사宮士를 떼겠소."

"궁사를요?"

이호준은 의외라는 듯이 흥선군의 얼굴을 잠깐 쳐다본다. 장기가 두어지기 시작한다. 두 사람 모두 말없이 장기판만 내려다보고 있다. 국면은 현저하게 이호준에게 유리하게 진행되고 있다.

"대감께서도 제 차를 떼실 걸 그랬습니다."

이호준이 의기양양하게 비아냥거린다. 그러나 흥선군 이하응은 여전히 입을 굳게 다문 채 말이 없다. 수가 진행되면서 전세는 갑자기 돌변한다. 이호준의 차포가 흥선군의 진영을 마구 유린하고 있는 동안, 흥선군의 졸들이 대거 이호준의 궁부로 침입하여 왕을 옴짝달싹 못하게 궁지로 몰아넣고야 만다.

"어허, 이거 외통수가 아닌가."

결국 첫 판은 이호준의 완패로 끝난다. 차포가 싱싱하게 살아있는 중에 당한 패배라 어처구니없기도 하고 아깝기도 한 모양이다.

"한 판 더 두시지요."

"좋지. 이번에도 내 차를 떼겠소?"

"물론입니다. 대감께서는요?"

"나 역시 이번에도 궁사를 떼겠소."

두 번째 판이 시작된다. 그러나 결과는 첫 판과 다를 바가 없다. 이호준은 고개를 갸우뚱거리면서 승세가 뒤집힌 것을 아쉬워한다.

"헛 참…."

"당연하질 않소?"

"당연하다니요?"

"궁부宮府가 약한 탓이 아닌가."

"……!"

이호준은 그제야 흥선군 이하응의 내심을 읽은 듯 눈을 동그랗게 뜬다. 흥선군 이하응은 궁사를 만지작거리며 화제를 돌린다.

"그 아이 이름이 뭐라고 했던가요."

"그 아이라 하오시면…?"

"왜 있질 않소. 대왕대비 전… 아니지, 조병구의 양자 말씀이외다."

"아, 조성하 말씀이옵니까?"

"그래, 조성하라 했었지요."

흥선군 이하응은 만면에 희색을 담으며 중얼거린다. 이호준은 갑자기 조성하를 화제에 올리는 것이 궁금해서 다시 묻는다.

"성하는 왜 갑자기…?"

"아직은 미장가이겠지요."

"그럼요. 겨우 열여섯 살인 것을요."

"열여섯 살…, 허허허… 장가들 나이도 되었고만…."

"허허허, 대감께서 중신이라도 서시렵니까?"

이호준은 싱겁게 웃으며 농을 던져 본다.

"그렇지요. 내가 중신을 서렵니다."

"……?"

이호준은 안색을 바꾸며 진지하게 다시 묻는다.

"누구와 말이옵니까?"

"누군 누구겠소. 이 주부의 여식이지."

흥선군 이하응이 싱글싱글 웃으며 대답한다.

"예에? 제 여식과 조성하를…?"

이호준은 입을 벌린 채 좀처럼 다물지 못한다.

"뭘 그리 놀라시오. 중신애비가 변변치 못해서 그러시오?"

순간 이호준의 뇌리에 섬광처럼 스쳐가는 예감이 있다.

'정략결혼!'

대왕대비 순원왕후가 승하함에 따라 왕실 최고 어른은 대왕대비 신정왕후로 변했다. 신정왕후 조씨는 풍은부원군豊恩府院君 조만영趙萬永의 따님. 1808년(순조 8)에 태어났고, 열두 살 때인 순조 19년에 익종翼宗(당시 세자)과 가례를 올려 세자빈에 책봉되었다. 그러나 익종이 보위에 올라 보지도 못한 채 붕어崩御하는 비운을 겪으면서 그녀의 고되고 외로운 청상의 생활이 시작된다. 게다가 시어머니인 순원왕후는 안동 김문의 일원, 풍양 조씨인 신정왕후로서는 안동 김문이 판을 치는 조정과 왕실에서 입 한 번 제대로 벙긋할 수 없는 처지로 살아왔다. 믿고 의지할 데라곤 오직 하나밖에 없는 아들뿐이었으니, 그가 곧 헌종이다. 그러나 헌종 역시 안동 김문의 영향력에서 벗어나지 못했다.

춘추 여덟 살에 보위를 이었으나 어쩔 수 없이 왕대비인 순원왕후가 수렴청정을 했고, 자연 그는 꼭두각시나 다름없는 소년왕에서 헤어나지 못했으니 세도는 여전히 장김 일문에서 누리게 된다. 헌종 비인 효현왕후孝顯王后마저 안동 김문인 김조근의 따님으로 간택되자 신정왕후는 더욱 힘을 쓰지 못하고 고립무원이 된다. 이렇게 억눌려 살아온 지 어언 30년. 참으로 한 많은 세월이었으며, 눈물로 지새우는 세월을 보낸 셈이다. 그런데 이제 안동 김문의 후광과도 같았던 순원왕후가 승하했다. 신정왕후의 위세가 살아날 것은 당연하다. 더구나 한을 씹으며 짓눌려 온 신정왕후가 아니던가.

반면 안동 김문으로서는 커다란 배경을 잃은 처지라 당혹해하지 않을 수가 없다. 헌종의 계비인 효정왕후孝定王后 홍씨洪氏가 살아 있었고, 중전인 철인왕후에게 후사가 없었으니 신정왕후의 존재가 껄끄럽지 않을 수가 없다. 그래서 중전의 아버지인 김문근이 마치 원상회복을 외치듯 거들먹거리고 있다. 끝내 철종에게 후사가 없게 된다면 누군가가 나서서 신정왕후의 위세를 꺾지 않고는 다음 시대를 보장할 수가 없다.

이 같은 왕실의 사정을 감안한 흥선군 이하응이 신정왕후의 조카인 조성하와 이호준의 여식을 부부로 묶으려 하고 있다. 실로 앞날을 내다보는 포석布石이다. 흥선군 이하응의 내심을 알아차린 이호준의 가슴은 곤두박질하듯 쿵쿵거린다.

'궁부가 약함이 아니겠소.'

이호준이 장기에 졌을 때 홍선군이 입에 담은 말의 진의를 이제야 알게 되면서 소름끼치는 전율감까지 느끼게 된다.

"방도가 있겠습니까, 대감."

"찾으면 있겠지…."

홍선군 이하응은 어렵지 않게 대답을 한다. 이호준은 그 방법이 무엇인지를 알고 싶었으나 더는 캐묻지 않는다.

사랑도 미련도

1

철인왕후의 유산은 온 대궐을 설움에 잠기게 하였고, 철종은 벌써 며칠째 술기운에서 벗어나지 못하고 있다. 철종은 그 불운한 소식에 접하면서부터 술로 지새울 만큼 마음의 상처를 씻어내지 못한다. 벌써 여덟 번째다. 자신의 피를 받고 태어난 어린 생명들은 왜 살아남지 못하는가. 생각하기조차도 싫은 상념들이 꼬리를 물고 일어난다.

"미행을 나갈 것이니라, 차비하렷다."

"전하, 아직 마마님을 도성으로 뫼시지 못하였사옵니다."

철종은 한숨과 함께 고개까지 떨어트린다. 양순을 만나지 못하는 미행이라면 무의미하다. 그렇다면 무엇을 해야 하는가. 자신에게 되는 일이란 무엇이란 말인가. 그래도 철종은 천천히 몸을 일으킨다. 비원이라도 거닐어 볼 생각이다. 비원 어디쯤에 양순의 모습이 있을 것이라는 생각, 바람이 이는 나뭇가지라도 양순의 모습이 걸려 있을지도 모른다는 생각만이 뇌리에 가득하다.

"내관들은 따르지 말라!"

어명은 그렇다 하더라도 따르지 않을 수가 없는 것이 대전 내시들의 소임이다. 내관 기세석은 철종과의 거리를 두면서 멀찌감치 뒤를 따른다. 비원 숲으로 이어진 언덕길은 아름답기 그지없다. 나무 사이로 보이는 물빛 하늘에는 구름 한 점 없다. 그 투명한 허공을 흐르는 백로 한 마리가 구름 조각을 연상케 한다. 바람마저 싱그러운 창덕궁의 초가을은 사람들의 가슴속에 잠겨 있는 상념의 조각들을 집어 올리기에 족하다.

'강화섬의 하늘인 것을….'

철종의 귓전에 파도 소리가 환청되기도 한다. 얼마나 가고 싶은 고장이던가. 첫사랑 양순이가 있는 곳, 그리고 배만석, 감동호과 같은 친구들이 뛰놀고 있는 곳이 아니던가.

철종이 강화섬을 떠나온 지도 어언 11년째가 되어 간다. 없는 것이 없고, 필요한 것이면 뭐든지 넉넉히 구할 수 있는 대궐이다. 언감생심 바라기나 했던가, 참으로 호의호식한 세월이면서도 그는 강화섬에 대한 미련만은 버리지 못하고 살았다. 특히 양순에 대한 상념이 찢어지는 아픔과 비견될 만큼 애절하다. 중전과 함께 잠을 자면서도, 숙의 범씨의 알몸을 안고 있으면서도 강화섬의 하늘이, 강화섬의 바다가 그리고 양순이와 뛰놀던 강화섬의 산천이 몽매夢寐에도 그리워진다.

胡馬依北風 越鳥巢南枝
북쪽에서 온 말胡馬은 북쪽 바람을 향해 서고
남쪽에서 온 새越鳥는 남쪽 가지에 둥지를 튼다.

옛사람들은 짐승의 본능도 이같이 노래했는데 항차 고향을 그리는 사람의 일이야 어찌 그 심중을 필설로 형언할 수 있으랴.

철종의 눈시울이 젖어 들면서 걸음을 멈춘다. 그리고 뒤돌아본다. 까마득히 먼 곳에 기세석의 모습이 가물가물 보인다. 철종은 손을 들어 그를 부른다. 기세석이 빠른 걸음으로 철종의 곁으로 다가선다.

"배 별감에게라도 인편을 보내야 할 것이 아니더냐."

"아뢰옵기 황공하오나, 아직 때가 아닌 듯 하옵니다."

"무슨 소리야. 이젠 강화유수도 바뀌지 않았더냐?"

강화유수는 김영근의 뒤를 이은 이명적에게 옮겨와 있다. 김좌근이 강화유수 김영근을 내직으로 부르겠다고 했을 때 철종은 내심 천세를 부르면서 좋다고 했다. 양순이가 장김 일족에게 감시를 당하는 것보다 생판 모르는 사람이 강화유수로 있는 것이 편할 것이라는 생각이 들어서다. 그러나 그게 잘못된 생각인지는 꿈에도 몰랐다.

"언제쯤 양순일 다시 부를 수가 있겠느냐?"

"좀 더 기다려보소서. 아직은 때가 아닌 줄로 아옵니다."

"그게 어디 말이나 될 법한 소리더냐. 임금이 원하는 일이니라."

"망극하옵니다."

"나 몰래, 양순의 일에 무슨 사단이라도 있었더냐?"

"그런 것은 아니옵니다만…, 그동안 대궐의 사정이 여의치 않은 것은 전하께오서 아시는 대로가 아니옵니까."

장김의 일족인 김영근이 강화유수로 부임하면서 철종의 미행이 중단되었고, 순원왕후의 승하, 원량의 탄생과 죽음, 그리고 또 한 고비 철인왕후의 회임과 유산은 대궐 안을 짓눌러 놓을 만큼 큰일이었던 것은 분명하다.

"인편을 보내서라도 배 별감을 한 번 불러보았으면 좋겠다. 그래야 양순이가 어찌 지내고 있는지를 알 것이 아니더냐. 서둘러 다오."

"전하, 신이 다녀오겠사옵니다."

"그래, 그래만 준다면 고맙기 그지없지…."

철종의 얼굴에 화기가 돈다. 까마득히 잊고 있었던 일들이 순리대로 풀리고 있다는 기대 때문이다.

까까까… 까치 까치! 그때 자지러지게 우는 까치 소리가 들린다. 필시 위급한 지경에 이른 까치의 비명이다. 철종은 소리 나는 쪽으로 시선을 돌린다. 멀지 않은 풀숲에 까치 한 마리가 떨어져 깃털을 흩뿌리며 몸부림치고 있는 것이 보인다.

"허어!"

철종이 혀를 차며 까치가 떨어진 곳으로 달려가고 있을 때다. 허공에서 검은 물체가 쏜살같이 내려오더니 퍼덕거리는 까치를 낚아채며 다시 치솟아 오른다.

"저런, 몹쓸!"

수리매의 사냥이다. 까치가 퍼덕거리던 곳에는 보드라운 깃털만 날리고 있다. 약육강식이라 했던가. 철종은 넋이 나간 모습으로 잠시 서 있다. 까치가 울면 반가운 소식이 있다는 속설 때문인지 사람들은 까치를 길조라고 생각한다. 그래서 까치의 수난은 철종에게는 불길한 조짐일 수밖에 없다.

2

철종은 까치의 수난을 지켜보면서 무거운 발걸음을 돌린다. 뭔가 불길한 일이 있을 것만 같아서다. 아니나 다를까 대전으로 돌아오자 승지 조문화趙文和가 툇마루를 서성이고 있다. 그의 얼굴이 몹시 굳어 있다고 여기면서 철종은 대전으로 들어와 보좌에 앉는다. 조문화가 따라 들어와 부복을 했으나 좀체 입을 열지 못한다.

"무슨 일인가?"

철종은 하문하면서도 좋지 않은 예감이 든다. 잠시 전 까치가 수리매에게 낚아채이던 모양이 상기되어서다.

"무슨 일이냐고 묻질 않느냐?"

철종이 다시 채근하고서야 조문화는 더듬더듬 입을 연다.

"전하, 불길한 전언이옵니다. 강화도에 사는 양순이라는 처자가 죽었다는 강화유수의 장계狀啓가 있었사옵니다."

"……!"

철종의 몸이 움칠하며 흔들린다. 그리고 떨리는 목소리로 반문한다.

"무엇이라 했느냐…?"

"양순이라는 처자가 죽었다 하옵니다."

"야, 양순이가…."

철종의 용안은 창백하게 변했고, 미간은 보기 흉할 만큼 일그러져 간다. 그리고 벌컥 몸을 일으킨다. 잠시 전 양순의 소식을 듣고자 내시 기세석을 강화섬으로 보내기로 했던 철종이다. 아직 뱉어 낸 말의 온기조차도 식질 않았을 것인데 양순이가 죽었다는 비보가 전해진대서야 말이 되는가.

"세석아, 세석이 있느냐!"

철종은 화통 같은 목소리를 토해 낸다. 좌절과 분노로 범벅이 된 듯한 목소리다. 내관 기세석이 황급히 들어와 앉는다. 그도 양순이가 죽었다는 비보를 들은 모양이다. 이로 인한 철종의 충격이 얼마나 클 것인지는 누구보다도 잘 알고 있을 기세석이다.

"야, 양순이가 죽었단다. 말이 되느냐. 왜 멀쩡한 아이가 죽어…!"

"전하, 전하… 고정하소서."

일순 몽롱해지는 현기증에 빠져 들었던 철종이 고개를 든다. 용안에 다시 혈색이 도는 것을 보고서야 기세석은 안도한다. 철종은 승지가 알고 있는 모든 사실을 기세석에게도 들려주고 싶다. 후일이라도 양순의 죽음은 그와 의논해야 하기 때문이다.

"승지는 어서 더 소상히 고하라."

"예, 강화유수의 장계에 적힌 바에 따르면, 양순이는 부들방죽에 몸을 던져 자진을 한 것으로 되어 있사옵니다."

"닥치지 못하겠느냐!"

철종의 노성일갈怒聲一喝이 터져 나온다. 승지는 영문을 몰라 몸을 움츠릴 수밖에 없다.

"부들방죽에 몸을 던지다니, 너희가 부들방죽을 아느냐, 사람이 늪에 빠져 죽는 수도 있더냐!"

"……."

"강화섬으로 갈 것이니라, 내관은 당장 채비하렷다."

"전하!"

"허어, 강화섬으로 간다고 했느니라!"

"전하, 대왕대비 전의 윤허가 계셔야 할 것으로 사료되옵니다."

승지 조문화는 안간힘을 다해 주청한다. 어찌 한 처자의 죽음으로 군왕이 강화섬까지 거둥할 수 있던가. 조문화에게는 시간이 필요하다. 대왕대비 조씨가 이 사실을 알아야 하고, 대소 신료들이 또한 달려와 만류해야 할 일이기에 그는 사색이 된 얼굴에 식은땀까지 흘리고 있다.

"당장 채비를 서두르라 일렀거늘!"

철종은 승지 조문화를 추방하듯 내쫓고 문갑 서랍에 간직해 두었던 꽃 주머니를 꺼내 든다. 보드라운 감촉은 마치 양순의 손목을 잡은 것과 같다.

"기다려라, 내가 달려가 만나리라."

철종은 눈시울을 적시면서도 양순의 죽음을 선뜻 받아들이지 않는다. 더구나 부들방죽에 몸을 던졌다는 것이 말이 되지를 않아서다. 그는 지금이라도 강화섬으로 달려간다면 살아 있는 양순일 만날 수 있으리라는 자신감에 젖어 있다.

'진작 서둘러야 했던 것을!'

철종은 후회의 눈물을 흘린다. 숭례문 안까지 들어왔던 양순이가 아니던가. 왜 그때 대궐로 데려오지 못했던가. 모두가 후회되는 일 뿐이다.

강화섬으로 가겠다는 철종의 어명은 창덕궁을 술렁거리게 하고도 남는다. 대왕대비 신정왕후, 왕대비 효정왕후가 놀란 것은 말할 나위도 없고, 영의정 김좌근을 비롯한 정원용, 조두순, 김문근 등도 당혹해 한다. 신정왕후는 대전으로 달려와 철종의 거둥을 간절히 만류했고 중신들은 빈청에 모여 앉아 하회下回를 기다리고 있다. 소동이라면 큰 소동일 수밖에 없다.

"주상, 주상의 거둥이라는 것은 종사에 큰일이 있을 때만 궐밖으로 나가실 수 있음입니다. 이젠 그만한 일을 아실 때도 되셨질 않습니까."

신정왕후 조씨는 어이없다는 표정이었을 뿐, 따뜻하게 설득하고 있지는 않다.

"갑니다. 가고야 말 것이옵니다. 살아 있는 아이를 죽었다고 하는 판국입니다."

"살아 있다니요, 강화유수의 장계조차도 아니 믿으시겠다는 말씀입니까."

"믿을 수 없사옵니다. 부들방죽에 몸을 던지다니요. 거긴 사람이 몸을 던질 곳이 아닙니다."

"허허, 사람의 목숨이 하늘에 있다고 해서… 인명人命은 재천在天이 아닙니까."

"양순인 살아 있사옵니다. 저를 만나지 않고는 죽지 않는다니까요!"

"……."

신정왕후는 기막힌 표정으로 효정왕후를 건너다본다. 구원을 청하는 듯한 간절한 눈빛이다. 효정왕후로서도 한마디 하지 않을 수가 없다.

"주상, 주상의 심기는 헤아리고도 남습니다만…, 주상에게는 군왕의 위엄과 체모가 있지를 않습니까. 잠저潛邸에 계실 때 서로 정을 주고받았던 사이라 할지라도 이미 보위를 이으신 지 십여 년이나 지났는데 아직도 그 아이를 잊지 못하시고, 또 그 아이의 주검을 보기 위해 강화섬으로 가시다니요, 이게 어디 말이 됩니까. 어찌하여 주상께서는 종사의 일보다 사사로운 정에 먼저 이끌리신답니까. 주상이 먼저 국법을 지키고서야 백성들이 주상을 믿고 따를 것으로 봅니다. 강화도로 거둥하신다 함은 천만부당합니다."

신정왕후와 효정왕후의 시선은 간절하다 못해 애원하는 듯하다. 지금 이 자리에서 철종을 설득하지 못한다면 중신들과의 충돌은 불가피하다. 그때에 일어날 망극지변은 또 어찌 수습해야 하는가. 철종이 잠시 주춤거리는 틈새를 신정왕후가 다시 비집고 들어선다.

"대비의 말씀대롭니다. 주상은 지존이십니다. 부디 지존의 위엄을 갖추도록 하세요."

철종의 기세는 다시 완강하게 살아난다.

"두 분 웃전께서는 제 마음을 모르시옵니다. 양순이는 살아있을 것으로 믿사옵니다만…, 설사 죽었다 해도 내 손으로 장사를 지내 주어야 합니다."

"……!"

"나는 임금이 되기 전에 양순이와 혼인하기로 약조했었습니다. 또 양순이를 강화섬에 버려두고 나만 대궐로 온 것은 장부가 취할 일이 아니었사옵니다. 또 양순이가 대궐로 들었을 때 후궁으로 맞아들이지 못한 것도 통한에 사무칠 일입니다. 또한 양순일 위해서라면 임금의 자리에서 얼마든지 물러날 수도 있사옵니다."

"……."

"다녀와서 뵙겠습니다."

철종은 벌컥 몸을 일으킨다. 신정왕후는 철종의 앞을 막아서며 어수御手를 잡는다.

"주상, 왜 이러십니까, 정녕 종사를 버리시려 하십니까?"

"물러서세요!"

"차라리 가시려거든 나를 밟고 가세요!"

신정왕후가 완강히 소리치자 철종은 잠시 주춤거린다.

"좌정을 하세요. 어서요, 주상…"

신정왕후와 효정왕후는 철종의 어수를 잡아서 보료에 앉게 한다. 그리고 다시 한 번 애원한다.

"주상…, 한 나라를 다스리는 군왕이십니다. 아무리 입궁 전에 정을 주셨기로…."

"그리 말씀하시면 안 되지요. 제가 임금이 되어 한 일이 무에 있습니까? 허수아비처럼 앉아 있지를 않았습니까. 제가 언제 임금 노릇하겠다고 하였습니까!"

"주상, 제발 좀 체통을 차리세요."

"체통이라니요. 궐 안에 있는 상궁 나인들은 모두가 내 승은을 입고 싶어합니다. 또한 제가 승은을 내리면 후궁이 되지를 않았습니까. 이것이 대궐의 이치인데 양순인 왜 아니 됩니까? 시골 아이라서요. 아니면 집안이 변변치 못해서요. 궁 안에 있는 저 많은 상궁 무수리들이 모두 명문대가의 자손들이랍니까? 임금 노릇 그만두고라도 강화섬으로 갑니다. 제 심정을 알았으면 나서지들 마세요!"

"……!"

신정왕후와 효정왕후는 눈앞이 캄캄해진다. 누가 철종을 일러 나무꾼 허드레 임금이라고 하였는가. 두 대비는 철종의 말을 반박할 아무 힘이 없음을 뼈저리게 느낀다.

"어서 가서 중전 마마 모셔 오렷다!"

신정왕후가 신음처럼 토해 낸다. 이때 대전이 소란해지고 있다는 전언을 받은 정원용, 김좌근, 김문근, 조두순 등이 달려온다. 이들은 신정왕후와 효정왕후를 거처로 돌아가게 하고 철종을 보료 위에 좌정케 한다. 철종의 안총眼聰은 초점을 잃고 있다. 영부사 정원용이 조심스럽게 입을 연다.

"전하, 신이 몸소 전하를 강화섬에서 도성으로 뫼시었으나, 그동안 전하의 심기를 편하게 받들지 못한 대죄를 지었사옵니다. 청컨대 신에게 중벌을 내려 주소서."

"……."

"그러하옵니다 전하, 먼저 신등에게 중벌을 내리신 연후에야 강화섬으로 거둥하실 수 있을 것이옵니다. 어명을 내려 주소서."

김문근도 정원용의 뒤를 이어 중벌을 청한다. 사사로운 정으로 본다면 김문근은 철종의 장인이다.

"전하, 신 영의정 김좌근 아뢰옵니다."

김좌근의 목소리는 칼날같이 가다듬어져 있다. 그는 이런 일에도 빈틈을 보이지 않는다.

"전하, 전하께오서 강화도로 거둥하신다 하심은 백성들의 빈축을 자초하는 일이옵니다. 일국의 군왕이 백성들의 빈축을 산다면 왕실의 위엄은 땅에 떨어지게 되고, 조정의 체모는 유명무실하게 되옵니다. 이 점 각별히 유념해 주오소서."

"영상, 경은 정녕 과인에게 그런 말밖에 할 말이 없소? 과인이 그동안 경의 꼭두각시로 살아왔는데…, 내 정인이 죽었다면 그 애통함을 먼저 입에 담는 것이 신하된 도리이거늘, 말의 앞뒤를 가리지 못하시다니요. 끝까지 내가 가겠다면 어찌하시겠소. 어서 대답해 보시요!"

충격이 아닐 수 없다. 철종은 임금이다. 보위 오른 지도 십일년이 된다. 아무리 외척의 두령이기로 임금과 맞서서 싸울 수가 있을까. 철종은 이미 이 점을 충분히 알고 있다.

"어떻게 하겠느냐고 물었소이다. 나는 가고야 말 것이요. 어찌하시려오, 영상. 나는 영의정 그대에게 사약을 내리고라도 갈 것이요. 그리되면 경은 나를 폐하여만 살아남을 수가 있지를 않겠소!"

"……!"

아, 이 무슨 폭언인가. 영의정 김좌근은 말할 것도 없고, 또 다른 중신들도 숨을 멈춘다.

"내 말을 듣지 않으려면 날 폐하시오. 그렇게 되면 나는 홀가분한 몸으로 강화섬으로 갈 수가 있을 것이요. 영상, 어서 결단을 내리시요!"

철종의 안총에서 불빛이 번득인다. 사생결단을 낼 사람처럼 영의정 김좌근을 몰아세우고 있다. 영의정 김좌근은 철종을 폐하고 싶다. 그러나 그 말을 입에 담을 수가 없다.

"나를 폐한다 해도 이젠 나무꾼 왕재는 구하지 못할 것이요. 아니 그렇소이까!"

김좌근은 더 참을 수가 없다. 여기서 밀리면 영의정의 위엄도 땅에 떨어진다. 척족의 위엄으로라도 철종의 어의를 꺾어 놓지를 않고서는 당장 내일부터의 일이 큰일이기 때문이다.

"전하…!"

마침내 김좌근의 카랑카랑한 목소리가 대전을 울린다. 그 목소리에는 철종의 의지를 꺾겠다는 전의가 가득하다. 놀란 것은 철종이 아니라 조두순이다. 예서 더 철종을 상대로 입씨름을 벌인다면 어느 쪽으로든지 끝장을 보아야 한다. 그것은 왕조를 파탄으로 몰아가는 일이 될 뿐이다.

"영상, 어명이 아니십니까!"

조두순은 황급히 영의정 김좌근의 겨드랑을 끼면서 몸을 일으킨다. 김좌근의 몸뚱이도 지친 듯 힘이 없다.

"빈청으로 나가서 왕명을 의논하십시다. 어서요, 영상…!"

영의정 김좌근은 조두순에게 끌려가듯 대전을 물러나고 있다. 철종은 끝까지 영의정 김좌근의 모습을 쏘아보면서 입가에 비웃음까지 흘리고 있다.

영부사 정원용은 소름끼치는 두려움을 느낀다. 철종, 그는 어느새 완벽한 군왕의 위엄을 갖추고 있다. 미처 여기까지 깨닫지 못한 정원용은 후회막급임을 통탄하고 있다.

"전하, 중전 마마 드셨사옵니다."

대신들에게는 천우신조天佑神助가 아닐 수 없다.

"어서 모시어라."

김문근이 대답과 함께 몸을 일으킨다. 정원용도 따를 수밖에 없다. 이들이 대전을 나섰을 때 눈등이 부어오른 철인왕후가 복도에 서 있다. 김문근이 애원하듯 입을 연다.

"나라의 명운이 마마에게 달려 있음을 유념하소서."

철인왕후가 그 말의 뜻을 헤아리지 못할 까닭이 없다. 그녀는 고개를 약간 숙여 보이고 대전으로 들어간다. 대전의 문이 닫기는데도 김문근과 정원용은 몸을 움직일 수가 없다.

3

"전하…, 흐흐흐!"

철인왕후의 흐느낌이 철종의 폐부를 찌른다. 철종이 양순일 사랑하는 만큼 철인왕후도 양순을 위해 모든 배려를 아끼지 않았다. 그 고마움을 철종도 마음에 새기고 있다. 신료들의 지극히 사무적인 언동이 철종의 심기를 끓어오르게 하였다면, 철인왕후의 흐느낌과 붉어진 눈등은 철종의 마음을 어루만져 주고도 남는다.

'고맙소. 중전…!'

마침내 철종은 굵은 눈물방울을 뚝뚝 흘린다. 비로소 양순의 죽음이 실감으로 다가오는 모양이다. 켜켜이 쌓여 가는 흐느낌으로 대전은 어둠에 잠겨 가고 있다. 내관 기세석이 등촉을 밝히면서 숙의 범씨가 주안상을 들인다. 이들 세 사람, 중전 철인왕후와 숙의 범씨의 따뜻한 마음 씀이 지난 십여 년 동안 철종의 답답하고 어지러운 심기를 감싸 주었다.

철종은 첫 잔을 비우면서 한숨처럼 토한다.

"나는 양순이가 살아 있을 것으로 믿고 있어요."

철종은 양순의 죽음을 받아들이려 하지 않는다. 평생의 동반이 되고자 맹세하였던 여인, 그녀를 가까이로 부를 수 있는 권력까지 갖추고 있으면서도 실상은 아무 것도 해 주지 못한 통한이 철종의 가슴에 응어리져 있다.

철인왕후가 흐느낌을 삼키며 조심스럽게 입을 연다.

"전하, 강화섬에서 있었던 일은 누구보다도 배 별감이 잘 알고 있을 것이옵니다. 원하옵건대 배 별감을 부르시어 강화섬에서 있었던 갖가지 일들을 소상히 하문하신다면 전하의 심려하심도 말끔히 가실 것이라고 사료되옵니다."

"……!"

철종의 용안에 수긍하는 기색이 돈다. 영의정 김좌근에게 그토록 막말을 퍼부었던 철종이었으나 철인왕후의 진언에는 아무 반감을 느끼지 않는다. 철종은 알고 있다. 아무리 발버둥치고 나선다 해도 양순의 죽음만을 살피기 위해 강화섬에 거둥할 수 없다는 사실을…. 그 절박한 사정을 철인왕후가 눈물에 담아서 호소하고 있다.

"전하, 중전 마마의 진언을 따르심이 옳은 줄로 아옵니다."

숙의 범씨의 목소리에도 물기가 흥건하다. 철종은 한숨을 놓으며 내관 기세석을 부른다.

"지금 당장 강화섬에 파발을 보내서 배 별감을 입궐하게 하라. 화급을 다투는 일임을 명심하렷다!"

"전하, 성은이 망극하옵니다."

두 여인은 상체를 깊게 숙이면서 감읍해 한다. 대소 신료들의 진언을 무자비하게 짓밟았던 철종이다. 철인왕후나 숙의 범씨에게는 눈물겹게 다가오는 성은이 아닐 수 없다.

대왕대비 신정왕후는 철인왕후를 불러 치하에 치하를 거듭한다. 김문근, 조두순도 안도하였고, 영의정 김좌근도 시름을 던다. 철종이 몸소 강화섬으로 달려가겠다는 어의御意를 꺾지 않았다면 어찌 되는가. 예상을 불허하는 파탄을 부르지 않았겠는가.

파발擺撥로 달리는 강화섬은 먼 곳이 아니다. 게다가 배만석까지 파발처럼 달려오면 반나절이면 족하다.

"미리 의논하지 않아도 될지…."

김문근이 풀쑥 뱉어 놓는다. 양순의 느닷없는 죽음에 대해 조정 중신들은 아는 게 없다. 만에 하나라도 음모가 개입된 일이라면 철종을 다시 한 번 길길이 뛰게 할 것이 자명하다. 김문근은 이를 심려하고 있다.

"전하의 언동을 보셨질 않았습니까. 사실대로 알려지는 것이 순리입니다."

역시 좌의정 조두순이다. 그는 철종의 언동에서 성군의 자질을 발견한 유일한 사람이다. 지난번 순원왕후의 국상 때 빈소를 지키면서 호곡하는 철종의 모습에서 참 인간의 모습을 발견하면서 감읍을 거듭하지를 않았던가. 어제 일만 해도 그렇다. 영의정 김좌근을 그토록 모질게 몰아치면서도 철인왕후의 진언을 가납하는 포용력을 보인 철종이다.

그러나 영은부원군 김문근은 조두순의 말을 수긍할 수가 없다. 양순의 죽음에 음모가 있을 수 있기 때문이다. 권력이 한쪽으로 쏠려 있으면 시키지 않은 일을 하는 천박한 부류들이 생겨난다. 그 내막이야 어떻든 쓸데없는 말로 철종의 심기를 다시 흔들어 놓는다면 아무리 장김들의 척족 정치라 하더라도 뜻하는 대로 진행될 까닭이 없다.

마침내 전 별감 배만석이 창덕궁으로 들어선다. 영의정 김좌근도, 대왕대비 신정왕후도, 중전 철인왕후도 모두가 숨을 멈춘 채 대전의 소식에 귀를 기울인다.

"전하, 배 별감 입시옵니다."

기세석의 고함이 채 끝나기도 전에 철종이 버선발로 달려 나오며 소리친다.

"어서 오너라, 만석아. 왜 이제야 오느냐, 얼마나 기다렸다구…!"

"전하…."

배만석은 철종을 부르며 눈물부터 쏟아 낸다.

"들자, 들어가자…."

철종은 배만석을 감싸 안듯 데리고 대전으로 든다.

"전하, 그간…."

"그만둬라, 이 판국에 절을 받아서 무얼 해, 그냥 앉으라니까."

배만석은 철종의 만류를 받아들일 수가 없다. 군신 간의 도리를 어길 수가 없어서다. 배만석은 간신히 곡배曲拜(마주 보지 않는 절)를 올리고 좌정을 하였지만, 울음이 터지려는 마음의 울렁거림을 가늠할 길이 없다. 배만석의 눈에 비쳐지는 철종의 모습은 몹시 수척해 보인다. 양순의 일로 침식寢食까지 잊고 있음일 것이라고 짐작된다.

"만석아, 양순이가 죽다니…, 나는 믿지 않는다. 부들방죽이 어디 사람이 몸을 던질 만한 곳이더냐. 바른대로 말해라. 양순인 죽지 않고 살아 있겠지?"

"……."

"어서 말 좀 해라. 대체 양순이가 어찌 되었다고 이 야단이야, 어서 말을 하라니까…."

"전하, 으흐흐흐…."

배만석은 왈칵 울음을 터뜨린다. 양순일 그리는 철종의 애틋한 심기를 누구보다도 잘 알고 있는 배만석이다. 그러나 자신은 거짓을 고해야만 목숨을 부지할 처지다. 강화섬을 떠나기 전 강화유수로부터 혹독한 훈계를 받았기 때문이다.

'오직 본 대로만 고하면 될 것이니라. 만에 하나라도 뜬소문까지 입에 담는다면 너 또한 살아남지 못할 것임을 명심하렷다!'

배만석은 고개를 숙인 채 눈물만 흘리고 있다. 부들방죽을 하사 받으면서 강화섬의 큰 부자가 된 배만석이다. 그 재산을 빼앗기지 않기 위해서라도 강화유수의 협박을 벗어던질 수가 없다.

"만석아, 울지만 말고 어서 말을 하라니까. 양순이가 무엇 때문에 죽었느냐? 내가 부르기를 기다리고 있었을 양순이가 아니냐. 나를 만나기 위해서라도 양순인 죽질 못한다. 어서 말해 다오. 대체 양순이가 죽었다는 게 무슨 소리냐고…!"

"전하, 차마 입에 담기 민망하오나…, 양순이는… 양순이는 죽었사옵니다."

"…아!"

철종은 괴성을 지르면서 도리질 친다. 마치 짐승과도 같은 울부짖음이다. 그의 양 볼에 눈물이 쏟아져 흐른다. 배만석도 가슴이 메어지는 설움에 잠길 수밖에 없다.

"어디서 죽었느냐, 어떻게 죽었느냐…?"

"부들방죽에서 몸을 던졌사옵니다."

"인마, 부들방죽은…."

"전하!"

배만석은 철종의 노여움을 필사적으로 제지하고 나선다. 그리고 말한다.

"부들방죽에 웅덩이가 생겼사옵니다. 지난해부터 파이기 시작한 것이온데…, 무슨 연유인지 날로 깊어만 가는 웅덩이인지라… 벌써 어린아이 두 사람도 빠져 죽었사옵니다."

"……!"

철종은 몸을 움츠린다. 그럴 수도 있는 일이기 때문이다. 배만석은 호재好材를 앞당겨 가기 시작한다.

"무공스님께서 양순의 장사를 치러 주셨는데, 강화유수도 오셨고…. 저도 동호도 모두 양순의 상여를 멨사옵니다. 양순이는 극락으로 갔을 것이옵니다."

"……."

철종은 더한 흐느낌을 토하면서 고개를 떨군다. 심신으로 스며드는 절망의 고통을 감당할 수가 없어서다. 그의 손에는 양순이가 수놓은 빨간 복주머니가 들려 있다. 비단이 전하는 부드러움이 마치 양순의 손길과 같았고, 또 양순의 체온처럼 따뜻하게 전해지기 때문이다.

"양순아, 으흐흐흐."

철종은 넋을 놓은 사람처럼 흐느낀다. 목불인견目不忍見의 모습이 아닐 수 없다. 배만석은 양순의 죽음이 다른 뜻으로 번져 나가지 않게 된 것을 천우신조로 여긴다.

"전하, 이젠 잊으셔야 하옵니다. 양순이는 가고 없사옵니다."

"그만 되었다."

"전하!"

"그만 되었다질 않느냐!"

더는 듣고 싶지를 않다. 아무리 배만석의 말을 믿고자 해도 믿기지 않는다. 철종은 배만석을 강화섬으로 돌아가게 하고 며칠을 고심한다. 밤마다 양순의 꿈으로 몸을 뒤척이다 보면 어느새 아침이 되곤 한다.

4

"아무래도 네가 강화섬엘 다녀와야겠다."

철종은 내관 기세석에게 강화섬에 다녀올 것을 명한다. 다시 한 번 확인하지 않고서는 배만석의 말을 믿을 수가 없어서다.

"당도하거든 양순 어미부터 만나 보아라. 될 수 있는 대로 은밀하게 만나야 할 것이니라. 명심해야 한다."

"그리 하겠사옵니다."

"또 전등사에 가면 무공대사가 계실 것이고, 또 명찬이라는 사미승이 있을 것이니라. 그 두 분의 대답과 잘 맞추어 보면 웬만히는 짐작할 것이니라."

영명한 철종이다. 사실을 알기 위한 방도로는 나무랄 곳이 없다. 그러나 세상일이란 철종이 생각하는 것처럼 그리 단순하지가 않다. 이미 배만석의 거짓 보고도 있었질 않았던가.

"모든 일을 신에게 맡겨 주오소서. 신명을 바쳐서라도 소상히 알아 올 것이옵니다."

"그래 고맙다. 서둘러라…."

내관 기세석은 승석 무렵이 되어서야 몰래 대궐을 빠져나간다. 아무리 갓 도포 차림으로 강화섬에 간다 해도 내시의 외양이라 쉽사리 드러나게 될 위험이 있다. 조금이라도 은폐하기 위해서는 야음夜陰을 타는 것이 좋을 것이기 때문이다.

기세석이 강화섬에 이르렀을 때는 밤이 깊어 있어 안성맞춤이다. 그는 재빠르게 양순의 집으로 스며든다. 마당으로 스며든 기세석은 은밀하게 인적을 풍긴다.

"누가 왔우…?"

"쉿…."

기세석은 재빨리 양순 어미를 밀면서 방으로 든다. 그리고 등촉을 끈다. 외부에 알리지 않기 위해서도 그럴 수밖에 없다. 양순 어미는 기세석임을 알아보고 눈물부터 흘린다. 배만석이 도성엘 다녀오고서도 아무 달라진 게 없더니, 대전 내관이 다시 왔다면 철종의 밀명을 전할 수도 있다. 그러면서도 양순 어미 윤씨는 또 무슨 음모에 휘말리나 싶어 입을 열 수가 없다. 따지고 보면 그녀도 배만석의 처지나 다름없이 이미 강화유수에게 불려가 몇 번씩이나 호통을 당한 터이다.

"오직 자네의 한마디가 주상전하의 회의懷疑를 풀어 드릴 것일세."

양순 어미는 눈물만 흘릴 뿐 입을 열지 못한다. 기세석은 간절해진 목소리로 철종의 심기를 전한다. 양순의 죽음을 믿지 않고 있으며, 침식을 거르며 양순의 생각만으로 지새는 철종의 모습을 정말 눈에 본 듯 소상하게 전한다.

"이 사람아, 죽은 양순의 소망도 있었을 터이 아닌가. 그 모두를 상께서 아시고서만이 양순의 영혼이 극락으로 갈 것이 아니겠나. 대체 어미 노릇이라는 게 무에야…?"

창문이 희붐하게 밝아질 무렵에야 양순 어미의 마음이 열린다.

"우리 양순이는 숭례문을 다녀오면서부터 생기가 돌았시니다. 상감 만났겠다, 곧 부르시겠다는 어명 계셨겠다…, 기다리는 일만 남았는데 죽기는 왜 죽시니꺄!"

"허면…?"

"어느 못된 놈의 소행이 아니겠시니꺄. 멀쩡하게 아침 먹고 나간 우리 양순이가 왜 죽시니꺄."

"아침을 먹고 나갔으면…?"

양순 어미가 입에 담는 양순의 모습은 첫사랑을 잊지 못하는 정한의 덩어리나 다름이 없다. 10여 년 전에 철종이 기거하던 움막은 양순의 손질 때문에 아직도 말짱하고, 두 사람이 함께 거닐었던 길을 양순은 혼자서 걸었다고 한다. 기세석은 양순의 죽음은 자살이 아니라 타살일 것이라고 심중을 굳힌다. 날이 밝으면서 기세석은 철종이 기거했다는 움막을 찾아간다. 참으로 놀랍다. 엊그제까지 사람이 살았던 모양이나 다름이 없이 말끔하다.

산허리를 내려오는 기세석은 강화섬의 실상을 어찌 고해 올려야 할지를 심사숙고한다. 자칫 잘못되는 날이면 궐 안은 다시 한 번 큰 소란을 겪을 것이기 때문이다. 기세석은 자꾸만 무거워지는 속내를 애써 추스르며 전등사로 향해 발길을 옮긴다. 그러면서도 행인을 만나면 양순의 죽음을 입에 담아 보곤 한다. 어느 누구도 시원하게 대답해 주는 사람이 없다. 기세석은 전 별관 배만석의 암울해 하던 얼굴을 떠올려 보기도 한다.

"그 무렵에 나합이 다녀갔지요. 말이야 불공이었지만…."

"나합이면?"

내관 기세석은 온몸에 전율감이 스쳐 지나가는 것을 느낀다. 양순이가 죽기 닷새 전에 김좌근의 소실인 나주 합부인이 강화섬에 다녀갔다면 어찌 되는가.

"…혹시?"

기세석의 가슴은 쿵쿵거린다. 나합이 강화섬을 다녀갔다면 양순은 그녀의 종복들에 의해 변을 당할 수도 있었을 것이기 때문이다. 기세석은 언젠가 김좌근과 김문근이 양순의 일을 걱정하는 것도 들은 바가 있다. 철종이 양순의 입궐을 명하기 전에 쥐도 새도 모르게 처치할 수도 있음이 아니겠는가. 기세석은 장김들의 소행일지도 모른다는 생각을 굴리며 부지런히 산길을 누비듯 뚫는다.

무공선사는 법당 앞의 돌층계를 내려서다 기세석과 마주친다. 그는 기세석이 내시임을 한눈에 알아차린다.

"주상 전하의 하교를 전하러 오셨는가."

"아, 예…."

"따르시게나…."

무공선사는 기세석을 승방으로 인도한다. 그리고 호통부터 친다.

"답답한 사람 같으니, 대전의 번을 맡은 내관이면 왕실의 법도는 물론이요, 조정의 사정도 소상히 알 것인데… 무슨 연유로 헛걸음을 자청하는가."

"그, 그것이 아니옵고… 소인은 어명을 받들었을 따름이옵니다."

"쯧쯧쯧… 잠시 궐 밖에 나와 쉬다가 다시 돌아가서 양순이 자진을 했노라고 여쭈어 올리면 되는 일이 아니던가!"

"하오나 소인은 오기를 잘했다고 여기고 있음이옵니다. 들리는 소문대로라면 나합이 강화섬을 다녀갔고…, 나합의 종복들이 저지른 소행일 수도 있음이 아니옵니까?"

"소행이라니…!"

"양순이는 자진을 한 것이 아니옵고 어느 못된 것들이…."

"죽였을 것이다, 이 말인가."

"바로 그 점이옵니다. 상께서도 그 점에 대해 알고자 하시옵니다."

"허면, 내관은 그런 엄청난 일을 장김 쪽에서 사주했다고 보는가…."

"자고로 그런 일은 사주가 없어도 일어나는 일들이 아닐지요."

"……!"

무공선사는 눈을 부릅뜨고 기세석을 쏘아본다. 언동이 맹랑해서다. 그러나 기세석은 그의 표정을 읽지 못한다.

"상께오서는 곧 양순의 입궐을 명하시려고 하셨사옵니다. 그런 기미를 장김이 알아차리고 나합을 강화섬에 보낸 것이 아닐지. 시생은 잠시 그런 생각을 해 보았습니다만…."

"헛, 내시의 주둥이라더니 원…."

"예?"

"이놈아, 내가 누군지 아느냐? 천하의 하옥이라는 김좌근이 내 아우가 되느니라!"

"……!"

순간 기세석의 얼굴은 창백하게 바래진다. 실수라면 엄청난 실수가 아니겠는가. 무공선사의 힐문은 칼날같이 이어진다.

"하옥이 내 아우이기에 나합은 나를 찾아서 불공을 드리러 왔고, 나는 나합의 소원성취를 부처님께 빌었는데…, 너는 어찌하여 나합이 살인을 교사敎唆했다고 하느냐, 네가 본 일이라면 어서 소상히 말을 하렷다!"

"대사! 소생이 죽을죄를 졌사옵니다. 헤아려 주오소서."

기세석은 자리를 고쳐 앉으며 상체를 굽힌다. 무공선사가 영의정 김좌근의 형님뻘이 된다는 사실을 어찌 짐작이나 했던가.

"네가 주상의 신하라면…, 대전을 지키는 내시라면 마땅히 주상 전하의 상한 심기를 어루만지고 보살펴 드리는 것이 맡은 바 소임일진대 너는 어찌하여 주상 전하의 심기를 어지럽혀서 종사의 일을 더욱 그르치려 하느냐. 왕실의 위엄이 떨어지고 종사의 일이 어렵게 되는 것이 네게 무슨 득이 있음이더냐. 네 방자한 소행은 역모로 다스려도 아무 하자가 없을 것이야!"

"대, 대사, 이 가련한 놈의 목숨만은 부지하게 해 주소서."

"못된 놈!"

"부처님의 자비를 베풀어 주소서…."

"나무관세음보살…!"

무공대사는 눈을 감는다. 그도 양순의 죽음이 자진이라고 믿지 않는 사람이다. 누군가에 의해서 살해되었을지도 모른다는 생각이 드는 것도 사실이다. 그래서 서둘러 양순의 장사를 치렀다. 철종이 양순이를 잊지 못하는 것이 사람의 상정常情이라 해도, 그렇다고 양순의 입궐을 함부로 종용할 수가 없었기에 단 한 번 김좌근에게 당부한 일도 있다. 철종이 강화섬에서 지게발이로 연명하던 더벅머리 총각이었음은 삼척동자도 아는 일이다. 그런 마당에 양순이가 무수리로 입궐하여 철종의 총애를 받다가 왕자라도 생산하면 어찌 되는가. 왕실은 백성들의 따가운 눈총을 견딜 수 없게 된다. 그래서 무공선사는 양순 어미와 의논하여 혼처를 마련하기까지 했으나, 양순이가 이에 응하지 않아서 헛일이 된 일도 있다.

만에 하나라도 양순의 죽음에 의혹이 따르고 그로 인해 철종의 심기가 흔들린다면 조정은 걷잡을 수 없는 혼란에 빠질 것이 분명하다. 철종을 위해서도 양순의 죽음은 자진으로 매듭지어져야 하는 것이 무공선사의 확고한 생각이다.

"네 못된 소행은 용서 받을 수 없을 것이나, 앞으로 너의 언동을 보아 가면서 뒷일을 생각할 것이니 서둘러 강화도를 떠나렷다. 주상 전하께 복명復命을 드릴 때는 자진만으로 족할 것이니라. 알아들었으렷다!"

"명심하겠사옵니다."

"상께서는 정이 깊은 어른이시니라. 서둘러서 심기를 바로잡게 하는 것이 너의 책무임도 명심하렷다. 알았으면 당장 강화섬을 떠나렷다!"

"대사, 이 은혜 백골이 난망 올시다."

기세석은 식은땀으로 속옷을 적신다. 죽음의 문턱에서 다시 살아서 돌아온 것이나 다름이 없다. 그는 무공선사에게 정중한 예를 올리고 전등사를 떠난다.

무공선사는 다시 경내로 나와 서성거린다. 가을밤이라서 그런지 바람이 싸늘하다. 풍경소리가 그의 귓전을 스치고 지나간다. 멀리서 산짐승 소리까지 들려오는 괴괴한 밤이다.

好樂生憂 好樂生畏
無所好樂 何憂何畏
사랑으로부터 걱정이 생기고
사랑으로부터 두려움이 생긴다.
사랑이 없으면 걱정이 없거니
또 어디에 두려움이 있겠는가.

무공선사는 밤톨 같은 염주 알을 굴리면서 《법구경法句經》의 한 절을 중얼거린다. 그는 내심 철종이 하루속히 양순의 상념에서 벗어나기를 빌고 또 빈다.

좌절과 분노

1

철종은 참담해진 심기를 추스를 길이 없다. 마지막 기대를 걸고 강화섬으로 보냈던 내관 기세석이 돌아왔어도 얻은 것이라고는 없다. 철종은 양순의 죽음이 뇌리를 떠나지 않는다. 철인왕후의 거처에 들어 위로받으면서도 허황해지는 마음을 달랠 길이 없다. 또 숙의 범씨와 함께 비원을 거닐어도 마음이 열리지 않는다.

"전하, 대소 신료들이 면대를 청하옵니다."

"하옥과 의논하여 처결하라 이르라."

어차피 조정대사가 그의 뜻으로 흘러갈 수밖에 없다는 사실을 철종은 알고 있다. 철종의 뇌리에는 김좌근과의 언쟁이 생생히 기억되고 있다. 조정의 대소사가 그의 마음 하나로 흘러가는 것이 마음에 들지 않아서 철저하게 싸우고 싶을 때도 있다. 임금의 위엄이라면 이길 수 있겠다는 생각이 아주 없지도 않아서 맞붙어 본 때도 있다. 그러면서도 이기는 것이 두렵다는 생각도 하게 된다. 60여 년을 계속되어 온 장김 일족의 세도가 왕명 하나로 뒤집히지 않는다는 사실도 철종은 너무 잘 알고 있어서다.

이 해의 여름은 전염병이 창궐하였다. 그로 인한 인명의 피해가 적지 않았다는 장계도 끝이 없이 이어지고 있다. 가뜩이나 민심이 흉흉한 때가 아니던가. 장김의 전횡專橫에 시달리고, 한발旱魃과 홍수에 시달려야 하는 백성들이 또다시 전염병에 시달리면 어찌 되는가. 게다가 조정에는 백성들을 구휼할 만한 재원이 없다. 국고가 비어 있어서다. 장김 일족을 비방하는 소리가 높아지면서 왕실의 무력함을 탄식하는 원성도 만만치 않게 더해 간다. 그것은 민란의 조짐일 수도 있다. 이런 와중에서 장김의 실세인 김병기는 심상치 않은 기운을 포착하게 된다.

경평군 이세보의 대전출입이 빈번하다는 전언이 들려서다. 김병기는 내시와 상궁 들에게 철종과 이세보가 주고받는 말들을 빠짐없이 들어서 전하라는 엄명을 내린다. 이세보가 자주 입에 올린 말은 외척이 너무 강성하다는 것, 하루속히 심기를 가다듬어 군왕의 위엄을 갖추어 달라는 것 등임이 밝혀진다.

신정왕후 조씨가 조성하를 시켜 도정 이하전을 부른 것도 이 무렵이다. 신정왕후와 이하전의 대좌는 장김의 눈으로 보면 변화의 조짐이 분명하다.

"대왕대비 마마, 자주 문후 여쭙지 못했사옵니다."

"도리 없는 일이겠지… 왕실에 손이 귀한 때라 불현듯 도정이 보고 싶더고만…."

헌종이 후사 없이 승하했을 때 도정 이하전은 임금의 물망에 올랐던 종친 중의 한 사람이다. 장김 일족이 강화섬에서 원범일 데려오지 않았다면 지금의 주상은 이하전일 수도 있다.

"경평군이 자주 대전에 들러 주상의 말벗이 되어 준다는 소식은 듣고 있네만…, 흥선군은 매냥 그 꼴인가?"

"망극하옵니다."

"열 길 물속은 알아도 한 길 사람 속은 모른다더니…. 흥선군이야말로 종친의 기둥이 되어야 할 분이 아니신가."

"그러하옵니다."

"알 수 없는 일이로고…."

신정왕후는 시름이 담긴 한숨을 놓는다. 그녀는 흥선군 이하응의 사람됨을 너무도 잘 알고 있다. 그가 궁부에 있을 때 많은 사람들로부터 칭송을 들었고, 종친만 아니었다면 영의정의 재목이라는 칭송도 자자했기 때문이다. 흥선군 이하응이 지난날과 같이 의연한 모습을 갖추고 있다면 신정왕후는 이하전 대신 흥선군을 불렀을 것이 분명하다.

"도정은 흥선군을 만나 본 일이 있는가?"

"몇 해 전 정초에 문안드린 일이 있사옵니다."

"좀 알아보지 그랬어. 그 사람의 내심을…."

"……."

도정 이하전은 고개를 숙이는 것으로 대답을 대신한다. 신정왕후의 면전에서까지 흥선군 이하응을 비방하고 싶지 않아서다.

"꼭 보신하려는 것 같아서…."

신정왕후가 가는 목소리로 중얼거리는 것을 이하전은 분명히 들었다. 자신도 처음에 그렇게 생각하지를 않았던가.

"도정도 언동을 각별히 유념해야 할 것이야. 모난 돌이 정을 맞는다는 속언이 있지 않은가."

"명심하겠사옵니다."

도정 이하전은 신정왕후의 내심을 읽는다. 대왕대비로서의 권한 행사를 생각하고 있는 것이 분명하다. 아직은 장담할 일이 아니지만 철종에게 끝내 후사가 없다면 다음 대를 이어 갈 임금은 신정왕후에 의해 지명되는 것이 왕실의 법도다. 그때를 위해 신정왕후는 종친들의 근황을 꼼꼼히 챙기고 있을지도 모른다고 이하전은 생각한다.

"자주 와서 세상 돌아가는 얘기나 들려 주었으면 좋겠으이…."

대왕대비 전을 물러 나온 이하전은 흥선군 이하응의 근황부터 살폈으나 조금도 달라진 것이 없다는 전언일 뿐이다.

돌림병이 창궐한 탓으로 상가는 무수히 많다. 흥선군 이하응이 바빠지는 것은 당연하다.

'상갓집 개라더니….'

그날도 흥선군은 아주 지면도 없는 상가에 들러 문상객들의 틈에 끼여 앉아 있다. 점잖을 피워야 할 까닭도 없다. 이미 거추장스러운 종친의 체통 따위는 벗어던진 지 오래다. 술은 손수 따라 마셨고, 안주는 귀한 것만 골라서 먹는다. 문상객들의 눈총을 받는 것이 당연하다. 그것을 자청하고 있는 흥선군 이하응이다. 뒤에서 수군거리는 소리가 들린다.

"저 어른이 흥선군 대감이신가?"

"어른은 무슨 얼어 죽을 놈의 어른, 자네는 개를 보고도 어른이라고 하는가."

"정말 가관이군. 종친이 저 모양이니, 왕실이 온전할 턱이 있나."

"오죽하면 상갓집 개라는 별호가 붙었을까."

"교동 대감 집에 드나들며 구걸하기가 일쑤라더군."

"그에 비하면 이 도정 어른이야말로 진짜 왕손이지…."

흥선군 이하응은 쓴웃음을 흘린다. 그런 소리를 듣기 위해 자청한 파행이다. 흥선군이 막걸리 한 사발을 시원하게 비웠을 때다. 두건을 쓴 사내가 흥선군에게로 다가왔다. 건장한 체구다.

"여보슈! 흥선군인지 개뼈다귄지 그만치 처먹었으면 좀 일어나슈!"

사내의 목소리가 어찌나 요란했던지 수많은 시선이 일제히 흥선군 이하응에게로 쏠린다. 곧 볼 만한 사태가 있을 것임을 기대하는 눈빛들이다.

"허허허, 상갓집 개가 여기 아니면 갈 데가 있던가."

흥선군 이하응이 만면에 웃음을 담으며 태연히 대답하자 두건을 쓴 사내는 더욱 거칠게 쏘아 뱉는다.

"이렇게 뻔뻔한 놈을 보았나. 몽둥이찜질 당하기 싫으면 썩 꺼지라니까!"

"이 사람아…, 상가에는 사람이 많아야 망인도 기뻐하는 법일세. 또 문상을 온 사람을 괄시하는 것도 예는 아니고…!"

"문상이라니, 네놈은 상청喪廳에 들르지도 않았어!"

급기야 두건을 쓴 사내가 흥선군의 멱살을 잡아채며 몸을 일으켰다. 키가 작은 흥선군 이하응의 뒤꿈치가 달랑 들린다. 보고 있던 사람들은 웅성거리기는 해도 말리려 하지는 않는다. 두건을 쓴 사내는 흥선군 이하응의 멱살을 잡은 채 세차게 흔들며 소리친다.

"야, 이놈아, 왕손이면 왕손답게 놀아야지. 우리 같은 상것들도 이런 짓은 안 해!"

"……!"

"이놈아. 네놈은 전주 이씨가 아니야. 이 도정 어른만 종친이고 네놈은 종친이 아니냐. 너 같은 미친놈이 있으니 외척이 나라를 망쳐 먹지. 정신 차려! 정신을 차리고 외척들의 세도를 물리치란 말이다. 못난 놈, 이런 놈이 왕손이라니…!"

그것은 울분이나 다름이 없다. 사내는 미친 듯이 소리치며 흥선군 이하응을 대문께로 끌고 간다. 더러는 그들의 뒤를 따르는 문상객도 있다.

"이놈아, 다시 한 번 내 눈에 띄고서는 살아도 온전히 못살 것이니라!"

두건을 쓴 사내는 흥선군 이하응을 패대기치듯 밀어 던지고 손을 턴다. 흥선군은 질펀한 논바닥을 서너 번이나 구른다.

"헛, 고이얀 놈 같으니…!"

흥선군 이하응은 중얼거리면서 몸을 일으킨다. 전신이 온통 진흙투성이로 발라져 있다.

"대감!"

그제야 천희연, 하정일, 장순규가 달려오며 소리친다.

"아니, 어느 못된 놈이!"

천희연이 상가로 뛰어들 기미를 보이자 흥선군은 너털웃음을 웃으며 말린다.

"허허허, 들어갈 것 없다. 먹는 데 팔려서 상청엘 다녀오지 않았다는 게야!"

"아무리 그렇기로… 내 이놈을 당장!"

"글쎄, 그만 되었다는데도. …오늘은 두어 집 더 들러야겠다."

흥선군 이하응이 비틀비틀 발걸음을 옮긴다. 장순규는 그의 도포 자락에 묻은 진흙을 털면서 따랐고, 천희연은 컬컬한 목소리로 욕설을 토하면서 상가 쪽을 몇 번이고 뒤돌아보면서 흥선군의 뒤를 따른다.

"필주에게서는 전언이 있었느냐?"

"아직은 없었습니다요."

흥선군 이하응은 안필주에게 교동 김병기의 집을 감시하도록 명해 놓고 있다. 원자가 세상을 떠난 것을 계기로 장김들에게도 변화가 있을 것이라고 믿었기 때문이다. 흥선군은 그 변화의 성격까지도 추리해 놓고 있다. 안필주로부터 보고가 온 것은 해질 녘이다.

"하옥 대감의 자비가 당도한 것이 승석 무렵이었사온데, 잠시 뒤부터 일족이 모두 모이는 것 같았사옵니다."

"포물대감도 보이더냐?"

"그러하옵니다."

"초월의 집으로 갈 것이니라. 집에는 며칠 아니 들어갈 것이라 전하고…."

흥선군은 장김 일족의 얼굴들을 하나하나 떠올리며 천천히 걷는다.

'시작하려나.'

그는 중얼거린다. 장김들이 쓸 만한 종친들을 제거할 것이라고 흥선군 이하응은 추리해 놓고 있다.

2

교동 김병기의 집 사랑채는 크고도 넓다. 방주인은 김좌근이었지만 상석에 김문근이 앉았고 김좌근, 김흥근, 김영근 등 근 자 항렬이 윗자리를 차지하고 있다. 그 밑으로 김병기, 김병학, 김병국, 김병필, 김병주 등 병 자 항렬들이 앉았다. 흡사 조정을 옮겨다 놓은 듯한 고관대작들이 한자리에 모인 셈이다. 김좌근이 잔잔한 헛기침을 토하면서 말문을 연다.

"영은부원군께서는 서운한 생각이 드시겠으나, 나는 금상께서 후사를 두시지 못할 것으로 봅니다. 해서 종사의 앞날을 위해서 후사를 내정해 두는 것이 좋으리라는 생각이 듭니다."

방 안에는 긴장감이 돌 수밖에 없다. 그야말로 막중대사를 입에 담고 있어서다.

"주상 전하의 춘추 왕성하신 마당에 이 같은 말을 입에 담는 것은 불충이 분명하나…, 지난날의 일들을 상고해 보면 법도에서 벗어난 일은 아니질 않습니까."

숙종의 아들 경종景宗(장희빈의 아들)이 보위를 이었을 때 후사를 걱정하여 영조英祖를 세제世弟로 책봉한 일이 있다. 김좌근이 지난날의 일을 상고하여도 법도에 어긋나지 않는다고 말한 것은 이를 두고 하는 소리다. 영은부원군 김문근이 '끙' 하고 신음을 토해 내자 김병기가 재빨리 나선다.

"아버님의 말씀이 백번 지당하오나, 후사를 정하는 것은 좀 이른 듯싶사옵고…."

김병기는 김문근의 눈치를 살피면서 잠시 말을 끊었다가 다시 부연한다.

"민심이 흉흉한 때이옵니다. 반역을 도모하려는 무리가 없다고 단정하기도 어려운 때가 아니옵니까. 만에 하나라도 그런 일이 있다면 그 못된 무리들에게 옹립될 종친이 있으리라 믿어집니다. 그들이 누구인가를 살펴서 경계하는 것이 순서가 아닐지요."

이미 판서의 자리를 두루 거친 김병기다. 아버지 김좌근의 후광을 입은 덕도 있지만, 그의 치밀한 성품 하나만으로도 장김의 실세가 되고도 남는다. 그의 나이 43세, 흥선군 이하응보다 두 살 위다. 김병기의 제안에는 여러 가지 의미가 내포되어 있다. 후사를 정해 두는 것도 좋지만, 장차 신정왕후에게 후사로 지명될 가능성이 있는 종친들을 가려서 경계하다가 여차하면 제거해야 한다는 뜻도 포함되어 있음이 아니겠는가. 게다가 중전인 철인왕후의 아버지 김문근의 침통한 심중을 자극하지 않겠다는 회유의 의미까지도 포함되어 있다. 이 같은 김병기의 빈틈없는 제안이 있자 포물대감 김문근이 비대한 상체를 일으키며 뜻밖의 제안을 한다.

"옳아, 과시 사영일세. 사영은 그런 종친이 누구라고 보시는가?"

"어른들께서도 익히 아시는 일이라고 생각됩니다만…, 지난번에 이미 승계의 인물로 거론된 바 있는 도정 이하전과 경평군 이세보를 눈여겨 살펴야겠고, 흥선군 이하응도 소홀히 해서는 아니 될 것으로 보입니다."

김좌근의 얼굴에 미소가 돈다. 그는 실눈을 하며 반문한다.

"이 도정과 경평군이 경계의 대상이어야 하는 것은 당연하나…, 흥선군을 지목한 것은 뜻밖인 걸… 허허허."

"그러하옵니다. 항간에서는 흥선군을 궁도령이니 상갓집 개니 한다질 않습니까. 그자는 이미 폐인이에요."

김문근의 아들 김병필이 김좌근의 의향에 동조한다. 어찌 김병필뿐이겠는가. 좌중의 모든 사람이 흥선군 이하응을 폐인으로 보고 있는 분위기다. 그러나 김병기의 견해는 사뭇 다르다.

"저는 그리 보지 않습니다. 제집이나 다른 훈신들의 집을 찾아다니면서 구걸을 한다 해서 궁도령이라면 당연하지요. 상가를 찾아다니면서 술 동냥을 했다면 상갓집 개라 불려서 마땅합니다만… 흥선군이 애첩인 초월의 가랑이 밑을 기어 다닌 것을 어찌 보아야 할지…."

"……."

좌중은 일순 긴장하지 않을 수 없다.

"투전판에서 매를 맞았다는 것은 그냥 넘길 수도 있을 것으로 봅니다만…, 허나 애첩의 가랑이 밑을 기어 다닌 것만은 그냥 보아 넘길 수가 없지를 않겠습니까. 울분이 없으면 그런 작태는 나오지 않습니다."

"울… 분…!"

누군가가 중얼거린다. 김병기는 그 중얼거림조차도 놓치지 않을 만큼 빈틈이 없다.

"울분이지요. 흥선군은 울분을 달래고 있음이라 여겨집니다."

"허허허…. 사영의 생각이 좀 지나친 것 같고만…, 흥선은 폐인이야."

완벽이 지나치면 허점이 생긴다고 했던가. 60년 세도의 정상으로 군림한 김좌근이 너털웃음을 토하자 좌중은 긴장을 풀 수밖에 없다. 김좌근이 흥선군을 폐인으로 보았으면 그리 따를 수밖에 없다. 특히 김병기가 그래야 했는데도 그는 여전히 열기를 식히지 않는 표정이다. 김좌근은 언제나 자신의 의사를 결론으로 삼을 만치 사리에 밝은 사람이었으나 그 과정을 살필 줄도 안다.

"영초는 어찌 보는가…?"

김좌근은 시선을 김병학에게로 돌린다. 김병학은 잠시 당혹해하는 안색을 지어 보인다.

"영초는 흥선군과 사돈을 맺기도 했다면서?"

김병학은 흥선군과의 밀담을 아우 김병국에게 흘린 일이 있다. 그것이 김좌근에게 전해진 것을 모르고 있었던 셈이다. 김병학은 좌중의 따가운 시선을 받으며 더듬더듬 입을 연다.

"저와 흥선군 간의 교유가 더러 있은 것은 사실이고, 그때마다 흥선군의 내심을 알아보려고 무진 애를 썼습니다만…, 늘 헛수고였을 뿐이옵니다. 사영께서 말씀하신 대로 울분을 그런 것으로 토하고 있다면…, 그 또한 허점이 보여야 옳지를 않겠습니까."

"허허허, 속는 셈 쳐야겠고만…."

흥선군 이하응에 대한 화제가 여기서 끝난 것은 김병학의 의사가 존중된 때문이다. 김병학은 흥선군 이하응에 대한 애정을 버릴 수가 없다. 뭐라고 꼬집어 말할 수는 없지만 그는 흥선군에게서 자력과 같은 당김을 느끼고 있다. 그러므로 흥선군 이하응을 감시와 핍박의 대상에서 제외하고 싶다. 김병학의 의중대로 김좌근이 결론을 내린다.

"미친 짓을 하고 다니는 흥선군에게까지 마음을 쓴다는 것은 고달픈 일일 테지. 사영은 어찌 생각하나?"

"아버님의 뜻에 따르겠습니다."

"그 대신 경평군과 이 도정의 일만은 소홀히 할 수가 없을 것이야. 경평군이 편전을 자주 드나드는 일과 이 도정이 대왕대비전에 출입하는 것은 소홀히 할 수 없을 것일세. 이 점은 좀 더 소상히 의논되어야 할 것으로 알아요."

누구의 답안인가. 김좌근의 이 한마디로 경평군 이세보와 도정 이하전은 장김 일족의 견제 대상이 된다.

그 며칠 후다.

홍문관 부교리 김영수金永秀가 종친들의 대궐출입을 제한하라는 상소를 올렸다는 소식이 흥선군 이하응의 귀에까지 날아든다. 물론 이호준이 전해준 제보다.

"그럴 수 있을 테지…."

흥선군은 대수롭지 않게 받아넘겼으나 이호준은 언성을 높이면서 항변한다.

"전하께서 외로우시질 않습니까. 경평군은 그저 말벗이 되어 드리는 것뿐인데 이 일마저 못하게 하는 것은 외척의 전횡이 지나치다는 게지요!"

"글쎄, 전횡이라면 전횡일 것이나 종친들의 대궐출입은 삼가는 것이 좋아. 또 이미 전례가 있었던 일이고…."

"아니, 전례라니요?"

"단종 조 때도 종친들의 대궐출입과 분경奔競(종친들과의 교제)을 금했었지."

그랬다. 단종端宗 즉위 초 황보인皇甫仁, 김종서金宗瑞 등의 훈구대신들이 수양대군首陽大君을 견제하기 위해 종친들의 입궐을 금지한 일이 있다. 바로 이 일이 후일 '계유정난癸酉靖難' 이라는 엄청난 피바람을 몰아오질 않았던가.

"그래, 경평군은 뭐라 하던가?"

"교동으로 달려가시겠다고 한바탕 소동을 피웠다고 들었습니다."

"헛, 간대야 죽기밖에 더하겠는가."

"……!"

"그 사람… 성품이 너무 과격해…."

이호준은 흥선군 이하응의 내심을 조금이나마 짐작할 수 있을 것 같다. 이호준은 이세보나 이하전과 달리 흥선군에게 언동에 유념해 줄 것을 청하지 않으면서 대화를 계속한 탓으로 간혹 섞여 나오는 흥선군의 본심을 어렴풋이 헤아리고 있는 형편이다.

아니 흥선군 쪽에서 조금씩 흘려주고 있는지도 모른다.

"그건 그렇구…, 조성하를 서랑으로 맞아들일 것 같으신가."

"아, 예. 내년 봄에는 혼사를 치를 수가 있을 것 같사옵니다."

"허허허, 아주 잘 되었고만…. 썩 잘된 일이야."

흥선군 이하응은 흡족하기 그지없다. 이호준으로서도 조성하를 사위로 맞아들여야 하는 일이 얼마나 중한 일인가를 알고 있다. 흥선군 이하응은 조성하를 통해 대왕대비 신정왕후와 내심을 주고받을 기회를 엿보고 있다. 그러나 지금과 같은 형편으로는 무망한 일이다. 신정왕후인들 시정의 파락호로 전락한 흥선군을 마음에 들어 할 까닭이 없어서다. 누군가가 흥선군 이하응의 진의를 신정왕후에게 전해야 한다. 문서가 오고가도 상관이 없다. 바로 그 일을 맡아 줄 사람으로 조성하를 지목하고 있는 것이 흥선군이다. 그렇다고 서두를 필요는 없다. 언제라도 이루어지면 되는 일이기 때문이다.

'아직, 3, 4년은….'

흥선군 이하응은 그렇게 내다보고 있다. 그때를 위하여 흥선군은 더 철저하게 낙척의 길을 걸으리라고 다짐하고 있다.

3

또 여름이 가고 빈 밭에 서리가 하얗게 내리는 절기, 늦가을이 된다. 압록강변엔 강을 건너는 유랑민이 부쩍 많아졌다는 소식이 바람결에 들려왔으며, 하삼도下三道 지방에선 토호들과 아전들의 수탈이 백성들의 피눈물을 자아내고 있다는 풍설도 난무한다. 나라도, 조정도, 왕실도 더욱 어지러워지고 있다. 딱히 흉년이어서만은 아니다. 어디를 가나 장김에 대한 원성이요, 무력해진 왕실에 대한 개탄이 들끓고 있을 뿐이다.

1860년(철종 11) 9월.

기어코 불길한 사건이 터진다. 서대문인 돈의문에 괘서掛書가 나붙었는데 그 내용이 가슴을 섬뜩하게 한다. 〈금극목金克木〉이 무슨 뜻인가. 김가金家가 이가李家를 누르고 나라를 빼앗을 거라는 등 장김의 세도와 무력해진 왕실을 신랄하게 비방하고, 심지어는 장차 임금도 처참하게 해를 입을 것이라는, 차마 입에 담기조차도 민망한 말들이 가득 채워져 있다.

원래 무기명으로 된 괘서는 태워 없애서 재론하지 못하게 하는 것으로 되어 있었지만, 장김의 세력들이 왕실을 뒤엎을 것이라는 풍설이라면 조정과 왕실로서는 재론하지 않을 수가 없다. 철종은 철종대로 고통 속을 헤맬 수밖에 없었고, 그렇다고 장김 일족도 편할 수만은 없다. 역모의 괴수로 지목될 위험이 있어서다. 풍설은 날이 갈수록 부풀려지면서 왕실과 장김 간의 갈등의 조짐까지 보이자 철종이 먼저 단안斷案을 내린다.

"중신들을 부르라."

정원용, 조두순, 김좌근 등 원임대신들과 영은부원군 김문근이 탑전으로 든다.

"아무리 풍설이라도 너무 요상하지를 않습니까? 서둘러 수습책을 강구하세요. 가렴주구를 일삼은 자, 그가 설혹 척족이라 하여도 철퇴를 내려서 다스릴 것이요."

조정이 온전하게 운영되고 있다면 철종의 분부는 하늘의 뜻이나 다름이 없다.

"백성들의 원성이 날로 더해 가는데도 나라의 큰 도적을 잡지 못하는 것은 조정에도 가렴주구를 일삼는 무리들이 있기 때문이요. 철저하게 가려서 다스리세요. 그런 와중에서 백성들이 다치는 일이 있어서는 아니 될 것임을 각별히 유념토록 하세요."

철종은 좌포도대장 허계許棨와 우포도대장 신관호申觀浩에게 서둘러 범인을 잡아내도록 특명을 내린다. 그러나 필체 하나만으로 범인을 색출해 내는 것은 쉬운 일일 수가 없다. 수삼 일이 지나도록 아무 단서도 잡아내지 못하자 묘당에서는 좌포장 허계와 우포장 신관호를 문책, 각각 선천부宣川府와 중화부中和府로 귀양을 보낸다.

이 같은 조정의 조처도 상할 대로 상한 백성들의 마음을 달래지 못한다. 도성에도 도적이 창궐하여 좌우 포도청에서 눈코 뜰

사이가 없는데도 그 수장을 치죄하였으니 사단의 수습은 구호에만 그쳤을 따름이다. 민심은 더더욱 흉측해진다. 세도 김문을 비꼬고 원망하는 말들이 공공연히 나돌게 된다. 이때를 놓치지 않고 경평군 이세보가 묘당으로 뛰어들고야 만다. 종친들의 입궐을 금한 마당인데 이세보가 묘당으로 달려들었다면 어찌 되는가. 그는 빈청에서 왕명을 기다리는 김좌근 · 김병기 부자에게 욕설을 퍼부어 댄다.

"대체 뭣들을 하고 있소. 종친들의 입궐을 막아 놓은 그대들이 아니오. 괘서에 쓰인 '금극목'이 무슨 뜻이오. '김가가 이가를 박살낸다'는 뜻이 아니오. 민심이야 억눌러서 속일 수 있으리라 보았을 테지만, 청천 하늘은 못 속일 것이외다. 그대들 부자의 전횡을 백성들이 알고 있지를 않소."

"……!"

김좌근은 수염발을 곤두세우며 몸을 떨었고, 김병기는 주먹을 불끈 쥐며 튕기듯 일어선다. 이세보는 그의 앞에 버티고 선 채 다시 쏘아붙인다.

"도둑을 잡으시오, 도둑을! 좀도둑도 못 잡는 그대들이 어찌하여 종친의 팔다리를 묶으려 드는가. 그대들 장김의 세도가 만년을 갈 줄 아는가!"

"……!"

말을 마친 이세보는 발길로 문짝을 차면서 튕겨져 나간다. 김병기는 무너지듯 주저앉을 수밖에 없다. 나는 새도 떨어뜨린다는 장김의 세도가 아니던가. 그 장김의 두령인 김좌근 · 김병기 부자가 수모를 당했다. 지난 60여 년 동안 이 같은 수모를 당한 일은 없었기에 이들의 마음에는 상처가 된다.

민심은 약자의 편에 있게 마련이다. 신료들도 이세보에게 박수를 보내면서도 오직 내색을 하지 못할 뿐이다. 소문은 거침없이 퍼져 나간다. 모두가 이세보를 칭송했으나 오직 한 사람 흥선군 이하응만이 신음을 토해 낸다.

"허허, 기어이 일을 저질렀고만…."

"대사헌 서대순徐戴淳이 탄핵상소를 올렸다는 소문입니다."

이호준의 말에 흥선군은 고개를 번쩍 든다.

"탄핵상소라면, 죽이자고 말인가?"

"그렇기야 하겠습니까만…."

이호준은 소맷자락에서 서대순의 상소문의 내용이 적힌 종이쪽을 흥선군에게 내민다.

— 근자 괴변이 속출하여 민심이 흉흉한데 경평군 이세보가 묘당에 뛰어들어 조정의 훈신들에게 폭언을 서슴지 않았다 하옵니다. 엎드려 생각하옵건대 이와 같은 불미한 일이 있을까 두려워서 종친들로 하여금 대궐의 잦은 출입을 금한 바가 있었사옵니다. 국법을 어기면 하찮은 백성들도 논죄를 받는데 항차 종친이겠사옵니까. 원하옵건대 경평군 이세보를 엄히 다스려 조정의 기강을 세워 주오소서.

흥선군 이하응은 오직 기가 막힐 뿐이다. 자신이 우려했던 문제가 현실로 드러났기 때문이다.

"구실을 주었음에야…."

"경평군은 주상 전하의 지친이 아니십니까?"

"주상이 어찌 장김의 뜻을 거역할 수 있으리…."

철종은 이세보의 논죄를 놓고 고심을 거듭한다. 구태여 따지자면 사촌형제나 다름이 없었지만, 그가 아니고는 지친至親이 없는 철종이다. 의논에 임한 승지들은 중죄를 내릴 것을 주장한다. 그러나 철종은 이세보에게 중죄를 물을 수가 없다.

"경평군이 비록 종친이나, 금중공좌禁中公座에서 대신을 면박했으니 그 죄가 자못 크다. 문외출송토록 하라!"

문외출송은 도성 안에서 살지 못하게 하라는 명이다. 이세보에게는 성은이고도 남았으나, 장김에게는 용인될 수가 없을 만큼 가벼운 벌이다. 경평군 이세보를 논죄하는 것은 그의 폭언을 다스리자는 것이 아니다. 쓸 만한 종친을 제거하겠다는 장김의 함정에 걸려든 이세보였기에 권력의 실세들에게는 먹이사슬이고도 남는다. 곧 양사兩司가 동원된다. 모두 이세보를 절해고도絶海孤島에 안치해야 한다는 과격한 내용을 담고 있다. 철종은 그들의 주청을 받아들일 수가 없다.

"경평군의 언동이 경박하고 괘씸한 것은 사실이나, 하나밖에 없는 과인의 지친이 아닌가. 문외출송도 종친에게는 중벌일 것이오!"

김좌근은 물론이요, 김병기에게는 새로운 고민일 수밖에 없다. 아무것도 모르는 것으로만 알았던 철종이 다시 자신의 의지를 내세우고 있기 때문이다. 이미 한두 번 겪은 일이 아니다. 철종이 자신의 어의를 굽히지 않을 때면 폭언도 서슴지 않는다. 양순의 죽음이 논란되었을 때는 김좌근에게 사약을 내리겠다고 했고, 그런 자신이 마땅치 않으면 폐하라고까지 하였다. 그리고는 자신을 폐한다 해도 나무꾼 왕재는 없을 것이라고 비아냥거리기까지 했다.

지금의 사태를 방치한다면 마침내 철종의 어의로 조정의 대소사가 처결될 위험이 있다. 꺾어야 한다. 그것이 어명이라 할지라도 철저하게 꺾어 놓고서만이 장김의 위세가 유지될 것 아니겠는가. 양사의 관원들이 사직상소를 올리기 시작한다. 성균관에서는 권당捲堂을 의논하고 나선다.

철종에게는 의논할 상대가 없다. 그는 김좌근을 부른다. 어차피 승부를 내야 한다면 그래도 김좌근이 김병기보다 편한 상대라는 생각이 들어서다.

"이번 한 번만이라도 과인의 뜻을 따라 주시오. 경평군은 하나밖에 없는 지친이 아니오."

철종은 울먹한 옥음으로 애원하듯 말한다. 그러나 김좌근은 침중한 목소리로 대답한다.

"전하, 신이 어찌 전하의 심기를 모르리이까. 예부터 종사의 일에 사정私情은 금물이라 했사옵니다. 일찍이 태종대왕께서는 네 분 처남을 단죄하시었고, 국구國舅마저도 자진하게 하셨사옵니다. 이는 모두 종사의 일에 사정을 두지 않았음이라 사료되옵니다."

"……."

"또한 양사는 조정의 기둥이온데 그 양사의 젊은 관원들이 사직상소를 올리고 궐문 밖에 엎드려 있사옵니다. 어디 그뿐이옵니까? 성균관에서는 권당의 기미마저 보이고 있사옵니다. 양사가 모두 사임하고, 성균관이 권당에 이른다면 이보다 더한 불명예가 어디에 다시 있으리까."

"……."

철종의 용안에 눈물 줄기가 흘러내린다.

김좌근은 말을 이어 간다. 전처럼 억눌러 이기겠다는 것이 아니라 설득을 해서라도 자신들의 뜻을 관철하겠다는 결기의 반로다.

"전하, 지친을 논죄하시는 일은 전하의 심기를 미편未便하게 하는 것이오나, 어찌 종사의 일을 지친에게 비할 수가 있으리까. 원하옵건대 양사의 주청을 가납하오시고 전하의 위엄을 만방에 떨치어 주소서."

철종은 울고 있다. 전보다 더 모진 소리로 김좌근의 뜻을 꺾고 싶었으나, 오늘은 눈물부터 쏟아져 흐르는 것을 어찌하랴. 철종은 김좌근의 면전에서 한없이 운다. 통분한 심정 때문이 아니다. 초라하다는 생각이 들어서다.

"경평군을 절해고도에 위리안치하시오."

철종은 뱉듯 말하고 몸을 일으킨다. 그의 몸이 휘청한다. 그때 김좌근의 카랑한 목소리가 다시 울린다.

"전하, 신의 주청은 아직 끝나지 아니하였사옵니다."

"……!"

철종은 주춤거리듯 김좌근을 내려다본다. 그렇게 크게 보일 수가 없다. 자세를 단정히 한 김좌근의 모습이 철종에게는 태산 교악처럼 우뚝해 보인다. 철종이 힘없이 주저앉자 김좌근은 다시 입을 연다.

"전하, 원하옵건대 경평군의 작호를 환수하오시고 폐서인廢庶人으로 삼아야 할 것이옵니다. 윤허하여 주소서."

"아…!"

철종은 목구멍까지 치밀어 오른 비명을 간신히 삼킨다. 그러나 김좌근의 불같은 시선이 자신에게 밀려들고 있음을 어찌하랴.

"시행하시오."

철종은 연상에 용안을 묻는다. 그의 어깨가 파도처럼 출렁이고 있다.

경평군 이세보는 폐서인이 되어 전라도 강진현康津縣 신지도薪智島에 위리안치된다. 참으로 가혹한 형벌이 아닐 수 없다. 이로써 다음번의 왕재로 지목될 수 있는 한 사람이 완전하게 제거된 셈이다.

경평군 이세보의 유형流刑이 마무리되면서 백성들은 왕실을 다시 비방하기 시작한다.

'하기야 지게발이 임금인데 별수 있으려구.'

'이가의 나라가 아니라 김가의 조정이라니까.'

'하옥이 주상이고, 나합이 국모라는 게야!'

차마 귀에 담을 수 없는 말들이 공공연히 나돌기 시작한다. 민심은 장김에게서뿐만이 아니라 왕실에서도, 철종에게서도 멀리 떠나가고 있다.

흥선군 이하응이 눈물을 보이기 시작한 것은 이 무렵이다. 그의 너털웃음은 언제나 젖어 있다. 견딜 수 없는 세월이 아닐 수 있던가. 아무리 이를 악물어도 참아지지 않는 눈물이다. 그러면서도 더욱 열심히 상가를 찾아다닌다. 그런 와중에서 또 한 번의 불상사가 일어난다.

4

1861년(철종 12) 3월.

철종은 연례행사의 하나인 육상궁毓祥宮 전배展拜를 위해 연輦을 타고 대궐을 나선다. 육상궁은 '궁정동宮井洞 7궁' 이라고도 하는데, 조선 역대 임금 중 정궁正宮 출신이 아닌 군왕의 사친私親을 모신 사당이다. 1725년 영조가 즉위하면서 모친인 숙빈 최씨를 육상묘毓祥廟에 모신 데서 유래한 것으로, 숙빈 최씨 이외에도 원종元宗의 모친 인빈仁嬪 김씨, 경종景宗의 모친 희빈禧嬪 장씨, 진종眞宗의 모친 정빈靖嬪 이씨, 장조莊祖(사도세자)의 모친 영빈暎嬪 이씨, 순조의 모친 수빈綏嬪 박씨 등 6신위였으나 1929년 이은李垠의 모친 순비淳妃 엄씨嚴氏를 합하여 7신위가 된다. 따라서 철종 재위 시절에는 '궁정동 7궁' 이라는 명칭은 없었고 그냥 '육상궁' 이라고만 불렸다.

대궐을 나선 철종의 어가는 금군들의 호위를 받으며 천천히 육상궁으로 향한다. 길 주변은 어가의 행렬을 구경하려는 백성들로 인산인해를 이룬다. 그러나 그들의 얼굴에는 임금에 대한 우러름의 표정이 아니라 조소와 경멸과 한심함이 짙게 드러나 있다. 그들은 장김의 허수아비 노릇을 하고 있는 철종의 얼굴을 구경하러 나온 것이나 다름이 없다.

철종의 연이 육상궁 대문 앞에 다다랐을 때다. 철종이 어가에서 내리려는 순간, 갑자기 주위를 둘러싼 백성들 사이에서 주먹만 한 돌덩이 하나가 날아와 연의 지붕을 때린다.

"앗!"

다행히 철종의 몸에 맞지는 않았으나 주위는 삽시간에 아수라장이 된다.

"어가를 호위하라!"

금위대장 이규철李圭徹은 재빨리 철종을 옹위하면서 군사를 풀어 돌이 날아온 방향의 백성들을 덮치게 한다. 비명과 호령이 난무하는 가운데 돌을 던진 사람은 이내 체포된다.

"아니…."

군사들도 백성들도 모두 놀란다. 임금에게 돌을 던진 사람치고는 너무도 왜소하고 볼품없는 중늙은이였기 때문이다.

얼마 후, 급보를 전해 듣고 달려온 김좌근, 김문근, 김병기 등은 그 자리에서 범인을 심문한다.

"이름이 무엇이냐?"

"조만준趙萬俊이라고 하오."

"무엇을 하는 자냐?"

"농사꾼이오."

"이놈, 이실직고하지 않으면 살아남지 못하리라. 수괴는 누구이며, 일당은 모두 몇이고 어디에 숨어 있는지 사실대로 고하렷다!"

"무슨 말씀을 하고 계신지 모르겠소. 나 혼자서 한 일이오."

조만준의 소박하고 태연한 대답에 잠시 심문관들이 술렁거린다.

"네놈 혼자서? 허면, 무슨 연유로 왜 어가에 돌을 던졌느냐?"

"상감마마께서 세도 김문에 눌려 지친을 귀양 보내는 등 허수아비 노릇을 한다기에 정말 허수아비인지…, 살아 있는 사람인지를 알아보려고 돌을 던졌소!"

"……!"

순간 구경꾼들의 입에서 웃음이 터져 나온다. 심문관들은 대경실색할 수밖에 없다. 더 이상 무엇을 물어서 논죄할 수 있겠는가.

"저 대역무도한 자를 효수梟首로 다스리라!"

철종에게 돌을 던진 조만준은 다음 날 군기시軍器寺 앞길에서 효수된다. 당시의 민심을 이보다 소상히 알 수 있는 얘기가 어디에 다시 있으랴.

반전의 기미

1

1861년(철종 12).

세월은 얻기는 어려워도 잃기는 쉽다는 말이 있다. 그래서 세월은 약도 되고 독도 된다. 세월은 무심히 흐르지만 사람들은 그 무심한 세월에서 의미를 찾으려고 안간힘을 쓴다. 그 무심했던 세월이 비로소 흥선군 이하응에게 손짓할 기미를 보인다. 물론 그 손짓은 흥선군의 심중에서 일어나는 것일 뿐 다른 사람들에게는 전혀 느낄 수가 없다. 입에 담기 어려운 비방과 험담을 들으면서 스스로 낙척의 길에 몸을 던진 것이 벌써 몇 해이던가.

조성하가 이호준의 사위가 된 것이 흥선군 이하응에게는 가슴을 설레게 하는 기쁨이다. 그런데도 흥선군 이하응은 조성하의 혼인날도 투전판에서 지냈다. 이호준이 흥선군과 사돈 간이라는 것은 세상이 다 아는 일이었으나 그로 인해 신정왕후 조씨와 연결된다는 것을 남에게 알리고 싶지 않아서다. 이를테면 조성하의 혼인은 흥선군 이하응의 한 가지 소망을 이루게 한 것이 분명하다.

대왕대비 신정왕후의 아버님인 풍은부원군 조만영에게는 두 아우가 있었다. 바로 밑의 동생인 조원영趙原永은 출계出系를 했고, 막내아우인 조인영趙寅永은 영의정의 자리에까지 오르지 않았던가. 물론 풍양 조문의 세도가 꺾이지 않았을 때의 일이다. 그 당당했던 세도가 장김의 손으로 넘어가면서 풍양 조문은 빛이 바래기 시작한다. 풍은부원군 조만영의 소생들도 시들시들 시들기는 마찬가지다. 효명세자孝明世子의 빈궁으로 간택되었던 신정왕후의 처지도 그러하였고, 아들들인 조병구趙秉龜, 조병기趙秉夔도 별 볼일이 없었다. 번창은 고사하고 대를 이어 갈 자손까지 끊기는 불운 속에서 조병준趙秉駿의 아들로 태어난 조성하가 조병구의 양자가 되었으니 신정왕후에게는 친조카를 넘어서는 소중한 존재이고도 남는다.

조성하는 신정왕후의 후광으로 오위영五衛營의 종9품인 부사용副司勇이 되어 있다. 자를 순소舜韶라 했고 호를 소하小荷라 했던 조성하의 나이 이때 열일곱이었으나, 신정왕후에게는 마치 어린 아들과도 같은 금지옥엽이다.

"호호호, 우리 성하가 장가를 들었다니 참으로 대견하고나…."

"……."

조성하는 얼굴을 붉히며 고개를 숙인다.

"호호호, 이런 숫기가 있나. 이제 장가를 들었으니 가장의 도리를 다해야 할 것이 아니겠느냐."

"명심하겠사옵니다."

"그래야지, 우리 풍양 조문이 이젠 네 양어깨에 달려 있구나. 무슨 일이 있어도 이 늙은이의 소망을 이루어줘야 할 것이야. 무슨 말인지 알아듣겠느냐?"

"잘 알고 있사옵니다."

"고맙고 대견하구나. 과거는 어찌하려느냐?"

"지난번 경과를 놓쳤으니 이번 식년시式年試에는 나갈 것이옵니다."

"과장에 나가는 것이 능사가 아니라…, 나갔으면 등과를 해야지…."

"예…."

조성하는 기어들어 가는 목소리로 대답한다. 열일곱 살 어린 나이로는 등과를 장담할 수 없는 것이 당연하다. 과거에는 대체로 두 가지 형식이 있다. 첫째가 식년시, 다시 말하면 3년에 한 번씩 시행하는 것으로 자子·묘卯·오午·유酉년에 실시된다.

철종 12년이 신유辛酉년이었으므로 이 해에는 식년시가 있다. 이 제도는 470여 년 전인 1393년(태조 2)부터 시행해 오고 있다. 둘째는 경과慶科라는 것으로 왕실이나 조정에 경사가 있으면 이를 기리기 위해 수시로 시행하는 제도를 말한다. 지난 4월 2일에 승하한 순원왕후에게 존호를 올렸다 하여 경복궁에서 경과가 시행되었으나, 조성하는 혼인을 하는 북새통을 치르느라 과장에 나가지 못했다.

4월 25일, 기다리고 기다리던 식년시가 열린다. 물론 조성하도 들뜬 심정으로 과장에 나간다. 그의 등과를 위해 초조한 하루를 보낸 사람이 신정왕후 조씨 그리고 이호준, 흥선군 이하응이다. 신정왕후는 풍양 조문의 재기를 위해 조성하의 등과를 빌었고, 이호준은 사위의 입신양명을 위해 그의 등과를 빌었으며, 흥선군 이하응은 자신과 신정왕후의 교유와 조정의 대소사를 더 정확히 알기 위해서 조성하의 등과를 초조하게 기다린다. 흥선군에게는 사활이 걸린 일이라 해도 과언이 아니다.

하늘은 흥선군 이하응의 편으로 성큼 다가와 준다. 조성하가 을과乙科에 당당히 이름을 올린 때문이다. 이때 을과의 등과자는 모두 일곱 사람이다. 이날만은 흥선군 이하응도 외출을 삼간 채 집에서 기다린다. 구름재가 창덕궁과 이웃하고 있어서다. 이호준이 급히 달려와 고한다.

"대감, 성하가 등과를 했소이다."

"오, 대견해요. 그 어린 것이…."

"이젠 한 번 만나 보실 때도 되지를 않았습니까?"

"아직은 일러요."

"……?"

이호준은 놀라지 않을 수가 없다. 조성하의 혼사와 등과를 누구보다도 애타게 기다려 온 흥선군이기 때문이다. 그런데도 선뜻 조성하를 만나려고 하지 않는 것이 이상하여 이호준이 다시 채근한다.

"대감, 이르다니요. 나이는 비록 어리다 해도, 혼인을 했으면 어엿한 성인이 아니오이까. 게다가 이젠 등과까지 하지를 않았습니까?"

"허허허, 그 등과가 어디로 간답니까. 대왕대비 마마께서 성하를 총애하는 것으로 족해요. 나는 그것을 바라고 있었으니까요."

"대왕대비 마마께서 대감의 일을 하문하실 때, 성하의 대답에 따라 사정이 달라질 수도 있기에 드리는 말씀올시다."

"초조하게 생각할 일도 아니려니와 어렵게 생각할 일도 아니나, 성하의 등과만은 참으로 경하할 일이에요. 허허허."

이호준은 잠시 흥선군 이하응의 눈빛을 살핀다. 형형한 광채가 돌고 있다. 그 타오르는 눈빛으로 쇳덩이도 녹일 수가 있을 것만 같다. 그래서 이호준은 섬뜩하게 다가오는 전율감을 느낀다.

"삼정三政이 무너지면 어찌 되는지 아시오?"

삼정이 무엇이던가. 전정田政(田稅), 군정軍政(軍役), 환정還政(還穀)을 말한다. 모두가 백성들의 삶과 직결되는 일이며, 또한 세도가문의 사주를 받은 지방관아의 방백들의 착취, 그리고 토호土豪들과 이서吏胥(중인 신분의 아전)의 횡포와 관계되는 일이기에 3정의 문란은 곧 치도治道의 문란이 된다.

전정이란 토지의 조세제도를 말하는 것으로 전세田稅라고도 한다. 땅을 소유하여 농사를 짓고 있는 백성들이 나라에 세금을 내야 하는 것은 당연하다. 그런데도 조선 말기로 접어들면서 그 제도의 폐단이 극심해진다.

예를 들면, 가승미加升米라 하여 일반 결손의 보충을 구실 삼아 석당石當 세 되升씩을 더 징수하였고, 곡상미斛上米라 하여 서해鼠害와 부식腐蝕 등의 손실로 석당 또 세 되씩을 더 받았으며, 창역가倉役價라 하여 세미稅米를 경창에 납입할 때 그 사무를 청부 맡은 경주인京主人의 보수로 석당 여섯 되씩을 다시 징수한다. 이 밖에도 작지作紙, 공인역가貢人役價, 이가二價, 선가船價, 인정미人情米, 진상가미進上價米, 타석미打石米 등 각종 부과세를 만들어 농민들의 고혈을 앗아 내는 것을 다반사로 여기고 있다.

뿐만 아니다. 이 같은 조세와 부가세, 수수료 등은 별 문제로 하고 애당초 전결田結에 대한 토지대장과 과세, 징수 등의 제반 서류를 작성하고 정리할 때 그 업무를 담당한 이서, 아전배 들이 농간을 부리는 것도 또한 부지기수다. 진결陳結, 은결隱結, 백징白徵, 허결虛結, 도결都結 등은 모두 아전들이 횡령 착복하는 수단으로 이용된 지 이미 오래다.

군정의 폐단은 또 어떠한가. 이는 군역, 즉 병역을 주로 한 군적軍籍과 군보포軍保布의 행정 절차상에서 일어나는 폐단이다. 조선왕조는 건국 초부터 소위 국민개병제國民皆兵制를 채택하여 양반계급을 제외한 16세 이상 60세까지의 평민에게 병역의무를 과하고 6년마다 군적을 정리하도록 규정하고 있다. 그러데 이 같은 군정을 엄중하게 시행하는 것을 넘어서서 지방관 및 아전배들은 이를 교묘히 이용, 사복을 채우는 데 혈안이 되어 있다. 즉, 국법으로는 5세 미만의 황구유아黃口乳兒나 14세 이하의 약아弱兒를 군적에 등록시키게 되면 관계된 이서는 물론 수령까지도 처벌을 받게 되어 있으나, 이 무렵에는 불과 생후 3일의 갓난애들까지도 군적에 등재시켜 군포를 징수하였고, 또 3부자가 함께 입대할 경우 그 아비를 면제해 주고 4부자 이상이 군역에 해당할 때에도 한 명을 제감하기로 되어 있었어도, 이서배들은 7부자, 혹은 8부자라도 모조리 첨정簽丁, 징포徵布하는 지경이다. 이밖에도 백골白骨징세라 하여 죽은 사람에 대해서도 군포를 물게 하고, 족징族徵, 또는 동징洞徵이라 하여 도망자가 생기면 그 사람에 대한 미납분을 친척, 또는 동리 사람들에게 물게 하는 지경이니 오죽하였겠는가.

환정의 폐해는 더 극심하다. 이는 환곡에 있어서의 폐단을 말한다. 환정의 문란 역시 탐관오리의 농간과 협잡에서 비롯되었는데, 가장 많이 이용된 방법을 반작反作이라 한다. 반작은 겨울철 회수기와 봄철 배분 시에 수령이 아전배와 공모하여 대여 양곡을 회수 또는 분배한 것처럼 문서를 위조하여 상사에 보고한 다음, 고정미수固定未收를 와환臥還으로 처리하는 방법이다. 이 경우는 채무자인 농민들도 좋아하여 흔히 와환채臥還債라 하였다.

또 가분加分이란 것이 있어 비상용 양곡마저 모두 대여하여 그 이자로 사복을 채웠고, 허류虛留라는 것은 양곡을 횡령하고도 문서상으로는 실제 있는 것처럼 기록하는 방법이다. 이 밖에도 입본立本, 암류暗留, 반백半白, 분석分石, 집신執新, 요합徭合, 사혼私混 등 무수한 방법으로 위로는 조정을 기만하고, 아래로는 백성들을 속이니 나라의 경제나 인심이 온전할 까닭이 없다.

홍선군 이하응은 이호준의 대답을 기다리지 않고 말을 잇는다.

"삼정이 무너지면 나라가 망하는데, 그 삼정이 무너진 것도 이미 오래가 아니요. 그렇다고 나라가 망하는 것을 구경만 하고 있을 수는 없지를 않소이까."

"……!"

"전정은 토색질이 되고, 군정은 백성들의 고혈을 짜고, 환정은 모든 민초들의 목을 조이고 있지를 않소이까."

"대감!"

"이러니 민란이 일어날 밖에요. 그 민란을 어찌 다스린답니까. 덕으로 다스릴 힘이 없으니 창칼로 다스릴 밖에요. 창칼로 백성을 다스리는 것은 잠시뿐이에요. 이게 작금의 조선 8도가 겪고 있는 실정이 아니오이까!"

이호준은 일찍이 이 같이 격한 설변을 들어 본 일이 없다. 그렇기에 홍선군 이하응의 식견과 담력에 새삼 경탄을 금치 못하고 있다.

"곪은 것은 터져야 하지요. 고름은 살이 되지를 않아요. 곪은 상처를 서툴게 다스리면 사람이 다칩니다. 사람이 죽었는데 병을 고쳐서 무슨 소용이 있답니까. 그래서 이 흥선은 기다리고 있음이에요."

"대감…!"

급기야 이호준은 자세를 고쳐 앉는다. 그는 흥선군 이하응의 모습에서 군왕의 위엄을 보았고, 그 위엄은 누구도 범접할 수 없는 태산교악으로 받아들인다.

"성하가 대왕대비께 내 참뜻을 바로 말씀드릴 수 있다고 보십니까? 또 그래서 될 일이라고 생각하십니까? 무정세월無情歲月 약류파若流波라고 한다지만…, 잃지 않으면 얻게 마련입니다."

"대감, 시생이 용렬했사옵니다. 용서하소서."

"허허허, 우린 사돈이에요. 술값이나 좀 주고 가시오."

"예, 대감."

집으로 돌아가는 이호준의 발길은 가볍기만 하다. 아무에게도 발설해서는 안 될 이야기를 허심탄회하게 들려준 흥선군 이하응의 도량이 감격스럽기 그지없다. 또 자신을 신뢰해 주지 않고서야 어찌 그런 엄청난 변설을 들려주겠는가.

집으로 돌아온 이호준은 구름재의 흥선군 저에 엽전을 짝으로 보낸다. 그리고 갓 등과한 사위 조성하를 부른다.

"약관도 되기 전에 등과를 하였으니 경하하고도 남을 일이 아닌가. 허허허."

"빙부聘父님의 가르침이 계셨기 때문이옵니다. 더 많은 가르침을 주소서."

조성하는 얼굴에 홍조를 띠며 장부의 기개를 보여 준다.

"대왕대비 전에는 문후 여쭈셨는가?"

"예."

"다른 말씀은 아니 계셨구?"

"과찬의 분부만 계셨사옵니다."

이호준은 고개를 끄덕인다. 그러면서도 애써 대왕대비의 심중을 알아보기 위한 말머리를 찾는다.

"왕실이 날로 허약해지는 때라 그 어른의 심기도 미편하시겠지…."

"경평군께서 위리안치되실 때는 눈물을 보이셨사옵니다."

"이 도정께서는 자주 문후를 드시고?"

"경평군께서 안치되신 후에는 문후를 드시지 말라고 명하셨사옵니다."

알 만한 일이고도 남는다. 신정왕후가 종친들을 보호하고 있음이라 짐작한 이호준은 끝내 흥선군의 일을 입에 담고야 만다.

"흥선군께서 온전하셨던들 대왕대비 마마의 심려가 오늘과 같지는 않았을 것을…."

"지난해의 일이옵니다만…, 대왕대비 마마께서 도정 어른에게 흥선군 대감의 일을 이것저것 하문하시다가…."

조성하는 주춤거리듯 입을 열었다가 끝내 말끝을 맺지 못한다. 이호준은 이때다 싶어 반문한다.

"하시다가…?"

"보신일지도 모르지…, 하시며 탄식하셨사옵니다."

이호준의 가슴이 쿵쿵거리기 시작한다. 흥선군 이하응의 낙척을 보신保身 때문이라고 신정왕후가 생각하고 있다면 흥선군의 소망은 이미 이루어진 것이나 다름이 없다.

"그럴지도 모르지… 그 어른이 나와는 사돈 간이네만 워낙 속이 깊은 어른이라 내심을 헤아릴 길이 없었거든…."

"빙부께서도 말씀이옵니까?"

"그게 어디 나뿐이리…, 그 어른의 대범하신 성품, 또한 학문과 경륜은 오직 하늘만이 아실 것일세."

이호준은 더 이상 흥선군 이하응의 일을 입에 담지 않는다. 영특한 조성하라면 충분히 알아들었을 것으로 믿었기 때문이다. 그러면서도 신정왕후가 흥선군에게 관심을 가지고 있다는 사실이 가슴을 요동치게 하고 있다.

'두 분이 면대할 수만 있다면….'

이호준은 그런 기회를 만들어 보리라 다짐한다.

2

철종의 하루하루는 고통의 연속이다. 겉으로는 군왕의 책무를 포기하고 주색에 몰두하고 있는 것으로 보였어도 세상 돌아가는 일들이 뒤틀리고 있음을 모를 까닭이 없다. 상소문을 읽을 수 있는 눈이 있고, 그 많은 내시와 상궁 들의 말을 들을 수 있는 귀가 뚫려 있었기 때문이다.

영의정 김좌근이 떼를 쓰듯 물러나고 정원용이 후임 영의정이 되었으나, 계속 사임상소를 올리고 있다.

"피하려 하지 마세요. 먼저 고통에 시달리는 백성들을 살려내야 하는 것이 경의 소임이 아니요."

취기가 도는 용안이었어도 군왕의 위엄이 풍겨 난다. 정원용의 감읍은 컸어도 이젠 기력이 없다.

"전하, 신은 병들고 늙었사옵니다. 젊은 인재들을 등용해 쓰소서."

"헛, 젊은 인재들이라 하셨소. 그가 누군지 어서 천거해 주시오."

"……!"

철종을 괴롭히는 사임상소는 영의정 정원용에게만 해당되는 것이 아니다. 지난 정월달 조두순의 후임으로 좌의정을 제수 받은 박회수朴晦壽도 취임 당일부터 사임상소를 올리다가 6월 초에 이르러 세상을 떠났다. 이 같은 와중에서 철종의 학문을 담당하고 있는 경연관經筵官 이민덕李敏德 · 임헌회任憲晦도 연일 사임을 청하는 상소를 올리고 나선다.

"내 학문이 미진한 것을 경들이 모르지 않을진대, 어찌 사임만을 고집하는가."

"……!"

"경들이 물러나고자 하는 것은 책임의 회피가 아닌가. 세상이 어수선하니 물러나 보신하려 하는 것이 아닌가. 그걸 어디 식자의 도리라 하겠는가!"

얼마나 정확한 지적인가. 그러나 나라의 형편이 이미 돌이킬 수 없는 지경에 와 있다. 설혹 군왕의 도리를 깨닫고 있다 한들 측근에 사람이 없는 철종에게는 대책이 있을 수가 없다. 따라서 지방관아의 부패를 중앙정부가 다스릴 길이 없게 된다.

조정의 사정이 이 모양이니 지방관아의 방백들이 두 가지 중 하나를 택할 수밖에 없다. 백성들의 목을 조여서라도 가렴주구를 일삼든가, 훗날의 면책을 위해 사임을 해야 할 것이지만 부패에 물든 사람들은 후자를 택할 용기도 명분도 없게 마련이다.

조정의 감시가 부실해지면 지방관아의 부정과 부패는 갈수록 심해진다. 그 지탄의 대상에 염종수도 끼여 있다. 염종수가 누구던가. 족보를 고쳐서 철종의 외숙부가 된 바로 그 사람이다. 염종수가 전라우도 수군절도사에 제수된 것이 2년 전, 그 후 염종수는 충청병사를 거쳐 황해병사로 옮겨 와 있다. 염종수의 수탈은 발악적이라 할 만큼 염치가 없다. 다른 수탈자는 장김 일족에게 상납을 해야 할 처지였으나 염종수는 경우는 장김의 눈치를 살필 것이 없다. 철종의 외숙부라는 당당한 위세가 있었기 때문이다. 게다가 철종 12년의 여름은 조정이 비어 있는 것이나 다를 바가 없다. 지방관아에서 백성들의 목을 조이고 있었어도 이들을 관장할 수 있는 힘이 조정에는 없다면 어찌 되는가.

황해병사 염종수는 사임 따위를 생각할 위인이 아니다. 한량의 기질이 몸에 배어 있는 염종수는 재물을 모으는 일에 전념했고, 주지육림酒池肉林에 모든 기력을 던져도 누구 하나 가타부타 말하는 사람이 없다. 염종수에게는 철종의 외숙부가 되어 누리는 위세가 꿀맛보다도 더할 수밖에 없다. 염보길이 염종수를 찾아온 것은 이 무렵이다.

"살림이 어려워서 찾아뵈었습니다. 지난날의 정의를 생각해서라도 도움을 좀 주셨으면 해서요."

"그 무슨 뻔뻔한 소리야. 내가 어디 적선이나 하자고 관직에 나온 줄 알았던가."

염보길은 어이없어진다. 족보를 고칠 때만 해도 고분고분했던 염종수가 아니던가. 아무리 사람이 달라지기로 이럴 수가 있나 싶은 게 염보길이다. 그는 빈손으로 돌아갈 수가 없어 다시 한 번 애원해 본다.

"영감, 초근목피로도 연명을 하기 어려운 지경이라니까요."

"허어, 네놈이 생떼를 쓸 참이더냐!"

"생떼라니요, 당치 않으시옵니다. 죽지 못해 살고 있는 형편이라 입에 풀칠이나 했으면 해서 영감을 찾아오지를 않았습니까?"

"혼찌검을 당하지 않으려거든 당장 돌아가렷다!"

"영감, 이젠 수령들의 수탈에 목숨까지를 내놓아야 할 형편이올시다. 이번 한 번만 헤아려 주오소서."

"저, 저런 못된 것이 있나. 내가 바로 수령인데, 네놈이 날 들으라는 수작이렷다!"

"아니올시다, 영감…, 영감께서는 우리 집안의 관향을 고친 일도 계시질 않습니까?"

"관향이라니?"

"저희 집안은 파평 염가가 아니라… 용담 염가가 옳습니다."

"저런 못된…!"

염종수는 벌컥 몸을 일으키며 소리친다. 용담 염씨를 파평 염씨로 고쳐서 철종의 외숙부 노릇을 하고 있는 염종수다. 결국 염보길은 염종수의 치부를 건드린 셈이다.

"여봐라, 저 못된 놈을 끌어내서 몹시 치렷다!"

염종수의 노성일갈이 있자 수하들이 달려들어 염보길에게 오라를 지우고 동헌 마당으로 끌어낸다. 그리고 매질하기 시작한다. 멀쩡한 사람도 염종수에게 걸려들면 재물을 빼앗기고 목숨을 잃는 판국인데, 그의 치부를 건드린 염보길이 어찌 무사할 수 있던가. 염보길은 넝마쪽이 되도록 매를 맞은 다음에야 황해병영에서 쫓겨난다.

'내 이놈을!'

염보길은 이를 갈면서 걷는다. 지렁이도 밟으면 꿈틀거린다는 속언이 있다. 염보길은 강화섬으로 돌아가고 있지만 온몸에 파인 상처로 온전하게 걸을 수조차도 없다. 여름이라면 곪아서 터질 상처였으나, 그나마 찬바람이 그의 목숨을 살려 주고 있는 셈이다.

염보길이 병든 몸을 추스르며 강화섬으로 돌아온 것은 10월이다. 그는 곧장 관아로 달려가 강화유수의 면담을 청한다. 그러나 염보길의 행색을 본 문졸들은 상대하려고 하지 않는다. 해어진 옷자락은 검붉은 핏자국에 찌들어 있고, 온몸에 난 상처 자국 때문에 염보길을 몹쓸 병에 걸린 사람으로 착각해서다.

"말씀이나마 전해 주시오. 내 이름은 염보길이오. 주상 전하의 외척이오."

강화유수 이명적은 기억을 더듬는다. 염종수라는 이름은 떠올릴 수 있었으나 염보길에 대해서는 생각나는 것이 없다. 2년 전 철종의 외조부 염성화의 묘역을 개수할 때 염종수로부터 당한 수모를 강화유수 이명적은 아직도 잊지 않고 있다. 그때의 일을 생각하면 염씨라는 말만 들어도 소름이 끼칠 지경이다. 게다가 이명적은 염종수의 비행도 들어서 알고 있다. 강화섬과 황해도는 지척이 아니던가.

"그자를 데려오너라."

문졸들에게 끌려 들어오는 염보길의 모습을 본 이명적은 이맛

살을 찌푸린다. 사람이라기보다는 차라리 짐승의 몰골이여서다.

"네가 염보길이냐?"

"그러하옵니다."

"그런 꼴로 어찌하여 나를 보고자 했더냐?"

염보길은 황해병사 염종수를 찾아갔던 연유와 그에게 당한 수모를 눈물에 섞어 고한다. 이명적은 염보길의 하소연을 들으면서 짜릿한 전율을 느끼고 있다. 어쩌면 염종수에게서 받은 수모를 되돌려 줄 수가 있으리라는 짐작이 들어서다.

"네 본향이 용담이라 했으렷다."

"그러하옵니다."

"허면, 무슨 연유로 묘비墓碑에다 파평이라 새겼느냐?"

"그 소상한 내막은 모르는 일이옵고, 소인은 그저 염종수가 하자는 대로 했을 따름이옵니다."

"허어, 저런 못난 것이 있나. 그렇다면 염종수에게 관향이 틀렸다고 말을 했어야 옳았질 않느냐?"

"했지요. 했사옵니다요."

"그랬더니…!"

"염종수는 염가의 관향이 단본인데… 파주면 어떻고, 용담이면 어떠냐고 했사옵니다."

"…허허!"

강화유수 이명적은 쾌재를 부른다. 용담 염씨의 관향이 파평 염씨로 바뀌는 과정에서 야로가 있었음이 분명하다. 그렇다면 염종수는 철종의 가짜 외숙부일 수도 있지를 않겠는가.

"앞장서렷다!"

이명적은 염보길을 앞세우고 염성화의 무덤으로 간다. 비석에는 '파평염공성화지묘坡平廉公成化之墓' 라는 글자가 선명하게 새겨져 있다. 이명적의 가슴은 두근거린다. 철종의 외조부인 염성화의 관향이 용담임을 입증할 수 있다면 염종수는 임금을 기만한 죄로 능지처사陵遲處死를 당해야 한다. 관아로 돌아온 이명적은 나이든 염씨들을 하나하나 불러들인다. 그들은 한결같이 자신들의 관향이 용담이라고 한다. 이명적은 파평 염씨의 족보와 용담 염씨의 족보를 구해 면밀히 대조한다.

염종수가 족보를 고친 것이 분명하게 드러난다.

"이런 못된 놈!"

이명적은 염종수의 죄상을 파헤친 상소문을 적어 조정에 올린다. 왕실과 조정을 기만한 일대 사기극의 전모를 밝히는 기막힌 상소다.

— 염종수는 본시 한량이온데 왕실과 조정을 기만하고 외람되게도 주상 전하의 외숙부로 행세하고 있사옵니다. 엎드려 생각하건대 파평 염씨와 용담 염씨는 엄연히 다른데도 염종수는 염씨가 단본임을 내세워 족보를 고친 혐의가 있사옵니다. 용담 염씨의 시조는 고려 때부터 전라도 용담에서 살았사옵니다. 그곳에 염군리廉君利라는 사람이 있어 고려 공민왕 때 석잔石棧에서

당시 용담현령 피원량皮元亮과 힘을 합쳐 왜구를 물리치는 공을 세우기도 했사옵니다. 혹자는 용담이 파주에도 있어 같은 곳으로 보기도 하옵니다만 이는 잘못된 것이옵니다. 전라도 용담의 달계천達溪川 중간에 '용담龍潭'이라는 소沼가 있는데 용담은 거기서 유래한 것이옵니다. 그곳의 진산鎭山은 용강산龍岡山이옵니다. 사실이 이와 같은데도 염종수는 용담을 파주로 고쳐 자식을 증 영의정 염성화의 손자로 입양케 하였으니 전하를 기만하였사옵고, 지방관아의 병사가 된 염종수는 전하의 외숙부임을 내세워 가렴주구를 일삼고 있사오니 대죄를 내려 마땅하옵고 아울러 잘못된 관향도 바로잡아 주소서.

조정이 발칵 뒤집히는 것은 당연하다. 이게 어디 말이 되는가. 철종은 이명적이 올린 상소의 내용을 파악하고 몸을 떤다. 철종뿐이 아니다. 대왕대비 신정왕후도 연상을 내려치며 진노한다.

"이 무슨 망신입니까? 조정에 학문을 아는 신하가 있었을 터이거늘, 어찌하여 일이 이 지경이 되도록 모르고 있었답니까?"

정원용의 뒤를 이어 다시 영의정이 된 김좌근을 필두로 좌의정 조두순, 영돈녕 김문근 등은 얼굴을 들 수가 없다.

"당장 바로잡으시오. 이를 바로잡고서도 경들은 대죄를 면치 못할 것이오."

중신들은 대왕대비 전을 물러나와 편전으로 간다. 그들은 자신들의 무능을 백배사죄한 연후에 염종수를 국문할 것을 청한다.

"염종수를 잡아들이시오. 내가 친국親鞫할 것이오!"

철종의 용안은 창백하게 바래져 있다. 보위에 오른 지 십이 년이나 되었어도 학문과 경륜이 모자란다는 구실로 정무를 살피지 못한 철종이다. 그런 판국에 엉뚱한 사람을 외숙이라고 불렀다는 사실이 그의 자격지심을 자극한 탓이다. 철종은 견딜 수 없는 모욕감에 몸을 떨고 있다.

염종수가 잡혀 온다. 염보길이 끌려와야 하는 것도 당연하다. 친국청은 금위영禁衛營에 차려진다. 이 엄청난 사기극이 조정을 얼마나 놀라게 했는지 국청에 참예한 사람들의 면면만을 보아도 알 수 있다. 영부사 정원용, 판부사 김흥근, 영의정 김좌근, 좌의정 조두순, 판의금 윤치수尹致秀, 지의금 신석희申錫禧 · 홍우길洪祐吉, 어영대장 김병기, 승지 민치상閔致庠, 대사헌 신석우申錫愚, 대사간 정면조鄭冕朝 등이 시립한 가운데 철종이 심문에 나선다.

"네 이놈, 네놈이 왕실과 조정을 기만했으니 어찌 살기를 바랄 터이더냐. 네놈이 내 외조부의 관향을 고친 것이 어김없는 사실이렷다. 당장 이실직고를 하렷다!"

철종의 분노는 오래가지 못한다. 친국이 시작되면서 곧 염종수가 순순히 자복을 한 때문이다. 염종수의 자복은 철종으로 하여금 더 큰 수치감에 젖게 한다. 어머님에 대한 죄책감을 어찌 감당해야 하는가.

"저놈을… 저놈을…!"

철종은 창백해진 용안으로 비틀거린다. 그에게는 임금의 자리에 오른 지 십이 년이 지났으면서도 정사에 관여하지 못한 자격지심이 있다. 그런 판국에 지친을 빌미로 사기극에 말려들었으니 그 수치심을 어찌 말로 다하랴.

국청에서 돌아온 철종은 자리에 눕는다. 내의원의 의관들이 서둘러 입진入診을 하는 가운데 조정은 염종수의 사기극을 수습해야 했다. 그에 대한 논죄도 논죄지만 철종의 생모인 영원부대부인鈴原府大夫人의 작호를 '용성龍城'으로 고쳐야 하는 일도 다급하다. '영원'을 '용성'으로 고치는 일은 말로만 되는 일이 아니다. 사당에 고해야 하기 때문이다.

철종은 병든 몸을 이끌고 아버지 전계대원군과 완양부대부인, 용성부대부인의 사우祠宇에 나아가 잔을 올린다. 이날의 거둥에는 철인왕후도 동행을 했다.

"아버님 어머님께 아뢰옵니다. 못난 소자가 보위를 이었으면서도 어머님의 관향을 바로잡지 못하는 대죄를 지었사옵니다. 이 미욱하고 불효한 소자를 용서해 주오소서."

철종은 쏟아져 흐르는 눈물을 참을 수가 없다. 회한의 눈물이 아닐 수 없다. 그는 사우에서 돌아온 다음에도 의관들의 입진을 받을 정도로 심신을 추스르지 못한다. 몸을 움직일 수 있는 힘도 이미 그에게는 없다.

왕실과 조정을 기만한 죄로 염종수는 능지처사를 당했고, 그의 아들 염의영廉義榮은 제주목의 노비로 부처된다. 지금도 강화도에 남아 있는 철종의 외조부 염성화의 비석을 보면 '파평'이라는 두 자를 깎아 낸 오목한 자리에 '용담' 이라고 새로 새긴 글자를 볼 수가 있어 참으로 어이없었던 당시의 난맥상을 실증하고 있다.

3

염종수의 사기극이 매듭지어졌어도 이로 인해 왕실과 조정이 입은 타격은 엄청나게 크다. 철종의 무능함은 이미 알려진 일이었다 해도 왕실의 위신이 다시 땅바닥에 떨어져 구르는 지경이고, 세도 장김의 불충도 공공연히 백성들의 입에 오르내리게 된다. 또 그것은 장김의 세도가 한계에 이르렀음을 보여 주는 것이나 다름이 없다. 게다가 철종이 시름시름 앓기 시작한 것은 그의 무력했던 치세에 노을이 들고 있음이 아니랴.

참고로 당시의 인구를 살펴본다면 158만 9,038호戶에 남자가 339만 3,934명이며, 여자가 335만 4,204명이다. 그러니까 총인구는 675만 명 남짓 되는 셈이다. 그러나 이들의 찌든 살림을 어찌 입에 담을 수가 있으랴. 그 원인은 두 가지에서 찾을 수가 있다. 첫째는 한발과 홍수로 인한 흉년일 것이며, 둘째는 장김의 세도로 인한 가렴주구에서 비롯된다.

혼조昏朝일 수밖에 없다. 혁명의 수단이 아니고서는 수습할 방도가 없다. 난세가 되면 하늘이 인걸人傑을 소명하여 부린다고도 한다. 그러나 장김의 세도를 능히 물리칠 수 있는 인걸은 아직 없다. 물론 그런 야망을 불태우고 있는 사람이 있었다면 바로 흥선군 이하응이 아니겠는가.

'이 허약한 왕실을…!'

왕부王府의 위엄을 세우고서만이 장김의 세도에 종지부를 찍을 수가 있다. 흥선군 이하응은 지난 10여 년의 세월을 오직 이 일만을 생각하며 살아왔다. 그러면서도 아직 기회를 포착하지 못하고 있다.

"아무래도 전하께서 천수를 누리지 못하실 것 같지를 않사옵니까?"

"그렇다고 국상이 나기를 기다릴 수는 없겠지…."

흥선군 이하응의 쥐어짜는 듯한 대답을 들으면서도 이호준은 다시 입을 연다. 도탄에 빠진 백성들을 구하기 위해서는 새로운 임금의 치세를 열어야 하는 것이 시급하다. 천만다행으로 철종에게는 후사가 없다. 설사 불행한 일로 철종이 승하한다면 종친 중 어느 한 사람이 보위에 올라야 한다. 물론 보위를 이어 갈 왕재를 지명할 수 있는 권한은 대왕대비 신정왕후 조씨에게 있다. 그렇다고 신정왕후의 위엄이 장김 일족을 다스릴 수 있음이던가. 또 이 같은 일을 장김도 생각하고 있을 것임은 말할 나위도 없다.

이호준이 바다 밑과 같은 침묵을 깨고 다시 입을 연다.

"영남이 술렁거리고 있다는 말씀은 들으셨겠지요."

"영남이 아니라 진주겠지요."

이호준은 눈을 크게 뜬다. 투전판과 상가를 드나들면서 언제나 취해 있는 흥선군이 어찌하여 천 리 밖에 있는 진주의 사정을 알고 있다는 말인가.

"못된 병사 한 놈이 영남의 땅덩이까지 집어삼킬 기세랍니다."

"사돈은 그 병사의 이름을 아시오?"

"백…, 백 모라고 들었습니다만…."

"백낙신입니다."

"대감, 어찌 아셨습니까?"

"나라고 모르고 지내라는 법은 없을 테지요."

참으로 불가사의한 일이다. 흥선군 이하응은 진주의 사정을 명확히 알고 있는 것으로 보인다. 이때 진주는 백성들의 들끓는 분노가 민란의 기미로 변해 가고 있다. 진주병사 백낙신白樂莘의 탐욕이 원인이다. 백낙신이 진주병사로 도임한 이래 그가 착복한 재물은 진주의 모든 것이라 해도 과언이 아닐 정도라는 소문이다. 그는 진주의 폭군으로 군림하고 있다.

"민초야 시달리는 것을 업으로 삼고 있을 테지만…, 참는 데도 한계가 있어요."

"이를 말씀이옵니까, 대감."

"좀 더 기다릴밖에…."

흥선군 이하응의 시선은 허공에서 멎는다. 이호준은 슬며시 자리를 뜬다. 흥선군에게 더 깊은 생각을 하게 하려는 나름대로의 배려다.

밖에는 눈이 내리고 있다. 오랜만에 내리는 눈이다. 철종 12년의 섣달도 회한을 안고 저물어 가고 있다.

진주민란

1

새해가 밝으니 1862년(철종 13).

창덕궁은 새해 벽두부터 어수선하다. 철종이 병석에 눕는 일이 잦아서다. 의관들은 희정당熙政堂을 벗어나기 어렵다. 게다가 철종에게 후사가 없는 것이 사람들의 마음을 우울하게 한다.

2월이 되면서 철종의 환후가 심상치 않은 기미를 보인다. 당황한 장김 일문은 판부사 김병기, 지사 김병국, 대호군 김병주, 공조참판 김병필을 입직하게 한다. 만일의 사태에 대비하려는 속셈이다.

신정왕후 조씨의 심기도 편하지 않다. 만에 하나라도 국상을 당한다면 누구를 사왕嗣王으로 지명해야 하는가. 마땅한 종친이 떠오르지 않아서다. 그렇다고 장김에서는 누굴 지목하고 있는지도 알 길이 없다. 벙어리 냉가슴 앓는다는 것이 이를 두고 하는 말인지도 모른다. 신정왕후에게는 지목할 만한 종친도 문제지만 이 막중한 일을 의논할 상대도 아직은 없다. 도정 이하전은 경평군 이세보의 위리안치 이후 더욱 심한 감시를 받고 있을 것이었고, 흥선군 이하응은 여전히 투전판을 드나든다는 소문뿐이다. 그런 신정왕후에게 기쁜 소식이 들린다.

조성하가 규장각奎章閣 대교待敎로 승차했다는 소식이다. 규장각 대교는 정7품, 조성하의 나이(18세)에 비한다면 상당한 예우가 아닐 수 없다.

"호호호, 이런 광영이 있나. 우리 성하가 칠품 직에 오르다니…."

"모두가 대왕대비 마마의 후광인 줄로 아옵니다."

"그럴 리가 있나, 등과를 한 지가 언제인데…."

"대왕대비 마마께 누가 되지 않도록 미력을 다하겠사옵니다."

"암, 그래야 하고말고…. 나는 우리 성하가 정승의 자리에 오르는 것을 보지 않고서는 죽지 않을 것이야."

신정왕후는 활짝 웃으며 다과상을 들이라고 명한다. 물론 조성하의 승차가 대견해서다. 조성하는 신정왕후의 눈치를 살피면서 조심스럽게 입을 연다.

"진주에서 민란이 일어난 듯하옵니다."

"민란이라니, 그게 무슨 소리야!"

신정왕후는 들었던 찻잔을 놓으며 놀란 듯 반문한다.

"아직 묘당에서는 모르고 있는 듯하옵니다."

"묘당에서 모르는 일을…, 너는 어찌 알고 있다는 게야."

"빙부께서 그리 말씀하셨사옵니다."

"이런 답답한 노릇이 있나. 네 빙부가 아는 일을 묘당에서 모르다니…."

"그러게 말씀이옵니다."

통신수단이 발달하지 않았을 때다. 천 리 밖 진주에서 일어난 일이라면 인편을 타고서야 전해진다. 그러나 조정에서 공식적으로 확인하는 방법으로는 진주목사나 경상감사의 장계가 있어야 한다. 그러나 민란이라는 것은 관아에 대한 백성들의 반발에서 시작된다. 관아에서는 수습이 불가능해지고서야 조정에 파발을 올리는 것이 상례다. 자신들의 불찰에서 기인된 일이기 때문이다.

"허면, 다치고 죽는 사람도 있을 게 아니냐?"

"그런 것으로 아옵니다."

"관아에서 가렴주구를 일삼았기 때문이라더냐"

"그야 당연한 일이 아닐지요."

"허어!"

조성하는 빙부 이호준의 의향을 믿고 따르는 편이다. 그 또한 풍양 조문의 일원이며 신정왕후 사가의 대를 이어 갈 처지라 장김 일족의 세도와 전횡에 대해 혐오감을 느끼고 있다. 그러기에 장김을 비방하는 시정의 목소리까지 신정왕후에게 전하고 있다.

생각해 보면 조성하의 이 같은 언동도 흥선군 이하응의 전술일 수도 있다.

민란民亂. 백성들이 관아의 탄압에 반기를 드는 것을 말한다. 거기에는 토호土豪들에 대한 투쟁도 포함된다. 토호들이 관아의 비호를 받고 있기 때문이다. 이른바 원성의 대상인 토호는 향반鄕班과 토반土班으로 나뉜다.

향반이란 본시 서울에서 벼슬을 하다가 지방에 낙향하여 거주하면서 위세를 부리는 무리이고, 토반이란 오래전부터 한 지방에 대대로 살면서 부와 세력을 누리는 부류이다. 그들이 모두 향리에 머물면서 가렴주구를 일삼는 무리들이기에 통틀어 '토호'라고 부르며, 그들의 온갖 불법과 약탈 행위를 가리켜 '토호질'이라고 할 정도다.

토호란 대체로 권문세가와 결탁되어 있어 관아의 비호를 받든가 아니면 관아를 무시하기가 일쑤이고, 또 그 위세를 세습한다. 그들에게는 두려움이 없었기에 백성들의 고혈을 짜는 만행을 저지르면서도 아무런 제약이나 저항을 받지 않는다.

이러한 토호들의 횡포와 만행이 어떠하였는가를 프랑스 신부인 달레가 저술한 《조선천주교회사》 서설序說에서 인용해 본다.

— 어느 군청 부근에서 도적을 체포하기 위하여 행인들을 검문하던 포졸 네 명이 때마침 남루한 의복에 거동도 수상해 보이는 양반 한 사람을 발견하고 좀 거칠게 신문하자, 그 양반은 피

의 사실을 시인하는 체하면서 '내 집까지 가 주면 공범자도 알려 주고 절취품의 소재도 밝혀줄 터이니 함께 하자' 고 하므로 포졸들이 따라갔다. 그러나 집에 당도하자마자 그 양반은 하인배들과 두어 명의 친구들을 불러 포졸들을 결박한 다음 무수히 구타하고 그중 세 사람의 두 눈을 모조리 뺀 다음 한 명만은 한쪽을 빼 놓고 불호령을 하며 돌려보내되,

"이제부터는 눈을 똑바로 뜨고 다녀라. 네놈들이 관아로 되돌아갈 수 있게 눈 하나만은 남겨 준다"고 하였다.

등골이 오싹해지는 내용이 아닐 수 없다.

그러나 이 같은 횡포는 탐관오리貪官汚吏의 그것에 비하면 새 발의 피에 불과하다. 탐관이란 사욕에 눈이 어두운 감사나 현감, 현령 등 지방관을 의미하며, 오리란 아전衙前을 가리키는 말이다. 이들의 탐학과 횡포는 토호들의 만행과는 그 질이 달라서 힘없는 백성들을 직접 상대하며 고혈을 짜낸다. 특히 아전들의 만행은 이루 형언할 수 없을 정도로 심해 국정 운영에 장애를 초래할 지경에까지 이르러 있다.

아전이란 본시 지방관아에서 사무를 관장하는 이서吏胥로서, 신분은 중인中人이거나 상민의 취급을 받으면서 급료는 전혀 받지 않는 역직役職에만 종사하는 무리들을 말한다. 아전들은 거의 모두 그 지방의 토착민 출신이며, 세습적으로 그 임무를 계승함으로써 행정 실무에 있어서는 누구보다도 뛰어난 기술자요 무시

할 수 없는 전문가이기도 하다. 결국 관아에 없어서는 안 될 존재로 부상했지만, 나라에서 그들에게 급료를 지급하지 않았으니 백성들의 재물을 강탈하여도 묵인할 수밖에 없다. 묵인보다는 비호해야 할 형편일 때도 있다. 가령 새로 도임해 온 현감이나 군수는 이들 아전의 협력이 없이는 업무의 파악조차도 하기 어려운 실정이다. 이러한 제도적인 모순은 점차 시일이 흐르면서 당연한 것으로 정착되고 말았다고나 할까, 아무튼 아전들의 위세는 하늘을 찔렀고 백성들은 자연히 현감이나 군수보다 아전을 무서워할 수밖에 없다.

아전들이 백성들을 괴롭히고 재산을 강탈하는 수법은 날로 발전한다. 그것은 모두 음흉하고 간교했으며 당돌하였다. 가장 눈에 두드러진 다섯 가지 실례를 살펴보면 다음과 같다.

첫째, 혼권閽權이니, 백성이 억울한 일이 있어서 소장訴狀을 들고 아문衙門에 진정해 오면 이때 문졸이나 아전 들은 해가 저문 것을 핑계로 저지하거나 시일을 끌면서 끝내는 그들로 하여금 울며 돌아가게 한다.

둘째, 장권杖權이니, 매질하는 하졸이 뇌물이나 사감私感의 유무로 곤장질 하는 데 경중을 가감하는 일이다.

셋째, 옥권獄權이니, 백성이 옥에 갇혔을 때 그들을 대우하는 것 역시 뇌물과 감정 여하로 야료를 부리는 일이다.

넷째, 저권邸權이니, 농산물을 수확하는 계절에 민간의 저택을 돌아다니면서 보리 · 쌀 · 목화 등을 구걸 강요하여 착복하는 일이다.

다섯째, 포권捕權이니, 관아에서 백성에게 체포령이나 소명召命이 내리게 되면 그 영장을 손에 쥐고 당자만이 아니라 인근 촌민까지 위협 공갈하여 약탈 취식하는 일이다.

이 밖에도 납세나 환곡, 부역에 걸쳐 아전의 협잡과 농간과 착취와 약탈은 지방행정 전반을 문란케 하고 민심을 불안케 하기에 부족함이 없다. 그래도 지방관들은 이러한 아전들에게 제재를 가할 수가 없었으니 오죽하면,

'강류석부전江流石不轉'

이라는 속어까지 유행하게 되었을까. 수령이나 방백은 강물처럼 흘러오고 흘러가지만, 오직 이서 · 아전 들만은 차돌처럼 확고부동하여 움직이지 않음을 가리키는 말이다.

토호와 지방관 및 아전배 들의 탐학과 수탈과 횡포가 이와 같이 극심해짐에 따라 산업 · 경제는 날로 파탄일로를 달리게 되었고, 아울러 국고 수입의 근간이 되는 세제稅制마저 흔들리게 된다. 죽어나는 것은 백성들이다. 아무리 무지렁이와 같은 백성들이지만 참는 데도 한계가 있음이 아니겠는가. 민란이 일어나게 되는 배경은 여기에서 연유하게 된다.

2

여기는 진주晋州.

지방관과 이서들의 토색질은 진주라 해서 예외일 수가 없다. 이른바 진주의 농민들이 결기한 '진주민란晋州民亂'은 3남의 여러 고을에 파급되어 '임술농민봉기壬戌農民蜂起'의 도화선이 된다. 무엇이 진주의 농민들을 그토록 분노하게 했는가. 물론 토호들의 착취도 있고, 이서들의 전횡도 있다. 그러나 가장 심각한 문제를 야기한 사람은 경상우병사慶尙右兵使 백낙신白樂莘이다. 백낙신은 진주에 부임해 오는 날부터 착취와 수탈과 착복을 일삼았다. 먼저 그가 저지른 비행부터 적어 보기로 한다.

1. 신유년(철종 12) 겨울에 환곡으로 작전作錢할 때 고가高價로 취잉取剩한 것이 4천 1백여 냥.
2. 병고전兵庫錢을 반이搬移할 때 농간하여 전錢 3천 8백 냥과 작미作米 1천 66석 10두를 총액보다 더 징수하여 횡령.
3. 추봉秋捧 때 한 섬에 5냥 5전씩 합계 6천 9백 66냥을 징수 횡령.
4. 입본취잉立本取剩으로도 3천 1백 66냥을 착복.
5. 모색낙가전耗色落價錢으로 1천 4백 65냥을 착복.
6. 농민들이 개간경작한 지 이미 오래된 청천교장菁川敎場의 전지田地를 불법개간이라 공갈하여 거두어들인 돈이 2천 냥.

7. 칠원漆原, 진해鎭海, 함안咸安, 창원昌原 등지의 돈푼 있는 백성들이 범금犯禁, 채광採鑛하였음을 구실로 삼아서 악형惡刑으로 강징한 것이 2천 냥인데 이 밖에도 사소한 수탈을 일일이 입에 담지 못할 지경이다.

물론 이 같은 백낙신의 비행은 진주민란이 수습된 다음에 알려진 일이다. 그러자니 그에게 당했던 백성들의 고초는 얼마나 컸겠는가.

진주목에서는 지난해 가을부터 도결都結을 실시할 계획을 세우고 있다. 이 같은 기미를 알아차린 백성들의 불만은 클 수밖에 없다. 무슨 곤욕을 얼마나 치러야 할지는 불을 보듯 뻔한 일이기 때문이다. 도결이란 지방 관리가 공전公錢이나 군포를 횡령 착복하고 나서 그것을 보충하기 위해 세금을 법정 액수 이상으로 책정하여 수납하는 것을 말한다. 백성들로서는 부당하게 세금을 더 내는 것이므로 당연히 반감이 일게 된다.

그런데 설상가상으로 이번에는 백낙신이 병영兵營 환포還逋를 들고 나왔다. 진주목에서 도결하는 김에 자기도 한몫 챙기자는 속셈에서다. 그리하여 백낙신은 각 읍의 두민頭民(향리의 대표자)을 초청하여 술과 음식을 대접하면서, 유혹 또는 협박하여 총 6만 냥을 각 부락에 배당한다. 여기에서 농민들의 분노가 폭발한다. 그동안 당한 횡포만으로도 피눈물을 쏟았는데, 또다시 도결, 환포까지 시행한다면 영락없이 굶어 죽고 말 것이기 때문이다. 이래도 죽고 저래도 죽기는 마찬가지. 차라리 꿈틀거리기라도 해보자는 극한 감정이 각자의 가슴속을 비집고 솟아오르기 시작한다. 그러나 이러한 농민 각자의 감정이 하나로 뭉쳐 터져 나오기가 어디 쉬운 일인가.

지푸라기에 붙은 불보다 짚단에 붙은 불이 거센 것은 말할 나위가 없다. 농민들의 결기를 한곳으로 모을 수 있는 지도자가 있어야 한다. 이를 자청하고 나선 사람이 유계춘柳繼春이다. 그는 진주읍에서 서남쪽으로 30리 떨어진 유곡동杻谷洞에 살고 있다. 유계춘은 본시 유랑민이었으나 10여 년 전에 이곳으로 옮겨와 정착한 농민이다. 성품이 강직하고 활동적이었으므로 이내 마을 사람들의 호감을 샀다. 3, 4년이 지나면서 유계춘은 마을의 일인 향회鄕會나 이회里會를 도맡아 보게 되었고, 읍소邑訴나 영소營訴를 수시로 올려 관아의 부정을 지적하여 호된 곤욕을 치르기도 한다. 그를 따르는 사람이 많아지는 것은 당연하다.

유계춘은 결기가 드센 마을 사람들인 김수만金守萬 · 이귀재李貴才 · 박수익朴守益 등을 은밀히 집으로 불러들인다.

"생각다 못해 자네들을 불렀네. 어쩌려는가, 이대로 당하고만 있을 참인가."

"……."

"목사나 병사가 하자는 대로 따라가면 마누라를 팔아도 감당을 못해. 대책을 강구해야 하지를 않겠느냐 이 말일세…!"

"대책은 무슨 대책…, 목사나 병사의 비위를 건드려서 득이 될 게 무에 있어."

오랜 세월 핍박을 받으면서 살아온 사람들, 수탈을 당하면서 살아온 사람들은 좌절에서 오는 무력증이 있다. 진주목사 홍병원洪秉元이나 우병사 백낙신은 그 무력증을 교묘히 이용하고 있었던 셈이다.

"이 사람들아, 지렁이도 밟으면 꿈틀거린다고 하지를 않았는가. 죽을 때 죽더라도 '짹!' 소리는 하고 죽자 이 말일세!"

"될 일이 아니라니까."

"허어, 화살 하나는 쉽게 꺾어도… 둘이나 셋을 꺾기는 어렵다니까. 온 마을이 하나가 되면 관아에서도 만만히 볼 수가 없어. 혼자서는 안 되는 일이기에 힘을 모으자는 것이 아닌가. 앞장은 내가 선다니까."

유계춘이 열기를 높이고 있었으나 세 사람은 아무 반응도 보이지 않는다. 김수만은 약간의 학식을 갖추고 있었으나 다른 지방에서 죄를 짓고 피해 다니다가 유곡동에 정착한 사람이었으니 표면에 나서기를 꺼리는 눈치였고, 이귀재 역시 경상도 의령宜寧 땅에서 옮겨 온 유랑민의 처지라 적극성을 보이지 않는다. 박수익은 유곡동 토박이였지만 제법 농사를 크게 짓고 있었던 터라 그나마 남아 있는 전토를 지키기 위해서는 관아의 비위를 건드리는 것을 좋아할 까닭이 없다.

유계춘의 열변이 계속된다.

"6만 냥이야. 6만 냥이나 되는 돈을 내놓고 보릿고개를 넘길 수 있다고 보는가. 또 순순히 내놓고 나면 저들이 가만있으리라 보는가. 그 다음에는 10만 냥, 또 그다음에는 20만 냥을 내놓으라고 할 것이 뻔한데…, 그러구도 살아갈 재간이 있겠느냐 이 말일세.”

“허면, 대책이란 것이 무엇인가?”

김수만이 동조할 뜻을 보이자 유계춘은 더한 결기를 보인다.

“우선은 도결과 환포의 철회를 연명으로 요구해야지!”

“훗, 저들이 들어주리라고 보는가?”

“당연하지, 저들은 받아들이지 않을 것일세. 그때 우리는 몽둥이와 괭이자루를 들고 힘으로 맞서자는 것일세. 관아를 때려부수어서라도 우리의 뜻을 관철해야 한다니까!”

“……!”

“목사와 병사가 아무리 간악해도 목숨이 아까운 것은 알 것이 아닌가. 우리가 힘을 모으면 저들을 꺾을 수가 있다니까!”

“마을 사람들이 순순히 따르지….”

“설득을 해야지…, 따르게 해야지!”

유계춘은 품속에서 노랫말이 적힌 종이를 꺼내 이들에게 펼쳐 보인다.

농민들아 봉기하라.
초군들아 일어나라.
어두운 밤은 물러가고

새 아침이 밝았나니
잠자는 사람들아, 모두 일어나라.

이른바 〈초군가樵軍歌〉라고 불리는 언가諺歌다. 농민들의 결기를 자극하는 노래가 아니던가.

"우선 이 언가를 마을 사람들에게 나누어 주어서 결기를 부추기세. 우리의 뜻을 따르는 사람이 반드시 있을 것일세."

"알겠으이…!"

이렇게 하여 유계춘을 중심으로 김수만, 이귀재, 박수익 등이 마을 사람들을 부추기기 시작한다. 더러는 수긍하고 나섰지만 대부분의 농민들은 적극적이지 못하다. 그들은 아직도 힘을 모아서 결기하면 소망을 성취할 수 있다는 개념조차도 모르고 있었기 때문이다.

그렇다고 기위 시작한 일을 중단할 수는 더욱 없다. 일단 모여 보기로 한다.

3

철종 13년 1월 중순께 찬동자의 모임을 주선한다. 장소는 그나마 살림이 넉넉한 박수익의 집으로 정했다. 모인 사람들은 고작 20여 명, 그렇다고 적극적인 의사를 보이는 것도 아니다. 모인다기에 구경이나 하겠다는 정도로 나타난 사람들이다. 유계춘은 이들에게 언가를 가르쳐 보았으나 마지못해 중얼거릴 뿐 아무도 힘차게 따라 부르는 사람이 없다.

유계춘은 탄식한다.

"믿을 만한 두령이 없기 때문일세."

"우리를 이끌어 줄 어른이 없을지…."

그랬다. 유계춘이 향회와 이회의 일을 보고 있었으나 농민들의 결기를 지휘할 만한 위치에 있지를 못했던 것이 문제로 드러난다.

"이 교리 어른께 의논하는 것이 어떻겠는가?"

"이 교리…?"

유계춘의 눈이 빛난다. 일이 단숨에 풀릴 것 같은 기미가 들어서다.

이들이 말한 이 교리란 전 홍문관 교리 이명윤李命允이다.

이명윤은 본관이 전주로서 1838년(헌종 4)에 문과에 급제, 성균관 전적 · 사간원 정언 · 홍문관 교리를 역임한 후 향리인 진주목 유곡동으로 내려와 은거 중인 59세의 노선비다. 그는 불의를 추호도 용납치 못하는 강직한 성품이라 부정을 일삼는 탐관오리를 부모의 원수보다도 더 미워하였다. 따라서 양반임에도 지방관의 편에 서기보다는 착취를 당하는 농민 편에 서서 그들을 옹호하고 지켜 주고 대신 싸워 주기도 한다. 이 같은 까닭으로 이명윤은 유곡동뿐 아니라 진주읍 일대에서 태산교악과도 같은 존재로 추앙과 존경을 받고 있다. 이를테면 정신적 지주와도 같은 존재다.

유계춘, 김수만, 이귀재, 박수익 등은 서둘러 이명윤의 집으로 달려가 자신들의 뜻을 밝히고 지원해 줄 것을 호소한다.

"애초에 시생들이 발의하였사옵고, 시생들의 힘만으로 뜻을 이루고자 백방으로 애를 썼사오나 사람들이 따르지 아니하옵니다. 어른께서 저희를 도와주신다면 모든 농민이 결기할 것이라 믿어지옵니다. 힘이 되어 주오소서."

"장하이, 참으로 장하네."

"도와주시겠다는 분부시옵니까?"

"돕다마다. 하늘도 뜻을 세우는 사람의 편일 것이야. 저들의 수탈이 나라를 망칠 것만 같았는데 자네들이 결기한다니 내 가슴도 후련해지는 것 같으이."

"고맙사옵니다, 교리 어른!"

유계춘 등은 뭉클해지는 가슴을 진정할 길이 없다. 양반이 자신들의 편이 되어 준다는 것, 그것은 눈물겹도록 고마운 일이 아닐 수 없다. 그러나 이명윤은 조건을 제시한다.

"그 대신 내게 약조를 해 주어야 할 일이 있어. 이 약조를 지키겠다는 확약이 있어야 나는 자네들의 결기를 도울 것일세."

"말씀해 주오소서. 어른의 가르침을 따를 것이옵니다."

이명윤은 잠시 뜸을 들인 다음에야 반듯한 어조로 자신의 조건을 제시한다.

"자네들이 통분해 하는 마음은 나도 잘 알고 있으이. 그렇다고 해서 인명의 살상이 있어서는 아니 될 것이며, 관아에 불을 지른다든가 관물을 부수어서는 아니 될 것일세."

"……."

유계춘 등은 선뜻 수긍하지 않는다. 이들의 내심에는 진주목사 홍병원과 경상우병사 백낙신만이라도 물고를 내고 싶은 울분이 있었고, 그러기 위해서는 관아에 불을 지르는 일, 관물을 부수는 일은 필연적으로 따를 것이라고 생각했기 때문이다.

"왜, 아니 되겠다는 말인가?"

"그것이 아니옵고, 저들에게는 창칼이 있고 저희들은 맨손이옵니다. 그냥은 저들이 항복하지 않을 것으로 아옵니다."

"자네들이 결기하는 소이所以가 무엇인가. 저들이 도결과 환포를 철회한다면 자네들의 소망은 이루어지는 것이 아닌가."

"그렇기는 하옵니다만…."

"저들이 아무리 간악하다 해도 자네들이 힘으로 나서면 두려워할 것이야."

"……."

"힘이란 보여 주면 되는 것이야. 살생과 약탈은 힘이 아니네.

이래도 내 말을 알아듣지 못하겠는가."

유계춘 등은 의기소침해졌으나 어차피 자신들의 힘만으로는 농민들의 단합된 힘을 과시할 수가 없다. 우선은 이명윤의 힘을 빌려야 한다.

"알겠사옵니다. 어른의 분부 따르겠사옵니다."

"알겠으이."

이명윤은 유계춘 등에게 농민들을 설득하는 방법, 동원하는 방법까지를 소상히 일러 준다. 물론 자신의 이름을 거명해도 좋다고 부연한다.

"고맙사옵니다."

이명윤의 집을 나온 유계춘 등은 가가호호를 방문하여 농민들을 다시 설득하기 시작한다.

"이 교리 어른께서 도와주시기로 했어. 양반의 힘을 빌려서 우리의 뜻을 이루자는 것인데 무엇을 두려워하고, 무엇을 더 망설인다는 말인가. 질 수 없는 싸움이야. 이겨서 뜻을 이루는 싸움이라니까!"

농민들의 태도는 점차 일변해 간다. 싸워서 뜻을 이룬다는 것, 하늘보다 무서웠던 진주목사와 경상우병사를 때려누인다는 것을 통쾌하게 생각하는 사람들이 늘어만 간다.

"이달 보름달에 도회都會를 열 것일세, 한 사람도 빠짐없이 나와 주시게."

"어디로 나가면 됩니까?"

"유곡동 서편에 있는 수곡장시水谷場市로 나오면 되네!"

이심전심이라 했던가. 농민들의 결기는 어느덧 그날이 오기를 손꼽아 기다리는 분위기로 변한다.

마침내 2월 15일, 수곡장시에는 사방 30여 리의 마을 대표들이 모여든다. 모든 사람들의 표정에는 굳은 결기가 끓어오르고 있다. 유계춘은 그들 앞에서 이명윤이 지어 준 격문檄文을 읽는다. 격문의 내용은 박해만 받아 온 농민들의 가슴에 불을 지르고도 남는다. 마을의 대표들은 두 주먹을 불끈 쥐며 환호성을 올린다.

"우리가 봉기하는 날을 2월 열 여드렛날로 정했소. 우리와 행동을 같이하는 농민들은 '초군樵軍'이라 부를 것이오. 여러분! 모든 초군들을 거느리고 이 자리로 모여 주시오!"

"와! 와!"

천지를 울리는 함성이 터져 오른다. 마을의 대표들은 한 사람 한 사람 돌아갔다. 유계춘은 이 모임의 분위기를 이명윤에게 전한다.

"됐어. 이제야 이 땅의 농군들이 눈을 떴음이야!"

전 교리 이명윤은 상기된 얼굴로 이들의 노고를 치하했다.

드디어 2월 18일.

이 나라 조선 땅에서 역사적인 농민봉기의 날이 밝는다. 봄은 이미 꽃망울을 터뜨리고 있었어도 이날의 새벽바람은 차다. 아직 동트기 전인데도 농민들이 모여들기 시작한다. 몽둥이를 든 사람, 괭이나 쇠스랑을 든 사람, 긴 막대에 낫을 메어 들고 나온 사람도 있다. 유곡동을 비롯한 마동馬洞, 원당동元堂洞의 농민들이 대부분이었고 여타의 마을에서 온 사람들도 보인다. 날이 샌다. 모여든 사람들은 모두 3백여 명이다.

유계춘은 석단에 올라 피멍이 든 것과 같은 목소리로 지난날에 당한 고통을 상기시킨다. 그리고 나아가 싸움으로써 재물과 목숨을 지키자고 소리친다. 농민들은 몽둥이와 쇠스랑을 흔들면서 함성을 토한다. 수곡장시는 스스로 생존권을 되찾아 지켜야 한다는 농민들의 열기로 뜨겁게 달아오른다. 그때 이명윤이 모습을 드러낸다. 열화 같은 환호가 다시 일어난다. 이명윤은 술과 안주를 실은 우마차까지 몰고 왔다. 그는 끝내 입을 열지 않는다. 다만 김수만이 이명윤을 대신하여 농민들을 격려한다. 우마차에 실어 온 술과 안주를 푼다. 농민들은 이별의 잔을 나누듯 비장한 표정으로 목을 축인다.

"초군들이여, 내 말을 들으시오. 우리는 우리의 살길을 열기 위해 이 자리에 모였소. 살생을 금할 것이나 뒤로 물러나서는 아니 될 것이오. 살고자 하는 자는 죽을 것이며, 죽기로 작정하면 모두가 살 것이오. 초군들이여, 봉기합시다. 초군들이여, 눈을 뜹시다! 잠에서 깨어나시오, 나아가 싸웁시다!"

누군가가 초군가를 부르기 시작한다. 모두가 따라 부른다. 그것은 진군의 함성이다.

"자, 구호를 외칩시다. 진주목사 홍병원을 파직하고, 감사는 도결을 혁파하라!"

초군들은 유계춘의 선창에 따라 홍병원의 파직과 도결의 혁파를 외친다.

"우병사 백낙신을 효수하고, 환포를 혁파하라!"

그것은 외침이 아니라 아우성이다. 조선왕조가 창업된 지 어언 4백 70년, 그 장구한 세월 동안 농민들은 탄압과 착취에 시달려 왔다. 그러면서도 스스로 자구책을 강구한 일은 없다. 그 무지렁이와 같았던 농민들이 스스로 자구책을 강구하기 위해 궐기하고 나선다.

"따르시오!"

"와!"

마침내 초군들이 움직이기 시작한다. 분노의 물결이다. 유계춘, 김수만, 이귀재, 박수익 등이 선봉에 섰다. 그들은 초군가를 부르면서 그 사이사이에 구호를 섞는다. 이들은 덕산장시德山場市를 향해 행군한다. 덕산장시는 진주성과 반대편에 있다. 수곡장시에서 덕산장시까지는 3십여 리, 가까운 거리가 아니었는데도 초군들은 지친 기색을 보이지 않는다.

백곡리栢谷里, 금만리金萬里, 삼장리三壯里, 시천리失川里를 거치는 동안 초군들의 수는 눈덩이처럼 불어나기 시작한다. 참여를 꺼리던 농민들도, 구경을 나왔던 농민들도 모두 가세한다. 이 과정에서 문제가 생기고 만다. 대열에 참여하지 않는 집과 토호들의 집, 그리고 훈장訓長의 집을 때려 부수었다. 유계춘은 잠시 당황했으나 말리지는 않는다. 초군들의 사기를 높이기 위해서는 불가피하다는 생각에서다.

초군들은 덕산장시에서 휴식을 취하면서 전열을 가다듬는다.

"진주목사 홍병원을 파직하고, 감사는 도결을 혁파하라!"

"우병사 백낙신을 효수하고, 환포를 혁파하라!"

구호는 쉬지 않고 외쳐진다. 초군들은 다시 행군을 시작한다. 이미 1천여 명이 넘어서는 엄청난 규모의 집단으로 변해 있다. 이제 아무도 두렵지 않은 초군들이다. 이들은 노도怒濤와 같은 물결을 지으며 진주성으로 향하고 있다.

우리나라 역사에서 조직적이고 대규모적인 최초의 민중항쟁으로 기록될 진주민란은 이렇게 시작된다.

민중들의 횃불

1

진주성. 저 치욕의 임진왜란 때 조선 백성들의 기개를 유감없이 과시했던 성지聖地와 같은 곳이다. 그 진주성을 농민들이 포위한다. 유계춘 등이 지휘하는 서쪽 방면의 초군들이 성문 앞에 당도했을 때는 이미 그 수가 2천여 명을 넘어 3천여 명으로 불어나 있다. 이들이 잠시 휴식을 취하고 있는 동안 남쪽 방면의 농민들이 가세해 온다.

"어서 오시오. 함께 싸웁시다!"

유계춘 등에게는 백만 원군이나 다를 바가 없다. 그리고 잠시 뒤에는 진주성 동쪽 방면의 농민들이 다시 가세해 온다. 결국 진주성 안에 사는 농민들을 제외한 주변의 모든 백성들이 봉기한 셈이나 다름이 없다. 그 수만 헤아려도 줄잡아 2, 3만은 되는 듯

보인다. 오늘을 사는 우리의 시각으로 살펴도 상상을 초월하는 항쟁이 분명하다.

농민들아 봉기하라.
초군들아 일어나라.
어두운 밤은 물러가고
새 아침이 밝았나니
잠자는 사람들아, 모두 일어나라.

농민들은 〈초군가〉를 부른다. 박자에 맞추어 몽둥이와 괭이자루를 흔드는 사람들도 있다. 사람들이 모이면 열기가 치솟게 마련이다. 더구나 지휘자가 있는 봉기임에랴.

"진주목사 홍병원을 파직하고, 감사는 도결을 혁파하라!"

"우병사 백낙신을 효수하고, 환포를 혁파하라!"

구호를 외치는 농민의 목소리가 하늘을 울린다. 무서운 열기가 아닐 수 없다. 유계춘, 김수만, 이귀재, 박수익 등과 새로 가담한 이계열李啓烈은 성문만을 주시하고 있었으나 해질녘이 되도록 성안에서는 아무 기척이 없다.

"성문을 부수고 들어가는 것이 어떨지."

"좀 더 기다려 봅시다. 지금 성문을 부수면 난동이 됩니다. 그 다음 일을 건잡질 못해요."

"……."

봉기한 농민들은 자제력을 발휘한다. 이 자제에는 두 가지 의미가 있다. 하나는 난동으로 상전을 쳐부수는 일에 익숙지 않았기 때문이며, 다른 하나는 자신들의 소망을 진주목사나 우병사에게 공식요청을 하지 않은 데서 오는 절차상의 착오를 인식하지 못한 일이다. 결국 처음으로 경험하는 항쟁이라 가슴 한가운데 도사리고 있는 두려움이 이들을 아직은 자제하게 하고 있는 셈이다.

그렇다면 성안의 사정은 어떠한가. 초군들이 덕산장시에 모여들고 있을 무렵 경상우병사 백낙신은 기첩 계향桂香의 집에서 늦은 아침상을 물렸을 때 심복 이방吏房인 권준범權準範이 찾아온다. 환포에 관한 일을 의논하기 위해서다. 두 사람은 환포의 시행을 가속화하기 위해 각 마을의 좌장座長 몇 명을 잡아들여 곤장을 치기로 다짐한다.

"잡아들일 좌장들의 명부를 만들어야겠어. 먼저 신망이 있는 놈, 주둥이질을 잘하는 놈부터 잡아들여야 하지를 않겠는가."

"이를 말씀이옵니까. 유곡동에서는 유계춘을 잡아들이고…."

이렇게 한 사람 한 사람의 이름을 거명하면서 명부를 만드는 데만 반나절이 걸렸는데, 그때 농민봉기의 첫 소식이 전해진다.

"영감, 환포에 불만을 품은 농민들이 진주성을 향해 몰려오고 있다는 전언입니다."

"허면, 난동이라더냐?"

"아직은 난동이랄 것까지는 없사오나 그 수가 만만치 않다고 하오이다."

"수가 만만치 않다니…, 대체 얼마나 되는데…?"

"족히 천여 명은 될 것이라 하옵니다."

"천여 명…, 허허허 앞장을 선 몇 놈만 물고를 내면 풍비박산이 될 것이니라…!"

백낙신은 눈도 깜빡하지 않는다. 그에게는 농민들이란 오직 수탈의 대상일 뿐 두려운 존재일 수가 없다. 그러나 뒤이어 전달된 농민들의 동태가 그를 당황하게 한다. 우선 그 수가 눈덩이처럼 불어나 있었고, 그들이 외치는 구호에 자신을 효수하라는 구절이 들어 있었기 때문이다.

— 우병사 백낙신을 효수하고, 환포를 혁파하라!

백낙신은 심사숙고하지 않을 수 없다. 병사를 동원하여 무력으로 저들을 강제 해산시킬 것인가, 아니면 순순히 환포를 혁파하겠다고 선언할 것인가. 그의 마음은 당연히 전자에 기울어지고 있다. 그럴 즈음 심복 장교 김희순金希淳이 달려와 다급해진 목소리로 고한다.

"영감, 난민들이 성을 포위했소이다."

"난민이 성을…!"

"족히 수만을 헤아리는 난민들이오이다."

"수만…?"

백낙신의 얼굴이 창백하게 바래진다. 수만이라니, 어찌 무지렁이 같은 농민들이 그만한 인력을 동원할 수 있음이던가. 그는 몸을 일으켜 성루를 향해 허겁지겁 달려간다.

'아!'

성루에 올라선 백낙신은 전신의 맥이 풀리는 것을 느낀다. 성을 에워싼 난민들은 사람이 아니라 구름이나 다름이 없다. 어찌해야 하는가. 대책이 서지를 않는다. 진주성을 에워싼 난민들은 초군가를 부르면서 구호를 외쳐 대고 있다. 그 아우성과 같은 노성은 백낙신의 귀청을 울릴 뿐 정확한 내용이 무엇인지도 알 수가 없다. 그때 진주목 이방인 김윤구金潤九가 달려와서 고한다.

"병사 영감, 목사께서 급히 찾으십니다!"

"어디에 계시더냐?"

"동헌에 나와 계시옵니다."

어둠이 밀려오기 시작한다. 백낙신은 동헌으로 급한 발걸음을 옮기면서 잔머리를 굴려도 수습책은 떠오르지 않는다. 진주목사 홍병원은 넓은 동헌 대청을 초조히 서성이다가 허둥지둥 들어서는 백낙신을 본다.

"백 병사, 대체 이 일을 어찌하면 좋다는 말이오?"

"글쎄 오이다."

"허어, 글쎄라니요. 이게 어디 예삿일이오이까. 봉기한 농민들이 수만을 헤아린다질 않소이까!"

"봉기라니요, 봉기가 아니라 난동이오이다!"

백낙신은 안간힘을 쓰듯 위세를 보이려 했으나, 이미 홍병원은 방침을 정한 듯 단호하게 말한다.

"병사를 동원할 생각은 마시오. 예서 더 저들을 자극한다면 우린 살아남지 못할 것이오!"

"허면, 저 무지렁이와 같은 농민들에게 항복이라도 하시겠다는 말씀이오이까!"

"큰소리만 칠 게 아니라 수습책을 말해 보시오!"

"……."

그제야 백낙신의 기가 꺾인다. 두 사람은 머리를 맞대고 수습책을 논의했으나 마땅한 방책이 없다. 여기에 이방 권준범이 나타나 봉기한 농민들의 요구사항을 전한다.

"목牧의 도결과 영營의 환포를 교구矯捄하기 위해서 봉기했다 하옵니다."

"저런 못된!"

백낙신은 주먹을 불끈 쥐며 분노한다. 그러나 홍병원은 한숨에 섞인 수습책을 토해 낸다.

"도리 없어요. 날이 밝는 대로 우리 두 사람이 성 밖으로 나가서 저들의 요구를 들어줄 수밖에…."

"그래도 저들이 물러나지 않겠다면 어찌하시겠소이까!"

백낙신은 퉁명스러운 목소리로 반문한다. 홍병원의 대답은 간명하다.

"그때는 경상감사께 원병을 청할 것이오."

"알겠소이다."

고육지책苦肉之策이다. 홍병원과 백낙신은 다시 성루로 나선다. 성 밖은 온통 횃불의 물결이다. 이곳저곳에서는 산더미 같은 장작불이 타오르고 있다. 초군가 소리와 구호도 간간이 들린다. 마치 전쟁을 방불케 하는 소용돌이나 다름이 없다. 이들은 불안한 심정으로 날이 밝기를 기다린다. 물론 난민과 성안 사람들의 연계를 차단하는 비상조치를 취해 두는 것도 잊지 않는다.

2월 19일.

농민봉기 둘째 날이 밝는다. 목사 홍병원과 우병사 백낙신은 병사들의 엄중한 호위를 받으며 성 밖으로 나선다. 이들은 위엄을 세우기 위해 영기令旗까지를 동원한다.

"조용히 하라! 사또께서 나오셨느니라!"

농민들의 웅성임이 점차 가라앉는다. 목사 홍병원이 입을 연다.

"들으라. 너희들에게 소망이 있다면 먼저 서면으로 알려야 할 것인데, 이를 소홀히 했던 탓으로 지난밤 관속을 풀어서 너희들의 뜻을 살폈기에 이제야 너희들의 앞에 나설 수 있었음이니라."

홍병원의 몸은 떨리고 있다. 그러나 목사의 위엄을 버릴 수가 없었기에 안간힘을 다하고 있을 뿐이다.

"이제 너희들의 소망하는 바를 알았으니 관아의 뜻을 밝히노라. 목의 도결과 영의 환포를 혁파할 것이니 그리 알라!"

농민들은 술렁거린다. 너무도 싱거운 결말이기 때문이다. 싸우려고 나왔으면서도 싸워 보지도 못했다. 그런데도 목사는 도결과 환포의 혁파를 약조하고 나선 셈이다.

"너희들의 소망은 모두 이루어졌느니라. 너희들은 내 약조를 믿고 서둘러 돌아가라. 지금 헤어져 돌아간다면 이제까지의 소요는 불문에 부칠 것이니라."

농민들은 단순하다. 이것으로 모든 소망이 이루어진 것이라고 믿은 일부 농민들은 성급한 환성을 터뜨린다.

"조용히 하시오, 조용히 하라!"

유계춘이 뒤를 돌아보며 소리치자 농민들의 함성은 잠잠히 가라앉는다. 유계춘은 성큼성큼 목사의 앞으로 다가선다.

"사또께서 말씀하신 바는 알겠소이다만 우리는 언제나 당하고만 살아온 농민들이오. 사또께서는 우리가 헤어지기에 앞서 도결과 환포를 혁파한다는 방을 써서 성문에 붙여 주시오. 그리고 우리 농민들의 고혈을 짜낸 교리校吏 김희순을 끌어내 우리들이 보는 앞에서 곤장을 치시오. 이 두 가지를 확인하면 우리는 돌아갈 것이오!"

"……!"

백낙신은 유계춘을 씹어 삼킬 듯이 사나운 눈으로 쏘아본다. 그러나 유계춘의 태도는 늠름하기 그지없다.

"어서 시행하시오!"

유계춘을 에워싸고 있던 농민들은 구호를 외치듯 "시행하시오"를 연창한다. 목사 홍병원은 백낙신의 눈치를 살핀다. 백낙신도 어찌할 수 없었던지 고개를 끄덕인다. 명백한 굴복이다.

"교리 김희순을 잡아 오너라!"

농민들은 다시 웅성거린다. 유계춘의 강경한 발의로 뜻밖의 성과를 올린 때문이다. 맞기만 하던 농민들이다. 그러나 이번에는 때리던 자의 비참한 몰골을 구경할 수가 있게 되었다.

이내 우병영 교리 김희순이 포박당한 채 농민들 앞에 끌려나온다. 그 모습을 보는 순간 지난날의 수모와 핍박이 떠올랐던지 농민들이 다시 흥분하기 시작한다.

유계춘은 이 절호의 기회를 헛되이 하질 않는다. 김희순을 노려보는 농민들의 눈에 증오와 원한의 빛이 서려 있음을 간파하였기 때문이다. 그리고 백낙신에게 다시 요구한다.

"농민들 중에서 열 사람을 뽑아 저자의 볼기를 치게 해 주시오. 한 사람이 열 대씩 도합 1백 대만 치겠소."

"그건 좀 심하지 않은가?"

"그렇지 않으면 농민들의 증오가 병사에게로 쏠릴 것이오. 어찌하겠소?"

그 말에 백낙신은 얼굴이 창백하게 바래진다.

"좋네, 원하는 대로 하게."

열 사람의 농민이 뽑히고 이어 수만 군중이 보는 가운데 김희순은 1백 대의 곤장을 맞는다. 원한에 사무친 매질이라 인정사정이 있을 수 없다. 피가 튀고 살이 찢어질 때마다 농민들의 희열이 함성으로 터져 오른다. 바로 이것이 진주농민 봉기를 과격하게, 그리고 장기간으로 끌고 가는 결정적인 계기가 된다.

협상이 타결된 상태에서 잠시 흥분이 가라앉았던 농민들은 김희순의 볼기짝에서 튀어 오르는 피와 살점을 보자 다시 뜨거운 열기에 휩싸인다. 농민들은 이미 매질이 끝났는데도 너도나도 앞으로 나와 김희순에게 달려든다.

"내 아들이 저놈에게 곤장을 맞았소. 나도 저놈의 곤장을 치겠소!"

"내 아버님은 저놈에게 맞아 불귀원혼不歸冤魂이 되었다. 어찌 눈앞의 원수를 그냥 둘 수 있으리!"

이 돌발적인 사태에 가장 놀란 것이 진주목사 홍병원과 우병사 백낙신이다. 두 사람은 흥분한 농민들이 무슨 짓을 저지를지 몰라 김희순이 그들의 발에 짓밟히는 사이 재빨리 몸을 빼내 성문 쪽으로 달아나기 시작한다.

"백낙신이 도망친다!"

"홍병원이 도망간다!"

"잡아라, 저놈들을 잡아라!"

봉기한 농민들은 이때부터 질서를 잃는다. 목사 홍병원을 잡으려는 무리, 백낙신을 잡으려는 무리들이 떼를 지어 내닫기 시작하자, 또 다른 무리들은 자신을 핍박했던 서리들을 찾아 이리 뛰고 저리 뛰어다닌다.

"살생을 해서는 아니 된다. 살생만은 삼가라!"

유계춘, 김수만 등의 지휘부는 목청을 높이며 살생 불가를 외친다. 그러나 이들의 노력과 설득이 주효해서인지 진주목사 홍병원과 우병사 백낙신은 농민들에게 포박이 되었어도 목숨만은 부지한다. 농민들은 그들의 앞으로 나아가 그간의 죄목을 조목조목 따지며 협박한다. 또 다른 농민은 백낙신을 호위하고 나왔던 병사들을 닥치는 대로 잡아나꿔 매질을 한다. 머리가 깨지는 자, 다리가 부러지는 자, 옷이 찢기고 벗기어 알몸이 되는 자도 생긴다. 진주성의 외각은 아비규환阿鼻叫喚으로 변해 간다. 이제 누구도 거칠어진 농민들의 폭행을 저지할 수가 없다.

마침내 농민들은 성안으로 밀려들어 간다. 그들이 지나간 자리는 쑥대밭으로 변할 수밖에 없다. 성안 사람들은 비명을 지르며 이리 피하고 저리 피한다. 동헌이 불길에 휩싸이면서 농민들은 폭도화되는 기미까지 보인다. 진주관아 관속들의 집은 성하게 남지를 못한다. 농민들은 닥치는 대로 방화를 한다. 전쟁을 방불케 하는 아수라는 밤새도록 계속된다.

참으로 다행인 것은 살생이 없었다는 점일 뿐, 방화와 매질은 그칠 줄을 모른다. 진주성은 저주받은 도시처럼 폐허로 변해 간다.

그날 황혼 무렵, 성난 농민들은 백낙신의 수족이나 다름없는 우병영 이방 권준범을 잡아내어, 곤장을 맞아 다 죽게 된 김희순과 함께 불 속에 던져 화형을 시키기까지 한다. 뿐만 아니라 권준범을 구하기 위해 달려든 그의 아들 권만두權萬斗를 뭇매를 놓아 죽게 한다. 농민봉기 이후 최초의 살인이다.

이어 봉기 3일째인 20일.

진주성에서 밤을 새운 농민들은 사태의 위급함을 짐작하고 미리 도망쳤던 진주목 이방 김윤구를 야산 숲 속에서 붙잡아 역시 타살打殺, 화형을 시킨다. 이로써 봉기한 농민의 손에 목숨을 잃은 자는 도합 4명, 모두 목사와 병사의 앞잡이 노릇을 하며 농민들의 고혈을 짜낸 부정 아전배들이다.

여기서 미리 한 가지 밝혀 둘 것은 총 6일간의 과격한 봉기 동안에 살인을 한 것은 이 4건뿐이라는 사실이다. 이미 흥분할 대로 흥분한 군중이 악덕 아전배 네 명만을 골라 화형시켰을 뿐, 다른 사람들의 목숨을 앗아 내지 않았다는 것은 여간 놀라운 자제력이 아닐 수 없다. 더욱이 농민의 주 수탈자인 진주목사 홍병원과 우병사 백낙신을 죽이지 않은 것은 이 농민항쟁이 단순한 폭동이 아닌 대의명분 아래 행동한 농민봉기임을 시사하고 있음이 아니겠는가. 후일 조정에서도 이 점을 감안, 진주 농민들에게 관대한 처분을 내리게 된다.

그날 정오 무렵, 진주성을 쑥밭으로 만들어 놓은 농민봉기대는 전날부터 끌고 다니면서 갖가지 수모를 준 병사 백낙신과 목사 홍병원을 비로소 풀어 준다. 그렇다고 그들의 성난 불길이 사그라진 것은 아니다.

그날 오후부터 농민봉기대는 공격대상을 바꾼다. 진주성의 동남 방면으로 몰려나가 각 마을에서 평소 지탄을 받아 오던 토호의 집을 때려 부수기 시작한다. 이것은 탐관오리에 대한 항거에 이어 토호, 양반 들을 겨냥한 제2의 항거라 할 수도 있다.

성 밖에서의 봉기 역시 3일 동안 계속되다가, 어느 정도 분이

풀린 2월 23일 저녁 무렵에야 농민들은 자진해서 해산, 각자 귀가한다.

이 민중항쟁은 이로써 봉기 6일 만에 외형적으로 그 막을 내리게 되었지만, 이때의 인적 · 물적 피해 상황을 종합해 보면 농민봉기 대열이 휩쓸고 지나간 읍촌은 모두 23면에 달했고, 사망자는 4인, 행방불명이 1인이고, 부상자는 수를 헤아릴 수 없을 정도다. 또 재산의 손실을 보면 부서지거나 불탄 가옥이 1백 26호, 재물 양곡 등을 빼앗긴 집이 1백 18호로 금전으로 환산하면 무려 10만 냥에 달하는 액수로 기록된다.

2

이 엄청난 진주민란이 조정에 알려진 것은 경상감사 이돈영李敦榮이 장계를 올렸기 때문이다. 병상에 누워 있던 철종은 전의들의 만류를 무릅쓰고 대전으로 나간다. 탑전에 꿇어앉은 신료들의 꼴은 말이 아니다. 영부사 정원용, 영의정 김좌근, 조두순, 김문근, 김병기 등의 얼굴에는 죄인과도 같은 그늘이 끼어 있다.

"대체 조정은 무엇을 하고 있었다는 말이오. 어찌하여 이 같은 변괴가 일어났다는 게요?"

철종이 그 까닭을 모를 리가 있는가. 장김 일족의 전횡으로 백성들의 마음이 황폐해지고, 따라서 조정의 영이 서지 않는다는 사실은 진작부터 알고 있었던 터이어서 비록 병중의 옥음이지만 노기가 서려 있다.

"정녕 몰랐다는 말씀이요, 백성들이 불만을 터트릴 곳이 정녕 진주뿐이란 말씀이요!"

"……!"

영의정 김좌근의 눈썹이 꿈틀거린다. 또 무슨 말을 하려는가. 설혹 불만이 있기로 병중의 철종을 함부로 나무랄 수도 없다.

"어찌하시려오. 사람들이 사는 곳이면 민심은 같을 것이며, 또 다른 곳에서 이 같은 일이 생기면 그땐 어찌할 것인지 대답해 보시오."

"신등이 미욱한 탓이옵니다. 중벌을 내려 주소서."

영부사 정원용이 떨리는 목소리로 사죄의 말을 했으나, 영의정 김좌근은 침통해지는 속내를 다스릴 길이 없다. 철종은 김좌근을 노려보며 다시 하문한다.

"영상은 어찌 생각하시오. 수습책을 말씀하시오."

김좌근은 울컥거리는 숨결을 가다듬기 위해 안간힘을 쓴다. 만감이 착잡해서다. 장김 일문이 60여 년에 가까운 장구한 세월을 조정보다 높은 자리에 군림해 온 것은 사실이지만, 지방관아가 그토록 부패해 있었는지를 미처 모르고 있은 것이 통한에 사무쳐서다. 장김이 지방관아의 방백들로부터 수많은 뇌물을 받아 온 것은 엄연한 사실이다. 나합의 집으로 봉물을 실은 우마차가 몰려드는 것을 못 보았다면 말이 되는가. 그러나 그 봉물들이 농민들의 고혈을 짠 것임을 알지 못한 것이 참으로 한심한 일이 아닐 수 없다.

"전하, 신 영의정 김좌근 아뢰옵니다. 모든 것은 조정이 지방 관아를 감시하고 감독하는 소임을 소홀히 한 때문이라 신은 몸 둘 바를 찾지 못하고 있을 따름이옵니다. 경상감사의 장계가 있었사옵니다만, 그 내용에 과장된 곳이 있을 것이며 축소된 곳도 있으리라 짐작되는지라 조정에서 진상을 면밀히 살펴본 다음에 그 수습책을 논의하는 것이 도리인 줄로 사료되옵니다."

영의정 김좌근은 자신의 과오를 뉘우치면서도 면밀한 진상규명을 주청한다. 누구도 그의 주청에 반기를 들 수 없다.

"누굴 보냈으면 좋겠소?"

"부호군 박규수가 적임인 줄로 사료되옵니다."

부복한 훈신들은 김좌근의 판단력에 다시 한 번 놀란다. 누구나 장김 일족의 시녀처럼 움직이는 사람을 지명하리라 믿었는데, 학문과 인품으로 신망이 두터운 박규수를 천거하리라고 어찌 짐작이나 했던가. 그만큼 김좌근은 두령으로서의 사려가 깊다.

"시행하시오."

철종은 김좌근의 주청을 받아들여 진주민란의 조사단 격인 안핵사按覈使를 현지로 보내 민란의 원인과 피해 상황을 면밀히 살피고 나서 선무사宣撫使를 파견하여 수습책을 강구하기로 한다.

안핵사의 대임을 맡은 부호군副護軍 박규수朴珪壽. 그는 자를 환경桓卿, 호를 환재桓齋라 했고, 본관은 반남潘南이며 저 유명한 실학의 거봉인 연암燕巖 박지원朴趾源의 손자이다. 1807년(순조 7)에 서울의 계동桂洞에서 태어난 박규수는 42세가 되던 해인 1848년(헌종 14)에 문과에 급제하고 2년 전인 철종 11년에는 열하부사熱河副使로 연경에 다녀오기도 했다. 그는 할아버지 박지원의 학통을 이어받아 실학에서도 북학파北學派의 대종을 이룰 만큼 명성이 자자했으며 현실을 직시할 수 있는 안목이 있어 후학들의 존경을 받고 있었으므로 진주민란의 원인과 실태를 조사하는 안핵사로서는 적격이다. 이때 그의 나이 56세, 박규수의 학문이 전성기에 이르러 있을 때가 아니던가.

안핵사 박규수가 도성을 떠난 것은 3월 1일이었고, 현지에 도착한 것은 3월 18일이다. 박규수는 진주성을 둘러보며 몸서리친다. 전쟁이 휩쓸고 간 폐허와 같았기 때문이다. 그는 경상감사 이돈영의 협조를 얻어 농민봉기의 실상을 파악하고, 농민봉기를 지휘한 두령들을 수소문했으나 누구도 선뜻 나서는 사람이 없다. 천만다행으로 농민들의 봉기를 지지한 전 교리 이명윤과 만날 수가 있었던 것은 큰 행운이다. 이명윤은 조금도 숨기지 않고 진주목의 비행을 입에 담는다.

"참으로 놀랍소이다. 교리를 지낸 어른께서 농민들의 편에 서시다니요."

안핵사 박규수는 먼저 이명윤의 언행일치를 치하한다. 그리고 사단의 핵심을 알고자 한다.

"허면, 모든 잘못이 관아에만 있었다는 것이오이까."

"이를 말씀입니까. 저들의 수탈이 없었다면 농민들은 선량한 민초에 불과했을 것으로 알아요."

박규수가 어찌 이명윤의 심중을 모르겠는가. 그러나 이명윤의 언동이 너무도 당당한 것이 마음에 걸린다. 아무리 그렇기로 전직 관리가 농민들을 부추길 수 있음이던가.

"어찌 되었거나 봉기한 농민들은 폭도화되었어요. 장차 선무사가 다시 내려와서 수습에 임할 때, 농민들의 봉기를 부추기고 지휘한 사람들은 처벌을 받아서 마땅한데, 그때 교리께서는 무사하실지…."

"내 이미 나이든 몸인데 무슨 벌인들 주저하겠소. 내게도 죄가 있다면 기꺼이 받을 것이오."

박규수는 내심 이명윤과 같은 선비가 있다는 사실에 적이 안도한다. 백성을 아낀다는 것이 무엇인가. 그것이 바로 치도의 근본이 아니겠는가. 그는 진주민란의 피해상황을 살피면서 봉기의 원인을 적어 조정에 올린다.

— 이번 민란이 일어난 까닭은 오로지 우병사 백낙신이 탐욕을 부려 침학侵虐한 때문이옵니다. 특히 청천교장菁川敎場을 개간한 농민들을 협박하여 세곡을 징수한 것과 그것을 다시 환급한 것은 이만저만한 범법 행위가 아닐 수 없습니다….

안핵사 박규수는 민란의 원인을 이 같이 지적한다. 여기서 청천교장이라 함은 본시 우병영의 군사훈련장을 말한다. 그런데 백낙신뿐만 아니라 역대 우병사들이 전혀 군사들을 훈련시키지 않음에 따라 청천교장은 자연 황무지로 변하게 된다. 이 땅에 농민들이 들어와 개간을 하여 어엿한 농경지로 만들어 놓은 게 사단이 된다. 백낙신은 바로 이 점을 이용하여 농민들을 협박, 증세를 징수하는 한편, 그것을 다시 농민들에게 강제 환급하여 고리의 이자를 착취했다.

박규수의 이 같은 보고를 접한 조정은 그 수습책으로 행호군 이삼현李參鉉을 영남선무사로 임명하여 진주로 내려 보낸다. 그로 하여금 진주 근방의 각 마을을 돌아다니며 윤음綸音을 선포하고, 우병영 창고에 쌓여 있던 양곡 5천여 석을 농민들에게 나누어 주는 등 일련의 민심 안정책을 펴 나가게 했다.

물론 그전에 진주목사 홍병원을 파직하여 전라도 함열咸悅 땅에 정배하고, 우병사 백낙신은 가산 몰수에 전라도 고금도古今島로 귀양을 보냈다가 형량이 너무 가볍다 하여 다시 제주도에 위리안치케 한다.

아울러 농민봉기의 주동자인 유계춘, 김수만, 이귀재 등 3인과 각 마을의 좌상座上(두목)인 이계열, 박수익 등 7인에 대해서는 수창죄首倡罪를 적용, 참수하여 효시케 했으며, 봉기 중 과격한 파괴행위를 일삼은 30여 명에 대해서도 유배, 혹은 장형으로 징계하는 것으로 진주 농민봉기에 대한 수습이 마무리된다.

한편 유곡동에 은거 중이던 홍문관 전 교리 이명윤은 안핵사 박규수에 의해 와주窩主로 지목되어 그해 5월 30일, 강진현 고금도로 정배되었으나, 그의 관련 여부가 다시 재론되어 논란을 벌이다가 1년 만에 무죄로 판명, 사면을 받게 된다. 그러나 이 사면령이 유배지인 고금도에 당도하기 전에 이명윤은 아깝게도 병사하고 말았지만 그 뒤에 복권이 되었음은 물론이다.

3

진주 농민봉기가 가까스로 수습되자 조정은 안도의 숨을 내쉰다. 그러나 그것은 너무 안일한 생각이었고 성급한 판단에 불과하다. 철종을 비롯한 정원용, 김좌근 등의 조정 대신들은 그때까지도 지방관아의 부패와 타락, 농민들의 애타는 사정을 거의 알지 못하고 있었고 설혹 조금 안다고 하더라도 백성들의 속내를 읽기에는 부족하기 그지없다.

진주지방의 농민봉기는 마무리되었다고 하더라도 또 그것은 곧 다른 지방의 농민들의 가슴에 불을 지르는 도화선이 되고도 남는다. 짐승처럼 살아오고, 또 그렇게 사는 것이 당연한 걸로만 알아 온 무지한 농민들의 가슴속에 항쟁을 해서라도 자신들의 생존권을 지켜야겠다는 민중의식이 싹트면서 다른 고을로 번져 간다. 그리고 타오르는 활화산처럼 한꺼번에 분출되기에 이른다.

먼저 그해 3월에 경상도 함양咸陽, 성주星州와 전라도 익산益山의 농민들이 봉기의 횃불을 밝혀 들고 일어나 관아와 토호 및 이서, 아전배 들을 짓밟았고, 이어 4월에는 경상도 선산善山, 개령開寧, 인동仁同과 전라도 함평咸平에서 봉기가 일었으며, 5월에는 경상도 상주尙州, 거창居昌과 전라도 부안扶安, 고산高山, 금구金溝, 장흥長興, 순천順川 및 충청도 회덕懷德, 공주公州, 은진恩津, 진잠鎭岑, 연산連山, 청주淸州, 회인懷仁, 문의文義 등 삼남三南 전역에 걸쳐 항거의 불길이 치솟아 올라, 이른바 '임술농민봉기壬戌農民蜂起'의 절정기를 이루게 된다.

이때를 고비로 농민들의 기세는 다소 주춤거리는가 싶었는데, 6월에 경상도 밀양密陽에서 한 건, 9월에는 제주濟州의 농민들이, 10월에는 충청도 청안淸安 및 함경도 함흥咸興 등지의 농민들이 봉기를 한다. 본격적인 겨울 추위가 몰아닥친 11·12월에도 그 불길은 꺼지지 않아 경기도 광주廣州, 경상도 창원昌原과 남해南海, 그리고 황해도 황주黃州 등에서도 항거의 외침이 울려 퍼진다. 이로써 임술년의 농민봉기는 일단 그 막을 내리게 된다. 함성과 절규와 방화와 살인, 폭력으로 점철된 철종 13년이다. 그리고 농민들이 생존권을 확인한 한 해이기도 하다.

참고로 이 한 해 동안에 발생한 농민봉기 지역을 살펴보면, 경상도가 19개 지역, 충청도가 11개 지역, 전라도가 38개 지역이었으며, 경기, 황해, 함경도가 각각 1개씩으로 도합 71개 지역에 달하고 있다. 이 중 68개 지역이 하삼도下三道라는 것은 땅이 비옥한 지역일수록 탐관오리의 수탈과 탐학과 횡포가 심했다는 사실을 말하여 주고 있음이 아니겠는가.

농민봉기는 대체로 한 번 일어나면 2~3일간에서 6~7일간 계속된 것이 일반적인 현상이다. 그러나 이 중 특이한 현상으로 성주, 상주, 거창, 창원에서는 2차에 걸쳐, 그리고 제주에서는 3차에 걸쳐 봉기의 횃불이 올랐다는 사실이다. 그것은 그 지역 농민들이 그만큼 과격하고 끈질기다는 증거일 수 있다.

이 밖에 주목할 만한 일들로, 부안에서는 전라병사 백희수白希洙가 구타당하고 선무사 일행의 행차가 차단되었으며 그 와중에 서리 하나가 농민들에게 밟혀 죽었고, 공주의 농민봉기 대열에는 경기 · 경상도 쪽 농민들이 원정까지 와서 합세한 증거가 드러나기도 한다. 충청도 은진의 농민봉기 역시 도 경계를 넘어 전라도 여산까지 몰려가서 가옥을 때려 부수고 불태우기까지 하였다.

어찌 되었든 진주에서 시작하여 들불처럼 전국 각지로 번져나간 농민들의 봉기는 사실상 목숨을 건 피지배 계층의 처절한 항쟁이며, 몸부림이다. 그 항쟁 속에서 목숨을 잃고 쓰러져 간 이름 모를 민초들이 그 얼마일 것이며, 정든 고향을 떠나 유랑의 길로 들어선 민초들은 또 얼마나 많았던가.

조선조는 오늘날과는 달리 지배계급이 분명한 시대다. 때문에

피지배계층이 겪어야 하는 고초는 참으로 엄청났다. 그래서 '무지렁이와 같은 백성들' 이라는 말이 생겨나지를 않았던가. 농민들이 지배계급과 대결한다는 것은 상상도 하기 어려운 시대다. 그래서 견디다 못한 민초들은 산으로 달아나서 도적이 되는 수도 있다. 임거정林巨正이나 홍경래洪景來의 난은 그런 경우에 해당된다. 그러나 진주민란으로 민초들은 생존권을 지키는 일에 눈을 뜨게 된다. 이른바 민중항쟁으로 집단의사를 표출할 수 있었던 것은 시세의 물결이 조선의 근대화라는 새로운 방향을 잡은 것이나 다름이 없다. 그것은 또 장김의 세도정치와 철종 시대의 종언을 고하는 신호탄이기도 하다.

또 다시 왕기설

1

흥선군 이하응은 술기운에 찌든 몸을 이끌고 구름재로 돌아오고 있다. 진주민란 이후 그의 심중은 더욱 심란해지고 있다. 세월은 분명히 자신을 향해 손짓하고 있음을 감지하였으나 손에 와 잡히는 것이 없어서다.

"내당마님께서 몹시 기다리고 계시옵니다요."

청지기 김응원이 허리를 굽히며 조심스럽게 말한다.

"무슨 일로?"

"소인에게는 아무 분부도 아니 계셨습니다요."

"……?"

흥선군 이하응은 불길한 예감에 잠겨 든다. 그는 느릿한 걸음으로 내당으로 든다. 민씨 부인은 난감해진 표정으로 그의 앞으로 다가와 앉는다.

"급히 여쭐 말씀이 있어서…."

"무슨 말씀이오?"

"다름이 아니옵고…."

민씨 부인은 심히 망설이는 기미를 보이다가 한참 만에서야 다시 말을 이어 간다.

"명복이가 동산에서 놀고 있는데, 삿갓을 쓴 사내가 명복이만을 살피고 있더라 하옵니다."

"사내? 그래서요…?"

"명복이 무섭다는 생각이 들어서 서둘러 집으로 돌아오는데… 그 사내가 뒤를 밟듯이 따르더라지 뭡니까."

"허어, 대체 아이들은 뭘 하고 있었다는 게야!"

흥선군 이하응은 버럭 언성을 높인다. 평소의 그답지 않은 경솔함이다. 곧 후회했으나 소용없는 일…, 민씨 부인은 다시 조심스럽게 말을 잇는다.

"명복이가 대문께로 다가서는데 그 사내가 명복일 부르더랍니다. 그리고는 다가와서 명복의 얼굴을 찬찬히 살펴보면서 하는 말이… '도령은 제왕의 상이오. 머지않아 임금이 되실 겝니다' … 글쎄, 이러더랍니다."

"……!"

흥선군 이하응의 온몸에 소름이 끼쳐진다. 불행을 예고하는 신호라 믿었기 때문이다.

"그래서요?"

"그리고는 어디론가 사라져 갔는데… 그 사내가 애꾸눈이었다 하옵니다."

"애꾸…?"

"그러하옵니다."

"그 말을 명복이 아니고는 누가 또 들었답니까?"

"다른 사람은 없었다고 합니다만…."

애꾸눈의 발설은 분명 왕기설王氣說이다. 왕기설이 무엇이던가. '어느 고을에서 임금이 난다', '어느 집에 왕재가 있다', '아무개가 임금이 될 것이다' 하는 소문을 왕기설이라고 한다. 처음부터 마치 전설처럼 전해 내려오는 수도 간혹 있었으나, 대부분은 만들어서 퍼지는 것이 왕기설이다. 더러는 해당자를 해치기 위해 일부러 왕기설을 만들어 퍼뜨리는 경우도 있다.

'이럴 수가!'

흥선군 이하응은 마음의 동요를 견딜 길이 없다. 물론 명복을 보위에 밀어 올리는 것이 흥선군 이하응의 오랜 소망이며 꿈인 것은 사실이다. 그러나 그런 자신의 심중을 아직은 누구에게도 발설한 일이 없다. 대체 누가 자신의 내심을 읽었다는 것인가.

'김병기가?'

만에 하나라도 김병기가 그리 생각했다면 명복은 곧 역모꾼의 두령으로 추대될지도 모른다. 만일 그런 불행이 닥쳐온다면 지난 10여 년 동안 낙척의 길을 걸어온 자신의 노고는 아무 보람도 없이 도로에 그치고 말 것이 아니겠는가.

"부인, 다시 입에 담아서는 아니 될 줄로 압니다. 명복에게도 단단히 일러두세요. 자칫 잘못하면 멸문의 화를 입게 됩니다. 아시겠습니까."

"명심하겠사옵니다."

흥선군 이하응은 내당을 나온다. 아랫도리가 후들거려 걸음조차도 온전하지 않다.

'어찌 이런 일이…!'

흥선군 이하응의 가슴은 쿵쿵거리며 울린다. 목줄기가 타들어가는 갈증도 느껴진다. 그는 사랑채의 중문 앞에 이르러 따르는 김응원에게 명한다.

"아이들을 부르라!"

흥선군 이하응은 거처로 들어와 장죽을 당겨 든다. 부시를 친다. 손이 떨리고 있어서인지 아무리 쳐도 불꽃이 일지 않는다. 그는 장죽을 던지듯 밀어 놓으면서 한숨을 놓는다. 곧 천하장안이 들어와 앉는다.

"엊그제 내 집 대문 앞에 이르러 험담을 늘어놓은 애꾸눈을 찾아야겠다."

"……!"

천하장안은 일제히 험상궂은 시선을 들어 흥선군의 표정을 살핀다. 진한 시름이 그의 온 얼굴을 덮고 있다. 일찍이 볼 수 없었던 실의의 표정이기도 하다.

"그 애꾸눈은 삿갓을 썼느니라. 장안 곳곳을 이 잡듯이 뒤져서라도 잡아야 할 것이야!"

"삿갓을 쓴 애꾸가… 대체 무슨 비방을…."

"그야 뻔하지 않으냐. 내 집에 다녀갔다면 도정 이하전의 집에도 다녀갔을 터. 무슨 일이 있어도 잡아와야 할 것이니라. 당장 시행하렷다."

"예, 대감!"

천하장안이 물러가자 흥선군은 안감힘을 쓰듯 마음을 바로잡으며 애꾸눈의 소행을 추리하기 시작해 본다. 3남 지방에서 일어난 농민들의 봉기는 전대미문의 것이어서 세도 장김의 위세를 실추시키면서 실정의 책임을 물은 셈이다. 이에 당황한 장김은 조정 안에 이정청釐整廳을 설치하여 3정의 개혁을 들고 나왔다. 그러나 이 같은 조처가 외형적인 데 불과한 것은 자명한 일이다. 흉흉한 민심 뒤에는 반드시 대역부도한 세력들이 개입하게 된다. 지금이 바로 그 세력들이 발호할 시기임을 김병기가 모를 까닭이 없다.

흥선군 이하응은 언젠가 김병기와 맞붙어 싸워야 될 것이라고 믿고 있다. 그 싸움은 창칼로 결단을 내는 것이 아니라 지략으로 상대를 물리쳐야 하는 싸움이다. 그러기에 흥선군은 언제나 김병기의 존재를 의식하고 있었고, 심지어 김병기의 집에서 구걸을 하면서도 그의 언동과 표정을 세세히 살피려고 애쓰는 것도 언젠가 닥쳐올 숙명의 한판에 대비하고 있음이다.

그 김병기가 작금의 흉흉한 민심을 예사롭게 보아 넘길 까닭이 없다. 대역부도를 꿈꾸는 무리들에게 사전에 타격을 입히는 방법으로는 그들이 옹립할 가능성이 있는 종친들을 내치거나 제거하는 일보다 더 효과적인 것은 없다. 지난날의 역사에 수없이 적혀 있는 이 간단한 이치를 김병기가 모른대서야 말이 되는가. 그래서 흥선군 이하응은 명복에게 야료를 부린 애꾸눈이 김병기의 사주를 받았을 것이라고 단정하고 있다.

자고로 왕기설처럼 무서운 게 없다. 어찌 한 나라에 두 임금이 있을 수가 있으리. 둘 중의 하나는 죽어야 한다. 김병기는 그런 뜻으로 명복일 왕재로 지목했을 것이 분명하다. 그래서 명복에게 사약을 내리거나 원지고도에 부처한다면 흥선군 이하응의 본색이 드러날 것이 아니겠는가. 여기까지 추리한 흥선군 이하응은 몸서리 칠 수밖에 없다.

'아들을 두려거든 김병기와 같은 아들을 낳아라!'

그랬다. 흥선군 이하응은 김병기의 사람됨을 긍정적으로 평가하고 있다. 만일 자신이 집권을 할 수만 있다면 김병기를 요직에 등용하여 긴요히 쓰리라는 생각을 할 만치 그를 만만치 않은 사람으로 보고 있다. 그러나 지금의 사정은 다르다. 천하를 놓고 한판 승부를 벌여야 할 상대가 바로 김병기다. 그 시기가 이미 눈앞에 다가와 있다고 흥선군은 생각한다.

천하장안을 풀어 애꾸눈을 잡아들이라고 명한 지 사흘쯤 지났을 무렵 흥선군은 다시 한 번 전율을 느껴야 했다. 그 전말은 이러하다.

하정일과 안필주가 도정 이하전의 집 주위를 맴돌고 있을 때다. 두 사람의 맹인이 걸어오는 것이 보였다. 하정일이 안필주의 옆구리를 찌른다. 안필주는 맹인들이 들으라는 듯 소리친다.

"아니 이놈이 예가 어디라고 그따위 망발을 입에 담는 게야!"

"글쎄 도정 이하전 나리 댁이라는데도!"

"뭐야, 도정 이하전. 헛! 도정과 같은 멍청이 종친이 있으니 안동 김가가 조정을 말아먹지!"

"쉬, 저기 사람이 오고 있어!"

"오면 대순가… 보아 하니 소경들이군 그래. 어서 담을 뛰어넘자는데도…!"

맹인 두 사람이 잠시 걸음을 멈춘다. 안필주와 하정일이 길을 막고 있었기 때문이다. 맹인들의 지팡이가 안필주의 발등을 더듬는다.

"재수 더럽게 없군!"

안필주는 맹인의 표정을 살피면서 그들의 비위를 건드린다.

"소경도 귀가 있소…."

"아니, 뭐야?"

"도둑질이랑은 다른 데 가서 하슈. 저 댁에 왕기설이 있답니다. 임금님이 나신대요."

"……!"

순간 하정일과 안필주는 강렬한 시선을 마주치며 고개를 끄덕인다. 그리고 두 사람은 각각 맹인들의 멱살을 낚아챈다.

"어, 왜 이러슈…!"

"병신에게 손찌검하면 천벌을 받아요."

맹인들은 완강히 저항한다. 진짜 맹인이면 저항은 있었으되 완강하지는 않을 것이리라.

"요런 요망한 것들이 있나!"

"눈을 떠! 요놈들아!"

누가 먼저랄 것도 없다. 하정일과 안필주가 마치 약속이나 한 듯이 맹인들의 턱을 후린다. 아니나 다를까 땅바닥을 서너 바퀴나 구르던 맹인들이 재빨리 몸을 일으키며 달아난다.

"섰거라!"

두 사람은 가짜 맹인들을 추격한다. 하정일은 놓쳤고, 안필주는 한 놈의 목덜미를 낚아챘다. 그리고 호되게 후려치고 나서 묻는다.

"바른 대로 대지 아니하고서는 살아남지 못할 것이니라. 어느 놈의 사주를 받았느냐?"

"아, 아니옵니다. 그저 재미 삼아…."

"이런 못된 것이 있나, 이래도 바로 대지 못하겠느냐!"

안필주는 가짜 맹인의 명치끝을 후린다. 그는 몸뚱이를 굴리면서 숨넘어가는 소리를 하다가 겨우 기력을 차린다.

"어느 놈이냐, 어느 놈의 사주를 받았느냐니까!"

"돈을 받고…."

"글쎄 그게 어느 놈이냐니까!"

"모르옵니다. 그냥 돈만 받고. 믿어 주소서… 모르옵니다."

더 물어볼 것도 없다. 돈을 받은 것은 분명했으나, 그가 누구인지를 모르고 있는 것은 당연한 것이 아니겠는가. 그런 엄청난 일을 하면서 이름을 밝히는 얼뱅이가 어느 천지에 있을까.

흥선군 이하응은 신음 같은 한숨을 토해 낸다. 자신의 추리가 적중한 셈이다. 결국 장김 일족은, 아니 김병기는 도정 이하전과 명복을 제거의 대상으로 삼고 있음이라고 믿는다.

'알려 주어야 하나?'

흥선군 이하응은 고심한다. 애꾸눈에 의해서 명복이는 이미 왕재로 몰리고 있다. 천만다행으로 흥선군은 그 사실을 알게 되었다. 그러나 도정 이하전은 자신의 집에 왕기설이 서려 있다는 사실을 모르고 있을 것이 분명하다. 이제 도정 이하전이 종친임을 과시하고 나선다면 장김에 의해 제거될 일만 남은 셈이다. 무슨 꼬투리를 만들어서라도 사약을 내리든가, 목숨이라도 부지할 수 있다면 경평군 이세보의 전철을 밟을 것이 분명하다.

'도정 저를 지키고 있을 것을!'

그랬다. 장김 일족은 밤낮을 가리지 않고 도정 이하전의 집을 감시하고 있을 것이리라. 그런 곳에 왕기설이 있으니 조심하라는 서찰을 보냈다가 그 사실을 드러난다면 흥선군의 본심이 드러나고 말 것이 아니겠는가.

"천운에 맡길밖에…."

흥선군 이하응은 탄식을 쏟으면서 도정 이하전에게 왕기설이 퍼졌음을 알리는 것을 단념한다. 그렇게 심중을 굳혔어도 자신의 처신을 어찌해야 하는가. 낭패가 아닐 수 없다. 문제는 순서가 아니겠는가.

도정 이하전이 먼저 당할 것인가, 아니면 명복이가 먼저 당해야 하는가. 그것은 오직 장김에서만 알 수 있는 일이다. 명복을 절에 보내어 승적에 올리는 것도 방법일 수는 있다. 그러나 흥선군은 고개를 저었다. 명복의 피신보다는 자신의 낙척을 더욱 철저하게 밀어붙이는 것이 더 나을지도 모른다는 생각 때문이다.

2

이 해의 여름은 무덥고 길었다. 흥선군 이하응은 기를 쓰며 투전판을 드나든다. 천하장안은 부지런히 투전판과 구름재를 오가며 명복이 무사함을 알린다. 아무리 무더위가 기승을 부려도 찬바람 앞에서는 무력하기 마련이다. 아침저녁으로 서늘한 바람이 불어온다. 지루하고 답답했던 여름을 보내면서 흥선군은 안도의 한숨을 토해 낸다. 자신의 추리가 잘못되었음을 확인한 때문이다.

흥선군이 사흘 만에 구름재의 사저로 돌아왔을 때 기쁜 소식과 만난다. 이호준이 서랑인 조성하와 함께 기다리고 있어서다.

"인사 여쭙게, 홍선군 대감이시네…."

조성하는 흥선군에게 큰절을 하고 앉는다.

"이정청에서 일을 한다구…?"

"그렇기는 하옵니다만…, 하는 일은 별로 없사옵니다."

흥선군 이하응은 조성하의 단아한 모습을 찬찬히 살핀다. 아직 어려서 그런지 탐이 난다는 느낌은 들지 않는다. 흥선군은 망설인 끝에 주안상을 들이게 한다. 사돈인 이호준의 서랑이라면 어려도 귀한 손님이 아니던가. 더구나 대왕대비 신정왕후의 조카임에랴. 조성하는 술잔에 입을 대지 않는다.

"허허허, 그래서야 장부의 소임을 다할 수 있겠는가."

"송구하옵니다."

"술이란 잘만 마시면 약이 되거든…."

흥선군 이항응이 너스레를 떨면서 잔을 비우고 나자, 조성하는 정색을 하고 입을 연다.

"대감, 박유붕이라고…, 애꾸눈 관상쟁이 소문을 들어 보셨습니까?"

"애꾸눈? 그자의 이름이 박유붕이란 말이던가."

"들으셨군요."

"아니 그게 아니라, 애꾸눈을 한 사내가 허튼소리를 하고 다닌다기에…."

흥선군 이하응이 얼버무리자 조성하는 또렷한 목소리로 부연한다.

“박유붕은 허튼소리를 하고 다니는 것이 아니옵니다. 그 사람 관상을 보는 눈이 신통하다는 소문이 조정의 관원들 사이에서도 자자하게 퍼져 있사옵니다.”

“박유붕이라고… 무슨 자를 쓴다던가?”

“있을 유有 자에 붕새 붕鵬을 쓴다고 들었습니다만….”

“박유붕朴有鵬…, 으허허허허.”

홍선군 이하응은 너털웃음을 터뜨린다. 조성하는 의아한 표정을 짓는다. 그제야 홍선군은 파격의 농담을 퍼붓듯 뱉어 낸다.

“이 사람아, 두 눈이 멀쩡한 놈도 남의 관상을 함부로 지껄이기 어려운 마당인데 항차 외눈이겠는가. 그자의 말이 반은 맞았으되 반은 틀렸을 것이야. 아니 그렇소이까, 사돈… 허허허….”

“허허허… 듣고 보니, 허허허….”

두 사람의 가가대소가 수그러들자 조성하는 대항하듯 다시 입을 열고 나선다.

“대감, 일목요연一目瞭然이라는 말도 있는 줄로 아옵니다.”

“일목요연?”

“박유붕은 옳은 관상을 보기 위해 스스로 제 눈을 찔러서 애꾸가 되었다고 하옵니다.”

“……!”

홍선군 이하응은 그제야 정색을 한다. 그리고 자세를 고쳐 앉으면서 묻는다.

"그자가 삿갓을 쓰고 다닌다던가?"

"그런 줄로 아옵니다."

흥선군은 목구멍까지 치밀어 오르는 탄성을 힘겹게 씹어 삼킨다. 명복에게 임금이 되겠다고 말한 그 애꾸가 박유붕이라면 김병기의 사주를 받지 않았음도 분명해진다. 박유붕이 순수한 마음으로 명복의 상을 보고 그렇게 말했다면 이건 예삿일이 아니다. 흥선군의 관심이 고조되는 것은 당연하다.

"그 박유붕이라는 자에 대해서 아는 것이 있거든 소상히 말해보게."

"시생도 들은 얘기옵니다만…, 박유붕이 자신의 관상을 보았는데… 두 눈이 성하고서는 귀하게 될 수가 없는 상이라 몸소 한쪽 눈을 찔러 애꾸가 되었다 하옵고, 지금은 비록 애꾸이나 장차 귀인이 될 것이라고 장담을 했다 하옵니다."

"허어!"

"그자의 관상이 어찌나 신묘한지 정승과 판서 들도 은밀히 불러 상을 본다고들 하옵니다."

"……!"

"또 그 사람은 관상을 보고서도 마음이 내키지 않으면 입에 담지 아니하고, 또 어느 때는 폭언도 서슴지 않는다고 하옵니다."

흥선군 이하응은 빈 장죽을 몇 번 빠는 것으로 태연을 가장하면서도 더 소상한 것을 알고 싶어 한다.

"허면, 그자에게 관상을 보인 판서가 누굴 두고 하는 소린가…."

"형조판서를 지내시다가 함경도 관찰사로 가신 이유원李裕元 대감의 상을 보고, '상전을 배반해야 입신양명'의 길이 열리겠다고 했다 하옵니다."

"무에야, 저런… 으하하하…. 이유원이야 능히 그럴 만한 위인이지…."

박유붕이 이유원의 관상을 보게 된 전말은 이러하다. 이유원은 사영 김병기의 심복 중의 심복이라 교동에 자주 드나들었다. 하루는 김병기, 김병학, 김병국 등이 주안상을 받았는데 바로 그 자리에 박유붕도 함께 있었다. 그날 박유붕이 김병기의 집 객사에 묵고 있었던 터라 그 주연에 불러들였다고 한다. 김병기는 박유붕의 관상 솜씨도 알아보고 이유원의 사람됨도 알아볼 겸 잔꾀를 부린다.

"어떻습니까, 묵농墨農 대감, 관상을 한 번 보시는 게…."

"저야 뭐, 대감들께서나 보시지요."

"우리는 모두 보았는데 참으로 기막히게 맞힙디다."

"……?"

이유원이 관심을 보이자, 김병기는 박유붕을 채근한다. 박유붕은 고개를 비스듬히 꺾으며 이유원의 얼굴을 찬찬히 살펴본다. 좌중은 숨소리를 죽이면서 박유붕의 입이 열리기를 기다린다.

"입에 담기 민망한 말씀이오나, 상전을 바꾸고서야 영달을 꾀하실 상입니다."

"아니 저, 저런 못된 것이 있나. 네 이놈, 내 네놈을 물고를 내고야 말리라!"

이유원이 소리친 것은 당연하다. 상전을 바꾸고서야 영달을 꾀할 수 있다면 바로 눈앞에 앉아 있는 김병기를 배반해야 영달을 꾀한다는 말이 된다. 이유원은 박유붕에게 견딜 수 없는 수모를 당한 셈이나 다름이 없다.

"네 이놈!"

이유원이 술잔을 던질 기미를 보이자 김병기가 나서서 말린다.

"허허허, 묵농 대감께서 참으셔야지요. 보시다시피 관상을 본 놈이 애꾸가 아니오이까."

"아니올시다 대감, 저런 못된 놈은…."

"글쎄, 참으시라니까요. 유붕이 네 이놈! 당장 백배사죄하고 물러가지 못할까!"

김병기의 호통이 있자 박유붕이 태연히 일어나서 방을 나가며 다시 입을 놀린다.

"두고 보시면 압니다."

"아니 저런 못된!"

이유원은 판서의 체통도 잊었는지 벌컥 몸을 일으킨다.

"글쎄 앉으시라니까요. 이 김병기를 관상쟁이의 말에 현혹될 위인으로 보셨소이까?"

"하오나…."

"정히 그러시다면 내 심중을 밝혀 드리지요. 함경도 관찰사로 나가시어 주전의 일을 관장해 주셨으면 합니다."

"아니, 사영 대감!"

"주전의 일이 지금과 같이 중한 때가 없습니다. 이는 이 나라 조선의 돈을 관장하는 막중한 자리라, 내가 묵농 대감을 믿지 않으면 어찌 주전의 일을 대감께 당부하겠소이까."

당시 조선조의 주전鑄錢은 함경도 갑산부甲山府에서 관장하고 있다. 결국 김병기는 자신의 도량을 과시하기 위해 이유원을 함경도 관찰사로 보낸 셈이다. 물론 이유원의 더한 충성을 기대하면서.(함경도 갑산에서 주전을 하는 것은 천연의 험지라 보안과 경비가 용이한 탓도 있었으나 동점銅店, 이른바 구리광산이 있었기 때문이다. 호조판서 김병기의 밀명을 받은 갑산부사 이석이 몰래 주전한 30만 냥의 돈을 숨겨 두었는데, 함경감사로 왔던 이유원이 이 돈을 김병기에게 보내지 않고 흥선 이하응에게 보낸다. 나중에 이유원은 흥선대원군에 의해 정승의 반열에 오른다.)

흥선군 이하응은 조성하로부터 이 같은 말을 전해 들으면서 김병기의 사람됨에 다시 한 번 감복하면서 박유붕이라는 애꾸눈의 관상 솜씨가 대단한 수준임을 알게 된다. 그러나 무엇보다도 다행인 것은 박유붕이 누구의 사주도 받지 않은 채 명복의 상을 보았다는 점이다. 그렇다면 구름재의 왕기설은 자신을 제거하기 위한 함정이 아니라는, 사실이 드러난 셈이나 다름이 없다.

'기다리리라!'

흥선군 이하응은 회심의 미소를 지어 본다. 그것은 명복을 보위에 밀어 올릴 수 있다는 자신감을 애꾸눈 박유붕이 확인해 준 것이나 다름이 없어서다.

3

휘영청 달이 밝다.

흥선군 이하응은 참으로 오랜만에 후원을 거닐면서 망중한忙中閑을 즐기고 있다. 그의 뇌리에는 박유붕이라는 애꾸눈 관상쟁이의 말이 지워지지 않고 맴돌고 있다.

'도령은 제왕의 상이요, 머지않아 임금이 되실 겝니다!'

이 얼마나 기막힌 말인가. 흥선군은 이 같은 야망을 이루기 위해 10여 년 세월을 낙척의 길에서 헤어나지 못하고 있다.

그는 불현듯 명복이 보고 싶다. 지금까지는 잠이 든 명복의 얼굴을 바라보면서 자신의 속마음을 다짐해 왔을 뿐이다. 그러나 오늘 밤은 명복과 마주 앉아 대화를 나누어 보고 싶다. 흥선군 이하응이 명복의 거처인 작은사랑의 댓돌 앞에 이르렀을 때 책을 읽는 명복의 맑고 낭랑한 목소리가 새어 나오고 있다.

— 위에는 지휘하는 사람이 있고, 가운데에는 다스리는 사람이 있고, 아래에는 따르는 사람이 있다. 예물로 받은 비단옷을

입고, 곳간의 곡식을 먹는다. 너희들이 나라에서 받은 봉록은 백성들의 기름이다. 아래 있는 백성들은 학대하기 쉽지만, 위에 있는 푸른 하늘은 속이기 어렵다.

홍선군 이하응은 가슴을 치미는 뭉클한 감동을 느낀다. 자신이 몸소 일러 주고 싶었던 구절, 당나라 태종의 어제御製를 명복이 이미 읽고 있다면 얼마나 대견한 일인가. 홍선군은 잠시 그 자리에 서 있다. 대견하기까지 한 아들의 목소리를 더 듣고 싶어서다. 그러나 더는 들려오지 않는다. 홍선군 이하응은 잔기침으로 기척을 하며 마루로 오른다.

"어서 납시오소서, 아버님."

명복은 두 손을 단정하게 앞으로 모으며 허리를 굽힌다.

"그래, 들자고나…."

홍선군이 방으로 들어가서 좌정하자 명복은 공손하게 무릎을 꿇고 앉는다.

'이런 대견함이….'

홍선군 이하응은 잠시 죄책감에 젖어 든다. 설사 자신과 명복의 앞날을 위한 일이라 하더라도 오랜 세월 동안 가장의 도리까지 버리고 있었는데 명복은 나무랄 데 없이 자라고 있어서다. 이제 열한 살, 어른스럽기까지 하다. 홍선군은 뿌듯한 심정으로 묻는다.

"태조 할아버님께서 이 나라 조선을 창업하신 지 몇 해가 되었느냐?"

"4백칠십 년이 되었사옵니다."

"그동안 몇 분의 제왕이 보위를 이었느냐?"

"스물다섯 분인 줄로 아옵니다."

"그래, 참으로 장하구나. 우리 집안은 왕실의 피를 이어받았기에 너는 왕실의 법도와 언행도 익혀 두어야 할 것이니라."

"……?"

명복은 왕실의 법도와 언행이라는 말에 눈빛을 빛낸다.

"자고로 군왕을 용龍에 비유해 왔느니라. 용이 권위와 위엄을 상징하기 때문이니라."

"그래서 임금님이 앉는 자리를 용상龍床이라 하옵니까?"

"암, 그렇다마다. 어디 용상뿐이겠느냐. 임금님의 얼굴은 용안龍顏이라 하고, 임금님의 겉옷을 용포龍袍라 하며, 심지어 임금님이 흘리는 눈물을 용루龍淚라 하느니라."

"하오시면, 모실 어御 자는 어찌 되옵니까?"

"영특하구나. 모실 어 자는 임금님에 대한 경칭이니라. 임금님의 손을 일컬어 어수御手라 하고, 임금님의 걸음걸이를 어보御步라 하며, 임금님이 드시는 술을 어주御酒라 하느니라. 어디 그뿐이더냐. 타시는 수레는 어가御駕이고, 명을 내리시면 어명御命이며, 지으신 글은 어제御製가 되느니라."

흥선군 이하응의 얼굴에는 생기가 돌고 있다. 명복이 관심을 가져 주는 것이 대견하고 고마워서다.

"너는 나라에서 제일 중한 것이 무엇이라 생각하느냐?"

명복은 잠시 생각에 잠겼다가 또렷이 대답한다.

"종묘宗廟와 사직社稷이옵니다."

"그럴 수도 있겠지. 역대 임금님의 위패를 모시는 종묘宗廟가 중하고, 농업신에게 풍년을 빌어야 하기에 사직단社稷壇이 있어야 하지…. 그래서 나라를 일러 이 두 가지의 첫 자를 따서 종사宗社라 한다. 그러나 그보다 더 중한 것이 있느니라."

"……."

"임금님의 도장을 무엇이라 하느냐?"

"아, 옥새玉璽라고 하옵니다."

"그렇느니라. 옥새와 옥보玉寶를 일러 어보御寶라고 한다. 이무기가 여의주를 얻어야 용이 되어 승천하는 것처럼, 어보를 간직하고서만이 임금의 위엄을 갖출 수 있음이니라, 알겠느냐."

"예, 아버님…."

흥선군 이하응은 의미심장한 말들만을 골라 명복의 뇌리에 심어 주고 있다. 장차 보위를 이어 가게 될 명복에게 낯선 말이 되어서는 아니 되겠기에.

"너도 나이가 들면 주상 전하를 배알하고, 대왕대비 마마께 문안을 여쭈어야 한다. 그러자면 왕실에서 쓰는 말도 익혀 두어야 할 것이니라."

"왕실에서 쓰는 말은 반가班家나 여염閭閻에서 쓰는 말과 다르옵니까?"

"암, 다르다마다. 왕실에서 쓰는 말이 다르고 법도가 달라야 제왕의 위엄이 설 것이 아니겠느냐."

"……?"

"다른 모든 사람이 모르고 있어도 너만은 알고 있어야 할 것이니라."

"……."

"임금님에게 드리는 문안은 문후問候라 하고, 임금님의 진지는 수라水剌라 하며, 임금님이 세수를 하시는 것은 소세梳洗라 한다. 또 임금님이 진지를 드시는 것은 '수라를 젓수신다' 라고 하며, 임금님이 주무시는 것은 '침수寢睡 드셨다' 라고 하고, 임금님이 걷는 것은 '어보를 옮기신다' 라고 하느니라."

명복의 얼굴에는 함박 같은 웃음이 담긴다. 신기하고 재미있다는 표정이다.

"또요, 아버님."

"오늘만 날이 아니질 않느냐. 시일을 두고 차근차근 익혀 가는 것이 도리일 것이야. 그만 자야지…."

"잠이 아니 옵니다"

"허허허, 그럴 때 상궁이나 내신들이 '전하, 그만 침수 드오소서' 이렇게 고하느니라."

흥선군 이하응이 허리를 굽히며 정중하게 고하자 명복은 티 없이 맑은 목소리로 깔깔거리며 웃는다. 흥선군은 실로 오랜만에 몸소 명복의 잠자리를 돌보아 주고 사랑으로 돌아간다. 가슴

한가운데 맺힌 응어리가 풀리는 밤이다.

'잡으리라, 잡고 말리라!'

홍선군 이하응은 뿌듯이 치미는 격정으로 잠을 이룰 수가 없다. 명복이를 보위로 밀어 올리는 소망을 이룬다면 자신은 대원군大院君이 된다. 조선왕조가 창업된 이래 두 사람의 대원군이 있었다. 선조의 생부가 덕흥대원군이요, 지금의 주상인 철종의 생부가 전계대원군이다. 그러나 두 사람 모두 자식이 왕위를 이을 때는 죽고 없다. 그러나 홍선군의 경우는 다르다. 자신이 살아 있고서만 명복은 왕위를 이어 갈 수 있을 것이기에 홍선군은 이 나라 최초의 살아 있는 대원군이 될 수밖에 없다. 그때의 위세를 어찌 말로 다할 수 있으랴. 홍선군이 '궁도령' 이나 '상갓집 개' 라는 소리를 들으면서도 껄껄거리며 웃을 수 있었던 것은 살아 있는 대원군의 위세와 영화만을 누리겠다는 것이 결코 아니다. 그는 척족의 세도로 인해 볼품이 없어진 왕부의 부흥과 왕권의 회복이라는 더 큰 대의명분을 남몰래 키워 가고 있다.

'전하, 왕도를 익히소서.'

홍선군 이하응은 다시 한 번 중얼거린다. 물론 명복에게 하는 말이다. 홍선군의 숱한 밤은 그렇게 흘러가고 있다.

4

홍선군 이하응이 애꾸눈 박유봉의 소재를 알게 된 것은 이호준의 제보가 있었기 때문이다.

"대감, 그 박유봉이란 자가 충청도 청주 땅에 있답니다."

"아니, 무에야?"

"아주 볼품없는 움막에서 기거하고 있더라 하오이다."

"허허허, 한쪽 눈을 찔러 애꾸가 되면 귀하게 된다더니… 아직도 움막에서 산다…?"

홍선군 이하응은 너스레를 섞으며 웃었지만 내심은 그렇지가 않다. 하루속히 박유봉을 만나 세상의 대소사에 관해 의견을 나누어 보고 싶어서다. 홍선군 이하응은 천희연을 불러들인다.

"사돈, 희연에게 애꾸눈의 은신처를 소상히 일러 주셨으면 합니다."

이호준은 박유봉의 은신처를 눈에 본 듯이 알려 주었고, 홍선군은 지체 없이 천희연에게 명한다.

"서둘러 청주로 가서 애꾸눈 박유봉을 서울로 데려오되, 초월의 집에서 기거하게 해야겠다."

"명심하겠사옵니다."

"서울로 들어설 때는 밤이어야 하고, 누구의 눈에 띄어서도 아니 될 것이니라… 알겠느냐?"

"여부가 있겠사옵니까, 대감마님."

"순규를 데리고 가는 게 좋겠다."

"예, 그럼."

걸음이 빠른 천희연이다. 그는 장순규와 함께 지체 없이 청주 땅으로 떠난다. 그제야 흥선군은 주안상을 들이게 하고 이호준과 대작한다. 화제는 자연히 왕실의 일로 옮겨질 수밖에 없다.

"주상 전하의 환후는 좀 어떠시답니까?"

"시름시름이라고 들었습니다만…."

"허면, 병명도 확연치 아니한 게로구만…."

"기력이 쇠진하셨답니다."

"기력이… 춘추 서른둘이신데 기력이 쇠진하다니… 참으로 망극지변罔極之變이로세…."

그랬다. 철종의 춘추 32세. 보위에 오른 지도 어언 13년이다. 열아홉 살 한창일 때 임금이 되어 첩첩대궐로 들어왔다. 산과 들판을 거침없이 뛰놀던 무쇠 같은 몸이었으나, 여체를 탐닉하면서 그의 몸은 녹아내리기 시작한다. 중전 철인왕후가 있었고, 그에게 처음으로 여체의 신비함을 가르쳐 준 숙의 범씨를 위시하여 일곱 사람의 후궁이 있다. 철종은 왕실에서 태어나 세자의 자리를 거치면서 왕도를 익히고 보위에 오른 임금이 아니었으므로 후궁의 거처를 드나드는 일을 절제하지 못한다. 더구나 양순이 죽은 다음부터 철종은 수많을 여인들에게 몸을 던지었고, 오직 술만으로 연명하고 있다. 그에게 승은을 입은 여인들은 후궁만이 아니다. 얼굴이 반반한 궁녀들은 남아나지 않았다. 임금이 무치라는 말은 철종이 처음으로 배웠던 궁중 용어다. 임금에게 창피한 것이 없다면 못할 일 또한 없다.

흥선군 이하응은 한숨에 섞어 토해 낸다.

"경연은 고사하고 대전에 나오시기조차도 어려우시겠구만…."

"근자에는 누워 계시는 날이 더 많다고 들었습니다."

"……."

흥선군 이하응은 묵묵히 술잔을 비운다. 그런 흥선군의 모습을 살피고 있던 이호준이 조심스럽게 제안한다.

"대감, 대왕대비 마마를 한번 배알하시는 것이 어떨지…, 이젠 뒤로 미루실 일이 아니질 않사옵니까?"

"명분이 없어요. 궁도령 흥선이 느닷없이 대왕대비 전으로 찾아들었다, 허허허 이게 어디 예삿일이오이까."

"그렇지가 않지요. 조성하에게 은밀히 일러두면 대왕대비께서 대감을 부르실 수도 있지를 않사옵니까?"

"지금은 때가 아닐 테지요. 도정 이하전의 집에 왕기설이 있다는 소문까지 돌고 있는 판국이 아닙니까."

이호준은 흥선군 이하응의 몸조심이 지나치다고 여겼는지 더는 아무 말도 하지 않는다. 그러나 흥선군은 가능성까지를 배제하지는 않는다.

"내년 정초에 세배를 드릴 수는 있겠지요."

"그때까지 견디어 내실지…."

"생각이 거기에까지 미치면 불충이 됩니다."

철저한 자제력이다. 오직 이 일에만 몰두해 온 흥선군이 아니던가. 또 그것은 자제력의 한계를 넘어선 치밀함의 극치일 수도 있다.

박유붕이 초월의 집에 당도한 것은 그로부터 나흘 뒤다. 흥선군은 청주에 다녀온 천희연에게 물었다.

"선뜻 응하더냐?"

"처음에는 극력 사양했사옵니다."

"그럴 테지…."

"대감마님의 관상만 보아 드리고 다시 내려가도 무방하다고 했더니, 이미 도련님의 상을 보았으니 대감마님의 상은 보나 마나 한 것이라고 했사옵니다."

"그렇다면 용케 데려오지 않았느냐?"

"아뢰옵기 송구하옵니다만…, 대감마님의 방탕이 지나쳐서 내일을 기약할 수 없는 형편이라, 거시기, 조언을 좀 해 달라고 애원을 했사옵니다."

"예끼 이놈, 으허허허."

흥선군은 자신의 방탕이 지나치다는 말에 가가대소를 하면서 몸을 일으킨다. 물론 초월의 집으로 거동하기 위해서다.

밤은 칠흑의 장막이다. 한 치 앞도 가늠할 수가 없다. 흥선군은 조심스럽게 걸었고 천하장안은 사위를 살피면서 따른다.

'애꾸의 선견지명이 과연 믿을 만한 것인지…'

흥선군 이하응의 뇌리는 여러 가지 상념으로 어수선하다. 박유봉을 만나는 것으로 불행을 자초할 수도 있을 것이었고, 이제 새삼스럽게 그에게 얻을 것이 무에 있겠느냐는 회의도 들어서다. 그러면서도 실오리 같은 기대감을 버릴 수 없다.

"누구옵니까? 어찌나 험상궂은지 끔찍해서 혼났사옵니다."

초월은 반색을 하면서도 눈부터 흘긴다. 느닷없이 나타난 박유봉을 보고 꽤나 놀란 모양이다.

"곧 알게 된다. 그 사람 어디에 있느냐?"

"뒤채 행랑에 있사옵니다."

"네 거처로 불러라."

"안방으로요?"

"글쎄, 데려오라는데도!"

흥선군의 엄한 목소리에 초월은 기가 죽는다. 흥선군 이하응은 안방으로 든다. 언제 들어와도 깨끗하고 안온한 방이다. 그래서 초월은 박유봉을 안방으로 데려오는 것이 싫었을지도 모른다. 곧 박유봉이 들어와서 넙죽 절을 하고 앉는다. 흥선군 이하응이 먼저 박유봉의 모습을 살핀다. 어디 한군데도 쓸모 있어 보이는 곳이 없다. 보기에도 흉한 애꾸눈에 남의 집 머슴살이나 했으면 고작일 그런 몰골이다.

'이런 자가 어찌 몸소 제 눈을 찌를 수가 있었을꼬!'

흥선군 이하응은 당혹해지는 심중을 가눌 수가 없다. 그러나 이미 마주 앉은 것을 어찌하는가.

"네가 내 자식 놈에게 곧 임금이 된다고 했다는데…, 그런 짓거리를 하고 다니고서도 목숨을 부지하리라 여겼느냐!"

"시생은 그저 상을 보아 드렸을 뿐이옵니다."

"어허, 왕기설이 돌면 목숨을 잃게 마련인데, 내 자식 놈이 불귀의 객이 된다면 나는 널 살려 둘 수 없음이야. 이래도 내 말을 못 알아듣겠느냐?"

"왕기설은 이 도정의 집을 감싸고 있는 줄로 아옵니다."

흥선군 이하응은 박유붕의 기를 꺾어야겠다는 심정으로 찌르는 듯한 목소리로 위협하고 있었는데, 박유붕은 침착이 지나쳐서 담담하기까지 한 언동을 취하고 있다. 흥선군은 불같은 시선으로 박유붕을 잠시 쏘아보고 나서 다시 입을 연다.

"도정의 집에 왕기설이 돌고 있다는 소문은 나도 듣고 있다만…, 너는 도정의 상을 본 일이 있느냐?"

"있사옵니다."

"어디서, 언제…."

"시생도 그 왕기설을 듣고 이 도정 나리의 대문 앞을 서성이다가… 출타하시는 모습을 보았사옵니다."

"임금의 상이더냐?"

"……."

"한 치의 거짓도 있어서는 아니 될 것이니라."

"일견 수려하게 보이는 상이었사오나… 수가 짧아서 올해를 넘기지 못할 것으로 아옵니다."

"……!"

흥선군 이하응은 가슴이 덜컥 내려앉는다. 박유붕의 대담성에 놀라서다. 어찌 처음으로 대좌한 자신에게 그런 자신감을 보일 수가 있는가. 그러면서도 흥선군은 박유붕에게 빨려 들고 있다.

"술을 마실 줄 아느냐!"

"입에 대지는 않사오나, 대감의 명이시라면 한두 잔은 비우겠사옵니다."

흥선군은 밖에다 소리쳐서 주안상을 들이라 명한다. 술상이 들어오기 전까지 두 사람의 대화는 끊어지지 않고 이어진다.

"네가 나와는 처음으로 만나는 자린데 그런 엄청난 말을 함부로 입에 담는 연유가 무엇이냐!"

"대감께서 먼저 시생을 부르신 때문이옵니다."

"아무리 그렇기로…, 내겐들 악덕이 없겠느냐. 명색이 종친된 자가 궁도령이니 상갓집 개라느니 하는 소리를 들으면서 산다면 어찌 독기인들 없겠느냐."

"바로 그 점이옵니다."

"그 점이라니?"

"대감의 부르심이 아니었던들 시생이 무슨 연유로 예까지 왔으리까. 방금 대감의 상을 살펴보면서 오기를 잘했다는 생각을 하고 있었사옵니다."

흥선군은 기가 막힌다. 박유붕의 담대하고 솔직한 언동에는 아무 두려움이 없었기 때문이다.

"대감의 상이야 제왕의 아버님…."

"허어, 닥치지 못하겠느냐!"

"대감의 노심초사도 이제 1년이면 끝날 것이옵니다."

"……!"

흥선군은 심한 전율감을 느끼면서 본능적으로 사위를 살핀다. 그때 초월이 술상을 들고 든다. 흥선군은 초월이와 자리를 함께 할 수 없다는 생각을 한다.

'자리를 비켜 줘야겠다.'

그런 흥선군의 말이 나오기도 전에 초월이 먼저 말없이 자리를 비켜 준다. 흥선군 이하응은 초월의 총명함에 감탄을 하며 친히 박유봉의 술잔을 채우고 자신은 자작으로 첫 잔을 비운다. 박유봉은 목만을 축일 뿐 마시려 들지는 않는다.

"내가 듣기로는…, 네 몸소 귀인이 되고자 한쪽 눈을 찔렀다는데 언제쯤 네 소망이 이루어진다고 보느냐?"

"대감의 고초가 끝나는 날이라고 믿사옵니다."

"언제부터 그런 생각을 했느냐?"

"잠시 전이옵니다."

"……!"

"대감의 상을 보면서 그런 생각이 들었사옵니다."

흥선군의 입가에 쓴웃음이 돈다. 박유봉의 말을 어디까지 믿어야 할지 모르면서도 세월의 물결이 자신을 향해서 밀려오고 있다는 생각이 들었고, 그것을 쉽사리 믿어 버리는 자신의 경솔

함 또한 이해되지 않아서다. 고통의 세월이 길면 길수록 누구나 빨리 헤어나기를 기다린다. 그 인지상정이 흥선군이라 하여 예외일 수가 있으랴.

박유붕은 약간 몸을 돌리며 술잔을 비운다. 흥선군은 묵묵히 그의 빈 잔에 술을 다시 채운다.

"이만 돌아가야겠사옵니다."

"아니야. 내가 오라 해서 왔다면… 가라 할 때 가야 하지를 않겠는가."

"……!"

"도정 이하전을 살려 낼 방도가 없겠는가?"

"사람의 수는 하늘이 정한다 해서 인명人命은 재천在天이 아닐지요."

"허나 사람들은 꺼져 가는 목숨을 건지기 위해 비방도 쓰지를 않던가."

"혹세무민일 테지요."

박유붕의 대답에는 빈틈이 없다. 그런 기지가 어디에서 나오는 것일까. 혹세무민惑世誣民이 무엇인가. 세상 사람을 미혹하여 속이는 것이 아니던가.

"나는 자네 말을 혹세무민이라 믿고 싶으이…."

"그야 대감의 심중이 아니겠사옵니까. 그러나 타고난 상에는 명이 실려 있음이옵니다."

"어찌 되었거나, 도정의 목숨만은 구하고 싶으이… 무슨 방도가 없겠나?"

"시생에게는 없사옵니다."

박유붕은 단정을 하고 있다. 홍선군 이하응은 그의 자신감을 탓하고 싶지는 않다. 오죽하면 제 눈을 찔러서 애꾸눈이 되었을까. 그러나 홍선군은 도정 이하전의 죽음이 누구에 의해서 비롯되는 것인지를 알고 싶다.

"그렇다면 도리 없겠지, 사약인가, 효수인가?"

"알 수 없사옵니다."

"허면, 제 스스로 수명을 다한다는 것인가…, 아니면 남으로 인해 비명에 죽는가?"

"남으로 인해 비명에 죽는 것도 수명을 다함이옵니다."

"자네가 나를 믿는다면…."

"대감, 시생은 대감을 뵈러 왔사옵고, 대감에 관한 말씀은 모두 드렸사옵니다."

"허허, 이 사람아…."

"시생은 오직 다시 뵐 수 있기를 소망할 따름이옵니다."

박유붕은 다시 홍선군에게 예를 올리고 방을 나간다. 홍선군은 잠시 무엇에 홀린 사람처럼 넋을 잃고 앉아 있다.

'이 해를 못 넘긴다!'

도정 이하전의 운명이 야속스럽기만 하다. 홍선군은 장김 일족들이 그를 제거하리라고 생각하고는 있었으나 애꾸눈 박유붕으로부터는 아무 언질도 받지를 못했다. 더구나 박유붕은 남으로 인해 비명횡사非命横死하는 것도 수명을 다하는 것이라고 하지 않았는가.

방문이 여닫기는 소리에 이하응은 제정신으로 돌아온다. 초월이가 다가와 앉으면서 뾰로퉁해진 목소리로 묻는다.

"뭣 하는 사람이옵니까?"

"관상을 하도 잘 본다기에 잠시 만났을 뿐이니라."

"관상을요?"

초월은 당혹해하는 표정을 지어 보이며 얼굴을 붉힌다.

"왜, 너더러도 뭐라 하더냐?"

"귀인을 모시고는 있으되 얻는 것은 없겠다고 하지 뭡니까."

"오, 허허허. 그놈이 과시 용하기는 용한 모양이다."

"대감!"

"그렇지를 않느냐. 내가 종친이니 귀인은 귀인일 것이다만…, 너야말로 얻는 게 무에 있어…."

"정인을 섬기면서 무엇을 얻고자 하는 계집도 있사옵니까?"

"허허허, 그렇다면 이 흥선의 마음이 한결 편할 테지…."

흥선군 이하응은 얼버무리듯 말하면서 잔을 비운다. 그러면서도 박유붕의 생각으로 머릿속은 가득하다. 자신에 관한 일, 명복에 관한 일, 이하전에 관한 일이 모두 적중할 것이라는 생각을 버릴 수가 없다.

더구나 초월에게 한 말은 흥선군의 마음을 꿰뚫어 본 것이나 다를 바가 없지를 않은가. 초월이 정성을 다해 흥선군을 섬기고 있는 것은 애처롭게 여길 만한 것이어도 흥선군이 초월을 생각하는 것은 그렇지가 못하다. 흥선군 이하응과 같은 빈틈없는 사람들은 정 때문에 사람에게 빠져 들지 않는다. 물론 초월은 흥선군에게 있어 없어서는 아니 될 여인이다. 서로 살을 맞대는 일이 잦고서야 어찌 정인들 아니 생기랴. 그러나 흥선군은 언제나 초월에게 미안하다는 생각을 갖고 있다. 그것이 무엇을 뜻하는가. 초월의 행실이 착하고 아름답기에 고마워하고는 있으되 자신은 초월의 지경에까지 이르지 못하고 있었기에 늘 미안한 것이 아니겠는가.

'귀인을 모시고는 있으되 얻는 것이 없겠다.'

흥선군 이하응의 마음을 꿰뚫어 보지 않고서야 어찌 그런 말을 할 수가 있을까. 흥선군은 애꾸눈 박유붕의 관상술에 새삼 감탄할 수밖에 없다.

"대감께는 무엇이라 하였사옵니까?"

초월이 궁금하다는 표정을 지어 보이며 묻는다.

"허허허, 바보 같은 짓에 너무 오래 매달려 있다고 하더구나."

"그런 말이라면 저도 하겠사옵니다."

"그래, 언젠가 너도 그런 말을 했었지… 어쩌면 나는 큰 바보인지도 모르니까…."

흥선군은 철저하다. 그렇게도 믿고 따르는 초월에게까지 자신의 내심을 숨기고 있다. 그것이 미안해서인지 흥선군은 자리를 펼 것을 당부하고 밖으로 나온다.

7월도 그믐께로 접어들어 밤바람은 시원하다는 느낌이 든다. 홍선군은 마당을 서성거린다. 만 가지 상념이 그의 뇌리를 어지럽히며 지나간다. 기력이 쇠진해졌다는 철종은 누워 있는 날이 많다는데 장김 일족은 차후의 대책을 어찌하고 있는지를 알 수가 없다. 홍선군 이하응은 장김 일족을 두려워하면 했지 만만히 보고 있지는 않다. 하옥 김좌근의 두령다운 풍모가 두려웠고, 사영 김병기의 치밀하면서도 일을 밀고 나가는 두둑한 배짱은 부럽기만 하다. 그러기에 사내자식을 두려거든 김병기와 같은 아들을 낳으라고까지 독백하지를 않았던가.

김좌근과 김병기가 머리를 맞대고 앞날의 일에 철저히 대처하고 있다면 홍선군이 비집고 들어설 틈이 날 까닭이 없다. 홍선군은 바로 이 점을 우려하고 있다. 그들과 맞서서 싸워 이기자면 홍선군에게도 사람이 있어야 한다. 그에게도 사돈 이호준이 있고, 이호준의 사위 조성하가 있으며, 처남인 민승호가 있다. 애써 찾고자 한다면 중형인 이최응李最應도 있다. 그러나 이들을 모두 합친다 해도 김병기 한 사람의 반에도 미치지 못할 것임도 홍선군은 알고 있다.

'이하전밖에 없는 것을….'

홍선군 이하응은 마음을 다진다. 도정 이하전과 앞날의 일을 의논하리라고, 그는 안필주를 부른다.

"어서 가서 도정을 모셔 와야겠다."

"밤이 깊사옵니다."

"담장을 뛰어넘어 사랑으로 가서 바로 고하여라."

안필주가 어둠 속으로 사라져 간다. 그는 다시 초월을 불러 이불을 치우라고 이른다. 도정 이하전과 담판을 짓기 위해서는 불가피한 일이다. 그리고 얼마 후 안필주가 돌아와 고한다.

"도정께서는 댁에 아니 계셨사옵니다요."

"……!"

"벌써 떠나신 지 여러 날이나 되었답니다요."

"떠나다니, 대체 어디로?"

"절에라도 가서 며칠 쉬시겠다고 하셨답니다요."

"글쎄, 어느 절이냐니까?"

"소상한 말씀은 아니 계셨다고 하옵니다요."

흥선군 이항응은 마른침을 삼킨다. 도정 이하전이 집을 떠났다면, 그것도 행선을 알리지 않고 떠났다면 몸을 숨긴 것이 아니겠는가. 이하전을 두고 왕기설이 돌고 있다. 왕기설이 목숨을 재촉하는 것이라면 몸을 숨기는 것도 구원의 방법이 될 수도 있다. 그래서 이하전이 집을 떠났다면 차라리 잘된 일이 아니겠는가. 흥선군은 시선을 허공에 던진다. 하늘은 밤인데도 푸르게 보였고 무수한 별들이 반짝이고 있다. 유난히도 길게 꼬리를 그으며 유성이 흘러간다.

'무사해야 할 텐데….'

흥선군 이하응은 탄식하듯 중얼거린다.

도정 이하전의 죽음

1

도정都正은 종친부宗親府나 돈녕부敦寧府의 정3품 직이다. 맡아서 하는 일은 종실 · 왕친王親 · 외척에 관한 사무를 관장한다. 따라서 도정은 왕자군王子君의 적장증손嫡長曾孫 등의 종친들만이 받을 수 있는 관직이며, 당당한 관직이라기보다는 하나의 예우라 해도 무방하다.

이하전은 선조대왕의 생부인 덕흥대원군의 13세손으로 태어났다. 할아버지 완성군完城君 희㶅는 목사를 지냈고, 아버지는 완창군完昌君 이시인李時仁이었으며, 어머님은 윤이현尹彝鉉의 따님이다. 그는 어려서 임금의 물망에 오를 만큼 총명했고, 주변의 환경도 다복하다.

이하전은 서석순徐昔淳의 따님을 지어미로 맞아들였으나 아직

슬하에 자식은 없다. 그의 집은 사직동에 있다.

'사직 골에 왕기설이 있다.'

'완창군 저에 서기瑞氣가 서렸다.'

이미 오래전부터 나돌아 온 풍설이라면 도정 이하전에게는 이로울 게 없다. 실제로 강화섬의 이원범이 보위를 이을 때도 이하전이 먼저 임금의 물망에 올랐었다. 그리고 13년이 지난 지금의 나라사정은 그때보다 더 말이 아니다. 삼남 지방에는 민란의 바람이 휘몰아치듯 지나갔고, 민심은 날로 흉흉해지고 있다. 민초들이 살아남기 위하여 이판사판이라는 생각을 가지게 되면 역모의 바람이 불게 된다. 그런 무리들이 대역을 꾀하자면 추대해야 할 왕재가 있어야 한다. 그럴 경우 첫손에 꼽힐 왕재라면 두 말할 것도 없이 도정 이하전이다.

또 다른 경우를 상정해 볼 수도 있다. 역모를 꾀하는 무리들에게 추대할 만한 왕재가 없다면 그 역모는 애당초 성사될 수가 없다. 이런 경우를 장김에서 먼저 이용하면 어찌 되는가. 역모의 무리를 조작하고, 그들이 도정 이하전을 추대하려 했다고 무고한다면 도정 이하전은 사약을 받을 수밖에 없다. 이하전이 사사되고 없다면 그 다음 역모를 노리는 사람들에게는 추대할 왕재를 구할 수 없게 된다.

왕기설이 점차 심하게 나돌면서부터 도정 이하전은 두문불출하였고, 찾아오는 내객조차도 만나지 않는다. 그의 무료함과 불안함은 날로 더해질 수밖에 없다. 보다 못한 서씨 부인이 넌지시

권해 본다.

"나리, 잠시 산천이나 두루 유람하시면 무료함은 달랠 수가 있지를 않을지요?"

"글쎄, 괜찮을지…."

도정 이하전에게는 그 또한 불안한 노릇이 아닐 수 없다. 혹시라도 미행이 붙는다면 쥐도 새도 모르게 객사를 할 수도 있어서다.

"나가시어도 사람만 아니 만난다면…, 별일은 없을 것으로 아옵니다."

"그도 그렇군…, 며칠 바람이나 쏘이고 오렵니다."

도정 이하전은 서씨 부인에게도 행선지를 알리지 않은 채, 아니 행선도 정하지 않고 집을 나선다. 그의 발길은 어느새 동북쪽으로 옮겨지고 있다. 경기도 양근 땅을 향하는 발걸음이다. 문득 화서의숙에 들러 볼 생각에서다.

화서華西 이항로李恒老는 당대의 대학자다. 화서 선생이라면 사랑하는 제자에게 살길을 열어 줄 수 있을지도 모른다는 기대감도 있다. 기대가 차오른 만큼 이하전의 발걸음이 빨라진다. 숲은 푸르다 못해 검게 보였고, 협곡을 지날 때는 시원한 물소리를 벗으로 삼는다.

양근 땅은 낯설지가 않다. 오랜만에 찾아 주는 이하전을 감싸듯 맞아 주는 것 같기도 하다. 화서의숙도 변한 게 없다.

"스승님, 이하전이옵니다."

화서 이항로는 도정 이하전을 반갑게 맞아들인다.

"잘 오시었소. 한 번쯤 다녀가시리라는 생각이 없지는 않았습니다만…."

"선생님, 말씀을 낮추시지요."

"그렇지가 않아요. 설혹 제자라 해도 지위가 높아지면 공대를 써야 하는 것이 스승의 도립니다."

이미 고희古稀를 넘긴 노스승 이항로는 마치 친자식을 대하듯 따뜻한 정을 베풀어 준다. 이하전은 내려오기 잘했다는 생각으로 마음까지 평온해진다.

"이 도정의 사저에 왕기설이 있다는 소문이 예까지 들려와서 하루도 마음 편한 날이 없었는데…, 이렇게 무사한 이 도정과 마주 앉고 보니 온갖 감회가 새로울 뿐입니다."

"하념하여 주시는 대은에 감읍할 따름이옵니다."

화서 이항로는 잠시 시선을 들창 밖으로 던진다. 깊은 시름에 잠기는 표정이다. 이하전이 뭉클해지는 가슴을 억누르고 있을 때 이항로는 잔잔히 입을 연다.

"천지만물이 본래 나와 더불어 한마음이기 때문에 감동과 반응의 속함이 그림자나 울림보다도 빠르고, 보복의 실實함이 흑백과 같이 분명하고, 존망의 판단이 손을 뒤집기와 같아, 모두 내 한마음의 운용 여하에 있는 것이지요. 나리, 여기 종이 하나 있다고 합시다. 종은 내가 작게 치면 작게 응할 것이요, 크게 치면 크게 응할 것이요, 기껍게 치면 기껍게 응할 것이요, 성내어 치면 성내어 응할 것이요, 치지 않으면 응하지 않을 것이 아니겠오. 이렇게 되는 것이 모두 나로 말미암은 것이지 결코 종으로 말미암은 것이 아닙니다."

"……!"

아, 얼마나 뜻 깊은 가르침인가. 도정 이하전은 옷깃을 여미며 스승 이항로의 가르침을 경청한다. 참으로 값진 말씀이 아닐 수 없다. 어찌 들으면 학문을 강론하는 것 같기도 했으나, 이하전에게는 자신의 어지럽고 답답한 마음을 차분하게 가라앉게 하고 있음을 깨닫게 된다. 스승이 아니고서야 누가 이 같은 말로 상심한 제자의 마음을 따뜻이 어루만져 주겠는가. 도정 이하전은 내심 눈시울을 적시며 고마워한다.

"말이라는 것은 마음의 소리이니, 기미가 발동하여 길과 흉이 먼저 나타나게 마련입니다. 그러므로 그 말을 세밀하게 들어 보면 그 잘잘못과 길흉은 이내 알 수 있을 것이 아니겠습니까."

"……."

"말이라는 것은 마음이 밖으로 표현되는 것이요, 마음이라는 것은 말이 내부에 근거하는 것이니, 그의 말을 들어 보고 그의 마음을 아는 것이 마치 그 그림자를 보면 그 표목이 어떠한지를 알고, 그 우는 소리를 들어 보면 무슨 새인지를 알게 되는 것과 같습니다."

"……!"

"성인聖人의 말은 마치 대로大路를 따라가면 처음 한동안은 그

장단을 알 수 없다가 차차 가 보면 사통오달되었음을 알게 되는 것과 같고, 소인小人의 말은 마치 새 길을 따라가면 처음 한동안은 그 장단을 알 수 있다가 차차 가 보면 점점 희미하게 어두워지고 산란하게 막혀 사람이 움직일 수 없게 되는 것과 같습니다."

화서 이항로는 말을 얘기함으로써 도道를 논하고 있다. 그러나 이하전은 자신이 빠져 있는 늪에서 헤어나기를 소망하고 있었기에 좀 더 현실적이고 소상한 가르침을 받고 싶다.

"시생의 처신에 대해서 선생님의 고견을 듣고 싶습니다."

화서 이항로는 잠시 눈을 감았다 뜬다. 이하전을 바라보는 눈길에 따스한 연민의 정이 담겨 있다. 그리고 천천히 입을 연다.

"나리, 안타까운 일이지만 세상에는 순順과 역逆이 있어 이것에 잘 어울리지 못하면 멸망을 당하게 되어 있습니다. 대개 물고기가 육지에 있게 되고 짐승이 물에 있게 되면 살지 못하게 되는데, 어찌 육지가 살 수 있는 데가 아니기 때문에 물고기가 있게 되면 죽는 것이겠습니까. 사람과 만물은 다 사는데 고기만이 유독 살지 못하는 것은 무슨 까닭이겠습니까. 이것은 다름이 아니라 고기는 물에 맞고 육지에는 맞지 않는 까닭입니다. 순과 역을 무시한 때문입니다. 난세가 되면 군자는 지하로 숨는 것이 순리가 아니겠습니까. 지상으로 나오면 역이 되어 살아갈 수가 없습니다. 반대로 소인은 나오면 살고 숨으면 죽습니다. 이것이 난세지도亂世之道입니다. 이런 점에서 나리께서는 군자에 속하므로 이런 난세에는 지하로 들어가 숨어 있어야 합니다. 지상으로 나와서는 살아갈 수가 없습니다. 그런데 불행히도 나리의 몸속에는 왕족의 피가 흐르고 있습니다. 숨고 싶어도 숨을 곳이 없습니다. 이것이 나리의 운명이 아닐까 싶습니다."

"……."

도정 이하전은 상체를 깊게 숙여서 고마움을 표한다.

"오늘만이 날이 아닙니다. 마음을 비우시면 안온함을 얻을 것입니다."

"명심하겠사옵니다."

화서의숙은 도정 이하전이 머물기에 안성맞춤이다. 마치 태산교악과 같은 스승 이항로가 있었고, 자신의 고초를 헤아려 주는 수많은 문도들이 있다. 뿐만이 아니다. 문 밖으로 나서면 산이 있었고, 협곡을 흐르는 냇물이 있다. 도정 이하전은 산길을 거닐면서 마음을 달랬고, 시린 물 속에다 몸을 담그면서 어지러운 세상에서 묻어 온 먼지를 씻어 낸다.

도정 이하전이 화서의숙에서 면암勉菴 최익현崔益鉉을 만나 담소할 수 있었던 것도 큰 기쁨이 아닐 수 없다. 최익현은 이하전이 왕기설에 시달리고 있음을 알고 있다는 듯 거침없이 토해 낸다.

"조금만 참고 견디면 될 것으로 압니다. 혼조昏朝의 기미가 역력하지를 않습니까."

"말씀이 좀 지나칩니다, 면암."

"지나칠 거 조금도 없습니다. 권문세도란 끝이 있게 마련입니다. 장김의 세도가 무려 60년을 넘기지 않았습니까."

"……!"

아무리 듣던 바와 같았어도 면암 최익현의 강직함에 이하전은 놀라지 않을 수가 없다.

"조정에 파당이 심할 때는 권문세도로 인해 국론이 하나가 될 수도 있지요. 그러나 그 권문세도로 인해 왕도가 무너지는 것은 용인되어선 아니 될 일입니다. 이는 장김이 미워서 하는 소리가 아닙니다. 장김의 세도로 인해 국운이 융성해진다면, 아쉬운 대로 감내할 수도 있지를 않겠습니까."

"……."

"중국의 역사를 보아도 알 수 있습니다. 무고한 인명을 해치고, 국고를 탕진하는 세도는 오래가지 않았습니다. 물론 당대에는 무너질 기미가 보이지 않았습니다만…, 그러나 끝내는 무너지고 말았질 않습니까."

"누가 그런 엄청난 일을 주도하리라 보시는지…?"

"민심民心이지요. 백성들을 위협해서 속일 수는 있지요. 그러나 하늘을 속일 수는 없습니다. 민심이 하늘의 뜻이기에 천심天心이 아닙니까."

도정 이하전은 후련하다는 느낌까지 든다. 암울하기만 했던 눈앞에 광명천지가 열려 오는 듯한 자신감까지 생겨난다. 장김의 위세가 무너지면 자신에게로 밀려오는 왕기설도 흐지부지되고 말 것이기 때문이다.

"왕부가 너무 허약하지를 않습니까. 왕부의 위엄을 세우고서만이 외척의 세도가 무너지는데…, 아직은 왕부를 일으켜 세울 의인義人이 보이질 않습니다. 그러나 그것이 모든 백성의 소망이라면 언젠가는 보일 것이라고 저는 믿고 있습니다."

"종친 된 처지라 면목이 없습니다."

"나리를 탓한다 해서 될 일이 아니겠지요. 다만 시운時運이 무르익고 있다는 생각은 듭니다."

"면암께서 힘이 되어 주셨으면 합니다."

"제게는 그런 힘이 없습니다."

"허면…?"

"난세가 되면 하늘이 소명을 해서 부리는 인걸人傑이 있게 마련이지요."

"그 인걸이란 누구를 두고 이르는 말씀입니까?"

"하늘의 부르심이니…, 하늘의 뜻일밖에요. 저희들과 멀리 떨어진 곳에 있을 수도 있고, 아주 가까운 곳에 계실 수도 있을 것입니다만, 그가 누구이든 하늘의 소명을 받고서야 저희들의 앞으로 나서겠지요."

"……!"

"참고 기다리세요. 나리를 다시 뵙고 옛말하는 날이 있기를 저도 소망하겠습니다."

"고맙습니다, 면암…."

화서문하는 도정 이하전에게 안식처와 같은 곳이다. 문도들과 학문을 논하는 날이면 만 가지 시름을 덜 수가 있어서 더욱 그러하다.

절기는 어느새 7월로 접어 든다. 마지막 무더위가 기승을 부리면서 도정 이하전은 점차 생기를 찾아 가고 있다. 그런 어느 날 화서의숙으로 뜻밖의 내객이 찾아든다. 오위장 김순성金順性이다.

"아니, 오위장이 예까지 웬일이시오?"

도정 이하전은 반가움보다 놀라운 시선을 보내면서 묻는다. 그는 양근 땅으로 내려올 때 누구에게도 행선지를 밝히지 않았다. 그런데도 김순성이 예까지 찾아왔다면 예사로운 일일 수가 없다.

"양근에 볼일이 있어 내려왔다가…, 나리께서 여기 계시다는 말을 듣고 이렇게 찾아뵌 것이지요. 그간 너무 격조했습니다."

말은 이러했어도 김순성의 표정은 어쩐지 초조하고 불안해 하는 기색이 완연하다. 도정 이하전은 평소에도 김순성을 탐탁지 않게 여기고 있다. 그런 까닭으로 그가 자신에게 무슨 의논할 일이 있어서 일부러 여기까지 내려왔다는 걸 직감했으면서도 냉랭하게 대하고 있다.

"세상일이 하도 어지러워 머리나 식혀 보리라고 예 와 있어요."

"……?"

"돌아가시거든 내가 예 있더라는 말, 행여라도 입 밖에 내서는 아니 될 것으로 압니다!"

축객逐客이나 다름이 없는 말이다. 김순성은 잠시 머뭇거리는 기미를 보였지만 곧 몸을 일으킨다. 도정 이하전의 냉대를 눈치 챈 모양이다.

'교활한 위인 같으니!'

도정 이하전은 중얼거린다. 바로 이것이 실수라면 큰 실수가 되고 만다. 김순성은 이하전의 목숨이 달린 일을 의논하기 위해서 찾아온 것이었으나, 끝내 말문도 열어 보지 못하고 돌아간 꼴이 되었기 때문이다.

2

김순성은 본시 천주교도였으나 1839년(헌종 5), 기해사옥己亥邪獄 때 배교背教, 동료신자들을 밀고함으로써 공을 세워 오위장에 오른 위인이다. 그로 인해 도정 이하전의 아버지 완창군과 가까이 지내게 된 것을 계기로 나어린 이하전과도 알게 된다. 김순성은 사람됨이 교만하고 허풍이 세었으나 어쩐 일인지 완창군에게만은 고분고분하면서 잘 따랐다. 완창군 역시 그런 김순성을 냉대하지 않고 늘 따뜻한 온정으로 대해 준다. 그러나 이하전만은 공연히 김순성이 싫어져서 가까이하기를 꺼렸다. 그러면서도 노골적으로 싫어하지 못한 것은 워낙 아버지 완창군이 잘 대해 주고 있었기 때문이다.

그러던 중 완창군이 세상을 떠난다. 그런데도 김순성은 변함없이 사직동 이하전의 집을 찾아와 인사를 하고, 세상 돌아가는 얘기를 들려주기도 한다. 이하전은 선친의 지우를 냉대할 수가 없었으므로 김순성을 따뜻이 맞아들이곤 했을 뿐이다.

김순성이 오위장의 직에서 밀려나 반건달이 된 것은 그를 밀어주던 풍양 조씨가 밀려나고 안동 김문이 세도를 장악했기 때문이다. 그러자니 김순성도 자연 장김에 대한 원한이 깊어갈 수밖에 없다. 세월이 흐를수록 김순성의 살림은 점점 궁핍해졌고, 급기야는 거렁뱅이로 나서야 할 처지에까지 이르게 된다.

생각다 못한 김순성은 남소문 안에 사는 이긍선李兢善의 집을 찾아간다. 이긍선도 풍양 조문의 계열이다. 그는 아직 등과도 못한 백두의 처지였으나, 김순성과는 돈독한 우의를 나누고 있었던 것은 서로 마음이 통하기 때문이다. 살림이 궁해지면 불만이 많아진다고 했던가. 김순성과 이긍선은 장김 일족을 헐뜯는 일을 낙으로 삼는다.

"자네가 아직 등과를 못한 것은 장김들의 매관매직이 성하기 때문일세!"

김순성은 이런 식으로 이긍선을 꼬드긴다. 이긍선의 가슴에는 장김을 향한 원한이 들끓을 수밖에 없다. 날로 흉흉해지는 세월이 김순성과 이긍선을 더욱 의기투합하게 한다.

"지게발이 임금을 보위에 앉혀 놓고 사리사욕으로 국고를 탕진한 무리가 바로 김좌근이요, 김병기가 아닌가. 외척의 전횡이 날로 더하니 나라꼴이 이 모양이 되지 않았는가!"

"헛! 나합인가 하는 김좌근의 소실 년이 조정 대사를 좌지우지한다는 게야!"

"어디 그뿐인가. 정승 집 당나귀는 약식이 아니면 먹지를 않는다니…. 말세도 이쯤 되면 끝장이 나고야 말 것일세!"

"장김을 쓸어 내지 않고서는 나라가 온전하지 못해…!"

"장김만 쓸어 내면 뭘 해. 아주 지게발이도 밀어내야지!"

"……!"

그야말로 이구동성이다. 누가 먼저랄 것도 없다. 이를테면 두 사람이 동시에 역모를 발의한 셈이나 다름이 없다. 김순성과 이궁선은 잠시 불같은 눈빛을 교차한다. 그것은 세찬 다짐과도 같은 결기의 시선이다. 그러나 이들 두 사람의 사람됨이나 능력으로는 그 뜻을 이룰 수가 없다. 또 그 불가능함은 누구보다도 이들이 잘 알고 있다.

인간에게 있어 잠재력처럼 무서운 것은 없다. 한 가지 생각을 굴리고 또 굴리면 때로 자신감이 생기는 경우도 있다. 김순성은 마음속을 맴돌면서 익어 가는 역모의 씨앗을 버리지 못한다. 자신의 고초가 심하면 심할수록 그 뜻을 이루어 고통에서 벗어나리라는 소망이 타올라서다.

김순성은 머릿속에 그려진 계책을 실천에 옮기기로 한다. 이 같은 결의를 다짐하게 된 것이 지난 5월이었고, 역시 첫 번째의 설득 대상은 이긍선이다.

"아무리 생각해도 장김을 쓸어 내고 새 주상을 옹립해야겠으이…!"

"방도가 있겠는가?"

"있다마다. 때가 좋지를 않은가. 삼남에서 민란이 일고 있어. 장김에 원한을 품은 사람은 얼마든지 있지를 않겠는가!"

"아무리 그래도 그렇지…. 허면, 왕재는 누굴 생각하고 있다는 말인가."

"그야, 도정 이하전 나리시지. 더구나 그 댁에 왕기설이 돌고 있다지를 않은가."

"오오!"

이긍선은 눈을 크게 뜬다. 도정 이하전을 옹립한다면 따를 사람이 있을 것이라는 확신이 드는 모양이다.

"자네도 알겠지만…, 내가 사직 골 이하전 나리 댁에 출입한 지가 장장 이십 년이 아닌가. 그 어른도 장김이라면 이를 갈고 계시네."

"됐어, 이하전 나리만 옹립할 수 있다면 일은 성사된 것이나 다름이 없네!"

"이를 말인가, 그 일은 내게 맡기라니까!"

이긍선은 쾌재를 부르며 다가앉는다.

"동지는 어떻게 모으려는가? 함부로 나설 수는 없겠고…."

"크게 염려할 일이 아닐세. 내가 잘 아는 사람 중에 해남 출신 임일희任馹熺, 이재두李載斗, 장흥 출신 고제유高濟儒, 금산 출신 정유성鄭裕誠 등이 있는데…, 이들이 모두 일당백의 천하장사들이지. 오위장 시절부터 사귀어 온 사람들이라 사람됨도 믿을 만하네. 이들을 규합하여 김좌근, 김병기를 해치우고 대궐로 쳐들어가면 무에 어려울 게 있겠는가!"

"믿네, 나는 오위장을 믿고 따를 것이네. 그 대신 자금은 내가 댈 것일세!"

이날 이후 김순성은 동분서주해진다. 그는 찌는 듯한 무더위를 헤치며 이긍선이 마련해 준 군자금으로 창검을 마련하면서 짧기만 한 여름밤을 쓸모 있게 요리해 나간다. 먼저 해남 출신으로 서울에 와 있는 임일희의 설득에 나선다.

"더는 참고 있을 수가 없으이. 내가 나서서 김좌근, 김병기 일족들을 단칼에 물리칠 작정인데…, 자네의 힘을 좀 빌리려고 왔네."

"……!"

임일희는 느닷없는 김순성의 제안에 당혹해 하는 기색이면서도 싫어하는 눈치를 보이지는 않는다. 임일희 역시 놀고먹는 처지라 장김에 대한 불만이 없을 수가 없다. 김순성의 설득은 집요하게 이어진다. 이미 상당한 수의 동조자가 있으며, 병장기의 마련도 끝났고, 새 주상으로는 도정 이하전을 옹립하게 되었음을 늘어놓으면서 거사 일까지 못 박는다.

"거사 일은 7월 초닷새로 정했네. 내가 자네의 힘을 빌리자고 하는 것은 정유성을 함께 설득하자는 것일세."

"정유성을…?"

"그렇지. 정유성이 수문장을 지내지 않았는가. 궐문의 주변을 잘 알고 있어야 일이 성사될 것일세."

"그건 그렇지만…."

"이 일을 지금 서두르지 않으면, 누군가가 우릴 앞지를 수도 있을 것일세. 함께 가 주시겠는가!"

"가지요, 가다마다요!"

임일희는 흔쾌히 응하고 나선다. 전 수문장 정유성도 이들의 뜻을 따르겠다고 확약한다. 그리고 김순성이 오위장을 지낼 때의 동료인 이재두, 고제유 등도 혈기를 돋우며 동참하도록 끌어들인다.

"허면, 도정 이하전 나리께서도 허락을 하셨는가?"

"그 일만은 지금 발설할 수 없네. 도정 나리는 내게 맡기면 될 것일세. 아무튼 거사 일은 7월 초닷새일세!"

동료들을 설득하기 위해 거사 일을 촉박하게 정해 놓은 것이 실책이다. 김순성은 몇 차례나 도정 이하전과의 면담을 시도했으나 실패만을 계속한다. 이때 이미 이하전은 두문불출을 하면서 내객들과의 면담을 사절하고 있었던 때다.

이런 와중에서 거사 일인 7월 5일이 다가온다. 김순성으로서는 계획을 바꾸지 않을 수 없다. 그는 임일희, 정유성, 이재두,

고제유 등을 이긍선의 집으로 불러들인다.

"아무래도 거사 일을 늦추어야 되겠으이. 궐문을 쳐부술 별동대가 아직 미진하기 때문일세."

좌중은 숨소리를 죽인다. 이 일이 어디 임의대로 당겼다 늦추었다 할 일이던가. 김순성은 필사적인 노력으로 이들을 설득한다. 당치도 않은 거짓말이 동원되어야 하는 것은 말할 나위도 없다.

"늦춘다면 언제쯤으로 생각하고 있는가?"

이재두가 의심하는 눈초리로 묻는다.

"8월 초열흘이 천하에 다시없는 길일이라고 들었네. 앞으로 한 달일세. 그 안에 빈틈없는 계책을 강구할 것이니 날 믿으라니까. 이미 성사된 것이나 다름이 없는 일이라는데도!"

"도리 없지를 않습니까. 오위장의 의향을 따를밖에요."

이긍선이 동조하고 나서자 다른 장사들도 수긍하는 기색을 보인다. 결국 거사일은 8월 10일로 연기된 셈이었으나, 이루어진 일이라고는 하나도 없는 실정이다.

'이거 공연한 짓을…!'

기실 기가 꺾여 있는 사람은 김순성이다. 아무리 생각해도 허망한 일에 나선 꼴이 되지를 않았던가. 김순성이 얕잡아 본 현실의 벽은 너무도 높고 거칠다. 그렇다고 칼을 뽑기에는 너무도 준비가 소홀하다. 김순성이 도정 이하전과 담판을 해야겠다고 생각한 것이 이 무렵이다. 그는 이하전이 집에 없다는 사실을 알고 여러 곳을 헤매다가 양근 땅에 이르게 된다. 천우신조라고 하던가. 화서의숙에 도정 이하전이 머물고 있다는 풍설에 접한다.

'아무렴, 천우신조이고 말고…!'

김순성은 두근거리는 가슴을 안고 화서의숙으로 달려간다. 도정 이하전을 충분히 설득할 수 있으리라고 믿어서다. 그러나 막상 화서의숙에서 만난 도정 이하전의 냉담한 표정은 찬바람을 일게 할 뿐이다. 김순성에게는 난감한 노릇이 아닐 수 없다. 자칫 잘못 입을 놀린다면 그 자리에서 고변을 당할 것만 같아서다.

'대체 이 일을!'

화서의숙에서 돌아온 김순성은 고통과 초조의 늪에서 헤어나질 못한다. 왕실은 무능하고 조정은 부패했다. 삼남 지방에서는 농민들이 봉기했고, 민심이 날로 흉흉해진 것도 사실이다. 누군가가 역모를 시도하면 성사될 수 있을지도 모른다. 설사 그렇기로 김순성과 같은 반건달들이 그런 엄청난 일을 꾸며서 성사시킬 수가 있는 일이던가. 게다가 김순성의 부추김에 동조한 면면들도 한심한 사람들뿐이다.

7월 중순으로 접어들었는데도 진척된 일이라곤 하나도 없다. 자중지란自中之亂이 일어나는 것은 당연하다. 처음 회의를 품은 사람은 이재두이다.

'배교를 해서 출세한 사람인데…?'

이재두는 김순성이 배교를 하여 오위장이 되었던 사실을 상기한다. 한 번 배신하기는 어려워도 두 번 배신하기는 쉽다. 이재두의 회의는 곧 불신으로 변해 간다. 김순성이 자신들을 꼬드겨서 역모를 꾸민 것으로 하고 이를 고변하면 어찌 되는가. 소름끼치는 일이 아닐 수 없다. 그는 김순성의 주변을 배회하며 일의 진척을 살펴보았으나 달라진 것이라고는 하나도 없다.

'내가 먼저 고변하는 것이…!'

목숨을 부지하는 길일 수도 있다. 이재두는 임일희, 고제유, 정유성 등을 찾아다니면서 조심스럽게 의사를 타진한다. 모두가 한결같이 김순성을 불신하고 있다.

"그렇다면 고변해야 하질 않겠소이까?"

"기다려 봅시다. 거사 일이 며칠 남지 않았어요. 그날까지만 기다립시다."

정유성의 말을 따르기로 한다. 김순성은 이런 사실을 모르는 채 다시 한 번 도정 이하전과의 접촉을 시도하기 위해 양근 땅으로 내려갔으나, 이하전은 이미 그곳에 없다. 게다가 그의 행선지를 아는 사람은 아무도 없다. 김순성은 더욱더 실의에 빠져 들 수밖에 없다. 그런 김순성의 모습을 지켜보고 있던 이재두는 고변을 결행하리라 다짐하고 포도청으로 달려간다.

"고변이오, 대역부도를 꾀하고 있소이다!"

이 얼마나 놀라운 일이던가. 가뜩이나 민심이 흉흉한 때다. 포도청은 발칵 뒤집힐 수밖에 없다.

"대역부도라니, 대체 어느 못된 놈이!"

"서소문 안에 사는 김순성이라는 자오이다!"

"이런 못된!"

철종 13년 7월 17일의 일이다. 우변포도대장 임태영任泰瑛은 지체 없이 출동을 명한다.

3

창검을 든 포졸들이 우르르 포도청의 대문을 쏟아져 나올 때다.

땀에 흠뻑 젖은 정유성, 고제유, 임일희 등이 달려와서 김순성이 역모를 꾀했음을 다시 한 번 고변한다. 결국 역모를 모의한 여섯 사람의 동조자 중에서 네 사람이 고변자로 돌아서는 참담한 결과가 되고 만 셈이다.

김순성과 이긍선은 발버둥 칠 겨를도 없이 포도청으로 끌려온다. 역모에 대한 문초는 처음부터 잔인하기 마련이다.

"바른 대로 고하지 않고서는 살아남지 못할 것이니라!"

우변포도대장이 소리치며 물었으나 김순성의 자백은 기막힐 뿐이다.

"역모라니요? 저희와 같은 것들이 무슨 수로 그런 엄청난 일을 꾸미겠습니까요. 그저 술에 취한 김에 장난으로 한 소리를 친구들이 고변한 것으로 아옵니다."

"허면, 모두가 친구들이란 말이렷다."

"그러하옵니다."

"……!"

포도대장은 할 말이 없다. 비렁뱅이 처지와도 같은 친구들이 서로 싸우다가 무고하는 일은 종종 있었던 일이기도 하다. 게다가 김순성이나 이긍선의 몰골은 아무리 살펴도 역모의 수괴일 수가 없다. 그렇다고 방면할 처지도 아니다. 포도대장은 궁여지책으로 고변자 네 사람과 김순성, 이긍선 등의 공안供案을 간략히 적어 형조에 올린다. 상부의 지시에 따라 처단할 요량에서다.

'이는 형조의 소관이 아닌 걸….'

형조의 관원들도 포도청의 공안을 대수롭게 여기지 않는다. 공안은 다시 의금부로 돌려진다. 판의금부사 윤치수尹致秀도 처음에는 웃어넘길 생각이었으나, 명색이 역모에 대한 고변이라 일단 이 사실을 김병기에게만은 알릴 수밖에 없다. 공안을 읽는 김병기의 눈초리가 불길을 뿜어낸다. 아니나 다를까 그는 찌르듯 묻는다.

"그 못된 놈들이 누굴 옹립하려고 하였답니까!"

"아직, 거기까지야…."

"이렇게 답답한 사람들이 있나. 역모를 꾀했다면 옹립할 왕재가 있었을 게 아닌가!"

"대감, 공안에는 취중에 한 말을 친구가 고변한 것으로 되어 있사온지라…."

"허어, 아무리 취중이기로 역모를 입에 담았다면 대죄를 받아서 마땅해요. 판의금께서는 당장에 묘당에 고해 올리도록 하시오!"

이쯤 되면 김순성도 문초를 받지 않을 수가 없게 된다. 판의금부사 윤치수는 포도청에 갇혀 있는 김순성, 이긍선은 물론이요 고변자 이재두, 정유성, 임일희, 고제유 등을 의금부로 옮겨 문초하라 명하면서 이 사실을 묘당에 알렸고, 영부사 정원용이 철종에게 고한다.

"대전으로 나가리라!"

병색이 짙은 철종이 몸을 일으킨다. 스승 남원군 광도 그렇게 세상을 떠났고, 경평군 이세보도 그런 일로 절해고도에 안치되었다. 아무리 환후 중인 철종이라도 방치할 수 없는 일이어서다.

"고정하오소서 전하. 요양하셔야 하옵니다!"

전의와 내시 들이 눈물로 만류한다. 철종은 허수아비와 같은 옥체를 추스르며 옥음을 높인다.

"당장 자비를 놓아라. 사람이 다친다질 않더냐!"

대전에 들어 있던 시임. 원임 대신들은 내관 기세석에게 부액扶腋되어 용상에 오르는 철종의 모습을 지켜보면서 숨이 막힌다. 마치 시체와도 같은 몰골이어서다.

"모두가 과인이 불민한 탓에서 기인된 것이라…, 놀라운 마음을 진정할 수가 없소. 그렇다고 하더라도 무고한 사람들이 다치지 않도록 각별히 유념하여 저들의 죄상을 밝혀내야 할 것이오!"

가래가 끓는 철종의 옥음에는 군왕의 위엄도 실릴 수가 없다. 게다가 이미 병상에서 소일하고 있었던 철종의 분부에 임금의 권위가 실릴 까닭도 없다. 그러나 장김의 처지로서는 아무리 작은 꼬투리를 잡아서라도 민심수습책을 내놓아야 할 처지인지라, 이 호재를 그냥 지나칠 수가 없다.

철종의 애원과도 같은 어의가 이어졌으나 부복한 신료들은 묵묵부답이다. 철종은 눈물을 흘린다. 자신의 무력함을 몸으로 느끼고 있어서다. 이날의 대좌는 철종의 어의가 꺾이는 것을 확인하는 것으로 끝장나고 만다.

김순성이 잡혀온 지 이틀 뒤인 19일에 사헌부 지평持平 이운필李雲弼이 격렬한 상소를 올린다.

— 김순성의 행적이 대역부도를 꾀한 것이 분명한데도 좌우 포도청에서는 오히려 그를 옹호하는 듯한 공안을 꾸몄으니 대죄를 받아 마땅합니다. 좌우 포대장을 체직遞職한 연후에 저들의 죄상을 만천하에 밝혀 주오소서.

사건을 확대하려는 기미가 역력하다. 김순성의 옥사를 가혹하게 다스려야 여러모로 득이 있을 것이기 때문이다. 흉흉해진 민심을 등에 업고 불궤不軌를 꾀하려는 무리들에게 철퇴를 내린다면 이보다 더한 경종이 어디에 다시 있겠는가. 또 이를 빙자하여 또 한 사람의 왕재(종친)를 제거할 수가 있다면 그야말로 일거양

득이 아니겠는가.

그날로 좌우변 포도대장이 경질된다. 좌변포도대장에는 허계許棨가 새로 제수되었고, 우변포도대장에는 임태영任泰瑛이 새로 부임한다. 두 사람 모두 김좌근의 신임이 두터운 중진들이다. 의금부의 분위기는 더더욱 살벌해질 수밖에 없다.

판부사 김흥근, 좌의정 조두순, 영은부원군 김문근이 추관推官이 되어 몸소 김순성을 국문하기에 이른다.

"와주가 누구냐? 와주만 대면 목숨만은 살려 주리라."

김순성은 처음에는 추관들의 말뜻을 잘 알아듣지 못한다.

"와주라니요, 그런 것 없사옵니다. 소인은 정말로 억울하옵니다. 세상 돌아가는 일에 대해 불평불만을 터뜨린 적은 있사오나 역모를 꾀한 일은 결단코 없사옵니다."

그는 죽기로 작정하고 자신의 행적을 숨긴다. 그러나 그 대가는 혹독하기 짝이 없는 고문을 불렀을 뿐이다. 마침내 김순성에게는 화형火刑과 압슬형壓膝刑이 가해진다. 발바닥은 타 들어가 뼈가 드러날 지경이었고, 무릎뼈는 진작 으깨져 골수가 흘러나오고 있다. 김순성은 더 이상 견디어 내지 못하고 마침내 자복하고야 만다.

"역모를 꾀했소이다."

숨넘어가는 소리로 대답했으나 김흥근 등은 눈썹 하나 움직이지 않는다. 그런 자백이나 받아 내고자 이 국청을 연 것이 아니기 때문이다.

"네 놈이 역모를 꾀한 사실은 처음부터 알고 있었느니라! 누가 시켜서 모반대역을 꾀했느냐? 그 와주가 누구인지를 이실직고하렷다!"

그때서야 김순성은 이 사건이 자신의 선에서 끝나지 않으리라는 것을 예감한다.

"그런 사람은 없사옵니다. 소인 혼자서 꾸민 일이옵니다."

"저놈이 죽기로 작정을 했구나! 허면 네 놈이 임금이 되고자 했더냐!"

"아…."

다시 혹독한 고문이 가해진다. 김순성은 혼이 나갈 수밖에 없다. 이제는 더 견디어 낼 여력도 없다. 무턱대고 생각나는 사람의 이름을 입 밖으로 토해 내고 본다.

"화서 이항로가 와주이옵니다."

"양근 선비 이유호李儒虎도 가담했습니다."

"도정 이하전을 옹립하려 했사옵니다."

마침내 기다리고 기다리던 사람의 이름이 튀어나온다. 눈엣가시와 같은 이하전이 아니던가. 국문에 임한 훈신들은 관련자들이 도정 이하전을 옹립하려 했음을 철종에게 고해 올린다.

"아닐 것이요. 그렇지가 않을 것이요!"

창백해진 철종의 몰골은 이미 사람의 형국일 수가 없다. 그러나 다시 대전으로 나가겠다고 고집한다. 병상에 누워서는 도정 이하전의 목숨을 살려 낼 수 없다고 판단하고 있음이다. 내시와 상궁 들이 울부짖듯 만류하였으나 철종의 고집은 완강하다.

'너희들이 정녕 종친들의 씨를 말릴 참이더냐!'

철종은 비틀거리는 걸음으로 다시 대전에 든다. 임금만이 쓰는 보검을 뽑아 들고 부복한 신료들의 목덜미를 겨누면서 소리치고 싶다.

"너희가 이 나라 왕실을 이리 무도하게 대해도 되느냐. 너희가 받은 국록이 이 나라 왕실에서 내린 것일진대, 그 은혜를 이리 갚아도 되느냐. 나는 공초供招를 보지 않을 것이니라. 알았으면 물러가라. 당장 물러가렷다!"

철종의 진노에는 회한이 실려 있다. 그렇다고 문초의 결과를 고하는 중신들의 처지로 물러날 수도 없다.

"전하…!"

"들으시오. 나는 이 일에 대하여서만은 어떤 어명도 내리지 않을 것이요. 그러나 어명을 사칭하는 것은 탓하지 않을 것이요. 알았으면 물러가시오."

"전하, 신등은 문초의 결과를…."

"닥치시오. 도정 이하전은 내가 만나서 확인할 것이요. 도정을 대전으로 데려오시오!"

"전하, 도정 이하전은 대역부도한 죄인이옵니다. 어찌 대전으로 들 수가 있으리까?"

"내가 친히 하문한다질 않았소. 도정을 우선 대전으로 데려오라 했어요!"

신료들은 일단 물러날 수밖에 없다. 설혹 철종이 도정 이하전을 대전으로 데려오라 했어도, 그렇게라도 왕명이 있었다면 연행할 수는 있을 것이기 때문이다. 그러나 도정 이하전이 끌려와 의금부에 수감되었어도 대전으로 데려갈 수는 없다. 설혹 그것이 왕명이라 할지라도 지금은 김좌근이나 김병기의 허락이 없이는 이루어질 수가 없다. 더구나 종친이 연루된 역모임에랴.

"왜 이리 더디더냐? 당장 도정을 데려오라 일렀거늘!"

철종은 금방이라도 쓰러질 것만 같은 옥체로 대전을 서성인다. 비틀 넘어질 듯 싶으면 기세석이 재빨리 다가서며 부액한다.

"전하…!"

"지지 않을 것이니라. 내 이번만은 저들에게 지지 않을 것이니라. 도정만은 무고한 누명에서 벗어나게 할 것이니라!"

"망극하옵니다, 전하…!"

기세석은 뜨거운 눈물을 뚝뚝 흘리면서 철종의 주위를 맴돌고 있다. 쓰러질 듯 싶으면 잡아야 하기 때문이다. 철종의 심기를 헤아린다면 내관 기세석만 한 사람이 없다. 그렇다고 철종의 그 뜻이 이루어질 수 없음도 그가 모를 까닭이 없다.

"대왕대비 마마 드시옵니다."

대전에서 있었던 소식을 전해 들은 대왕대비 신정왕후가 황급히 달려왔다. 그녀 또한 운신하기 어려울 만큼 온몸이 후들거린다. 그녀의 눈에 비친 철종의 몰골은 말이 아니다. 희정당에 누워서 의원들의 말에 따라야 할 철종이 아니던가. 이미 분노를 터트린 다음이라 철종의 모습은 흉측하게 망가져 있다. 그러면서도 단정한 모습을 갖추어 신정왕후를 맞는다.

"어서 납시오소서, 대왕대비 마마…."

"쯧쯧쯧, 주상. 좌정하십시다. 어서요 주상…."

대왕대비 신정왕후는 몸소 철종의 옥체를 안듯이 당기면서 좌정하게 한다. 한 나라를 다스리는 군왕의 몸이지만 이미 검불처럼 잡히는 곳이 없다. 신정왕후도 왈칵 눈물을 쏟아 놓는다.

"주상, 어쩌시려고요. 도정을 대전으로 들이라고 하셨다면서요?"

"도정은 그럴 사람이 아닙니다. 도정의 성품은 제가 잘 알고 있다니까요."

철종은 충혈이 된 눈시울을 적시며 단호하게 말한다. 신정왕후에게는 그 마음 씀이 고맙기 그지없다. 다음 대의 보위를 이어받을 수 있는 사람을 찾는다면 도정 이하전이 첫손에 꼽힌다. 그 도정을 살리려는 철종의 노심초사가 어찌 고맙지 않으랴.

"내관은 아이들 데리고 잠시 물러나 있거라!"

신정왕후가 문밖에 대고 소리친다. 자신의 속내를 드러내 보이고 싶어서다. 도정 이하전을 살리려는 철종의 마음 씀에 대한 보답일 수도 있을 것이리라.

"사직 골 도정의 집 사당에 어느 분의 위패를 모셨는지 아십니까? 선조대왕의 아버님이신 덕흥대원군의 위팹니다. 게다가 도정에게는 아직 소생이 없지를 않습니까? 장차 그 어른의 제사는 어찌한답니까?"

신정왕후의 심려함이 참으로 절절하다. 철종에게는 처음으로 알게 된 내용이지만, 신정왕후의 탄식이라 마음 안쪽까지 스며든다.

"어디 그뿐입니까? 도정이 잘못되어 보세요. 이젠 왕실과 가까운 종친이 없습니다. 흥선군이 있다고는 하지만…, 궁도령 소리를 듣고 있지를 않습니까…."

"대왕대비 마마, 저도 도정을 살리고 싶사옵니다. 하오나…, 으흐흐흐…."

마침내 철종은 소리 내며 흐느낀다. 승하한 순원왕후에 비한다면 어쩐지 두렵기만 했던 신정왕후였는데, 오늘은 자신의 속내를 드러내면서까지 철종의 어려움을 덜어 주고자 해서다.

"압니다. 주상의 우애를 내가 모를 까닭이 있습니까. 그러나 주상의 도리는 다해야 할 것으로 압니다. 아무리 어렵고 괴로워도 주상의 도리만은 저버리지 마세요. 왕부가 튼튼해야 외척의 세도를 물리칠 수 있을 것인데…, 남원군의 일도 그렇고… 또한 경평군을 저 지경으로 만들어 놓았는데 또다시 도정을 죄준다면…, 백성들은 주상을 원망할 것입니다. 이 점을 명심해야 하신다니까요."

"……."

철종의 흐느낌은 좀처럼 그치지 않는다. 그는 자신의 힘으로는 도정 이하전의 목숨을 구할 수 없다는 사실도 잘 알고 있다.

그러나 이번만은 끝까지 군왕의 위엄을 고집하리라도 다짐하고 있을 뿐이다.

"주상, 이 늙은 할미는 주상을 믿을 겝니다. 더는 종친들이 해를 입어서는 아니 됩니다. 절대로 아니 된다니까요."

결국 신정왕후는 철종에게 무거운 짐만을 지워 놓았을 뿐, 아무런 해결책도 제시하지 못한다. 철종이 아무리 발버둥 쳐도 삼사를 장악하고 있는 장김의 정치를 능가할 수는 없어서다.

"주상…, 이 일은…."

"대왕대비 마마. 저를 믿어 주소서."

신정왕후는 고개만 끄덕이며 대전을 물러난다. 무거운 발걸음으로 거처로 돌아오자 조성하가 기다리고 있다.

"어찌 되어 간다더냐. 화서 선생까지 하옥이 되었다면서?"

"그러한 줄로 아옵니다."

"대체 어쩌자는 게야. 저들이 기어이 종친들의 씨를 말리려고 들지를 않나?"

저들이 누구이겠는가. 조성하가 그 같은 신정왕후의 진노를 모를 까닭이 없다.

"아무리 외척이기로 왕실을 망쳐도 분수가 있지. 이래도 되는 일이라더냐."

"대왕대비 마마…."

"못된 것들, 왕실을 이 지경으로 만든 것이 바로 저들이 아니더냐. 천벌을 받고 말리라!"

조성하는 일찍이 이 같은 신정왕후의 진노를 본 일이 없다. 조성하는 은밀한 어조로 마음에 간직하고 있던 말을 고해 올린다.

"대왕대비 마마, 흥선군 대감을 한번 부르시지요."

"일없다. 그 주정뱅이를 만나서 뭘 하려고?"

단호한 거절이다. 그러나 조성하는 다시 청한다.

"언젠가 대왕대비 마마께오서도 흥선군 대감의 낙척을 일러 호신護身인지도 모른다고 하셨질 않았사옵니까."

"……?"

"저도 그리 생각하고 있사옵니다."

"허면, 흥선군을 만나 보았다는 말이더냐?"

"예, 벌써 오래된 일이옵니다만, 빙부님을 따라 구름재로 찾아뵌 일이 있었사옵니다."

"그래서?"

"왕실이 쇠약해져 왕부의 위엄이 무너졌다는 말씀이 계셨사옵니다."

"……!"

신정왕후의 표정에는 놀라움과 안도의 기색이 돈다. 조성하의 부연은 설득력을 담고 있다.

"만일 흥선군 대감께서 낙척의 길로 들어서지 않으셨다면, 오늘 도정께서 겪으시는 고초를 그 어른이 먼저 겪었을지도 모르는 일이옵니다. 저는 그리 생각하고 있사옵니다. 대왕대비 마마께서 인견引見해 보시면 그 어른의 깊은 심중을 헤아릴 수 있을 것이라고 사료되옵니다."

"내가 부른다면 올지…?"

신정왕후의 어조는 부드러워져 있다. 도정 이하전의 목숨이 경각에 달려 있는 마당인데, 흥선군의 영명함이 아직 살아 있다면 이보다 더한 기쁨이 어디에 다시 있겠는가.

"빙부께서 마마께 문후를 여쭙는 것이 어떻겠느냐고 말씀드렸더니…. 지금은 때가 아니니 내년 정초에 세배나 올리겠다고 하시더라 하옵니다. 이 모두가 그 어른이 왕실을 생각하는 충정이라고 여겨지옵니다."

"다행이다. 그렇다면 시름을 더는 일이지…."

"제가 마마의 분부를 전해 올리리이까?"

"그야말로 지금은 때가 아니질 않느냐. 좀 더 두고 보기로 하자…."

조성하는 흥선군의 심중을 신정왕후에게 전한 것만으로도 자신의 소임을 다한 것 같았는데, 신정왕후가 귀담아 들어 준 것은 기쁘기 한량없는 일이다. 오늘 이 일을 계기로 흥선군 이하응과 신정왕후 조씨가 서로 심중을 털어놓을 수 있다면 거기서 더 다행한 일이 어디에 다시 있음이던가.

4

이른바 '김순성의 옥', 혹은 '이하전의 옥'이라고 불리는 역모와 고변사건은 의금부의 앞마당을 피로 물들인다. 도정 이하전은 종친의 신분이라 하여 문초를 받지는 않았으나, 그를 지켜보고 있는 김좌근, 김문근, 김병기 등의 시선은 따갑기만 하다. 그런데도 젊고 외모 수려한 이하전은 당당하기 그지없다.

"김순성이 내 아버님과의 친교로 내 집에 드나든 것은 사실이고, 또한 화서의숙으로 나를 찾아온 것도 사실이나…, 내 본시 배교로써 영화를 누린 김순성 따위는 사람으로 대한 일이 없는데, 공들은 어찌하여 나를 역모의 괴수로 몰아가려 하시오!"

추관들은 할 말이 없다. 누구인들 그런 이하전의 심중을 모르겠는가.

"자고로 역모의 괴수는 자신도 모르게 추대되고 옹립되는 것이라고 알고는 있으나, 이미 김순성이 잡혀와 있다면 마땅히 나와 대질하여 사실인지의 여부부터 살펴야 하는 것이 도리일 것이오. 만에 하나라도 내가 저들 무리들에게 옹립이 되었다면 내 논죄는 그때 가서 해도 늦지 않을 것이오!"

도정 이하전의 주장에는 빈틈이 없다. 게다가 죄인들의 대질은 당연히 있어야 한다.

"김순성을 데려오렷다!"

김좌근이 소리쳐 명한다. 잠시 후 김순성이 들것에 실려 나온다. 이미 사람이 아니라 찢어진 넝마쪽과 같은 몰골이다. 이하전은 잠시 외면했다가 김순성에게로 시선을 돌린다.

"그대가 나를 옹립하여 역모를 꾀하려 한 게 사실이오?"

"……."

김순성의 눈언저리가 젖어 들고 있다. 가책에 시달리고 있는 모습이 절절하다. 김병기는 두 사람의 언동을 주시하지 않을 수 없다. 김순성의 말 한마디에 일이 뒤틀릴 지경에 와 있었기 때문이다.

"그대가 내 아버님의 은혜를 입고 있었거늘, 어찌하여 그대는 배덕으로 은혜를 저버리려 하시오. 나는 내가 살고자 하여 묻고 있는 것이 아니오. 다만 사람의 도리를 묻고 있을 뿐이오."

"나리, 이 못난 놈을 용서해 주오소서. 나리께 이 같은 누를 끼치고서야 어찌 살기를 바랄 것이옵니까. 모든 잘못은 이놈에게 있음이옵니다."

도정 이하전은 담담한 시선을 김좌근에게 보낸다. 김좌근은 이하전의 눈길을 피하듯 외면한다. 포물대감 김문근은 당혹해하는 표정을 감추지 못한다.

"이만하면 내 무죄함이 드러난 것 같은데 공들의 의향은 어떠하시오?"

"……."

도정 이하전의 조용한 항변이다. 결국 이하전에 대한 국문과 대질은 여기서 끝나고 만다. 그리고 잠시 후 화서 이항로가 끌려

나온다. 당대 제일의 학자가 아니던가. 그런 이항로가 호락호락 국문에 응할 까닭이 없다.

그는 몸이 묶여 있었으면서도 국문에 임한 훈신들에게 사람의 도리를 가르치고 나선다. 참고로 이때 이항로의 의연한 모습을 《화서행장華西行狀》에서 옮겨 보기로 한다.

— 71세. 무옥誣獄에 구금되었다가 무죄 석방되었다.

이때에 이르러 김순성의 역옥逆獄이 있었는데,

김순성이 공초하기를,

"우리 당에 이돈李燉이라는 사람이 있는데, 이화서의 문하인이라고 자칭하면서 화서가 오늘날 제일가는 인물이니 불가불 같이 공모해야 한다고 하기에 따라서 그를 시켜 모의하게 하였는데, 그 사람이 지금 화서의 집에 있다"

고 하였기 때문이다.

선생의 공술供述이 명백하므로 김순성이 자백하기를,

"그동안이라도 고문을 면하려고 무고한 것이다."

고 하였기에 즉각 석방되었다.

선생이 구금되어 갈 때에 포졸들이 집을 에워싸고 금오랑金吾郎도 또한 당도하므로 가족들과 제자들이 모두 통곡하였는데, 선생만은 유독 웃으면서 말하기를,

"글 배운 사람들이 왜 이렇게 용렬한가. 죄가 있으면 죽게 되는 것이고, 죄가 없으면 면하게 되는 것이니, 오직 천명을 순리

적으로 받아들여야 할 뿐이로다"
고 하셨다.

도중에 있어서도 침식이 평상시와 같았음은 물론 글 외우기를 그치지 아니하였으며, 문초받을 때에 있어서도 어조가 조용하여 여러 가지 시구를 인용해 가며 집 안에서 담소하듯이 하므로 심문관들이 주목하여 바라보며 감탄하였다.

석방될 때에도 윤허가 난 것을 알고 칼枷을 벗겨 주려 하자, 아직 명문明文을 보지 못한 것을 고집하여 벗지 않고 7~8시간을 기다려 명문이 온 것을 보고서야 칼을 벗었다. 집에 돌아와서는 손님들과 더불어 다시 전에 하던 말들을 정리하고 강론하기에 다름없이 하였다.

문인 유중교柳重教가
"위급한 때에 당하여도 마음이 동요되지 않는 것이 무슨 방법이 있는 것입니까?"
하고 물었는데, 이에 대해 선생은,
"지금 사람들은 평상시에 뜻을 방탕하게 하고 있으므로 위급한 때에 당하여 바로 동요하게 되는 것이다. 만일 항시 경외하는 마음을 지키고 있으면 무사한 때나 위급한 때나 일치하게 되는 것이다"
하고 대답하였다.

이렇게 화서 이항로가 무죄로 방면이 되자 장김 일족에서는 당황하지 않을 수가 없다. 이 옥사를 계속한다면 도정 이하전도 무죄가 될 것이기 때문이다. 그게 어디 될 법이나 한 일이던가. 이하전의 무혐의가 밝혀진다면 백성들은 김순성의 옥사를 조작극이라고 비방할 것이었고, 이하전에게는 반발의 빌미를 주게 된다. 결국 장김의 위세는 흙탕물을 뒤집어쓰게 될 것이 분명하다.

"아무래도 옥사를 당겨서 매듭짓는 것이 옳을 듯하옵니다."

김병기의 제안이다. 달리는 방법이 없다. 국문이 길어지면 이하전의 무죄만을 드러내게 될 것이기 때문이다. 그것을 어찌 장김의 수모라 아니 하랴. 김좌근은 대답 대신 고개만 끄덕인다. 김병기는 추관들인 김흥근, 김문근, 조두순 등을 차례로 방문하여 국청을 파해야 하는 당위성을 집요하게 설득한다. 조두순만이 탐탁히 여기지 않았을 뿐 김흥근과 김문근은 적극적으로 찬동한다.

의금부에서는 그간의 공초사실만 간추려서 철종에게 올린다. 도승지가 철종에게 이하전의 처벌을 주장하는 공초의 내용을 읽어 준다.

— 도정 이하전은 종친의 신분임을 잊은 채 평소에도 시정잡배들과 어울려 조정을 비방하는 언동을 서슴지 않았고, 작금에는 화서의숙을 드나들며 뜻을 같이하는 자를 모으기에 혈안이 되었습니다. 이에 국문에 임한 추관들이 연서하여 도정 이하전을 극형으로 다스리려 하오니 윤허하시어 어지러워진 백성들의 마음을 어루만져 주시기를 청하옵니다.

아무리 지게발이로 살다가 보위에 올랐기로 군왕의 자리에 있은 지가 13년이나 되었는데 이 같은 공초가 사실이 아님을 모를 까닭이 있을까. 철종은 영의정 김좌근을 탑전으로 부른다.

"영상, 내 비록 아무것도 모르는 초부에 지나지 않지만…, 그래도 보위에 있은 지가 열세 해가 되었는데, 추관들이 올린 공초가 옳고 그른 것을 모를 까닭이 있겠소."

"……."

"하지만 나는 공초의 옳고 그른 것은 탓하지 않을 것이오. 그러나 경평군이 원도에 위리안치된 지가 얼마 되지 않았는데 이제 또다시 도정에게 죄를 준다면 왕실의 위엄이 무엇이 되고, 내 체모는 무엇이 되오."

"전하, 종사에 죄를 지으면 벌을 받아야 마땅한 것은 삼척동자도 아는 일이온데…, 항차 종친이겠사옵니까."

"영상, 영상께서 그리 말씀하시면 나도 할 말이 없어요. 허나 이 공초에는 물증이 없지를 않소."

"……!"

김좌근은 흘깃 철종의 용안을 살핀다. 핏기가 가신 용안이었어도 안총만은 형형하게 빛나고 있다. 철종은 가시와도 같은 예리한 말들을 입에 담는다.

"내가 도정을 대전으로 부르라고 했을 때 경들은 죄인이라 대전으로 들 수 없다고 하지를 않았소. 내 몸소 친국장으로 나가자고 했을 때는 내가 환후 중에 있어서 또한 아니 된다고 했어요. 허면 내가 할 수 있는 일이란 무엇이요?"

"전하, 고정하오시고…."

"영상, 잘 생각해 보시오. 열세 해 전에 경이 강화섬에 와서 내 몰골을 살피지 않으셨소. 그 덕분에 나는 임금의 자리에 올랐는데…, 아무 것도 한 일이 없이 이렇게 병이 들고 말았으니 이 나라의 주상은 하옥이 아니었소."

"전하, 받자옵기 민망하옵니다. 거두어 주소서!"

김좌근은 울부짖듯 소리친다. 철종의 뜻이 밖으로 새어 나간다면 그야말로 대역부도가 되기 때문이다.

"더 긴 말하고 싶지를 않소. 나는 그 공초를 놓고 옳고 그름을 탓하지는 않을 생각이요. 다만 이하전은 내 지친이기에 목숨만은 살려 두고 싶을 뿐이요. 어찌하시려오?"

"……."

"내가 그나마 이런 말을 할 수 있는 것은…, 영상과의 오랜 인연을 믿기 때문이오. 영상, 이번 한 번만이라도 나를 도와주시오. 내 아무리 부덕한 임금이기로 어찌 종친들을 죄주는 일로 소일하겠소."

철종의 호소는 절절하다. 그릇이 큰 김좌근이라 철종의 호소는 그의 가슴속을 뒤흔들고도 남는다. 그렇다고 도정 이하전의 방면을 결단할 수는 없다.

"영상, 죽은 사람의 소망도 들어준다는 속언이 있지를 않소.

나는 병들어 있는 몸이오. 언제 이 같은 소망을 다시 청할 날이 있겠소. 따라 주시오. 이번만은 내 뜻을 따라 주시오. 영상, 내가 이렇게 애원하고 있지를 않소…."

"전하의 하교는 참으로 지당하시옵니다. 이하전이 비록 불궤를 도모한 자들과 가까이 어울렸고, 또 그들의 입에서 와주로 지목되는 말을 들었다고는 하지만, 그가 몸소 역모에 가담한 물증이 있는 것은 아니옵니다. 뚜렷한 물증도 없이, 드러난 혐의만 가지고 극형에 처한다는 것은 전하의 덕망과 우애를 깎는 일이옵니다. 더욱이 이하전은 덕흥대원군의 후손이요, 그 어른의 사당을 지키고 있사온지라, 극형으로 다스릴 수는 없는 일이라 여겨지옵니다."

철종은 잘못 듣지 않은가 싶다. 어찌 김좌근의 입에서 극형을 면하리라는 말이 튀어나올 줄 짐작이나 했던가.

"영상, 지금 무엇이라 하시었소? 정녕 극형은 아니 된다고 하시었소?"

"그러하옵니다, 전하…."

"오, 영상!"

철종은 용상에서 내려와 김좌근의 손이라도 잡고 싶은 심정을 억눌러 참는다. 그의 눈에는 하옥 김좌근의 모습이 부처님처럼 보인다. 강화섬 전등사의 대웅전에 봉안奉安된 석가모니 부처님의 입가에는 언제나 잔잔한 미소가 담겨 있었질 않았던가.

"그렇다면… 도정 이하전을 어찌 처결하는 것이 좋겠소?"

철종은 감격에 찬 목소리로 다시 하문한다.

"전하, 신의 생각으로는 제주도에 유배하는 것이 마땅한 줄로 아옵니다."

"제주도는 너무 멀지 않소. 강화섬 정도면 어떨지…?"

"강화섬은 도성과 가깝사옵니다. 또한 다른 작은 섬에 비한다면 그래도 제주도가 편할 것이라 사료되옵니다. 윤허해 주오소서."

"도리 없겠지요. 그리 시행하시오."

철종은 도정 이하전에게 극형이 내려지지 않은 것만으로도 천만다행으로 여긴다. 그러기에 자신의 어의를 따라 준 김좌근이 고맙기 그지없다.

도정 이하전은 목숨만은 부지된 채 당일로 제주도를 향해 떠났고, 역모의 주동자로 고변이 된 김순성은 군기시 앞 큰길에서 효수된다. 그리고 김순성과 함께 모의했으면서도 고변하지 않은 이긍선은 지정불고知情不告라는 죄명으로 역시 참수형을 받는다. 반면 김순성의 역모를 가장 먼저 고변한 이재두는 동지중추부사의 자리에 올랐고, 나중에 고변한 임일희, 정유성, 고제유 등은 정상이 참작되어 약간의 상금을 받게 된다.

이로써 김순성의 옥사가 마무리되고 도정 이하전은 구사일생으로 목숨만은 부지되는 것으로 여겨졌으나, 그를 에워싼 불행은 여기서 끝나지 않는다. 장김 일족이 도정 이하전이 살아 있다는 사실을 꺼림칙하게 여겼기 때문이다. 그로부터 한 달 후 과연 조정은 또 한차례 피바람에 휩싸이게 된다. 일전에 김순성을 고변한 바 있던 임일희가 고향인 해남에 사는 전 우후虞候 박재인朴載仁에게 보낸 편지 중에서 도정 이하전이 김순성과 함께 역모를 꾀했다는 내용이 적힌 서찰 한 통이 교동 김병기의 손에 입수되었기 때문이다. 두말 할 나위도 없이 이하전의 역모 사건은 재론되고야 만다. 김좌근, 김병기 등이 물증을 앞세워 이하전의 처형을 극력 주청하고 나섰기 때문이다.

— 지난번 김순성의 옥사를 다스리면서 이하전이 대역모반에 가담한 물증을 찾지 못하였고, 또 주상 전하께서 종친을 아끼시는 우애가 돈독하셨는지라 제주도에 안치하는 것으로 옥사를 마무리한 바 있사오나, 이제 이하전이 가담한 물증이 드러났사오니 마땅히 사사賜死함이 옳은 줄로 아옵니다.

철종의 연상에는 이하전을 사사하라는 상소가 쌓이기 시작한다. 물론 철종은 그 상소를 읽을 기력도 없다. 읽지 않은 상소에 비답이 내려질 까닭도 없다.

'속았어, 속았음이야…!'

철종은 주먹을 불끈 쥐어 본다. 어금니를 물어도 보았으나 모두가 허사다. 싸워서 이길 수도 없는 일이었고, 사정해도 되지 않을 일임을 누구보다도 철종이 더 잘 알고 있다. 더구나 기력을 가다듬을 수도 없는 중환에 시달리고 있었음에랴. 그러나 조정은 그런 철종의 처지를 아랑곳하지 않는다. 만사를 뒤로 미룬 채 오직 도정 이하전의 사사만을 앵무새처럼 외치고 나선다.

철종에게는 더 버틸 만한 여력도 없다. 철인왕후도 숙의 범씨도 그리고 신정왕후마저도 단념한 모습들이다. 아니 오히려 대소 신료들의 진언을 따르는 것이 철종의 명을 더하는 일이 될 것이라고 생각하는 지경에 이른다.

"경들이 알아서 처결토록 하라!"

철종은 자포자기하듯 뱉어 내고야 만다. 옥체는 신열로 불덩이가 되어 간다. 눈앞은 온통 암흑이나 다름이 없다. 그리고 며칠 동안 철종은 사경을 헤맨다.

제주도. 돌과 바람과 아낙이 많아서 삼다三多라고 하였는가. 8월인데도 제주에 쏟아지는 햇볕은 불덩이와 같이 뜨겁다.

"죄인 이하전은 어명을 받들라!"

이하전은 천천히 의관을 정제하고 마당으로 나와 선다. 깔린 멍석 위에는 사약 사발이 놓인 소반이 덩그렇게 놓아져 있다. 이하전은 금부도사가 지켜보는 가운데 북쪽을 향해 네 번 절하고 단정하게 앉는다. 이하전의 마지막 모습을 지켜보기 위해 수많은 사람들이 모여들었다.

"쯧쯧쯧, 수려하기도 하시지…."

"저 어린 나이에…."

애석해 하는 주민들의 목소리가 이하전의 귓가에까지 들린다. 이하전은 두 손으로 사약 사발을 든다.

'조종의 영혼들이여, 왕실의 피를 받았음도 죄가 되오이까!'

도정 이하전은 내심 수없이 그렇게 중얼거리면서 사약 사발을 비운다. 이젠 주민들의 숨소리도 들리지 않는다.

1862년(철종 13) 8월 11일.

창칼같이 쏟아져 내리는 세찬 햇볕에 찔리면서 도정 이하전의 몸뚱이는 서서히 무너지고 만다.

두 사람의 밀약

1

새해인 계해癸亥년(1863년 · 철종 14)을 맞은 흥선군 이하응의 마음은 착잡하기 그지없다. 지난 세월 동안 계속한 낙척의 자학에 종지부를 찍을지도 모른다는 생각이 들어서다. 아무리 암담하고 얼룩진 세월이라도 역사의 뒷장으로 넘어가면 과거가 된다. 철종 13년은 그야말로 철종시대의 마감을 예고할 만큼 다사다난했다.

도정 이하전이 사약을 마신 땅, 그 제주도에서 민란이 일어난다. 9월에 이어 제2차 봉기가 있은 지 한 달 남짓 11월 중순으로 접어들면서 또다시 민중봉기가 일어나는 것을 계기로 창원, 남해, 울산, 함흥 등지에로 번져 간다. 성난 농민들이 농기구를 거머쥐고 관아를 습격하는 것이 다반사로 되어 가는 판국이다.

나라 돌아가는 형편에서 살핀다면 조정의 사정은 딱하기 그지 없다. 제주민란이 끝난 후에서야 사실을 알게 되었으니, 진압의 과정은 생략된 채 수습하는 일에만 매달릴 수밖에 없다. 민란의 요인이 언제나 지방관들의 탐착貪着에 있음을 모르지도 않았고, 그 지방관들이 자신들의 천거로 부임해 간 사람들이라는 사실도 알고 있었지만 그래도 형벌만은 가혹할 수밖에 없다. 흐트러진 민심을 수습하기 위해서는 불가피했기 때문이다.

제주목사 임헌대任憲大를 비롯한 다섯 사람을 귀양 보내고, 판관 구원조具源祚를 파직하는 한편 좌수 정기영 등을 장형杖刑에 처한 후 방송한다. 결국 얻은 것은 없고 잃은 것만 많은 '제주민란' 은 이렇듯 막을 내렸지만, 부패한 조정에 대한 백성들의 원성은 조금도 줄어들지 않는다.

철종은 이미 병석에서 헤어나지 못하고 있는 지 오래다. 거둥을 못할 정도는 아니지만, 정무를 살필 형편은 아니다. 어차피 장김 일족의 허수아비로 살 수밖에 없었던 지난 세월이었다. 간혹 자신의 뜻을 세워 보려 했던 때도 있었지만, 그런 일이 있을 때마다 차마 입에 담기 어려운 혹독한 시련을 겪지 않았던가.

흥선군 이하응의 새해도 우울하기는 마찬가지. 그래도 한 가닥 희망이 있다면 대왕대비 신정왕후를 배알하는 일이다.

'인견해 주실지…!'

흥선군 이하응은 조성하나 이호준에게 새해가 되면 대왕대비 신정왕후에게 세배를 드리기로 약조해 둔 바가 있다. 그러나 막상 새해를 맞고 보니 그것이 성사될지가 염려된다. 물론 조성하가 자신의 근황을 신정왕후에게 고했을 것임은 분명하다. 그렇다고 하더라도 흥선군은 지난해 그믐께까지 투전판과 술청을 드나든 처지다. 신정왕후는 조성하가 아닌 다른 사람으로부터라도 흥선군 이하응의 외양을 듣고 있을 수도 있다.

벌써 초나흘. 조성하로부터는 아직 아무 기별도 없다. 흥선군은 초조해지는 심중을 달랠 길이 없다. 그가 의지해야 하는 마지막 보루(堡壘)가 신정왕후이기 때문이다. 그녀로부터 버림을 받는다면 지금까지 키우고 간직해 온 모든 소망도 물거품으로 사라지게 된다. 지난 초하룻날의 일이다. 사돈인 이호준이 은밀하게 귀띔을 해 주던 일이 생각난다.

"대감, 대왕대비 마마께서 명복 도령의 나이를 하문하시더랍니다."

"……!"

"어디 그뿐입니까. 글은 어디까지 읽었는지, 혼담은 있었는지…, 이게 어디 예사로운 일이오이까?"

그때 흥선군 이하응은 숨을 멈출 만큼 긴장했다. 신정왕후가 명복에 관한 일을 그같이 소상하게 하문을 했다면 후사를 이어갈 왕재로 보고 있을지도 모른다. 흥선군 이하응이 초조해지는 심중에서 벗어나지 못하는 것은 그 때문이다. 그러고 다음날에는 내당에 관복을 손질해 놓을 것을 명했고, 청지기 김응원을 김병학의 집으로 보내 자비까지 빌려다 놓고 있다.

깟깟 까치까치!

까치소리가 들린다. 흥선군 이하응은 툇마루로 나선다. 까치 두 마리가 벽오동 나뭇가지를 오르내리며 울고 있다.

'오려나….'

흥선군 이하응은 중얼거린다. 까치는 길조다. 까치가 울면 귀한 손님이 온다지를 않았던가. 흥선군 이하응은 잠시 툇마루를 서성이다가 방으로 든다. 점심때가 지나도 조성하로부터는 아무 소식이 없다. 그는 연상을 당겨 놓고 화선지 두루마리를 편다. 난초를 치면서 초조한 심경을 달래 볼 심산에서다. 바로 그때 김응원의 목소리가 울린다.

"대감마님, 승후관께서 드셨사옵니다."

"오, 들라 이르라."

승후관承候官은 임금의 기거와 안부를 묻는 관직으로 종친이 맡게 되어 있다. 신정왕후는 철종의 환후가 심상치 않은 기미를 보이자 조성하를 승후관의 자리로 옮겼다. 그것은 철종의 사후에 대비한 신정왕후의 포석이나 다름이 없다.

"세배가 늦었사옵니다. 올해에는 크나큰 소망을 성취하소서."

조성하는 세배를 마치면서 의미심장한 문안을 입에 담는다.

"허허허, 고맙기는 하네만…, 세월이 너무 어수선하지를 않은가."

"전하의 환후가 심상치 않사옵니다."

"……!"

"게다가 후사도 없지를 않사옵니까."

"후사야 장김에서 정하면 될 일인데…, 우리가 걱정할 일은 아닐 테지."

흥선군 이하응은 화제를 돌린다. 그가 기다리고 있는 소식은 오직 대왕대비 신정왕후의 하교일 뿐이기 때문이다. 그제야 조성하는 흥선군 이하응의 내심을 알아차린다.

"실은 용동궁龍洞宮에서 오는 길이옵니다."

"……?"

흥선군 이하응은 쿵쿵거리는 가슴을 애써 달래며 조성하의 얼굴을 쏘아본다. 다음 말을 채근하고 있음이다.

"초아흐렛날 저녁에 대감을 인견하시겠다는 말씀이 계셨사옵니다."

"초아흐렛날…!"

"용동궁이라 거동하시기도 편하지 않겠습니까."

"아무튼 고마우이…."

흥선군은 온몸이 나른하게 떠오르는 느낌을 받는다. 그것은 형언할 수 없는 쾌감 같은 것이기도 했고, 일찍이 그런 경험을 해 본 일이 없는 참으로 묘한 들뜸 같기도 하다.

"초아흐레라 해도 며칠 남지 않았사옵니다."

"그렇고만…."

흥선군 이하응의 대답은 한숨에 섞여 나온다. 마치 실어증에 걸린 사람처럼 하고 싶은 말은 얼마든지 있는데도 입이 열리지 않는 괴로움 같은 것이 그의 가슴을 답답하게 한다. 조성하가 돌아간 다음에도 흥선군 이하응은 한동안 그런 증세에서 헤어나지 못한다.

길고도 지루한 닷새다. 그 닷새 동안 흥선군 이하응은 지난 10여 년 세월을 몇 번이나 뒤돌아보았는지 모른다. 때로는 분노에 몸을 떨었고, 또 때로는 눈시울이 젖어 드는 것을 참아야 했다. 그리고 마지막 날인 초여드렛날은 자신이 백척간두百尺竿頭에 서 있음을 확연히 깨닫는다. 이 나라 종사의 백년대계를 위한 승부처가 눈앞으로 다가와 있다는 생각 때문이다.

'어찌 내 일신의 영화만을 탐했음이던가.'

그랬다. 흥선군 이하응은 자신의 영화만을 잡자고 진흙구덩이를 뒹굴듯 낙척의 세월을 보낸 것은 결단코 아니다. 거기에는 왕권의 회복이라는 당당한 명분이 있다. 쇠약할 대로 쇠약해진 왕권을 회복하기 위해서는 장김의 60년 세도를 찍어 넘겨야 한다는 신념도 개입된다. 설사 생각이 있었다 해도 함부로 결행할 수 없는 일, 그 엄청난 일을 머릿속에 그리면서 투전판으로, 술청으로, 기방으로, 상가로 떠돌아다니질 않았던가. 김좌근, 김흥근, 김문근 등의 두령과 김병기, 김병필, 김병학, 김병국, 김병준 등의 세력이 철옹성과도 같았기에 정면으로 부딪치는 것은 계란을 바위에 던지는 무모한 일이나 다름이 없다. 그러기에 흥선군 이하응은 진흙탕을 구르면서 내심을 숨겨 왔다.

이제 하루가 지나면 대왕대비 신정왕후와 마주 앉게 된다.

'대왕대비 마마, 5백 년 종사가 풍전등화와 같사옵니다. 이 흥선이 아니고서야 누가 감히 그 엄청난 일을 감당하리까. 원하옵건대 흥선의 자식으로 후사를 정해 주시오소서!'

설사 그렇기로 함부로 입에 담고서는 목숨을 부지할 수 없다. 신정왕후가 임시로 기거하고 있는 용동궁에도 김좌근, 김병기의 손발이 닿아 있을 것이 분명하다. 낮말은 새가 듣고 밤말은 쥐가 듣는다는 속언도 있다. 그렇다고 잡담만 나누고 돌아올 수는 더욱 없다. 승부를 걸어야 한다. 그리고 이기고 돌아와야만 쓰러져가는 종사를 구하게 된다.

흥선군 이하응은 정월달 긴긴밤을 뒤척이면서 보낸다. 잠이 오지 않아서다. 10여 년 세월을 다듬고 생각한 내심을 털어놓는 일, 거기에 또 목숨이 걸려 있다. 어디선가 첫 닭이 우는 소리가 들린다. 마른 나뭇가지를 휘젓고 지나가는 바람 소리도 들린다. 흥선군 이하응은 기어이 몸을 일으키고야 만다. 생사를 건 일전을 치르기 위해 막사를 나서는 장수처럼 흥선군 이하응은 온 방안을 서성이면서 아침을 맞는다.

마침내 정월 초아흐레.

아침 햇빛은 투명하게 맑다. 그는 점심나절까지 난초를 그리면서 소일한다. 민씨 부인이 관복을 내온다. 그녀의 얼굴도 전과 같이 밝지를 않다. 흥선군 이하응의 내심을 짐작하고 있어서다. 민씨 부인은 오래 앉아 있고자 하지를 않는다. 승석 무렵이 되자 조성하가 왔다. 용동궁까지 그가 흥선군을 인도하게 되어 있어서다.

"대감, 채비를 하시지요."

"그래야겠군…."

흥선군 이하응은 관복을 입고 사모를 쓴다. 비록 몸은 5척 단구였으나 어느 한 곳도 허술해 보이지 않는다. 불덩이를 뿜어내는 듯한 안총 밑으로 반듯한 콧날이 서 있고, 수염은 어느 사이 흰 털이 섞여 있다. 이젠 마흔네 살. 세월은 무정하게 흘렀지만 흥선군 이하응의 경륜은 익을 대로 익어 있다.

'저 같은 어른이….'

조성하는 전율한다. 누가 감히 흥선군 이하응의 바윗덩이와 같은 위엄을 능멸할 수 있을 것이던가.

"떠나시지요, 대감."

"좀 이르지 않을지…."

"기다리고 계실 것이옵니다."

흥선군 이하응은 끄덕여 보이고 성큼 방문을 나선다. 조성하가 뒤를 따른다. 김병학에게서 빌린 자비는 이미 내정에 놓여 있다. 천하장안은 관복을 입은 흥선군을 보면서 몸을 움츠린다. 투전판을 드나들 때의 몰골은 어디에도 없다. 흥선군 이하응은 말없이 자비에 오른다. 교군들이 자비를 든다.

흥선군 저의 대문이 활짝 열린다. 흥선군 이하응을 태운 자비가 나온다. 천희연과 하정일이 앞장을 섰고 장순규와 안필주가 뒤를 따른다. 조성하는 자비의 곁에 붙어서 걷는다.

"물렀거라, 흥선군 대감 행차시다, 쉬이… 물렀거라."

흥선군 이하응의 얼굴에 미소가 담긴다. 천희연의 목소리가 너무 커서 말릴까 싶었으나 그냥 두기로 한다. 하정일도 소리친다.

"쉬이… 선 놈은 앉고, 가는 놈은 멈추어라, 흥선군 대감 행차시다."

구름재에서 수진방壽進坊은 멀지 않다. 정초라 그런지 행인들도 별로 눈에 뜨이지 않는다. 용동궁의 주위도 조용하다. 호위하는 병사들이 있을 뿐 인적이 없었기 때문이다.

"대왕대비 마마의 하교 받들었느니라."

조성하의 말이 없어도 대문은 열릴 것이었으나 뒷일을 생각했음인지 대왕대비 마마의 하교를 받들었음을 힘주어 말하는 조성하다.

2

신정왕후의 거처 앞에 이르러 흥선군은 자비에서 내려 중문을 걸어 들어선다.

"대왕대비 마마, 흥선군 대감 모셨사옵니다."

"듭시라 여쭈어라."

신정왕후의 낭랑한 목소리를 들으면서 흥선군 이하응은 지난날의 감회에 젖는다.

'종친만 아니었다면 정승의 재목이라는 풍설이 돌고 있다면서요?'

한때는 신정왕후도 흥선군 이하응을 아끼고 신임했었다.

"어서 오세요, 흥선군."

신정왕후는 들어서는 흥선군을 바라보며 먼저 인사를 건넨다. 그러나 정이 담겨진 목소리는 아니다. 흥선군은 정중한 세배를 올리고 좌정을 한다.

"대왕대비 마마, 본시 변변치 못한 종친이라 심려만 끼치고 있사옵니다."

"……."

"경평군이 원도에 유배되었고, 도정이 사사된 처지라…, 살아서 대왕대비 마마의 면전에 앉은 것만도 크나큰 광영이라 사료되옵니다."

"……."

신정왕후는 그런 흥선군 이하응을 말없이 지켜보고만 있다. 권문세도의 집에 동냥을 다닌다 하여 '궁도령' 이었고, 상가를 찾아다니면서 공술을 얻어 마신다 하여 '상갓집 개' 라고 불리는 흥선군 이하응이 아니던가. 그러나 지금 바로 눈앞에 앉아 있는 흥선군 이하응의 모습은 그게 아니다. 몸은 작았어도 바늘 하나 꽂을 데가 없는 위엄이 돌고 있다.

'그러면 그렇지….'

신정왕후는 내심 안도하고 있다. 흥선군 이하응과 손을 잡을 수만 있다면 60년 세도의 장김도 물리칠 수 있을 것이라는 자신감까지 끓어오른다.

"전 이만 물러가겠사옵니다."

조성하가 몸을 일으키며 말한다. 조성하가 방을 나가자 비로소 신정왕후는 정겨운 목소리로 입을 연다.

"참으로 오랜만에 뵙습니다. 올해는 흥선 대감께서도 소망을 성취하셔야지요."

"감읍하옵니다. 대왕대비 마마."

두 사람은 무엇을 말하기 위해 마주 앉은 것인지를 똑같이 알고 있다. 양쪽이 모두 벼르고 별렀던 일이기 때문이다.

"둘째 자제가 명복이라 했던가요?"

"그러하옵니다만…."

"몹시 총명하다고 들었는데, 대감이 보기에는 어떻습니까?"

흥선군 이하응은 잠시 망설일 수밖에 없다. 단도직입적으로 대답하기에는 분위기가 무르익지 않았다는 생각에서다.

"호호호, 아버님을 닮았다면 나무랄 데가 없겠지요. 명복이가 총명하다는 소문이 내 귀에까지 들려왔으니까요."

"……."

흥선군은 그제야 신정왕후의 얼굴을 바로 쳐다볼 수 있는 용기가 생긴다. 그녀의 웃음소리가 흥선군의 마음을 편하게 했기 때문이다. 이때 신정왕후의 춘추 쉰여섯, 나이보다는 훨씬 더 젊어 보인다. 지아비 익종(추존)과 사별한 지도 어언 서른세 해, 스물세 살에 홀몸이 된 아낙이 아니던가.

"주상의 환후가 아무리 생각해도 심상치 않고…, 게다가 후사마저 없으니 어느 한시인들 마음을 놓을 수가 있어야지요."

"모든 것이 세월을 탓해야 할 일이라 사료되옵니다마는…, 그렇다고 가는 세월을 어찌 인력으로 막을 수가 있으리까. 이제 이 나라 오백 년 사직은 오직 대왕대비 마마의 심중 하나에 있을 뿐이옵니다. 이 점 유념해 주오소서."

"……!"

"대왕대비 마마, '화무花無는 십일홍十日紅이요, 권불십년權不十年' 이라는 말은 들은 바가 있사오나…, 시생은 아직 70년 세도라는 말은 들은 바가 없사옵니다."

"그러니 어찌하오. 이미 눈앞에 벌어진 일인 것을요."

"지난날의 역사를 상고해 보면 아무리 큰 세도도 백성들을 억누를 수는 있었으나 푸른 하늘을 속이지는 못하였사옵니다. 사속에 관한 일은 오직 대왕대비 마마의 소관임을 유념하셔야 할 것으로 압니다."

사속嗣續에 관한 일이 무엇이던가. 그것은 곧 다음 대의 임금을 정하는 권한이 신정왕후에게 있음을 상기시키고 있음이다.

"내가 그것을 모를 까닭이 있겠소만…, 혼자 사는 아낙의 처지라 힘이 부치지나 않을지… 걱정이 태산입니다."

"이제 또다시 전날과 같은 망국지변이 되풀이된다면, 종묘의

영령들께서도 용서치 않을 것이라 사료되옵니다."

흥선군 이하응의 어조는 날카롭기 그지없다. 무슨 일이 있어도 철종이 보위에 오를 때와 같은 무모한 일이 되풀이되어서는 아니 된다는 경고나 다름이 없다.

"대감께서 힘이 되어 주신다면 길이 있을 것도 같습니다만…."

"대왕대비 마마께서도 익히 아시는 바와 같이 저는 투전판과 기방을 출입하고 있사옵니다. 설혹 대왕대비 마마의 부르심이 계신다 해도 예사롭게 입궁할 처지가 못 되질 않사옵니까."

"왕실의 일이 날로 어려워지고 있는데, 이젠 본래의 흥선군으로 돌아오셔야지요. 그래서 나를 도와 이 나라 종사를 바로잡아야 되지를 않습니까. 그것이 대감의 소임이기도 하구요."

신정왕후의 목소리는 물기에 젖어 애잔하게 들린다. 흥선군 이하응은 오늘의 대좌를 여기서 끝내도 자신의 소망이 이루어질 것임을 확인한다.

"대왕대비 마마, 마마께서 허락을 하신다면…, 입궁은 못 하는 대신 서찰을 적어 올릴 수는 있음이라 사료되옵니다."

"그래 주세요. 제발 좀 그래 주셨으면 합니다. 천만다행으로 성하가 내왕을 하고 있지를 않습니까."

"명심하여 거행하겠사옵니다."

"고맙습니다. 이제야 막혔던 숨통이 열리는 것 같습니다."

세상에 알려질 수 없는 밀담, 또 알려져서도 아니 될 밀약은 이렇게 이루어진다.

홍선군 이하응이 신정왕후의 거처를 나설 때 그녀는 몸소 중문께까지 배웅을 하면서 다시 한 번 당부하는 것을 잊질 않는다.

"믿겠습니다, 대감!"

"마마, 옥체를 보전하소서."

밤하늘은 청명하게 개어 있었고 정월달 찬바람이 옷깃을 스몄으나 흥선군 이하응은 굳은 표정으로 자비 위에서 흔들리고 있다. 그는 살아 있는 데 대한 보람을 느끼고 있다. 이제 얼마를 더 기다리면 되는 것일까.

'낙척이라…, 아무렴, 낙척이고말고….'

이젠 더 뛰어내릴 곳이 없는 흥선군 이하응이다. 체면에 구애될 일도 아니다. 지난날보다 더 분주하게 투전판으로, 상가로 뛰어다닌다 해서 창피할 것도 어려울 것도 없지를 않겠는가.

구름재로 돌아온 흥선군 이하응은 관복을 입은 채 작은사랑으로 든다. 명복은 잠이 들어 있다. 철종의 뒤를 이어 보위를 이어갈 왕재다. 방금 신정왕후와 그 일을 밀약하고 왔다. 그는 명복의 얼굴을 뚫어지게 내려다본다. 이제 얼마 아니 있어 삼천리 조선 강토의 억조창생들은 명복이 내리는 왕명에 따라 움직이게 될 것이 아니겠는가. 흥선군 이하응은 가슴을 치미는 뜨거운 열기를 식히지 못하고 있다.

'전하, 내일부터 이 애비는 천 길 낙척의 길로 다시 들어설 것이오나, 그것은 천지신명의 명을 따르는 것일 뿐 애비의 본심은 아니옵니다. 오직 전하를 위한 충절로 거두어 주신다면 그보다 기쁜 일이 어느 천지에 다시 있으리까. 원하옵건대 옥체를 보전하여 주오소서!'

흥선군 이하응의 눈언저리가 젖어 들고 있다. 지난 십여 년 동안의 수모가 그의 뇌리를 어지럽히고 있었기 때문이다. 그러나 내일부터 다시 당할 수모는 수모가 아닌 즐거움일 수도 있으리라.

'낙으로 삼으리…!'

흥선군 이하응은 작은사랑을 나온다. 밤 마당이라 삭막한 느낌이 드는데도 흥선군 이하응은 시선을 허공에 던져둔 채 마치 석상처럼 오랫동안 움직이지 않고 서 있다.

3

철종의 환후가 차도를 보이지 않자 장김 일족이 초조해지기 시작한다.

다음 대의 보위를 이어 갈 왕재를 물색해 둬야 하기 때문이다. 교동 김병기의 집 사랑에는 언제부터인가 《선원보璿源譜》가 놓여 있다. 그들은 정무를 의논하면서도 선원보의 책장을 넘겨 보는 것을 버릇으로 삼고 있다. 《선원보》란 왕실척족의 족보가 아니던가. 다음 대의 임금이 될 사람은 선원보에 이름이 올라 있는 종친이어야 하기 때문이다.

"원, 명색이 왕실인데, 이리도 사람이 없을 수가 있나!"

김병기는 《선원보》를 세차게 덮으면서 짜증스럽게 뱉어 낸다. 새로이 임금이 될 사람은 어수룩할수록 좋은데 그런 마땅한 사람이 눈에 뜨이지 않아서다.

"대감마님, 영초 대감 드셨사옵니다."

"듭시라 여쭈어라."

영초는 김병학의 호다. 김병기는 방으로 들어서는 김병학에게 호통부터 친다.

"그 미치광이에게 자비는 뭣 하러 내주는가."

"자비야 나무로 만든 것인데 아무려면 어떻습니까."

"허어, 흥선이 영초의 자비를 타고 용동궁을 다녀왔다기에 하는 소릴세."

"허허허…, 애초부터 용동궁으로 세배를 간다기에 내주었습니다."

"자비에 오른 흥선의 몰골이 멀쩡하더라면서?"

"허허허, 그야 보지를 않았으니 모를 밖에요."

김병기는 미간을 찌푸리며 장죽을 세차게 턴다. 재떨이를 울리는 쇳소리까지도 그의 미편한 심기를 드러내는 판국이다.

"아무려면 제발로야 갔겠습니까? 대왕대비 마마의 부르심이 계셨겠지요."

"때가 때이기에 하는 소릴세. 그 두 사람이 만나서 할 애기가 무에 있겠는가. 사속의 일이 아니면… 날 헐뜯었을 것이고…!"

"……?"

"흥선을 유념해서 살펴보시게. 때가 심상치 않아!"

한 시대를 주름잡고 있는 김병기다. 쓸모없다는 종친 중에서 흥선군 이하응만 한 인물을 찾을 길이 없다. 설혹 그가 투전판, 상가를 드나들고 있다 해도 흥선군 이하응의 언동에 마음을 써야 하는 것은 당연하다. 그래서 흥선군 이하응도 '사내자식을 두려거든 김병기와 같은 아들을 낳으라' 고 하지를 않았던가. 그만치 김병기는 매사를 빈틈없이 보고 있다. 김병학은 슬며시 화제를 돌린다.

"선원보는 좀 살펴보셨습니까?"

"마땅치가 않으이…. 아무리 찾아보아도 쓸 만한 왕재가 없어…."

김병기는 장죽으로 《선원보》를 밀어서 김병학의 앞으로 보낸다. 김병학은 선원보를 집어 들고 천천히 책장을 넘기기 시작한다. 무료한 시각을 흘리는 데는 안성맞춤이다. 방 밖이 소란해진 것은 그때다.

"물러서라, 이놈. 네 상전이 그리 가르치더냐!"

흥선군 이하응의 목소리가 분명하다. 김병기의 표정이 짜증스러워진다.

"사영 대감, 흥선군 올시다."

"헛, 이거야 원…."

김병학이 조심스럽게 입을 연다.

"형님, 잠시 나가 보시지요. 명색이 종친인데 이미 내정에까지 들어와 있지를 않습니까?"

"종친은 무슨 종친…."

김병기는 퉁명스럽게 뱉어 내면서도 몸을 일으켜 밖으로 나간다. 흥선군 이하응은 세워 놓은 지게에서 병풍을 내리고 있다. 김병기는 무슨 짓인가 싶어 말없이 지켜보고 섰다.

"허허허, 사영 대감. 이 흥선이 병풍 한 벌을 진상하고자 해서요. 솜씨는 변변치 않습니다만 제 몸소 그린 것입니다. 한번 보시겠습니까?"

흥선군 이하응은 병풍을 땅바닥에 세운 채 펼쳐 가기 시작한다. 난초를 그린 병풍이다. 일찍이 추사 김정희도 압록강 이동에는 석파란을 따를 것이 없다고 극찬하지를 않았던가. 그러나 지금의 김병기에게는 미치광이의 붓장난으로밖에 보이지 않는 것을 어찌하랴.

"그걸 내게 주고 뭘 청하실 작정이오이까?"

"허허허, 지금은 출계를 하여 형님 댁에 가 있습니다만…, 재면이라고 제 자식 놈이 있는데 어디 일자리 하나 마련해 주셨으면 해서요."

흥선군 이하응은 김병기가 서 있는 툇마루로 다가서며 비굴한 웃음을 지어 보이면서 다시 부연한다.

"애비가 변변치 못해서 자식 놈이 그 모양이라면 할 말이 없습니다만…, 명색이 왕실의 피를 받았는데 어디 음서로라도 들어앉을 자리 하나 마련해 주시면…, 허허허… 이 흥선이 사영 대감의 은혜를 잊지 않을 것이오이다."

음서蔭敍란 등과하지 않은 명가의 후예들을 채용해 쓰는 것을 말한다. 김병기는 찌르듯 흥선군 이하응의 내심을 떠본다.

"아니 된다면 어찌하겠소?"

"아니 될 까닭이 있겠소이까. 천하의 사영께서 그만한 일 하나 못 하신대서야 말이 안 되지요. 게다가 이 흥선의 입에 풀칠을 하게 해 주시는 적선이기도 하구요."

"……!"

김병기는 흥선군 이하응의 언동을 씹어 보고 또 씹어 보았으나 별다른 기미를 찾아낼 수가 없다. 그만큼 흥선군 이하응의 비굴은 빈틈이 없었던 셈이다. 하기야 지난 십여 년 세월을 그렇게 살아온 흥선군 이하응이 아니던가.

"허허허, 사영 대감. 이 흥선이 밥술이나 뜨겠다고 애원을 하고 있지를 않소이까. 사영 대감만 믿고 좋은 소식을 기다리고 있겠습니다."

흥선군 이하응은 난감한 표정을 지어 보이며 깊숙이 허리를 굽힌다.

"아무리 생각해도 내 소관이 아닌 듯싶소. 그만 돌아가시오."

"사영 대감, 지난날의 정의를 보아서라도…, 우리 재면이만은…."

"허어, 정녕 자식의 앞날이 걱정된다면 대감의 행실부터 고쳐야 하지를 않겠소이까!"

기어이 김병기는 언성을 높이고 만다. 흥선군이 미워서라기보다는 그의 본심을 살피려는 속셈에서다. 그러나 흥선군 이하응의 비굴에는 아무 변화도 나타나지 않는다.

"적선이올시다. 적선지가積善之家에 필유여경必有餘慶이라는 고사도 있지를 않소이까. 대감만 믿고 전 이만 돌아겠습니다."

흥선군 이하응은 깊게 허리를 굽혀 보이고 몸을 돌린다. 허적허적 걸어가는 그의 뒷모습에서 김병기는 한 왕조의 조락凋落을 보는 듯했으나, 그것이 얼마나 큰 착각인지는 알지 못한다. 흥선군 이하응의 모습이 사라지자 김병학이 방에서 나와 선다.

"아니…!"

김병학은 흥선군 이하응의 석파란을 소중히 여기는 사람이다. 마당 가운데에 덩그렇게 펼쳐진 석파란 열두 폭 병풍이 김병학의 가슴을 뒤흔들어 놓는다. 그는 천천히 병풍 앞으로 다가간다.

"절묘한 운필이야…."

김병학은 자신도 모르게 탄성을 토해 낸다. 흥선군 이하응의 인품을 보는 것 같아서다.

"더렵혀져서는 아니 될 것이니라. 단단히 간수하렷다!"

김병학의 일갈에 종복들이 병풍을 접어 들고 사라진다. 김병학은 한숨을 놓으면서 시름에 빠져 든다. 흥선군 이하응은 대체 무엇을 생각하고 있는 것일까. 그의 본심이 무엇이기에 천하의 모든 수모를 자초하여 받아들이는 것인지를 김병학은 알 수가 없다. 그는 장김의 다른 사람들과는 달리 흥선군 이하응의 사람됨을 낮추어 보지는 않는다. 그러기에 스스럼없이 용채도 보내주었고, 지난 정초에는 자비까지도 선뜻 내주지를 않았던가. 그런 가운데서도 조금씩 싹터 오는 불길한 예감을 떨쳐 버리지 못하고 있는 김병학이다.

이제 어찌해야 하는가. 자신의 뇌리를 어지럽히고 있는 흥선군 이하응의 실체를 장김 일족에게 알려야 하는가, 또 알린다면 어찌 되는가. 그야말로 종친들의 씨를 말리는 일이 될 것이리라. 김병학은 천천히 마당을 거닐어 본다. 봄이 오고 있다. 따뜻한 햇볕, 훈훈한 바람, 그러나 마음만은 그대로 겨울일 뿐이다.

먹구름이 밀려온다

1

철종의 환후는 호전될 기미를 보이지 않는다. 딱히 어디가 얼마나 나빠졌다는 등의 구체적인 진단도 없는 채 몸을 움직일 수 있는 기력만 쇠진해 간다. 춘추 서른셋, 돌덩이를 삼켜도 삭여 낼 젊은이지만 보료에 기댄 채 비스듬히 앉아 있어도 곧 넘어질 것만 같은 애처로움만 넘쳐 난다.

비록 허수아비 임금이라 해도 보위를 이은 지가 14년이면 조정 대사에 대한 관심 또한 아주 없을 수가 없다. 이미 지난봄부터 영의정 정원용과 좌의정 조두순이 수없이 사직상소를 올리고 있어도 철종은 가납하지 않는다. 이들의 사임을 받아들인다면 다시 김좌근을 영의정으로 제수해야 한다. 나라 안팎의 어지러운 정세를 감안한다면 당연히 장김의 두령인 김좌근이 나서서 수습하는 게 옳지만 철종에게는 정원용과 조두순이 가까이 있는 게 마음이 편하다.

"서학西學이 반가의 내당에까지 스며들었다는 것이 사실입니까!"

서학이란 물론 천주교를 일컫는 말이다.

"반가의 내당만이 아니라, 궐 안 상궁들 사이에서도 묵주가 오간다 하옵니다."

철종에게는 좌의정 조두순의 대답이 만근의 무게로 다가올 수밖에 없다. 정조가 승하한 다음 해에 있었던 천주교의 대 박해 때 정조의 이복동생이자 철종의 할아버지인 은언군恩彦君의 부인 송씨宋氏와 그 며느리 신씨申氏가 주문모周文謨를 숨겨 둔 혐의로 사약을 받았다. 결국 철종은 천주교의 박해로 할머니와 큰어머니를 잃지를 않았는가.

주문모 신부를 섬기고 받들던 정약종丁若鍾의 제자 황사영黃嗣永은 이 엄청난 박해 사실을 명주 천에 깨알같이 적어 북경에 알리려다가 발각되면서 1801년(순조 1), 삼백여 교인들이 목숨을 잃었던 이 엄청난 박해를 역사는 '신유사옥辛酉邪獄'이라 적는다. 이때를 계기로 은언군 가는 나락으로 떨어졌고, 철종이 강화섬에서 나무꾼으로 전전하게 되는 계기가 되었다. 서학 또는 천주교라는 말이 철종의 가슴을 뒤흔드는 것은 이 때문이다.

어린 순조의 뒤에서 수렴청정을 하던 대왕대비 정순왕후貞純王后(영조 비) 김씨가 오가작통법五家作統法으로써 사교邪教를 금하게 되면서 천주교를 신봉하던 학자들이 무더기로 탄핵되고 많은 교인들이 희생되기 시작했다. 이승훈李承薰, 정약종, 홍낙민洪樂敏, 홍교만洪教萬, 최필공崔必恭, 최창현崔昌顯, 이존창李存昌, 강완숙姜完淑, 문영인文榮仁, 유항검柳恒儉 등이 모두 이때 순교했으며 권철신權哲身, 이가환李家煥 등 수재들이 옥사하게 된다. 정약전丁若銓·정약용丁若鏞 형제는 유배되었고, 북경으로 달아나려던 주문모 또한 자수하여 순교의 길을 걸었다.

"그렇게도 혼찌검이 나고서도…, 그 뿌리가 아직 남아 있다는 말씀입니까?"

"혹세무민이란 본시 질기고 또 질긴 것으로 아옵니다."

"허면 좌상께서도 서학을 혹세무민으로 보십니까?"

"서학을 국법으로 금하고 있는 한…, 혹세무민일 수밖에 없사옵니다."

절묘한 대답이 아닐 수 없다. 천하의 대정치가 조두순이 철종의 친할머니가 천주교의 박해 때 목숨을 잃은 것을 모를 까닭이 없다. 서학의 범람이 도를 넘치게 솟아오르면 또다시 박해의 바람이 불 것은 자명하다. 전국을 휩쓸고 지나간 농민들의 봉기는 그 불씨자체가 꺼지거나 소멸된 것이 아니다. 다시 타 오를 수 있는 조건만 갖추어지면 얼마든지 재연될 수가 있다. 거기에 서학의 무리가 합세하면 어찌 되는가.

좌의정 조두순은 자신이 대전을 물러나야 철종이 마음 편히 쉴 수 있다는 사실을 너무도 잘 안다. 그러나 철종은 좌의정 조두순과 함께 있고 싶다. 자신이 허수아비 임금 노릇을 하는 동안 조두순만큼 진심으로 돌보아 준 신하가 없음을 잘 알고 있어서다.

"허면…, 동학東學이라는 것은 또 무엇이요?."

"그 또한 혹세무민인 줄로 아옵니다."

"서학이나 동학이 모두 '혹세무민'이면…, 조선 팔도의 풍속 또한 송두리째 흔들릴 게 아니요?"

"……!"

좌의정 조두순의 안색이 창백해진다. 일찍부터 '철종에게 성군의 자질이 있다'고 말해 온 자신이다. 비록 병중이라 해도 초롱초롱한 안총을 빛내며 서학과 동학으로 인해 '조선팔도의 풍속이 송두리째 흔들릴 게 아니요'라고 반문하는 철종에게 조두순은 대답할 말을 찾질 못한다.

철종은 다시 묻는다.

"그 동학이라는 것이 서학에 반대된다는 뜻이면 그건 우리 것인데, 어찌하여 우리 것이 서학과 같이 혹세무민이 된다는 말씀이요?"

좌의정 조두순은 깊은 수렁으로 빠져 드는 위기감을 느낀다. 진지하고 정확한 철종의 물음에 대답을 잘 못 하면 장김의 조정을 비판하게 되고, 또 종사의 일을 비난하게 될 것이기 때문이다.

"전하, 동학을 바로 아시자면 그 발단부터 살펴야 할 줄로 아옵니다."

"그렇다마다요. 그 동학의 실체가 무엇인지 세세히 알려 주세요."

그야말로 성군의 자질이다. 나무랄 데 없는 성군의 자질이 아닐 수 없다. 지난 십여 년 세월 동안 철종의 의문을 바로 알게 풀어 주었다면 그의 왕도는 오늘과 같지를 않았을 게 분명하다. 그래서 좌의정 조두순의 답변은 진언이나 다름이 없다.

"동학의 우두머리인 최제우崔濟愚의 언변이 뛰어나, 그와 한 번 대좌를 하고 나면… 무지한 백성들은 넋을 빼앗긴다고 들었사옵니다. 그 모두가 사람 위에 사람이 없다는… 소위 동학이 말하는 인내천人乃天에 설복되기 때문인 것으로 아옵니다."

"인내천…, 사람이 곧 하늘이라는 뜻입니까?"

"그러하옵니다."

좌의정 조두순은 동학이 일어나게 되는 동기를 소상히 밝힌다.

도탄에 빠진 민생을 서양의 것이 아닌 우리의 사상으로 구원할 뜻을 품게 된 최제우는 1824년(순조 24) 경주 가정리柯亭里에서 태어났다. 그는 고운孤雲 최치원崔致遠의 먼 후손으로 인근에서 근암近庵 선생이라 불리던 최옥崔鋈의 만득자이다. 어려서부터 그의 용모는 매우 특이했고, 특히 눈의 광채가 남달라서 누구에게나 깊은 인상을 새겨 주곤 했다고 한다. 최제우의 집안은 유복하고 명망이 높아, 최제우는 빼어나게 총명한 아이로 성장해 갔다.

그러나 여느 종교의 창시자가 다 그렇듯이, 그에게도 불행의 그림자가 덮쳐 오기 시작한다.

여섯 살 때 겪은 어머니의 죽음은 큰 충격이 아니었으나, 열일곱 살 되던 해에 아버지가 돌아가시니 최제우는 가슴 깊은 허무를 맛보지 않을 수 없게 된다. 더구나 스무 살에는 큰 화재를 만나, 가옥은 물론 대대로 전해 오던 서책 등이 모두 잿더미가 되고 만다.

그 후로 최제우는 세상사에 의욕을 잃고 사방을 떠돌아다니기 시작한다. 이 과정에서 그는 현실의 어두움에 눈을 뜨게 된다. 자기 혼자만이 아니라 만인이 모두 고통스럽다는 인식은 곧 구원의 길을 모색해야 한다는 자각으로 발전한다. 최제우는 만사를 잊고 여기에 매달린다. 그리하여 그가 드디어 깨달음을 얻은 것은 서른두 살이 되던 1855년(철종 6) 울산에 있는 그의 초암草庵에서였는데, 이때 《천도교서天道敎書》라는 기서奇書를 한 이승異僧으로부터 받았다고 적고 있다.

또한 1859년(철종 10)에 있었다는 상제上帝, 곧 한울님과의 영적인 대화를 통해 '인내천', 곧 사람이 바로 하늘이요, 사람의 마음이 하늘의 마음이라는 교리를 확립한다. 이렇게 하여 최제우가 '동학東學'이라는 이름을 내세우고 포교를 시작한 것이 1860년(철종 11)의 일이다. 곧 동학은 '서학'에 대항한다는 뜻으로, 이는 단순히 천주교에의 대항만이 아니라 넓은 뜻에서 서양문물, 서양인의 침략에 대한 대항을 의미한다. 그 근본이 되는 '인내천'의 사상은 다음과 같은 최제우의 말로 확연히 드러난다.

— 나(최제우)는 조금도 믿지 말고 한울님만 믿어라. 네 몸에 모셨으니 먼 데서 구하지 말고 가까이서 구하라!

이는 곧 인간이 신에 예속된 존재가 아니라 주체적인 존재임을 주장하는 것이며, 내세의 구원이 아닌 현실적인 구제를 희구하고 추구하는 사상으로 발전하게 된다. 여기서부터 동학은 단순한 종교운동이 아닌, 사회개혁운동으로 확산될 기미까지 내포하게 된다. 공리적인 유교사상과 낯선 천주교 사이에서 자생적으로 발생한 동학은 이렇게 민중들에게 환영받을 만한 요건을 갖추고 있었던 셈이다.

이 같은 최제우의 동학은 당시의 불안한 사회상을 배경으로 순식간에 각지로 퍼져 나간다. 1862년(철종 13)에는 각 지방에 접소接所를 설치했고, 신도의 수는 순식간에 삼천 여 명으로 불어난다. 이러한 교세의 확장은 곧 봉건적인 지배체제와 충돌하지 않을 수 없게 된다. 어떤 사상으로 무장된 대규모의 조직이란 지배계층의 눈으로 보면 불온한 것이 된다. 따라서 동학도 조정에서 보면 천주교와 다름없는 사교로 규정될 수밖에 없다.

좌의정 조두순은 차후의 일을 어찌 설명해야 할지 걱정된다. 자신도 장김에 의해 다스려지는 조선 조정의 좌의정이 아니던가. 연이어 사임을 청하는 조두순의 내심도 따지고 보면 서학과 동학의 준동蠢動이 조정과 대립하는 것이 두렵기 때문이기도 하다.

"전하, 중전 마마 드셨사옵니다."

철종은 서운해 하는 심회를 온 용안에 드러낸다. 그로서는 좀 더 조두순과 마주 앉아 있고 싶었기 때문이다.

"전하, 신은 이만…,"

"내일 다시 들려주시오. 더 많을 것을 알고 싶소이다."

좌의정 조두순이 물러나자 철인왕후가 들어와 좌정을 한다. 그녀의 얼굴은 이미 수심으로 가득하다. 철종은 불길한 예감이 들 수밖에 없다. 급기야 철인왕후의 참담하게 바래진 목소리가 흘러나온다.

"전하, 신첩을 사가에 다녀오게 해 주오소서…."

"아니, 사가라니요?"

"아버님의 병환이 위중하시다 하옵니다."

"아니, 언제부터요?"

"아직 소상히는 모르옵니다."

마침내 철인왕후는 참았던 눈물을 쏟아 놓고야 만다. 치밀어 오는 설움을 감당하지 못해서다.

"이런 변이 있나. 어서 다녀오셔야지요. 내의원에 기별해 놓을 테니 전의들을 데리고 가세요. 나도 곧 문병을 갈 것이오."

"전하, 성은이 망극하옵니다."

철인왕후를 생각하는 철종의 심기는 각별하다. 국구인 영은부원군 김문근의 병구완을 위해 전의를 보내겠다는 철종, 움직일 수 없는 옥체로 문병을 가겠다는 지아비 철종의 배려에 철인왕후는 애잔한 울음을 삼키며 대전을 물러난다.

혼자 남은 철종에게는 거친 파도와도 같은 회한이 밀려온다. 자신에게로 밀려오는 사마死魔도 물리치기 어려운데 철인왕후의 사친인 영은부원군까지 병석에 누우면 어찌 되는가. 철종은 시름 같은 한숨을 놓으며 눈을 감는다.

2

장김 일족들이 교동 김좌근의 거택으로 몰려들고 있다. 호조판서 김병기의 거처로 알려져 있어도 집주인은 당연히 김좌근이다. 판부사 김좌근이 큰사랑으로 들어서자 수하들은 몸을 일으키며 허리를 굽힌다. 비록 수하들이라고 적었지만 모두가 조정을 움직이는 쟁쟁한 중견들이다. 호조판서 김병기, 공조판서 김병국, 대제학 김병학, 부제학 김병필…, 이들은 다만 김좌근의 그늘에 가려 있을 뿐, 한 사람 한 사람의 경륜이나 능력으로 따진다면 나무랄 데 없는 이 시대의 준재들이다.

'모조리 쓸어 내지 않고서야…!'

전국 도처에서 일고 있는 민란의 기운이 아직은 가시지 않고 있다. 그 후유증으로 민심이 흉흉하기가 이루 헤아릴 길이 없는데, 천주교도들의 난동이 민심을 동요하게 한다면 그야말로 걷잡을 길이 없게 된다. 그러나 조정에는 그런 난동을 수습할 힘이 없다. 그러나 김좌근은 놋재떨이가 깨질 정도로 장죽을 내리친다. 그리고 카랑카랑한 일갈을 토해 낸다.

"대체 조정은 뭘 하고 있었다는 게야. 어찌하여 서학의 문건들이 상궁들 손에까지 들어왔다는 것이야. 서학이라는 게 따지고 보면 서양귀신을 섬기자는 것인데, 나라의 혼령까지 내동댕이치자는 것이 아닌 다음에야 왜 이리 태평무사해!"

무서운 일갈이지만 장김의 중진들에게는 공허한 소리로밖에 들리지 않는다. 일테면 지금은 김좌근의 경륜이나 수완을 넘어서지 않고서는 조선의 위기를 가늠할 수가 없음을 잘 알고 있어서다.

"정녕, 아무 대책도 없다는 말인가!"

김좌근의 언성에 노기가 서린다. 김좌근의 독단이 쏟아지기 시작하면 걷잡을 수 없는 대책이 공론으로 될 위험이 있다. 대제학 김병학이 공손하지만 단호하게 입을 연다.

"대감!"

김병학은 성품이 비교적 온후한 편이어서 장김들 중에서도 가장 대인관계가 좋은 사람으로 평판이 나 있다. 호조판서 김병기의 핀잔을 들으면서도 흥선군 이하응과 교분을 두터이 하고 있을 정도다. 실상 그런 김병학의 포용력은 김좌근도 내심 대견히 여기고 있다.

"말해 보게."

김좌근은 기대에 찬 눈치면서도 되도록 냉정하게, 채근하는 투로 되받아친다.

"제 견해로는 서학보다는 오히려 동학을 더 경계하고, 시급히 소탕해야 할 것으로 여겨지옵니다."

"어째서…!"

"서학은 비록 사교이기는 해도 폭력을 수반하지는 않사옵니다. 다소 불미한 점은 있다 해도, 종사에 급격한 해를 끼치지는 않을 것으로 아옵니다. 하오나 동학의 주축은 농민이나 천민 들이 아닙니까. 저들이 내세우고 있는 인내천이라는 것만 해도 그렇습니다. 사람이 곧 하늘이요, 사람의 마음이 곧 하늘의 마음이란 말은 혹세무민의 경지가 아니라, 반상의 타파를 주장하고 있음이옵니다."

김좌근은 물론이요, 좌중의 시선은 김병학의 차분하고도 진지한 설명에 숨소리를 죽일 수밖에 없다.

"게다가 동학은 폭도로 변할 수 있사옵니다. 지금 다스리지 않으면 후환을 남기게 될 것이옵니다."

"대체 그 동학이 언제부터 생겨났다는 것이야!"

"불과 삼 년 전이옵니다. 물론 그전부터 최제우를 따르는 무리가 있긴 하였으나, 동학이라는 이름을 쓰기 시작한 것은 경신년(철종 11)부터라고 하옵니다."

정확한 지적이다. 동학이 처음 창시된 것은 1860년(철종 11), 수운水雲 최제우에 의해서다. 처음에는 경주 지방을 중심으로 경상 · 전라 · 충청 등의 삼남 지방으로 은밀하게 퍼져 나갔다. 그러던 것이 각 도의 민란을 계기로 급격한 호응을 받게 되었고, 급기야는 도성 안에까지 잠입하였다는 풍설까지 나돌고 있다.

"까닭이 무엇이야? 동학이 생겨난 까닭이 분명 있을 게 아닌가?"

당연한 일이다. 당대를 휩쓸고 후세에까지 그 맥락이 이어지는 동학사상東學思想이 우연하게, 아무 까닭 없이 생겨날 수가 있던가.

여기서 잠시 동학의 발생 원인과 그 과정을 살펴보기로 하자. 먼저 동학의 발생 원인으로, 당시의 어지러운 국제정세와 조선 백성들의 고달프고 참담한 생활상을 들지 않을 수 없다.

1842년(헌종 8), 조선 백성들은 지금까지 한 번도 상상해 본 적이 없는 깜짝 놀랄 만한 소식에 접하게 된다. 천하제일의 대국으로만 알고 있던 청나라가 서양 오랑캐인 영국과 아편전쟁에서 어이없이 패배하였다는 풍설은 충격이고도 남는다.

그 후 또 '애로호 사건' 이라는 것이 발생하여 중국은 영국, 프랑스의 연합군과 길고도 치열한 싸움을 벌였으나 1860년(철종 11)에 수도 북경이 함락되어 또다시 항복하는 치욕을 당하게 된다. 이런 과정에서 천진조약 · 북경조약이 잇달아 체결되어 청나라는 각 항구를 개방하지 않을 수 없었으며, 천주교의 선교 또한 허용하게 된다. 여기에 러시아마저 궁지에 몰린 중국에 압력을 가하면서 우수리강 동쪽의 연해주를 차지하게 된다. 이렇게 중국이 유린당하는 실상이 알게 모르게 조선에 전해지면서, 엄청난 무력을 앞세운 서양인의 침략이 있을 것이라는 풍설은 커다란 공포의 대상이 아닐 수 없게 된다. 어쩌면 곧 서양인이 도성에까지 밀고 들어올지도 모른다는 불안이 고개를 들 정도다.

이때 이미 조선 땅에 널리 전파되어 있던 천주교도 새로운 눈으로 살펴보지 않을 수 없다. 이 무렵 조선의 백성들은 문자 그대로 인간 이하의 삶에 시달리고 있다. 중앙의 고관들은 권신들을 중심으로 세력다툼에 바빴고, 지방의 관리들은 사리사욕을 채우기에 여념이 없었으니 자연히 삼정이 문란해지지 않을 수 없다. 이에 민란이 잇따랐고, 대홍수 · 대기근이 끊이지 않았으며, 역질마저 창궐하니 민중의 생활이란 그대로 아비규환의 지옥도地獄道나 다름이 없다. 이러한 백성들에게는 어떤 구원이 필요하다. 현실로 이루어질 수가 없는 것이라면 정신적인 위안이라도 필요하다.

조선의 국교라 할 유교사상은 이미 헛된 논리의 차원으로 멀어진 채 신분의 벽은 더더욱 높아진다. 불교 또한 사찰의 치부로 민중의 신망을 잃고 있다.

민중은 새로운 구원의 사상을 필요로 했고 천주교는 이 틈을 파고들어 교세를 넓혀 간다. 그러나 근본적으로 천주교는 조선의 풍속 · 습관과 상치되는 점이 많았고, 또한 조선인들은 서양인에 대해 막연한 두려움을 가지고 있었다.

이러한 분위기에 대하여 최제우 자신이 이렇게 말하고 있다.

— 전하여 들으니 서양 사람들이 '한울님'의 뜻이라고 하여 부귀를 바라지 않고 천하를 정복하여 교당教堂을 세우고 그들의 종교를 퍼뜨린다고 들었다. 그러므로 나도,

"과연 그럴까, 어찌 그럴 수 있을까?"

하는 의문을 가지게 되었다.

서양 사람은 싸워 이기고 쳐서 빼앗아 뜻대로 이루지 못하는 일이 없다. 그리하여 중국이 다 망해 버린다면 우리나라도 같은 운명에 빠짐을 걱정하지 않을 수 없다.

〈포덕문布德文〉

— 1860년 4월에 온 세상이 어수선하고 민심이 야박하여 나아갈 바를 알지 못하였다. …(중략)… 서양 사람이 도덕을 닦아 체득함으로써 그 조화를 부림에 이르러서는 못하는 일이 없고, 그 쳐부수는 무기에는 당해 내는 사람이 없어 중국이 망해 없어진다. 그렇게 되면 어찌 우리나라도 같은 운명에 빠질 우려가 없으리오.

〈포덕문布德文〉

장김 일족에게 시달리고 있던 민심은 최제우의 말에 환호할 수밖에 없다. 바로 그 민심의 폭발이 진주민란, 제주민란의 촉매제가 되었다. 김좌근이 자르듯 뜻을 세운다.

"그렇다면 더 이상 머뭇거릴 일이 아니질 않는가!"

"그러하옵니다. 더 늦기 전에 손을 써야 할 것으로 아옵니다."

김좌근의 양아들이자 호조판서인 김병기가 동의한다.

"최제우라는 두령만 잡아 처단하면 되겠지. 어차피 나머지 놈들은 오합지졸이 아닌가."

김좌근이 좌중을 둘러보며 확인을 하듯 다시 묻는다.

"꼭이 그렇지만은 않사옵니다. 지난해 구월인가 경주관아에서 최제우라는 자를 잡아넣은 적이 있었는데, 그자의 제자들이 수백 명이나 모여들어 소란을 피운 탓으로 그만 도로 놓아준 일이 있었사옵니다. 이번 역시 그럴 공산이 크므로 아주 철저하게 대비해야 할 것으로 아옵니다. 잘못하다간 무고한 백성들을 탄압한다는 오해를 불러일으킬 수도 있고요."

동학에 대해 나름대로 조사한 바 있는 듯 대제학 김병학이 신중론을 편다. 그러자 김병기가 코웃음을 치듯 반박한다.

"혹세무민하는 자들을 잡아넣는 데 오해는 무슨 오해며, 대비는 무슨 대비인가. 그랬다가는 오히려 백성들로부터 조롱을 당하기가 십상이지. 아버님, 더 이상 망설일 일이 아니옵니다. 지금이라도 당장 선전관을 보내어 최제운가 하는 동학의 수괴를 잡아들이라 이르시지요."

"그래, 그게 좋겠구먼. 공연히 망설이다가 때를 놓쳐서는 아니 되겠지."

김좌근은 이렇게 중얼거리며 고개를 천천히 주억거렸다. 그것은 곧 동학의 교주 최제우를 잡아들이겠다는 결의나 다름이 없다.

3

"주상, 하옥에게 다시 영의정을 맡으라고 하세요."

대왕대비 신정왕후가 간곡히 청하는데도 철종은 비답을 내리지 않는다.

"어차피 장김의 조정이 아닙니까. 민심이 이같이 흉흉하다면 당연히 장김의 두령이 다스리는 것이 도리가 아니겠습니까. 어차피 하옥의 허락이 없이 이루어지는 일이 없다는 점을 주상도 잘 알고 계실 것이기에 진언합니다."

"……."

철종은 허공으로 시선을 던진다. 조정의 실권이 김좌근에게 있다는 사실을 모르지는 않는다. 그러나 김좌근에게 기를 꺾이는 것이 싫어서다. 벌써 몇 번의 갈등을 겪으면서도 김좌근의 고집을 단 한 번도 꺾어 본 일이 철종에게는 없다. 그러나 신정왕후의 생각은 다르다. 그녀는 철종의 시대가 끝나 가고 있음을 알고 있다. 다음번의 사왕을 정할 때 김좌근이 영의정의 자리에 있어야 자신의 위엄이 당당해질 것임도 알고 있기 때문이다.

"주상, 그리하세요. 이 할미를 믿으시고요. 이 할미는 어떠한 경우에도 주상의 편입니다."

신정왕후의 소청이 간절했음인가. 철종은 김좌근을 다시 영의정으로 제수하였고, 김좌근은 어쩔 수 없이 영의정의 자리에 다시 앉게 된다. 연치 67세. 이젠 고희를 바라보는 나이가 아니던

가. 수염에는 하얗게 서리가 내려 있는 노구老軀다.

'이 무슨 불운인고…!'

생각해 보면 자신만큼 영화를 누린 사람도 쉽지 않다. 사대부로 태어났다면 일인지하요 만인지상인 영의정의 자리에 오르는 것이 인생 최대의 꿈이고도 남는다. 그렇다고 영의정이 어디 아무나 되는 자리던가. 그야말로 선택된 몇 사람이 누릴 수 있는 수상의 자리다. 그런 영의정의 자리라 해도 1년을 채우지 못하고 물러나는 사람들이 또한 부지기수로 많다. 그러나 김좌근은 그 자리를 수없이 오르내렸다. 설사 물러나 있었다 해도 영의정의 위엄은 언제나 누리고 있었던 셈이다. 이른바 60년 세도 장김의 두령이라면 영의정의 자리에서 물러나 있어도 그의 허락이 없이는 아무것도 이루어질 수가 없는 것이 엄연한 현실이다.

영의정 김좌근은 자비의 등받이에 몸을 기대며 눈을 감는다. 그는 영의정에 다시 기용된 것을 불운이라고 생각한다. 대내외의 급격한 정세의 변화를 감당할 수 없을 것만 같아서다. 소위 서학교도로 일컬어지는 천주교의 신자는 맹렬히 불어나고 있었고, 동학의 교주 최제우를 따르는 추종세력들이 만만치 않다는 소식이다. 삼정은 이미 무너진 지 오래여서 백성들의 삶은 극도의 궁핍만을 되풀이하고 있었으니, 도처에서 민란이 일 정도로 민심은 흉흉하기 그지없다. 문자 그대로 만신창의가 된 나라가 아닐 수 없다. 당장은 구제할 방법도 찾아지지 않는다. 세도의 두령은 무엇이며, 정치적 수완은 무엇이던가. 이미 흔들리기 시작한 종사의 기둥을 무슨 수로 바로 세울 수 있다는 말인가.

"부원군 저로 가거라."

김좌근은 뱉어 내듯 말한다. 영은부원군 김문근의 문병을 해야겠다는 생각에서다. 김문근은 중전인 철인왕후의 아버님이다. 몸이 지나치게 비대하다 하여 사람들은 그를 포물대감이라고 우스갯소리로 불렀으나, 백성들은 배불뚝이 대감이라고 비아냥조로 부르고 있다. 김문근 또한 국구의 위세를 등에 업고 김좌근 못지않게 세도와 영화를 누려 왔다.

"어서 납시소서."

예조판서 김병필이 달려 나와서 김좌근을 맞는다.

"좀 어떠신가?"

"드시지요."

김병필이 아버지 김문근의 병세를 입에 담지 않는 것을 보아서는 심상치 않은 상태일 것이라는 예감이 든다. 김문근은 김좌근보다 네 살 밑이었으니 63세다.

"이게 무슨 꼴이야, 포물대감 소리를 듣던 사람이 아주 반쪽이 되질 않았나…."

김좌근은 까칠해진 김문근의 손을 잡으며 눈시울을 적신다. 회생하기 어렵겠다는 예감이 들어서다.

"이젠 틀렸어요, 형님…."

김문근도 눈언저리를 붉게 물들이고 있다. 자신의 운명을 감지하고 있는 것이 분명하다.

"틀리다니…, 종사의 일은 어찌하고…?"

"종사의 일이야… 형님이 계시질 않습니까."

"독불장군이 있다던가. 어서 털고 일어나서 도와주시게. 천하의 하옥도 감당하기 어려운 세상이 되고 말았으이…."

영의정 김좌근의 목소리는 잠겨 있다. 문병을 겸해 자신의 어려운 사정을 함께 토로했기 때문이다. 김좌근은 김문근의 몸을 자리에 눕게 한다. 그리고 두 사람은 침울한 목소리로 나라 안의 정세를 잠시 입에 담았지만 김문근은 그마저도 힘겨워하고 있다. 김좌근이 그를 위해서라도 그만 자리를 떠야겠다고 생각하고 있을 때 김문근이 묻는다.

"형님, 중원中原의 사정은 어떠하답니까?"

"거기도 말이 아니라는고만…."

"회복의 가망은 없구요?"

"있을 턱이 없겠지…."

김좌근은 한숨에 섞어 토하듯 대답한다. 꼭 김문근이 중국의 사정을 물어서만이 아니다. 김좌근이 영의정의 소임을 다하기 어렵다고 여기고 있는 조건 가운데서 중국의 사정이 반 이상을 차지하고 있다. 동방의 작은 은둔의 나라 조선은 지난 오백 여 년 동안 중국에만 의지하여 살아왔고, 오직 중국만이 세계 제일의 강대국이라고 믿어 왔다. 그 청나라가 서양세력에 밀려 망해 가고 있다는 소식은 사대모화事大慕華 사상에 젖어 있던 조선 사대부들에게 심신이 휘청거릴 만치 충격을 안겨 주고도 남는다. 그것은 곧 조선 지배층의 동요를 야기한다. 당시 외국인 인사들이 남긴 문장을 보면 그 동요가 얼마나 심각했던가를 쉽게 짐작할 수 있다.

— 양이洋夷의 침범으로 중국 천자天子까지 쫓기어 그 발상지인 만주로 피란을 했으나, 그 피란지도 지키기 어려워 곧 천자가 조선으로 올지도 모른다.

— 이렇게 되면 지난날의 양국의 관계로 보아 심각한 문제가 야기될 것이며, 최악의 경우는 양이의 예봉銳鋒이 조선 땅에까지 들어와 전란戰亂에 휩싸일지도 모른다.

이 얼마나 엄청나고 두려운 노릇인가. 조정은 연일 비변사備邊司(국방의 일을 논의하는 곳)의 당상들을 소집하여 대책을 숙의했으나 뾰족한 수가 있을 까닭이 없다. 일단 국경과 해안 지대의 경비를 강화하게 하고, 군기軍器 · 군물軍物의 수리를 명했으나 그것으로 동요하는 민심을 진정하게 할 수는 없다. 그러기에 관아의 사무는 날로 정체되어 갔고, 약삭빠른 사대부가에서는 피란 짐을 꾸리는 형편이다. 정세가 불안하면 백성들은 의지처를 찾게 마련이다. 양이의 내침이 우려되고 있는 때라 천주교에 입문하는 사람들도 급증한다. 서양인 신부들이 곧 양이가 아니던가. 그러기에 천주교에 몸을 의탁하면 만일의 사태가 있을 때 양이(신부)의 비호를 받을 수 있다고 믿고 있는 백성들이다.

4

며칠 후, 창덕궁으로 들어서는 영의정 김좌근의 시계는 삭막하기 그지없다. 철종의 환후가 심상치 않은 때라 상궁과 내시 들의 표정도 침울하게 가라앉아 있다. 모두가 정지된 채 움직이지 않는 듯한 그런 적막 속을 헤치며 영의정 김좌근은 터벅터벅 걷는다. 영은부원군 김문근의 참담했던 마지막 모습이 다시 그의 뇌리를 어지럽힌다. 그는 대왕대비 전으로 향한다. 금남의 구역이었으나, 철종이 병석에 있었고, 또 철종보다는 신정왕후에게 문안을 드리고 싶었기 때문이다. 따지고 보면 신정왕후의 위엄이 철종을 능가하는 것도 엄연한 현실이기 때문이다.

"어서 오세요. 종사의 일이 참으로 걱정입니다, 영상 대감."

신정왕후의 목소리는 더없이 차분하다. 그녀의 표정도 아무 감정도 실려 있지 않을 정도로 투명하게 보인다.

"대왕대비 마마, 종사의 사속지망이…."

"……!"

김좌근은 철종에게 후사가 없음을 우려하는 말을 입에 담았다가 곧 멈춘다. 신정왕후가 쿵쿵거리는 가슴을 간신히 억누르며 김좌근의 표정을 뚫어지게 살피고 있어서다. 사실 그녀는 언성을 높여 힐문하고 싶은 노여움을 참고 있다.

'도정을 사사했으니, 남은 종친은 경평군뿐이 아닙니까. 대감께서는 결자해지라는 말도 못 들으셨습니까!'

노련한 영의정 김좌근은 재빨리 신정왕후의 심중을 읽는다. 그리고 사속지망을 입에 담은 것을 후회한다. 그러나 어찌 짐작이나 했으랴. 신정왕후가 흥선군 이하응과 결탁하여 이미 후사를 정해 놓고 있다는 사실을…!

그런 점에서 본다면 신정왕후의 심중이 한결 느긋할 수밖에 없다.

"기위 말이 나왔으니 말씀입니다만, 주상의 환후는 날로 더해가는데…, 후사가 없지를 않습니까. 영상께서는 이 점을 어찌 생각하십니까?"

"참으로 황망한 일일 뿐이옵니다…."

"마땅한 왕재가 있으면 천거해 보세요."

"당치 않으신 하교시옵니다. 후사를 정하는 일이란…, 제가 입에 담을 수 없는 일이라 사료되옵고, 오직 대왕대비 마마의 심중에 계심이 아닐지…."

영의정 김좌근은 말끝을 흐린다. 내심을 털어놓을 수가 없었기 때문이다. 따지고 보면 장김에서는 벌써 오래전부터 《선원계보》를 샅샅이 들쳐 보고 있다. 그런데도 마땅한 왕재가 눈에 뜨이지 않아서 난감해 하고 있는 처지가 아니던가.

'장김의 득세도 이젠 끝장일 것이오!'

신정왕후 조씨는 그런 눈으로 김좌근을 바라보고 있다. 장김 일족과 자신의 가문인 풍양 조씨 일족이 밀고 당기는 세력다툼을 지켜보아 온 그녀가 아니던가. 장김의 60년 세도가 종말을 맞고 있음을 그녀는 확연히 내다보고 있다.

"비록 왕실의 웃전이라 해도 나와 같은 아녀자가 무엇을 알겠습니까만…, 맡은 소임이 있기에 당부의 말씀을 여쭙고자 합니다."

"하교해 주오소서…."

"차마 입에 담기 민망하나, 지난 기유년己酉年(철종 즉위년)에 강화섬에서 금상을 모셔온 일은…, 지금 와서 생각하면 잘된 일이라 생각할 수 없지를 않습니까."

"……!"

"물고기가 뭍에서 살 수 없듯이, 산에서 자라는 나무는 물에서 자랄 수가 없습니다. 금상께서 그냥 강화섬에서 사셨다면 오늘과 같은 망국지변은 없었을 게 아닙니까."

참담해진 김좌근은 잠시 상체를 굽힌다. 신정왕후의 지적이 백번 지당했기 때문이다.

"주상의 춘추 이제 겨우 서른셋입니다."

"망극하옵니다, 대왕대비 마마…."

"왕실의 법도만으로 따지자면 사왕은 내가 정해야 하는 것이나, 내게는 그럴 만한 여력도 없고…, 쓸 만한 종친도 이젠 없지를 않습니까. 영상 대감께서는 이 점을 깊이 헤아리시되, 지난번 기유년의 일이 다시 되풀이되어서는 아니 될 줄로 압니다."

"……!"

참으로 절묘하고도 능란한 정치적 수완이 아니고 무엇이랴. 신정왕후는 사왕을 장김에서 정하되 기유년의 전철만 되풀이하지 않는다면 불만 없이 받아들일 수도 있다는 점을 시사한 것이나 다름이 없다. 또 그것은 곧 자신과 흥선군의 밀약을 은폐하는 것으로 장김 일족을 방심하게 하는 전술일 수도 있다.

신정왕후의 거처를 물러나온 김좌근은 잠시 걸음을 멈추고 하늘을 쳐다본다. 김좌근이 영의정의 자리에 오른 9월 8일 무렵의 초가을 하늘은 티 없이 푸르고 높다. 이날따라 구름 한 점 없는 물빛이다. 그런데도 김좌근은 시름 섞인 한숨만을 토해 내고 있다.

파도야, 강화섬아

1

홍선군 이하응은 너털웃음을 웃다가 가슴이 섬뜩해지는 전율감을 느낀다. 승후관 조성하로부터 영의정 김좌근과 신정왕후 조씨가 대면했을 때의 애기를 전해 듣는 순간, 이제 모든 것이 끝났다는 생각을 하면서도 하옥 김좌근의 반격과 신정왕후의 독단을 함께 우려하게 되어서다.

"대왕대비 마마의 하교가 그와 같았으면, 장김에서는 더 열심히 사왕이 되실 왕재를 찾을 것이 아니겠사옵니까."

"그야 그럴 테지…."

"미구未久에 저들은 허를 찔리게 될 것이옵니다, 대감!"

조성하는 아직 어리다. 그는 신정왕후의 근황을 전하면서 승리감에 도취된 표정이다. 그것은 김좌근의 속내는 고사하고 신정왕후의 노회老獪함도 읽지 못하고 있었기 때문이다.

'만만치 않아!'

홍선군 이하응은 예기치 않았던 가상의 적을 발견하고 몸서리 치고 있다. 다름 아닌 신정왕후의 노회함에 두려운 생각이 들어서다. 천하의 김좌근이 신정왕후의 가장된 겸손함에 속아 넘어가만 준다면 명복이가 보위를 이어 갈 게 분명하다. 군왕의 나이가 어리면 대왕대비의 수렴청정이 따르게 된다. 그때는 조정의 모든 권한이 신정왕후의 손안에 들어가게 된다. 만에 하나라도 신정왕후가 풍양 조문의 재기와 융성만을 꾀하려 든다면 어찌되는가. 아직도 이 나라 조선에는 살아 있는 대원군을 어찌 예우한다는 절목이 없다. 그 절목도 신정왕후의 허락 없이는 마련될 수가 없다. 자칫 잘못되는 날이면 아들을 임금의 자리에 올려놓고도 다시 뒷전으로 밀려날 수밖에 없게 된다.

'예사 아낙으로 본 것이 잘못이었어!'

홍선군 이하응은 장김 일족을 물리치겠다는 집념을 불태우고 있었으면서도 대왕대비 신정왕후는 영원히 자신의 편일 것이라고 믿어 온 탓으로 그녀의 존재에 대해서는 마음을 쓰지 않았다. 그런데 조성하가 무심히 전해 오는 그녀의 정치적 수완은 만만치 않다. 그렇다면 맹수와 손을 잡은 것이나 다름이 없다. 홍선군 이하응은 자신의 방심과 안일을 자책한다.

'쓰임이 끝나면, 미련 없이 버려야 하리!'

홍선군 이하응은 그렇게 다짐한다. 그렇게 되기 위해서는 신정왕후도 이제는 적일 수밖에 없다. 천하를 손아귀에 넣으면 조선의 왕부를 재건하는 일을 서둘러야 하지를 않겠는가. 그는 화제를 돌린다.

"주상 전하의 환후는 좀 어떠하시던가?"

"요즘은 차도가 계시어 가끔 산책도 하시옵니다."

"천행이로세…."

흥선군 이하응다운 대답이다. 장김 일족의 60년 세도만은 하루속히 끝내야 한다. 그렇다고 주상의 승하를 기다린다는 투의 언동을 입에 담을 수는 없지를 않겠는가.

이 해의 가을은 길고 지루하다. 특히 흥선군 이하응에게 그렇다. 구월에 영의정의 자리에 다시 오른 김좌근이 잠잠히 있는 것도 그에게는 이상하게 느껴진다. 천주교도들이 활보를 하는 세상인데도, 동학인가 뭔가 하는 것들이 떼를 지어 몰려다니는 세상인데도, 다시 민란이 있을 것이라는 풍설이 자자한데도 조정에서는 아무 움직임이 없다. 조정에 움직임이 없다는 것은 곧 장김이 움직이지 않고 있다는 말과도 같다. 마치 태풍전야와 같은 고요가 흥선군 이하응의 목덜미를 죄어 오고 있는 형국이다.

'터져야 해. 터져야 할 때가 아니던가!'

동학이던 서학이던…, 아니면 민란이라도 좋다. 뭔가가 터져 오르고서야 장김의 생각이 드러난다. 그 생각을 면밀히 살피고서야 저들의 내면을 읽을 수가 있지를 않겠는가.

"천하장안 어디 있더냐!"

홍선군 이하응은 더는 참지 못하겠다는 듯 수하들을 부른다. 천하장안도 지루했던 모양으로 고래 같은 목청을 돋우며 댓돌 밑에 늘어선다.

"투전이나 해야겠다!"

홍선군 이하응은 이 해의 가을을 투전판에 드나드는 것으로 소일한다. 따고 잃는 것에는 괘념하지 않는다. 무료함을 달래기 위해서는 그 일이 적격이었고, 자신의 내심을 숨기는 것도 그 일이 최선이다. 자그마치 십여 년 세월을 그렇게 살아왔는데 광명천지를 눈앞에 두고 위해를 당할 수는 없지를 아니한가. 그러나 홍선군 이하응의 낙척한 모습에서 한 가지만은 달라진 것이 있다. 외박만은 하지 않는다. 종일을 투전판이나 애첩 초월의 집에서 뒹굴다가도 해가 지면 집으로 돌아가는 홍선군 이하응이다.

밤이 깊어지면 홍선군 이하응은 하루도 빠짐없이 명복의 거처로 든다. 이 사실을 어렴풋이나마 짐작하고 있는 것은 민씨 부인뿐이다. 그러나 그녀로서도 지아비 홍선군이 명복의 거처에서 무엇을 하고 있는지를 소상히 알지 못한다. 그저 명복의 학문을 보살펴 주고 있으려니 하고 짐작하는 정도일 뿐이다.

명복의 앞에 앉은 홍선군 이하응의 모습은 근엄하기만 했고, 마찬가지로 명복 또한 두 무릎을 맞대어 꿇어앉은 단정한 모습이다.

"애비의 가르침을 잊지 않고 있느냐?"

"그러 하옵니다, 아버님."

"무슨 연유로 그 많은 말들을 익히고 기억해야 하느냐?"

"왕실과 가까운 종친이라 왕실의 법도를 익혀 두어야 하기 때문이옵니다."

두 부자는 언제나 이런 말로 학습을 시작한다. 흥선군 이하응이 그토록 진지하게 명복에게 가르치는 학습이란 왕실의 언어와 풍속, 그리고 법도다. 결국 왕도를 가르치고 있음이 아니겠는가.

"임금이 친히 쓴 시문詩文을 무엇이라 하느냐?"

"어제御製이옵니다."

"편지는?"

"어찰御札이옵니다."

"세자의 학문은?"

"예학睿學이옵니다."

"생각은?"

"예의睿意라 하옵니다."

"잘 알고 있구나. 임금에 관한 일은 어御 자를 쓰고, 세자에 관한 것은 예睿 자를 쓰느니라."

대궐에서 쓰는 말이 어찌 한둘이며, 임금이나 왕비의 주위에서 쓰는 말이 어찌 한두 가지겠는가. 신체身體, 의식衣食, 행지行止에 관한 것 등 끝이 없이 많다. 흥선군 이하응은 그것을 각 부문별로 가르쳐 익히게 하고, 물어볼 때는 서로 섞어서 빠르게 묻는 것을 반복하고 있다.

"귀는 무엇이냐?"

"이부耳部이옵니다."

"귀지는?"

"이부지옵니다."

"손톱은?"

"수지手指톱이옵니다."

"옷은?"

"의대衣襨라 하옵니다."

"허리띠는?"

"대자帶子라 하옵니다."

"김치는?"

"젓국지옵니다."

"불고기는?"

"너비아니라 하옵니다."

"양치질은?"

"수부수이옵니다."

"행주치마는?"

"휘건揮巾치마이옵니다."

홍선군 이하응은 여기서 잠시 숨을 돌리듯 명복의 얼굴을 살펴본다. 명복은 무엇이든지 더 물어보라는 듯 초롱초롱한 눈매를 빛내고 있다. 홍선군 이하응은 만족한 표정을 지어 보이며 목소리를 낮춘다.

"임금의 자리를 보위寶位라 하고, 중전의 자리를 곤위壼位라 하며, 세자의 자리를 저위儲位라 하느니라. 이 세 가지 자리를 비워 두고서는 종사가 온전하다 할 수 없음일 것이니라."

"……."

"어느 시대건 왕실은 번창하여야 하고, 왕부는 튼튼해야 한다. 이는 또 하늘의 뜻이 아니겠느냐."

"……."

"외척이 발호해서는 종사에 이로울 것이 없고, 파당派黨이 성하면 혼조가 된다. 지금이 바로 그런 때가 아니더냐. 네 몸에 왕실의 피가 흐르고 있음을 한시도 잊어서는 아니 될 것이야. 알겠느냐?"

"명심하겠사옵니다."

"그래, 그만 쉬어라. 내일 다시 들를 것이니라."

흥선군 이하응은 명복의 거처인 작은사랑을 나선다. 마음이 평온하게 가라앉고 있다. 참으로 이상한 일이다. 아무리 괴롭고 답답하다가도 명복과 마주 앉아 왕실의 풍속과 법도를 논하고 나면 언제나 홀가분한 심정에 젖곤 한다. 흥선군은 자신의 꿈이, 아니 야망이 조금씩 이루어지고 있다는 사실을 감지하고 있다. 그것은 흥선군에게 있어 하늘의 계시나 다름이 없다.

2

시월이 가고 동짓달이 된다. 단풍으로 물들었던 궁원宮苑의 나무들도 이제는 앙상한 가지를 드러냈다. 스산한 바람은 떨어져 구르는 나뭇잎을 다시 굴린다.

何處秋風至
蕭蕭送雁群
朝來入庭樹
孤客最先聞
가을바람 어디서 불어오기에
쓸쓸한 기러기 떼 보내오는가.
이 아침, 뜰에 가지 흔드는 바람
뉘보다도 먼저 나그네가 듣는다.

당나라의 시인 유우석劉禹錫이 쓴 〈추풍인秋風引〉이다. 가을은 무엇이며 나그네는 또 무엇이던가. 사람에게는 가을이 있고, 나그네에게도 외로움이 있다.

"영상, 강화도에 한 번 다녀오고 싶소."

철종은 문후를 든 영의정 김좌근에게 애잔하게 말한다. 그의 야윈 손에는 양순이가 만들었다는 빨간 꽃 주머니가 들려 있다. 설사 김좌근이 양순을 그리는 철종의 심기를 헤아리고 있다 해도 동의할 수 없는 말임이 분명하다.

"전하, 지금은 바람이 차옵니다. 또한 환후 중이시오니…, 먼저 옥체를 보전하셔야 하옵니다."

"파도 소리가 듣고 싶어서요."

"……."

철종은 파리해진 용안을 눈물로 적시고 있다. 사실 철종은 병상에 누우면서 양순의 상념에서 헤어나질 못하고 있다. 보드랍기 그지없는 비단 꽃 주머니를 만지고 있노라면, 양순의 모습이 다가서곤 한다. 어느 때는 살아 있을 때와 똑같은 모습으로 달려들곤 하였고, 철종이 두 손을 벌리면서 달려가면 양순의 모습은 눈앞에서 사라진다.

멀리서 노랫소리가 들려온다. 노랫소리를 향해 달려가면 양순의 모습이 눈앞에 다시 나타난다. 그녀는 철종에게 손짓하며 애잔한 목소리로 노래한다.

바람이려오.
흘러가는 구름이려오.
반짝이는 나뭇잎도 그대로 있고
지저귀는 산새 소리 모두가 그대로인데
다들 있는데 사랑만 없다오.

아, 바람이려오.

흘러가는 구름이려오.

차라리 그대 얼굴을 적시는 눈물이려오.

그럴 때면 철종은 물기에 젖은 목소리로 노래를 따라 부르곤 한다. 참으로 이상한 것은 꿈속에서 들었던 노래가 깨어나도 생생하다.

철종은 눈물을 쏟으며 중얼중얼 노래 부른다. 양순은 노래 속에 묻혀서 생생하게 나타나곤 한다. 바람에 실려 올 때도 있고, 구름에 실려 올 때도 있다.

"영상, 강화섬…, 강화섬에 가고 싶소."

철종은 눈물을 뚝뚝 흘리고 있다. 수척하고 파리한 철종의 모습이 영의정 김좌근의 가슴을 도려낸다. 철종이 보위에 오르게 된 것, 그 모든 시말이 자신에게 있었기에 영의정 김좌근은 죄인이 될 수밖에 없다.

"강화섬은 내가 어려서 뛰놀던 곳이 아니오? 지금 아니 가면 다시 갈 수 없기에 당부하고 있지를 않소…."

"전하, 정히 다녀오시고자 하오시면…, 내년 춘삼월이 적기라 여겨지옵니다."

"그때까지…, 내가 살아 있을지…?"

"……!"

김좌근은 몸 둘 바를 몰라 한다. 짐승도 죽을 때가 되면 제가 살던 곳으로 찾아간다고 하지를 않았던가. 철종은 지난 14년 동안 자신의 의지가 아닌, 타인에 의해 엉뚱한 삶을 살아왔고, 그것은 김좌근이 파 놓은 함정과 무엇이 다른가.

"살아서 강화섬의 바닷가를 걸어 보고 싶소. 양순의 무덤도 보아야 하지를 않겠소. 나는 지난 14년 동안 강화섬의 파도 소리를 단 한 번도 잊은 일이 없어요."

"전하…."

"잠자리에 들면…, 강화도의 파도 소리가 내 귓전을 울렸습니다. 임금이 아니었다면…, 법도라는 것만 없었어도… 나는 대궐의 담장을 뛰어넘어서라도 강화섬으로 달려갔을 거예요."

"고정하오소서, 전하!"

"영상, 월조越鳥는 남쪽 가지에 앉고, 호마胡馬는 머리를 북쪽으로 둔다는 고사가 있지를 않소. 하찮은 짐승의 마음도 그렇다는데…, 내 어찌 마니산을 잊을 것이며, 내 어찌 전등사를 잊을 것이며, 내 어찌 부들방죽을 잊을 것이며…, 내 어찌 갑곶나루터의 파도 소리를 잊을 수 있겠소. 보내 주시오. 양순이가 묻힌 곳도 보아야 하지를 않겠소. 하루면 되지를 않소. 영상이 내 병을 알거든 이 소망만은 이루어 주시오. 부탁이오, 영상…."

급기야 철종은 고개를 숙인다. 그가 흘린 눈물이 침상을 적시었으나 김좌근은 그것을 볼 수가 없다. 그의 시계도 이미 뿌옇게 흐려 있었기 때문이다.

"영상, 무공대사와 함께 양순이의 무덤으로 가고 싶소. 불공이라도 드려 주어야 어린 영혼을 천도遷度할 것이 아니겠소. 그

것이 죽기 전에 해야 할 내 소임인 줄 알아요."

"전하, 춘추 왕성하신 전하시옵니다. 환후 쾌차하오시면 신이 전하를 뫼시고 강화섬으로 갈 것이오니… 원하옵건대 심기를 굳건히 하여 주소서!"

김좌근의 격한 목소리는 마침내 흐느낌으로 변한다. 임금도 울었고, 신하도 운다. 김좌근은 문득 신정왕후의 당부를 상기한다.

'기유년의 전철이 되풀이되어서는 아니 될 것으로 압니다!'

김좌근은 회한에 젖는다. 열아홉 살. 강철과 같은 이원범이 아니었던가. 그를 강화섬의 산천에서 마음 놓고 뛰놀도록 내버려 두었다면 어찌 오늘과 같은 비통함에 젖을 것인가.

"전하, 도승지 입시옵니다."

"들라 이르라."

철종은 황급히 눈물을 훔치며 자세를 바로 한다. 도승지 민치상이 엉거주춤하게 들어와 앉았으나, 머뭇거리기만 할 뿐 입을 열지 못한다.

"무슨 일인가?"

영의정 김좌근의 채근이 있고서야 민치상은 느릿하게 말한다.

"전하, 잠시 전, 영은부원군께서 운명하셨다 하옵니다."

"기어이!"

탄식을 토한 사람은 철종이 아니라 김좌근이다. 포물대감이라 불리던 김문근이 마른 나뭇가지와 같이 쇠진해 가던 모습이 김좌근의 뇌리를 어지럽힌다.

11월 6일, 철인왕후의 아버지 영은부원군 김문근이 세상을 떠난다. 장김으로서는 불길한 조짐이 아닐 수가 없다. 김문근의 성품이 과격하여 남의 입에 자주 오르내리기는 했어도 종사의 일을 정할 때는 과감하게 밀어붙이는 결단력을 보였던 인물이다.

국구가 세상을 떠나면 임금도 친히 문상을 하는 것이 도리다. 그러나 철종은 병중의 몸이라 처가에 다녀올 수가 없다.

"전하, 망곡례의 채비가 되었사옵니다."

철종은 내시들의 부액을 받으며 몸소 금천교禁川橋에까지 나와 망곡례望哭禮를 올림으로써 세상을 떠난 빙부의 명복을 빈다. 이 일이 있은 다음부터 철종은 자리에서 일어나지 못한다.

김좌근을 비롯한 장김의 일족은 도포 자락에 불이 날 정도로 바빠진다. 철종의 환후를 보살펴야 했고, 김문근의 치상治喪에 시달리면서도 철종의 뒤를 이어 갈 사왕을 정해야 하기 때문이다. 국정은 좌의정 조두순에게 맡겨 두었지만 무엇 하나 제대로 되는 일이 없다.

"아버님…!"

김좌근과 김병기는 예의 《선원계보》를 손에서 놓을 사이가 없다. 그렇다고 없는 왕재가 솟아날 까닭도 없다.

"원 이럴 수가 있나!"

김좌근이 《선원계보》의 책장을 소리 나게 덮으며 짜증을 토해낸다. 사왕을 정하는 일은 이제 잠시도 뒤로 미룰 수가 없는 처지다.

“아버님, 없어도 찾아야 하질 않습니까. 어차피 종친으로 정해야 할 일이면 바로 거기에 이름이 적혀 있지를 않겠사옵니까.”

김좌근은 던지듯 밀어 놓았던 《선원계보》를 다시 집어 들며 책장을 들추기 시작한다.

“원, 왕실이 번창해야 나라가 흥한다는 마당인데…, 어쩌다가 이 나라 종실이 이 지경이 되었나….”

“그래도 서둘러야 할 일이옵니다, 아버님!”

“이거야 원….”

김좌근은 짜증 같은 탄식을 토하기만 한다. 그렇다고 다른 가문의 사람들과 의논할 수도 없는 그야말로 막중대사다.

나주 합부인이 다과상을 이들의 앞에 놓으며 참견을 한다.

“좀 쉬었다가 하시지요….”

“쉬었다 한다고 없는 종친이 땅에서 솟아오른다던가!”

김좌근의 퉁명스러운 짜증이 애첩 나합에까지 미치자 그녀는 대수롭지 않다는 듯 말대꾸를 한다.

“아무러면 그 흔해 빠진 전주 이가 중에 임금 할 사람이 없을까봐 그러십니까. …금상은 농사꾼이셨습니다.”

“허어, 저런 놈의 주둥이가 있나!”

“언제는 임금이 정사를 살폈습니까. 어차피 대소 정사가 대감 부자의 손에 있는 것은 세상이 다 아는 일이올시다.”

딴은 그렇다. 사왕은 전주 이씨에서 나올 것이지만 조정 대사는 김좌근, 김병기의 손에서 좌지우지될 것이 분명하다. 그러나 모양이라는 것도 갖출 필요가 있다. 비단 신정왕후의 당부가 있어서만이 아니다. 이번에 다시 철종과 같은 인물을 사왕으로 정한다면 백성들의 난동이 있을지도 모른다. 그런 화근을 미연에 방지하기 위해서는 인품은 여하간에 가까운 종친 중에서 정했다는 명분이라도 있어야 한다. 바로 그 점이 어렵기 그지없다.

날이 저물자 대제학 김병학이 왔다. 아직 관복 차림인 것을 보아서는 대궐에서 나오는 길인 모양이다.

"주상 전하의 환후는 좀 어떠하시던가…?"

"어의들까지도 입을 열지 못하는 것을 보아서는…."

"어렵겠다…?"

"그러한 줄로 아옵니다."

잠시 침묵이 흐른다. 모두가 난감해하는 표정이다. 김좌근은 김병학을 쏘아보며 입을 연다.

"영초의 생각은 어떠한가?"

"글쎄요."

"말씀 여쭈시게. 심려가 이만저만이 아닐세…."

"……."

김병학의 성품이라면 이런 일에 함부로 나설 사람이 아니다. 그러나 김좌근으로서는 그의 온건론을 참고로 하고 싶은 생각이 아주 없지는 않다.

"이 자리에 누가 있다고 그래. 숨김없이 말해 보라니까."

김좌근은 명을 내리듯 채근하였지만 김병학은 한참 동안이나 망설이다가 입을 열었으나 말을 이어 가지 못한다.

"제 생각으로는…."

"글쎄, 아무 걱정 말라니까!"

"흥선군의 둘째 자제가 어떨까 합니다만…."

좌중은 숨소리마저 끊기는 긴장감에 젖는다. 놀랍다는 것인지, 어이없다는 것인지 김좌근도 김병기도 눈을 커다랗게 뜬 채 상체를 세웠을 뿐 모든 것이 일시 정지된 듯한 그런 분위기다. 그리고 잠시 후 김좌근의 노성일갈이 터져 나온다.

"아무리 국구가 되고 싶기로 흥선군의 자식이라니!"

"……!"

"자넨 상갓집 개라는 풍설도 못 들었는가!"

"……."

김병학은 얼굴을 붉히면서 자신이 경솔했음을 사죄한다. 지난날 흥선군 이하응과 사돈이 되자고 약조한 것을 잊고 있었던 탓에, 국구가 되고 싶어 흥선군의 제2자를 천거한 것처럼 되어 버린 셈이다. 김좌근이 진노했던 탓으로 이날 밤의 일은 여기서 더 진척되지 않았다.

나합의 집을 나선 김병기와 김병학은 빈 자비를 뒤따르게 하고 나란히 걷는다. 김병기는 잠시 전의 일을 다시 거론해 본다.

"이 사람 영초, 무슨 연유로 흥선군의 둘째 아들을 거론했는가?"

"제 실언이었어요."

"그걸 묻고 있는 게 아니라니까."

"하오시면…?"

"흥선군의 내심을 읽고 있었음이 아닌가?"

"궁도령이니, 상갓집 개니 하는 마당에 그 사람의 내심이 따로 있을 게 무엇이겠습니까."

"아니야, 나는 그렇게 보고 있지를 않으이…."

"……."

"흥선군의 난초를 보면 알지. 잎이며 꽃이며 어느 하나도 흐트러진 것이 없었어."

"그야 타고난 솜씬데 어디로 가겠습니까. 그 사람의 난초는 저도 좋아합니다."

"기위 정을 주고 있는 사이면…, 눈여겨 살펴보는 것이 후환을 막는 길일 것일세."

손은 안으로 굽는다는 속언이 있다. 김병기는 흥선군 이하응을 의심하고 있으면서도 그에 대한 감시를 김병학에게 당부한 셈이다.

'어찌해야 되나.'

김병학은 이 일로 여러 날을 고심한다. 생각 같아서는 김병기와 주고받은 말을 흥선군 이하응에게 전해 주고 싶었으나 그 또한 선뜻 내키지가 않는다. 그러나 천만다행으로 흥선군 이하응이 투전판을 드나들고 있다는 소문을 듣고서야 그나마 안도한다.

3

선달로 들어서면서부터 철종의 환후는 걷잡을 수 없을 만치 더해만 간다. 일어나 앉을 수도 없다는 소문이 나돌기 시작하면서 중전인 철인왕후는 아버지 김문근의 상중임도 잊은 채 간병에 매달려 있다. 대왕대비 신정왕후도 몸소 대조전大造殿에 들러 철종의 용태를 살피곤 한다.

"주상, 심기를 가다듬으세요. 일국의 주상이 병마 하나 물리치지 못한대서야 말이 됩니까."

"파도 소리가 들려옵니다."

"주상…."

"강화섬의 파도 소리가 들립니다."

철종은 신열로 인한 혼미 속을 헤매다가 문득 정신이 들면 강화섬의 파도 소리가 들린다고 한다. 그리고 양순이가 보인다고도 한다. 기력이 쇠진하였음인가, 철종의 손에 들렸던 비단 꽃주머니가 스르르 흘러내린다. 철인왕후는 흘러내린 꽃 주머니를 다시 철종의 손에 쥐어 주며 눈물로 위로한다.

"전하, 아무 심려 마시오소서. 봄이 되면 신첩이 모실 것이옵니다."

"고맙소, 중전…."

철종은 잔잔한 미소를 입가에 담는다. 양순일 위해 애써 준 철인왕후의 마음 씀이 고마워서다. 겨울이 가고 봄이 오면 그리운 강화섬에 다녀올 수 있다는 것, 그것은 철종의 마지막 소망이나 다름이 없다.

숲길을 헤치고, 산길을 오르는 양순의 모습이 철종의 눈앞에 어른거린다. 때로는 혼자 부르고 또 때로는 번갈아 가면서 부르던 노랫소리도 애잔하게 들린다.

바람이려오.
흘러가는 구름이려오.
반짝이는 나뭇잎도 그대로 있고
지저귀는 산새 소리 모두가 그대로인데
다들 있는데 사랑만 없다오.

아, 바람이려오.
흘러가는 구름이려오.
차라리 그대 얼굴을 적시는 눈물이려오.

철종은 마른 입술을 움직인다, 노래를 부르려는 안간힘이다.

"전하…!"

철인왕후의 비명 소리를 들으면서 철종은 의식을 잃는다. 대조전은 곡성으로 진동한다. 전의들이 달려오고서야 철종의 의식이 회복되지만, 조금도 방심할 수 없는 긴장감이 온 대궐을 짓누르고 있다.

섣달 초사흗날이 되면서 철종은 의식을 잃는 일을 되풀이한다. 그와 같은 소식은 조성하에 의해 곧 흥선군 이하응에게 전해진다.

"대감, 대왕대비 마마께서 몹시 심려하고 계시옵니다."

"……!"

"국상 전에 사왕이 옹립되어야 하지를 않겠사옵니까?"

"아직은 때가 아닐세."

"때가 아니라니요. 주상께서는 하루에도 서너 번씩 혼절을 하시옵니다. 이젠 국상의 절차를 의논해야 할 것으로 아옵니다."

"서두르다가는 일을 그르치기가 십상일 테지…."

"오늘 아침, 영돈녕 대감께서 대왕대비 전을 다녀가셨사옵니다."

"……!"

흥선군 이하응은 고개를 번쩍 치켜든다. 영돈녕이면 정원용이 아니던가.

"무슨 말씀을 나누었다 하시던가?"

"후사의 일을 거론하셨답니다."

"누구로…?"

"누구라고까지야 발설하셨겠습니까만…, 대왕대비 마마의 소임이라는 말씀을 몇 번이나 되풀이하시면서… 기유년의 전철을 밟아서는 아니 된다고 하시더랍니다."

흥선군 이하응은 그제야 안도한다. 영의정 김좌근을 제외한다면 조정의 원로는 정원용과 조두순뿐이다. 그 정원용이 은밀하게 대왕대비 전을 찾아와 그와 같이 진언했다면 장김의 편이 아닌 것만은 분명하다. 흥선군 이하응에게는 백만 원군이나 다를 바가 없다.

'원상院相이로세!'

흥선군 이하응의 뇌리는 재빨리 움직인다. 원상이 무엇인가. 국상을 맞으면 모든 종사의 일을 관장하는 사람을 말한다. 철종이 눈을 감는다면 장김 일족은 사왕을 정하는 일을 놓고 일사분란하게 움직일 것이 분명하다. 그때 원상이 우유부단하고서는 자신의 뜻을 이루기 어려워질 수도 있다. 조정 제일의 훈신이자 원로인 정원용이 신정왕후의 뜻을 받들어 나갈 수 있다는 것은 기쁨이며 희망이 아니고 무엇인가.

"연상을 이리로 당겨 주게…."

흥선군 이하응은 급기야 결행을 다짐하듯 입을 연다. 조성하는 재빨리 연상을 당겨 놓으며 먹을 갈기 시작한다. 흥선군 이하응은 잠시 묵상에 잠기듯 눈을 감았다가 화선지 두루마리를 펼쳐 놓는다. 조성하는 쿵쿵거리는 가슴을 진정하면서 흥선군이 들고 있는 붓끝에서 시선을 떼지 않는다. 아니 뗄 수가 없다.

'때를 보아 대보大寶를 간수하오시고, 영돈녕부사로 원상을 삼으소서.'

사연은 간단하다. 흥선군 이하응은 붓을 놓는다. 그의 얼굴은 상기되어 있다. 먹물이 마른 흥선군 이하응의 서찰은 봉투에 넣

어지고 봉해진다.

"대왕대비 마마께 은밀히 전해 올리시게."

"명심하겠사옵니다."

"개봉은 그 어른께서 몸소 하시는 것이 옳을 것이야."

조성하는 구름재의 흥선군 저를 나선다. 밤은 이미 깊어 있다. 조성하는 걸음을 재촉하여 금호문을 뚫는다. 신정왕후는 아직 잠들지 않고 있다.

"흥선군 대감의 서찰이옵니다."

"오, 그래…."

신정왕후가 봉투를 받아 들자 조성하는 자리를 뜬다. 흥선군 이하응의 명을 따르고 있는 셈이다.

'대보大寶를…!'

신정왕후는 몸을 떤다. 자신의 손으로 새 주상에게 대보를 전하는 것으로 후사가 결정되는 것인데도 신정왕후는 미처 거기까지 생각하지 못하고 있었질 않았는가. 대보는 옥새를 말한다. 옥새를 지닌 자가 곧 임금이라는 단순논리에 의해 조선왕조의 왕업이 오백 년 동안이나 이어져 오고 있다.

대보는 임금의 침두寢頭에 모시는 것으로 되어 있다. 그렇다면 철종의 병실에 있을 것이 분명하다.

'있을지…?'

신정왕후는 중얼거린다. 약삭빠른 장김에서 그 대보를 승정원쯤으로 이미 옮겼을지도 모르기 때문이다. 만일 그와 같이 불미한 일이 있었다면 흥선군 이하응의 소망은 물거품이 된 것이나 다름이 없다. 신정왕후는 흥선군 이하응을 원망한다. 왜 그런 막중한 일을 이제야 알려 준다는 말인가. 흥선군이 대보에 대한 관심을 가지고 있다면 장김인들 어찌 무심히 지냈겠는가. 신정왕후는 몸을 일으킨다. 대조전으로 달려갈 요량에서다. 그러나 그녀는 다시 주저앉고 만다. 잠시 전에서야 대조전에서 돌아왔기 때문이다.

"대왕대비 마마, 주상 전하께서 위중하시다는 전언이옵니다."

"……!"

신정왕후는 몸을 일으킨다. 눈앞이 노랗게 변하면서 몸이 휘청거린다. 그녀는 안간힘을 쓰면서 철종이 누워 있는 대조전으로 향한다.

"옥새를… 옥새를…!"

신정왕후는 소리 나지 않는 중얼거림을 수없이 되씹고 있다. 대조전 밖은 수많은 등촉으로 대낮같이 밝다. 내시 몇 사람은 겨울 맨바닥에 꿇어앉아 흐느끼고 있다.

"대왕대비 마마 듭시오."

대조전의 합문閤門이 열린다. 신정왕후는 첫발을 들여놓으면서 철종의 침두부터 살핀다. 그리고 안도의 신음을 토해 낸다.

"아!"

의식을 잃은 철종의 침두에 대보가 그대로 놓여 있었기 때문이다. 그제야 신정왕후는 철종의 머리맡으로 다가가 앉는다.

"주상, 날 알아보시겠습니까? 할미가 왔습니다."

철종이 눈을 뜬다. 그리고 마른 입술을 움직인다. 신정왕후는 왈칵 눈물을 쏟는다. 대보가 제자리에 있고, 철종은 의식을 회복해서다.

'이젠 떠나지 않으리라!'

신정왕후는 모질게 다짐한다. 철종의 운명을 지켜보는 일도 중하다. 그러나 대보를 지키는 일이 더욱 중한 일이기 때문이다.

4

12월 5일, 음산한 겨울 날씨다. 부옇게 내려앉은 하늘은 눈가루라도 뿌릴 기세다. 빈청의 분위기도 날씨 못지않게 스산할 수밖에 없다. 영돈녕 정원용은 벌써 여러 번 한숨을 토해 내고 있다. 철종의 환후가 가늠할 수 없을 만치 변화를 거듭하고 있었던 탓에 그는 잠시도 편한 자세를 취할 수가 없었기 때문이다. 조금 차도가 보여서 퇴청을 하면 뒤이어 위중하다는 전언이 들이닥치곤 했다. 또 그런 일은 밤낮을 가리지 않았던 탓으로 관복을 벗을 겨를도 없다. 연치 여든한 살. 오히려 견디고 있는 것이 이상할 정도다.

좌의정 조두순이 걱정스럽게 입을 연다.

"대감, 그 동학이라는 것을 내버려 둔다는 것이 꺼림칙하다는 생각이 듭니다만…."

"이심전심이로세…."

정원용은 지체 없이 조두순의 의향에 동조하고 나선다. 그 또한 동학의 처단을 생각하고 있었던 모양이다.

"입에 담기는 민망한 말씀이나, 국상은 목전의 일인데…, 아직 후사도 정하지 못하고 있지를 않습니까?"

"……."

"삼정은 이미 문란의 도를 넘어 민심이 흉흉해진 것은 어제오늘의 일이 아닙니다. 그 천주교라는 사교가 폭력을 수반하지는 않을 것으로 짐작이 됩니다만…, 동학의 무리들은 심상치가 않습니다. 지난번과 같은 민란이 있을 때 거기에 동학이 가세한다면 감당하기 어려울 것으로 보이고, 그런 어려움이 있을 때 이양선異樣船이라도 나타난다면 국체가 흔들릴 위험도 있음이라 사료됩니다."

좌의정 조두순의 정세판단은 빈틈이 없다. 실제로 서구 열강들은 북경 함락 이후 조선으로의 진출을 호시탐탐 엿보고 있었던 시기다. 특히 러시아가 그랬다. 러시아의 땅덩이는 반 이상이 얼음 속에 있는 것이나 다를 바가 없다. 그러기에 그들의 남진南進은 얼지 않는 항구를 찾는 일이었고, 또 그것은 제정 러시아의 살길이기도 하다. 실제로 이 년 전인 1861년(철종 12)에는 러시아의 함대가 조선의 동해안을 살피면서 대마도에 기항寄港한 일도 있다. 이 점에 대해서는 당시 제정 러시아, 청나라, 조선의 삼각 관계를 면밀히 지켜보고 있었던 그리피스Griffis의 글을 인용해 보면 그 이해가 쉬워진다.

— 청나라의 지배자인 만주인滿洲人들은 선조 전래傳來의 옛 고향을 음험한 러시아인들에게 감쪽같이 바치고 말았다. 시베리아의 경계선은 어느 틈에 두만강豆滿江에 접촉하게 되어 러시아의 곰은 조선의 호랑이와 어깨를 겨누게 되었다.

— 오른쪽에는 프랑스요, 왼쪽에는 러시아인데, 청국淸國은 이미 서방국가에 손들었고, 일본日本은 문호를 개방하고 말았으니, 서울의 통치자들이 전율하는 것을 어찌 괴이하다고 할 것인가.

외국인인 그리피스가 이미 이렇게 보고 있었으니 좌의정 조두순의 견해가 얼마나 정확했던가는 짐작하고도 남는다.

"대체 하옥은 무엇을 하고 있다는 것이야!"

영돈녕 정원용의 목소리가 빈청의 밖으로 새어 나가자 내시는 허둥거리며 이 사실을 승정원에 알렸고, 김좌근의 비호를 받던 승지들은 김좌근의 소재를 확인하기 위해 한차례 법석을 떤다. 나합의 집에서 선원계보를 뒤적거리고 있던 김좌근이 입궐한 것은 점심나절이 조금 지난 때다.

정원용은 짜증 섞인 목소리로 힐문한다.

"대체 그 동학의 무리를 어찌할 참이오이까?"

"……."

"그들을 단속하지 않고, 국상을 맞을 생각이냐니까요…!"

영의정 김좌근은 아차 싶다. 벌써 두 달 전에 동학의 교주 최제우를 잡아들이리라고 다짐하였으면서도 후사를 정하지 못한 탓에 까맣게 잊고 있었던 중대사다.

"당연히 소탕해야 될 일입니다."

"서둘러 대왕대비 마마의 윤허를 받도록 하세요. 촌각도 지체할 수가 없게 되었어요."

김좌근은 밖에서 기다리고 있는 김병기를 거느리고 대조전으로 향한다. 신정왕후는 벌써 사흘째 대조전에 머무르고 있다. 김좌근은 동학과 동학의 교주 최제우에 대해 세세히 설명하고 그의 체포를 청한다.

"대감의 진의를 헤아리지 못하는 것은 아니나, 주상의 환후가 위중하면 잡았던 죄인들도 풀어 주는 것이 상례인데…, 새 죄인을 잡아들인대서야 말이 됩니까?"

"……!"

김병기는 신정왕후의 표정을 살핀다. 눈빛에 광채가 돌고 있다. 그렇다면 도전으로 받아들일 수밖에 없다. 그는 일부러 언성을 높인다.

"무슨 말씀을 그리 하시옵니까? 최제우를 따르는 대역부도한 무리들을 내버려 둔 채 국상을 맞으시겠다는 말씀입니까? 그 뒤에 닥쳐올 환란을 무슨 수로 감당하시고자 하십니까!"

신정왕후는 고개를 돌려 의식 없이 누워 있는 철종의 용안을 살핀다. 그리고 다시 입을 연다.

"모든 정무는 경들이 보아 오지를 않았소. 어찌하여 사람이 다치는 일만 내 허락을 얻고자 하시오. 나는 사람을 죽였다는 누명을 쓰고 싶지가 않소!"

신정왕후는 자신감을 보이고 있다. 주상의 머리맡에 대보가 놓여 있었음에랴. 김병기는 신정왕후의 언동을 장김에 대한 도전이라 여기면서도 목소리를 낮출 수밖에 없다.

"대왕대비 마마, 잠시도 소홀히 할 수 없는 일이옵니다. 윤허하소서."

"……."

"윤허하소서!"

영의정 김좌근이 다시 청하자 신정왕후는 마지못한 듯 대답한다.

"비록 주상께서 누워 계시나…, 어찌 경들의 충정을 모르겠소. 서둘러 시행하시오."

영의정 김좌근과 김병기 부자는 대조전을 물러나온다. 신정왕후의 언동이 마음에 들지 않았으나 서로는 아무 말이 없이 걷는다. 이들은 다른 일에 마음을 쓸 겨를이 없다. 철종의 뒤를 이어 보위를 이어 갈 사람을 아직 정하지 못하고 있었음에랴.

선전관宣傳官 정운구鄭雲龜가 빈청으로 불려 왔다.

"선전관은 서둘러 경주로 떠나도록 하라!"

김병기는 영문 모르고 서 있는 정운구에게 동학의 교주 최제우를 체포하라는 임무를 주면서 부연한다.

"지난해 9월에 경주 진영鎭營에서 최제우를 체포 · 문초한 일이 있었으나, 그의 제자라 자칭하는 수백의 난민들이 몰려와서 항변했던 탓으로 사면 · 석방한 일이 있었느니라. 이번에는 그자를 체포하는 대로 대구감영으로 이송하여 문초케 하되 지난번과 같은 전철을 되풀이해서는 아니 될 것이니라. 명심하렷다!"

"예, 대감!"

선전관 정운구는 지체 없이 경주로 떠난다. 먼저 대구감영에 들러 삼십여 명의 관헌들을 차출했다. 있을지도 모르는 불상사에 대비한 조처다.

5

12월 7일.

철종은 오랜 혼절에서 깨어나지 못한다. 진맥을 마친 늙은 어의가 신정왕후 앞으로 정중하게 몸을 돌려 앉는다.

"대왕대비 마마, 아뢰옵기 황공하오나 국상 채비를 서둘러야 할 것 같사옵니다."

"……!"

신정왕후는 눈을 감는다. 이제야 구악舊惡이 무너지고 새로운 시대가 열린다는 감회가 그녀의 가슴을 요동치게 하고 있어서다. 어의가 물러가자 신정왕후는 문밖에다 소리친다.

"밖에 누구 있거든 내금위의 병사들을 들게 하라!"

울고 있던 철인왕후가 고개를 번쩍 든다. 주상의 목숨이 경각에 있는데 내금위의 병사를 불러서 무엇을 한다는 말인가. 그러나 철인왕후는 곧 의혹을 푼다. 주상이 중태에 빠지면 병사들로 하여금 전각을 호위하게 하지를 않았던가. 하지만 철인왕후의 그런 단순한 생각이 얼마나 어리석은 것인지도 곧 알아차리게 된다. 삼십여 명이나 되는 내금위의 병사들이 대조전의 내정에 도열하자 신정왕후가 추상같은 하교를 내렸기 때문이다.

"주상께서 위중하시다. 대보를 내 거처로 옮길 것이니 한 치의 소홀함이 있어서는 아니 될 것이니라!"

신정왕후는 다시 대조전으로 들어와 의식 없이 누워 있는 철종의 머리맡으로 다가가서 대보가 든 상자를 안아 든다. 놀란 것은 철인왕후다. 그녀는 창백해진 얼굴로 신정왕후 앞을 막아선다. 그리고 날카롭게 항변한다.

"대왕대비 마마, 전하께서는 아직 기력이 계시옵니다."

"길을 여시오. 대보를 뫼시고 있지를 않소."

"대왕대비 마마, 지금 어보御寶를 옮길 수는 없사옵니다."

"국상을 채비하라는 어의의 마지막 말이 있었질 않소!"

"아니 되옵니다. 주상께서 살아 계신데, 대보를 어찌…."

"물러서시오. 대보는 이 늙은이의 손으로 사왕에게 전해질 것이오!"

"사왕이라니요? 대체 누가 사왕이라는 말씀이옵니까!"

"그 또한 내 허락 없이는 정해지지 않을 것이오!"

"아니 되옵니다. 못 가시옵니다, 대왕대비 마마…!"

철인왕후의 완강한 저항은 마치 장김의 마지막 보루와 같이 애처로웠으나 이미 때는 늦었음을 어찌하랴.

"물러서라, 일렀거늘!"

신정왕후는 철인왕후의 몸을 밀어내면서 대조전을 나선다.

"전하, 으흐흐흐…."

철인왕후는 철종의 곁으로 고꾸라지며 통곡한다. 슬하에 소생을 두지 못한 것이 오늘처럼 한스러울 수가 없다. 그녀의 통곡은 그치지 않는다. 상궁들의 위로와 만류가 통할 까닭이 없다.

"내 허락 없이는 누구도 근접할 수 없음일 것이니라. 명심하여 시행하렷다!"

대왕대비 전이 내금위의 병사들로 철통같이 지켜지는 가운데 신정왕후는 거처로 든다. 섣달인데도 그녀의 몸은 땀으로 젖어 있다. 숨마저 멈출 듯한 긴장 속에 대왕대비 전으로 걸음을 옮기며 행여라도 생겨날지도 모르는 돌발 사태를 걱정했던 때문일까. 목 안이 타들어 가는 갈증까지 겪고 있는 그녀다. 신정왕후는 꿀물 한 사발을 비우고 소리친다.

"승후관을 들라 이르라!"

그리고 신정왕후는 토해 내듯 한숨을 놓는다. 그제야 노심초사하며 소망하던 일들이 이루어지는 것을 실감할 수 있어서다. 승후관 조성하가 대왕대비 전으로 들기 전에 대보가 신정왕후의 거처로 옮겨졌다는 사실이 교동 김좌근의 집에 알려진다.

"이런 멍청한 것들이 있나!"

김좌근이 연상을 내리치며 소리친다. 그의 앞에는 김병기, 김병학, 김병국, 김병조, 김병교, 심지어 상주인 김병필까지 죽은 듯이 앉아 있다. 이들은 사왕을 정하는 마지막 모임을 갖고 있다가 하늘이 무너져 내리는 급보에 접한 셈이다. 김좌근의 진노가 다시 이어진다.

"대체 입직당상入直堂上은 뭘 하고 있었다는 게야. 또 60년 세도를 누려 온 가문에 그 늙은 아낙의 지혜를 따를 만한 사람이 없다니…, 이게 어디 말이 되느냐 이 말이야!"

아무도 입을 열지 못한다. 까닭이야 여하간에 대보를 지키지 못한 것은 큰 실책이고도 남는다. 이젠 사왕을 정해도 소용없는 일이다. 대보가 신정왕후의 품에 있다면 그녀의 거부권은 국법이나 다름이 없기 때문이다.

'그때 손을 써야 했던 것을!'

김좌근은 탄식한다. 영의정의 자리에 올랐을 때 신정왕후와 대좌하지를 않았던가. 그때 그녀는 '기유년의 전철이 다시 되풀이되어서는 아니 될 것으로 압니다' 라고 했다. 그리고 며칠 전

최제우의 체포를 진언했을 때는 만만치 않은 대결의 의지를 보였었다.

"영상 대감, 대보를 다시 대전으로 모셔야 할 것으로 사료되옵니다."

아버지 김문근을 닮았음인지 김병필의 성품은 과격하다. 김좌근이 역시 짜증스럽게 응수한다.

"대역부도를 꾀했다는 누명을 쓰고 싶은가!"

"누명이라니요, 주상 전하께오서는 아직 승하하지 않으셨사옵니다. 대보는 당연히 전하의 침두에 있어야 할 것으로 사료되옵니다."

"아버님!"

김병기까지 가세할 기미를 보이자 김병학이 조심스럽게 나섰다.

"전하의 환후가 경각에 계시다면, 대보가 대왕대비 전에 있다 해도 하자가 될 수는 없사옵니다. 또 사왕의 일도 그렇습니다. 대왕대비 마마의 허락을 얻고서만 정할 수 있지를 않겠습니까?"

"……."

"지금으로서는 대왕대비 마마의 의향도 모르려니와 그 어른의 천거가 저희 일문과 같을 수도 있겠고…, 불연이면 대소 신료들이 모인 자리에서 의논하라 명하실 수도 있지를 않겠사옵니까. 좀 더 기다려 보시지요. 종사의 대계를 잇는 일이라 순리를 따르는 것이 옳지를 않겠습니까?"

김병학의 어투는 정중하고도 신중하다. 노골적으로 그의 제안을 반박할 수도 없다. 방 안은 무서우리만치 무거운 고요 속으로 잠겨 든다. 어디선가 첫 닭이 우는 소리가 들린다. 그리고 또 얼마의 시간이 흐르자 창문이 밝아진다. 김좌근을 두령으로 하는 장김의 실세들은 그렇게 긴긴밤을 보내고 아침을 맞는다.

6

12월 8일, 묘시卯時로 접어들면서 철종의 목에서는 가래가 끓기 시작한다. 철인왕후의 가는 오열 소리가 끊이지 않았으나 이미 철종에게는 들리지 않는다.

철종은 바람 소리를 듣고 있다. 마니산의 바람 소리다. 철종은 파도 소리를 듣고 있다. 강화섬의 파도 소리다. 운명을 맞이하는 철종의 용안은 평온하기만 하다.

"원범아, 원범아!"

양순이가 두 손을 흔들면서 달려오는 환각이 철종을 잠시 꿈틀하게 한다. 그는 비단 꽃 주머니를 잡은 손에 힘을 준다.

"전하, 신첩이옵니다. 전하…!"

철인왕후의 울부짖음까지 철종에게는 양순의 목소리로 환청된다. 철종은 양순이가 부르는 노랫소리를 들으면서, 아니 함께 부르면서 서서히 의식을 잃어 간다.

재위 14년, 춘추 33세의 왕성한 나이이다. 우리는 철종을 '강화도령' 이라고 부른다. 원하지 않았던 임금의 자리에 올라 강화섬을 그리다가, 첫사랑 양순을 그리다가 짧은 생애를 마쳤으니, 그의 삶은 철저하게 농락된 인생이었고, 타인에 의해 연출된 허수아비와 같은 삶이었다.

철종이 남긴 핏줄은 숙의 범씨 소생의 영혜옹주(후일 금릉위錦陵尉 박영효朴泳孝에게 하가)가 있지만, 왕자는 없다. 문제는 여기에 있다. 후사를 이어 갈 왕자가 없었기에 사왕은 다시 궐 밖에서 맞아들여야 한다.

대왕대비 신정왕후는 훈신들을 중희당重熙堂으로 들게 한다. 영돈녕 정원용, 판돈녕 김흥근, 영의정 김좌근, 좌의정 조두순을 비롯한 원임 · 시임 대신들이 모여든다. 신정왕후 조씨가 들어와 용상 뒷자리에 앉는다.

어느 사이에 마련이 되었는지 그녀의 앞에는 수렴청정의 발이 내려져 있다. 대소 신료들은 숨소리를 죽이면서 신정왕후의 목소리가 울려 나오기를 기다린다.

"잠시 전 묘시에 주상께서 승하하셨습니다. 망극한 마음을 가눌 길이 없으나, 왕실의 웃전 된 처지라 아낙의 몸으로 감히 예까지 나와 앉았습니다."

신정왕후의 목소리에는 전에 없었던 위엄이 감돌고 있다. 그녀는 잠시 뜸을 들인 다음에 말을 이어 간다.

"모두가 내게 덕이 없었던 탓이라고 여겨지는 일이나, 주상께서는 후사를 이어 갈 왕자를 남기지 않으셨으니 내 찢어지는 마음 가눌 길이 없습니다. 그렇다고 하여 보위를 비워 둘 수는 더욱 없는 일, 서둘러 새 주상을 맞이할 일을 정해야 할 것으로 압니다. 나는 일찍이 홀몸이 되었고, 곤위에 올라 보지도 못한 처지이나, 사왕을 정하는 일이 내 소임이라 여겨 이 일을 생각해 보지 않은 것은 아니나, 외척의 세도가 육십여 년 이어지는 동안…, 쓸 만한 종친은 사약을 받거나 귀양길에 올라 있으니 종묘에 대한 불충으로 오직 눈앞이 캄캄할 뿐입니다. 이런 까닭으로 사왕을 정하는 일에 경들의 의향을 듣고자 하오. 사양치 마시고 진언해 주셨으면 합니다."

놀라운 설변이다. 종실에 쓸 만한 왕재가 없는 것은 외척의 세도로 인한 것이라 했으니, 영의정 김좌근을 비롯한 장김 일족의 발언권을 박탈하겠다는 뜻이 아니겠는가. 김좌근의 등판에 식은 땀이 흐르기 시작한다. 사왕이 결정되고 나면 보복이 있을 것이라는 말로 들려서다. 게다가 장김에서는 사왕을 정해 놓지 못하였으니 할 말도 없는 형편이다.

"대왕대비 마마, 신 영돈녕부사 정원용 아뢰옵니다. 마마께서 신등으로 하여금 사왕을 정하는 일을 논의하라 하심은 천만 번 감읍할 일이오나, 이는 법도가 아닐 줄로 아옵니다. 원하옵건대 마마의 명지明智로 정해 주시오소서."

신정왕후의 입가에 미소가 돈다. 그러나 발이 처져 있었던 까닭으로 누구도 그녀의 의미 있는 미소를 보지 못한다. 좌의정 조두순이 정원용의 의사에 동조하고 나선다.

"그러하옵니다, 대왕대비 마마. 사왕을 정하는 일은 신등이 입에 담을 일이 아닌 줄로 아옵니다. 신등은 오직 마마의 명지를 받들고 따를 뿐이옵니다. 유념해 주소서."

"……!"

그 순간 김좌근은 천지가 무너져 내리는 굉음을 듣는다. 장장 육십여 년의 세도가 일시에 무너져 내리는 소리로 들려서다. 어찌 이리도 허무하게 무너진다는 말인가. 그러나 김좌근은 잠잠히 앉아 있다. 사왕이 아직 정해지지 않아서다. 그가 누구냐에 따라 재기의 발판을 마련할 수 있을지도 모른다는 실낱같은 희망이 아직 살아 있다.

"영상께서는 어찌 생각하시오?"

김좌근은 움찔 몸을 움직인다. 자신에게까지 발언할 기회가 주어지리라고 어찌 짐작이나 했던가. 그렇다고 특별히 할 말이 있는 것은 아니다.

"영돈녕부사의 진언이 참으로 지당하다 사료되옵니다. 대왕대비 마마의 명지를 내려 주오소서."

김병기의 한숨소리가 크게 들린다. 만사휴의萬事休矣의 탄식이다. 이것으로 사왕을 맞아들이는 의논은 끝난 것이나 다름이 없다. 그러나 신정왕후는 다시 침묵을 지키고 있다.

'혹시나…!'

김좌근의 뇌리에 한 가닥의 기대감이 스쳐간다. 신정왕후마저도 사왕을 정해 두지 않고 있다면 사정은 얼마든지 달라질 수가 있어서다. 이 일이 처음부터 다시 논의된다면 장김에서 주도해 갈 수도 있지를 않겠는가. 그러나 김좌근의 그 마지막 기대도 오래가지 않는다.

"도승지는 이 봉서封書를 중신들에게 전하라!"

도승지 민치상이 신정왕후가 발밑으로 내민 봉서를 받아서 영돈녕 정원용에게 전한다. 정원용은 떨리는 손으로 봉서를 꺼내 펼쳐 든다. 신왕이 탄생되는 순간이다.

— 흥선군의 제2자 명복을 익성군翼成君에 봉하여 익종의 대통을 잇게 하라!

이 봉서를 받아 든 김좌근은 눈앞이 아찔해진다. 이 무슨 변괴이던가. 그는 몇 번을 눈여겨 살폈는지 모른다. 아무리 눈을 닦고 보아도 분명히 흥선군의 제2자다.

'어찌, 어찌 이럴 수가…!'

흥선군 이하응의 둘째 아들 명복이가 대통을 이어 가게 되었다면 흥선군과 신정왕후의 밀계가 있었지 않고서는 불가능하다. 그렇다면 '궁도령'은 무엇이며 '상갓집 개'는 또 무엇이었단 말인가. 사실이 그러하다면 흥선군 이하응의 미치광이 같은 언동에 속은 것이 아니라 철저하게 농락을 당한 꼴이나 다름이 없다.

십사 년 전, 김좌근은 남몰래 강화섬으로 달려가 이원범의 찌든 몰골을 확인하고, 누님인 순원왕후에게 사왕으로 삼아 줄 것을 청했다.

'전계군의 제삼자 원범을 대행대왕의 계사로 삼노라!'

순원왕후의 이 한마디가 장김 일족의 세도를 장장 육십사 년 동안이나 계속되게 하지를 않았던가. 그러나 지금 이 순간, 신정왕후의 한마디로 장김이 주도한 외척의 세도가 천 길 나락으로 떨어지면서 흥선군 이하응이란 새로운 권력이 치솟아 오르고 있다.

김좌근은 일그러진 갓을 쓴 흥선군 이하응의 모습을 떠올려 본다. 흙투성이가 된 도포를 걸치고도 태연한 모습으로 자신을 찾아와 구걸하던 모습이 떠오른다.

아직 이 나라 조선에는 살아 있는 대원군이 없다. 흥선군 이하응은 오척 단구에 걸맞은 금관조복金冠朝服을 입고 당당히 군림해 올 것이 분명하다. 주상의 생부라면 그 위세가 얼마나 당당하겠는가.

신정왕후가 내린 봉서가 그 많은 신료들의 손을 거쳐 다시 영돈녕 정원용의 앞에 놓일 때까지 아무도 입을 연 사람은 없다. 신정왕후 조씨는 발 사이로 스며드는 그들의 동태를 빠짐없이 지켜보고 있다. 그것은 통쾌한 즐거움이고도 남는다.

"국상 중입니다. 영돈녕부사께서 원상을 맡으시어 대행대왕의 치상에 한 치의 하자가 없도록 각별히 유념해 주셨으면 합니다."

"명심하겠사옵니다."

"또한 서둘러 새 주상의 봉영奉迎 절차를 마련하여 시행에 옮겨 주시되, 구름재의 잠저에는 영상과 도승지가 나가도록 하시오."

기막힌 노릇이다. 어제까지만 해도 사람으로 여기지 않았던 흥선군 이하응에게 예를 올려야 하는 난감한 지경이 김좌근의 눈앞으로 닥쳐온다. 김좌근은 흥선군 이하응이 취할 언동에 가슴이 섬뜩해지는 두려움을 느끼면서 중희당을 나서고 있다.

— 철종희륜정극수덕순성흠명광도돈원창화문현무성헌인영효장황제. 哲宗熙倫正極粹德純聖欽命光道敦元彰化文顯武成獻仁英孝章皇帝.

후일 철종에게는 이같이 거창한 시호가 올려졌으나, 임금의 소임을 다하지 못한 철종의 혼백인들 기뻐했을 까닭이 있을까. 그의 유해는 지금의 경기도 고양시 원당에 자리한 유택에 묻히니 능호는 예릉睿陵이요, 능역은 서삼릉西三陵이다.

〈끝〉

작가 후기

『철종실록』을 읽노라면 여러 가지 의문이 생긴다. 이른바 '강화도령' 이라고도 불리는 더벅머리 총각이 무려 14년 동안이나 임금의 자리에 있었던 일은 세계의 어느 나라의 역사에도 없지만, 우리 조선에서는 엄연한 사실로 기록되어 있다.

열아홉 살짜리 나무꾼 총각을 14년이라는 짧지 않은 세월 동안 임금의 자리에 앉혀 놓으면, 임금 노릇을 그만둘 때도 처음 임금의 자리에 오를 때와 똑같은 나무꾼 총각이겠는가? 라는 질문이 있다면 나는 서슴없이 그렇지 않다고 대답한다.

우리는 철종을 '강화도령' 이라고도 부른다. 그는 스스로 임금이 되고자 하지는 않았어도 장김이라는 척족에 의해 임금의 자리에 오르게 된다. 임금이 되었다 하여 정치에 관여할 수도 없다. 경륜과 학문이 모자랐기에 철저하게 농락된 인생을 살아야 했고, 타인에 의해 연출되는 허수아비 노릇을 할 수밖에 없다.

순조純祖 때부터 시작된 안동 김씨 일문의 세도정치가 무려 50년을 이어왔고, 철종 조가 그 마지막 14년에 해당한다면 철종이 해야 할 일은 없는 게 당연하다. 그렇다고 하더라도 임금의 자리에 5년이나, 8년쯤 있게 되면 임금의 소임이 무엇인지를 조금은 알게 되어야 정상이다. 그러나 임금의 위엄을 갖추면서 자기의 의사를 강행하려 한다면 당연히 목숨의 위협을 받게 된다. 철종의 자포자기는 여기가 출발점이다.

철종 시대의 좌의정이었던 조두순이 쓴 철종의 행장기行狀記에 '성군의 자질이 보였다' 는 대목이 있다. 그렇다면 철종이 임금의 자리에 있었던 14년 동안 완전히 죽어지냈다는 것은 아무리 생각해도 이상하다. 꼭 뭔가가 있었을 것 같은데 도무지 알 길이 없다. 역사 기록을 행간行間까지 읽지 못하면 뒷이야기를 알아낼 방도가 없다. 이럴 때 드라마에 사용되는 픽션虛構이 필요하다는 생각으로 이 소설을 쓰게 되었음을 밝힌다.

2009년 새봄에

인사동 초당서실에서

조선왕실가계도

제1대 태조(1335~1408)

신의왕후 한씨(1337~1391)
- 진안대군(방우)
- **영안대군(방과) – 2대 정종**
- 익안대군(방의)
- 회안대군(방간)
- **정안대군(방원) – 3대 태종**
- 덕안대군(방연)
- 경신공주
- 경선공주

신덕왕후 강씨(1356~1396)
- 무안대군(방번)
- 의안대군(방석)
- 경순공주

성비 원씨

정경궁주 유씨

화의옹주 김씨
- 숙신옹주

후궁 某씨
- 의령옹주

제2대 정종(1357~1419)

정안왕후 김씨(1355~1412)

성빈 지씨
- 덕천군
- 도평군

숙의 지씨
- 의평군
- 선성군
- 임성군
- 함양옹주

숙의 기씨
- 순평군
- 금평군
- 정석군
- 무림군
- 왕자(早卒)
- 숙신옹주
- 상원옹주
- 옹주(早卒)

숙의 문씨
- 종의군

숙의 이씨
- 진남군

숙의 윤씨
- 수도군
- 임언군
- 석보군
- 장천군
- 인천옹주

가의궁주 유씨
- 불노

후궁 某씨
- 덕천옹주
- 고성옹주
- 전산옹주
- 함안옹주

시비 기매
- 지운

제3대 태종(1367~1422)

원경왕후 민씨(1365~1420)
- 원자(早卒)
- 대군(早卒)
- 대군(早卒)
- 정순공주
- 경정공주
- 경안공주
- 양녕대군
- 효령대군
- **충녕대군 – 4대 세종**
- 정선공주
- 성녕대군

효빈 김씨
- 경녕군

명빈 김씨
- 숙안옹주

신빈 신씨
- 함녕군
- 온녕군
- 근녕군
- 정신옹주
- 정정옹주
- 숙정옹주
- 소신옹주
- 숙녕옹주
- 숙경옹주
- 숙근옹주

선빈 안씨
- 옹주(早卒)
- 익녕군
- 소숙옹주
- 경신옹주

의빈 권씨
- 정혜옹주

소빈 노씨
- 숙혜옹주

숙의 최씨
옹주(早卒)
희령군
덕숙옹주 이씨
후령군
숙순옹주
의정궁주 조씨
혜순궁주 이씨
순혜옹주 장씨
혜선옹주 홍씨
신순궁주 이씨
서경옹주
후궁 고씨
혜령군

제4대 세종(1397~1450)

소헌왕후 심씨(1395~1446)
정소공주
세자 – 5대 문종
정의공주
수양대군 – 7대 세조
안평대군
임영대군
광평대군
금성대군
평원대군
영응대군
영빈 강씨
화의군
신빈 김씨
옹주(早卒)
계양군
의창군
옹주(早卒)
밀성군
익현군
영해군
담양군(早卒)
혜빈 양씨
한남군
수춘군
영풍군
귀인 박씨
귀인 최씨
숙의 조씨
소용 홍씨
소용 정씨
숙원 이씨
정안옹주
상침 송씨
정현옹주
사기 차씨
옹주(早卒)

제5대 문종(1414~1452)

현덕왕후 권씨(1418~1441)
공주(早卒)
경혜공주
세자 – 6대 단종
휘빈 김씨(폐빈)
순빈 봉씨(폐빈)
숙빈 홍씨
옹주(早卒)
사칙 양씨
경숙옹주(早卒)
숙의 문씨
소용 권씨
승휘 정씨
왕자
소훈 윤씨
궁인 장씨
왕자
유씨

제6대 단종(1441~1457)

정순왕후 송씨(1440~1521)
숙의 김씨
숙의 권씨

제7대 세조(1417~1468)

정희왕후 윤씨(1418~1483)
의경세자 – 추존 덕종(성종의 父)
세희공주
의숙공주
해양대군 – 8대 예종
근빈 박씨
덕원군
창원군

제8대 예종(1450~1469)

장순왕후 한씨(1445~1461)
인성대군(早卒)
안순왕후 한씨(1445?~1498)
현숙공주

제안대군
대군(早卒)
혜순공주(早卒)
귀인 최씨
상궁 기씨

● 추존왕 덕종(1438~1457)

소혜왕후 한씨(1437~1504)
월산대군
명숙공주
잘산대군 – 9대 성종
귀인 권씨
귀인 윤씨
숙의 신씨

● 제9대 성종(1457~1494)

공혜왕후 한씨(1456~1474)
제헌왕후 윤씨(폐비, 1455~1482)
세자 – 10대 연산군
대군(早卒)
정현왕후 윤씨(1462~1530)
순숙공주(早卒)
신숙공주(早卒)
공주(早卒)
진성대군 – 11대 중종
공주(早卒)
명빈 김씨
무산군
귀인 정씨
안양군
봉안군
정혜옹주
귀인 엄씨
공신옹주
귀인 권씨
전성군
숙의 김씨
휘숙옹주
경숙옹주
휘정옹주
왕자(早卒)
왕자(早卒)
숙의 홍씨
혜숙옹주
완원군
회산군
견성군
정순옹주
익양군
경명군
운천군
양원군
정숙옹주
숙의 하씨
계성군
숙용 심씨
경순옹주
숙혜옹주
이성군
영산군
숙용 권씨
경휘공주
숙원 윤씨

● 제10대 연산군(1476~1506)

거창군부인 신씨(폐비, 1472~1537)
원자(早卒)
휘순공주(폐)
세자 황(폐)
대군 영수(早卒)
대군 총수(早卒)
창녕대군(폐)
숙의 이씨
양평군
숙의 윤씨
숙의 곽씨
숙의 권씨
숙의 민씨
숙용 장씨(장녹수)
옹주(영수)
숙용 전씨
숙원 최씨
숙원 이씨
숙원 장씨
후궁 某씨
왕자(돈수)
정금
옹주(함금)

● 제11대 중종(1488~1544)

단경왕후 신씨(1487~1557)
장경왕후 윤씨(1491~1515)
효혜공주
세자 – 12대 인종
문정왕후 윤씨(1501~1565)

의혜공주
효순공주
경현공주
경원대군 – 13대 명종
인순공주
경빈 박씨
복성군
혜순옹주
혜정옹주
희빈 홍씨
금원군
봉성군
창빈 안씨
영양군
정신옹주
덕흥군 – 추존 덕흥대원군(선조의 父)
귀인 한씨
숙의 나씨
숙의 홍씨
해안군
숙의 이씨
덕양군
숙의 김씨
숙정옹주
숙원 이씨
정순옹주
효정옹주

제12대 인종(1515~1545)

인성왕후 박씨(1514~1577)
숙빈 윤씨
혜빈 정씨
귀인 정씨

제13대 명종(1534~1567)

인순왕후 심씨(1532~1575)
순회세자(早卒)
순빈 이씨
경빈 이씨
숙의 신씨
숙의 정씨
숙의 정씨
숙의 신씨
숙의 한씨

덕흥대원군(1530~1559)

하동부대부인 정씨
하원군
명순(女)
하릉군
하성군 – 14대 선조
첩 순단
혜옥(女)

제14대 선조(1552~1608)

의인왕후 박씨(1555~1600)
인목왕후 김씨(1584~1632)
정명공주
공주(早卒)
영창대군(早卒)
공빈 김씨(1553~1577)
임해군
광해군 – 15대 광해군
인빈 김씨
의안군(早卒)
신성군
정신옹주
정원군 – 추존 원종(인조의 父)
정혜옹주
정숙옹주
의창군
정안옹주
정휘옹주
순빈 김씨
순화군
정빈 민씨
인성군
정인옹주
정선옹주
정근옹주
인흥군
정빈 홍씨
정정옹주
경창군
온빈 한씨
흥안군
경평군
정화옹주
영성군
귀인 정씨
숙의 정씨

조선왕실가계도

제15대 광해군(1575~1641)

문성군부인 유씨(폐비, 1576~1624)
- 원자(早卒)
- 세자 지(폐)
- 왕자(早卒)

소의 윤씨
- 옹주

소의 홍씨
숙의 허씨
숙의 권씨
숙의 원씨
소용 정씨
소용 임씨
숙원 신씨
후궁 조씨

추존왕 원종(1580~1619)

인헌왕후 구씨(1578~1626)
- **능양대군 – 16대 인조**
- 능원대군
- 능창대군

김씨
- 능풍군

제16대 인조(1595~1649)

인열왕후 한씨(1594~1635)
- 소현세자
- **봉림대군 – 17대 효종**
- 인평대군
- 용성대군(早卒)
- 공주(早卒)
- 대군(早卒)
- 대군(早卒)

장열왕후 조씨(1624~1688)
귀인 조씨(폐)
- 효명옹주
- 숭선군
- 낙선군

귀인 장씨
숙의 나씨
숙의 박씨

제17대 효종(1619~1659)

인선왕후 장씨(1618~1674)
- 숙신공주(早卒)
- 숙안공주
- 원자(早卒)
- **세자 – 18대 현종**
- 숙명공주
- 숙휘공주
- 숙정공주
- 대군(早卒)
- 숙경공주

안빈 이씨
- 숙녕옹주

숙의 김씨
숙원 정씨

제18대 현종(1641~1674)

명성왕후 김씨(1642~1683)
- 명선공주
- **세자 – 19대 숙종**
- 명혜공주(早卒)
- 명안공주

제19대 숙종(1661~1720)

인경왕후 김씨(1661~1680)
- 공주(早卒)
- 공주(早卒)

인현왕후 민씨(1667~1701)
인원왕후 김씨(1687~1757)
희빈 장씨
- 세자 – 20대 경종
- 왕자(성수, 早卒)

화경숙빈 최씨
- 왕자(영수, 早卒)
- 연잉군 – 21대 영조
- 왕자(早卒)

명빈 박씨
- 연령군

영빈 김씨
귀인 김씨
소의 유씨

제20대 경종(1688~1724)

단의왕후 심씨(1686~1718)
선의왕후 어씨(1705~1730)

제21대 영조(1694~1776)

정성왕후 서씨(1692~1757)
정순왕후 김씨(1745~1805)
정빈 이씨

조선왕실가계도

옹주(早卒)
효장세자(早卒) – 추존 진종
화순옹주
영빈 이씨
화평옹주
화덕옹주(早卒)
옹주(早卒)
옹주(早卒)
화협옹주
장헌(사도)세자 – 추존 장조(정조의 父)
화완옹주
귀인 조씨
옹주(早卒)
화유옹주
숙의 문씨(폐)
화령옹주
화길옹주

● 추존왕 진종(1719~1728)

효순왕후 조씨(1715~1751)

● 추존왕 장조(1735~1762)

헌경왕후 홍씨(1735~1815)
의소세손(早卒)
세자 – 22대 정조
청연공주
청선공주
숙빈 임씨
은언군
은신군
경빈 박씨
청근옹주
은전군
양제 가선

● 제22대 정조(1752~1800)

효의왕후 김씨(1753~1821)
수빈 박씨
세자 – 23대 순조
숙선옹주
의빈 성씨
문효세자(早卒)
옹주(早卒)
원빈 홍씨
화빈 윤씨
옹주(早卒)

● 제23대 순조(1790~1834)

순원왕후 김씨(1789~1857)
효명세자 – 추존 문조(헌종의 父)
공주(早卒)
명온공주
복온공주
대군(早卒)
덕온공주
숙의 박씨
영온옹주

● 추존왕 문조(익종, 1809~1830)

신정왕후 조씨(1808~1890)
세자 – 24대 헌종

● 제24대 헌종(1827~1849)

효현왕후 김씨(1828~1843)
효정왕후 홍씨(1831~1903)
경빈 김씨
정빈 윤씨
숙의 김씨
옹주

은언군(1754~1801)

상산군부인 송씨
상계군(완풍군)–정조 후궁 원빈홍씨의 양자
풍계군
전계군 – 추존 전계대원군(철종의 父)
女

● 전계대원군(1785~1841)

완양 부대부인 최씨
회평군
영평군
용성 부대부인 염씨
덕완군 – 25대 철종

● 제25대 철종(1831~1863)

철인왕후 김씨(1837~1878)
원자(早卒)
귀인 박씨
왕자(早卒)
귀인 조씨
왕자(早卒)
왕자(早卒)

숙의 방씨
옹주(早卒)
옹주(早卒)
숙인 김씨
옹주(早卒)
숙의 범씨
영혜옹주
궁인 이씨
왕자(早卒)
옹주(早卒)
궁인 박씨
옹주(早卒)

_ 은신군(1755~1771)

군부인 홍씨
인조의 아들 인평대군의 후손인 이병원의 아들 남연군을 양자로 입적

_ 남연군(1788년~1836)

군부인 민씨
홍녕군
홍완군
홍인군
홍선군 – 추존 홍선대원왕(고종의 父)

● 추존왕 홍선대원왕(1820~1898)

여흥 부대부인 민씨(1818~1898)
홍친왕
익성군 – 26대 고종
女
女
계성월
완응군

● 제26대 고종(1852~1919)

명성왕후 민씨(1851~1895)
원자(早卒)
공주(早卒)
세자 – 27대 순종
대군(早卒)
대군(早卒)
귀인 엄씨
의민황태자(영친왕)
귀인 이씨
완친왕
옹주(早卒)
귀인 장씨
의친왕
귀인 정씨
황자 우(早卒)
귀인 양씨
덕혜옹주
귀인 이씨
황자 육(早卒)
귀인 이씨
옹주(早卒)
삼축당 김씨
정화당 김씨
상궁 염씨
문용옹주
상궁 서씨
상궁 김씨

● 제27대 순종(1874~1926)

순명왕후 민씨(1872~1904)
순정왕후 윤씨(1894~1966)

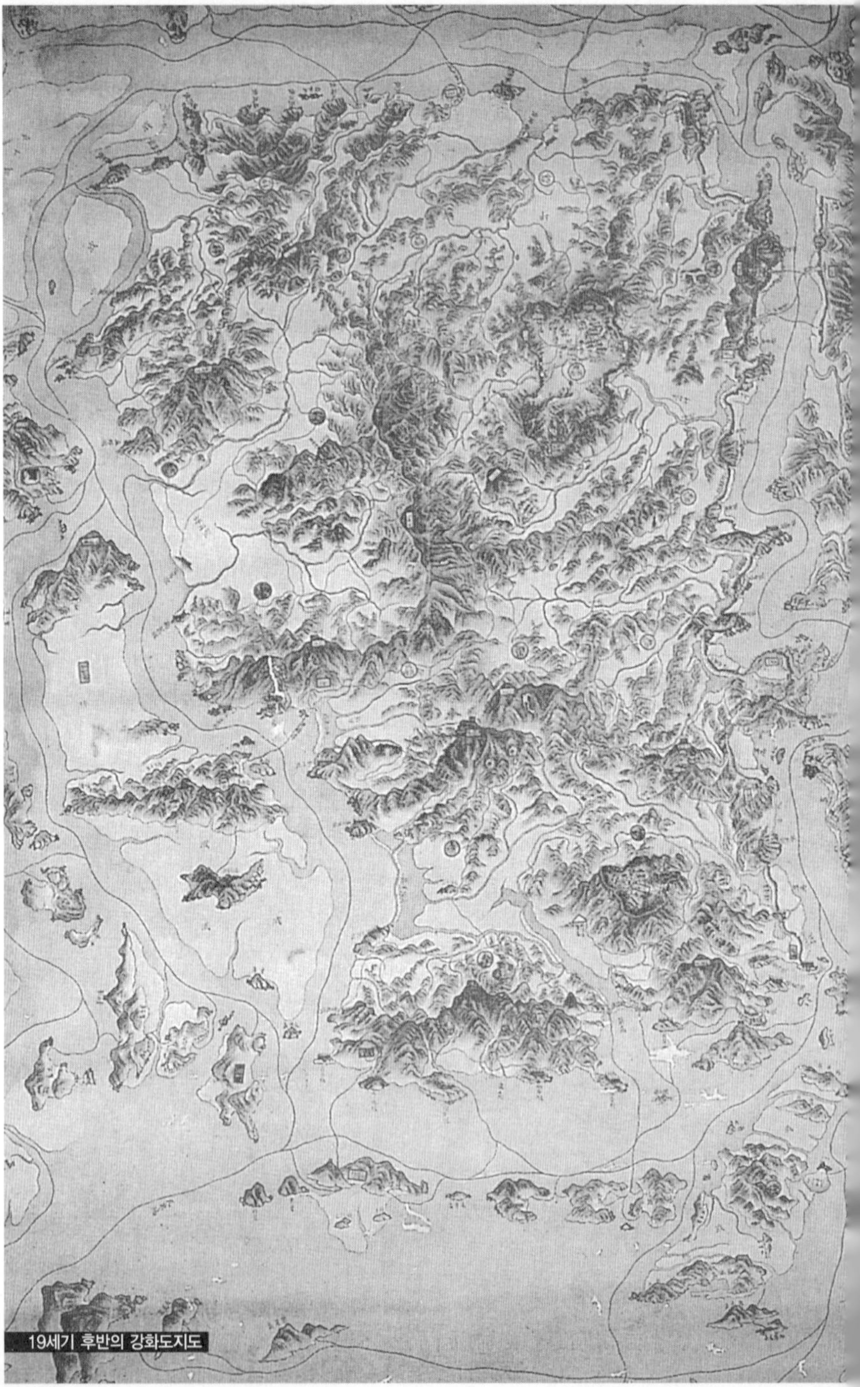

19세기 후반의 강화도지도

단원풍속도에 나오는 나무꾼들이 고누놀이 하는 모습

임금님 행차도 〈貞順后嘉禮都監儀軌〉

돈화문 금천교

창덕궁 궁궐도

김조순 金祖淳(1765~1832)

본관은 안동安東이며, 자는 사원士源, 호는 풍고楓皐, 정조9년(1785) 정시 문과에 급제하여 검열 · 규장각 대교 등을 지내고 정조16년(1792)에 동지겸사은사의 서장관으로 청나라에 다녀와서 이조참의 · 승지가 되었다. 순조2년(1802)에 총융사 · 양관 대제학 등을 지내고 같은 해 딸이 순조비(순원왕후)로 봉해지자 영돈녕부사가 되고 영안부원군永安府院君에 봉해졌다. 사람됨이 뛰어나고, 천성이 어질고 후덕했으며 문장에 능하여 정조의 신임을 받았다. 훗날 정순대비의 명으로 어린 순조를 보좌하는 임무를 맡아 30여 년간 정치적 실권을 쥐었다. 그 이후로 정권을 잡아 안동 김씨가 이끄는 세도정치의 기틀을 마련했다.

조만영 趙萬永(1776~1846)

본관은 풍양豊壤이며 자는 윤경胤卿, 호는 석애石崖, 시호는 충경忠敬이다. 순조13년(1813) 증광문과에 급제한 뒤 검열, 지평, 정언 등을 거쳐 순조16년(1816)에 전라도 암행어사로 나갔다. 순조19년 부사직으로 있을 때 딸이 세자(순조의 장남, 일찍 세상을 떠났으며, 후에 익종翼宗으로 추존됨)빈이 되자 풍은부원군豊恩府院君에 봉해지고 이조참의에 올랐다. 이후 풍양 조씨 일파가 정계에 등장하면서 그 중심인물로서 안동김씨 일파와 권력다툼을 벌였다. 순조21년에 금위대장이되고 이조, 호조, 예조, 형조판서, 한성부 판윤, 판의금 부사등요직을 지냈다. 헌종11년에 궤장을 하사받고 돈녕부사가 되었다. 글씨를 잘 썼고 영의정으로 추증되었다.

조인영 趙寅永(1782~1850)

풍양조씨의 중심인물로서 호조, 이조판서를 거쳐 헌종5년(1839)에 기해박해를 일으켜 가톨릭교도를 탄압하고, 같은 해 우의정에 오른 뒤 네 차례나 영의정을 지냈다.

김정희 金正喜(1786~1856)

옹방강 翁方綱(1733~1818)

흥선대원군 이하응 李昰應(1820~1898)

석파란

추사란

성긴 숲 속의 띠풀 지붕 집 〈-疏林茅亭〉 추사 作

조선시대 민가

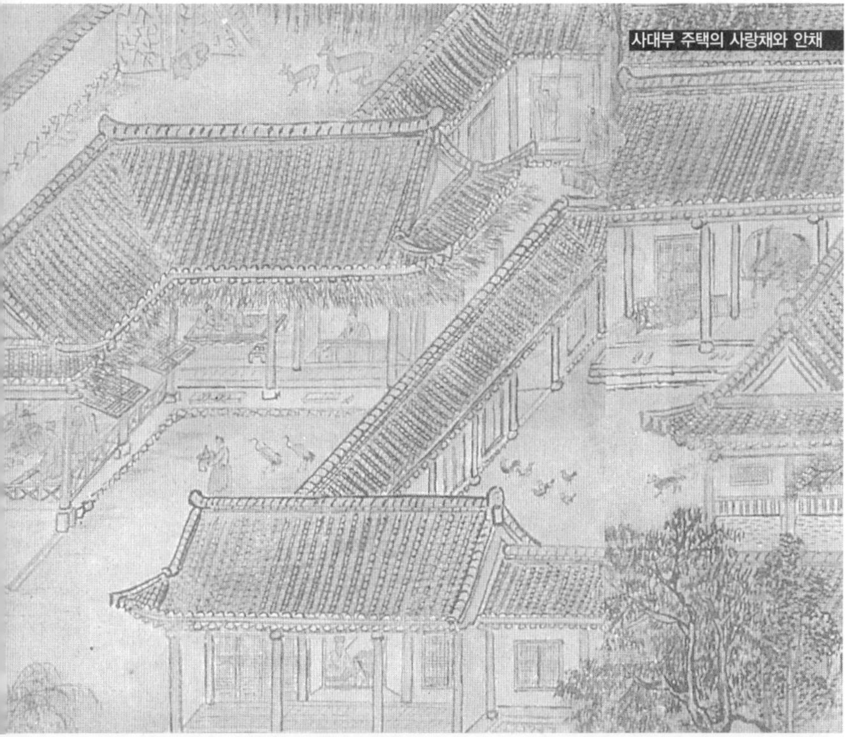
사대부 주택의 사랑채와 안채

정승행차도

최제우 崔濟愚(1824~1864)

김좌근 영세불망비

김좌근의 애첩 나합은 정치에 관여할 정도로 권세를 부렸다. 나합의 고향인 나주에 김좌근이 구휼비를 보낸 것에 대한 불망비